Une union de papier

Attirée par un *bad boy*

SHANNON McKENNA

Une union de papier

Traduction française de
PEGGY SASTRE

PASSIONS

HARLEQUIN

Collection : PASSIONS

Titre original :
THEIR MARRIAGE BARGAIN

HARPERCOLLINS FRANCE
83-85, boulevard Vincent-Auriol, 75646 PARIS CEDEX 13
Service Lectrices — Tél. : 01 45 82 47 47 - www.harlequin.fr
ISBN 978-2-2804-8243-1 — ISSN 1950-2761

Composé et édité par HarperCollins France.
Imprimé en mars 2023 par CPI Black Print (Barcelone)
en utilisant 100% d'électricité renouvelable.
Dépôt légal : avril 2023.

FSC www.fsc.org MIXTE Papier issu de sources responsables FSC® C159065

Pour limiter l'empreinte environnementale de ses livres, HarperCollins France s'engage à n'utiliser que du papier fabriqué à partir de bois provenant de forêts gérées durablement et de manière responsable.

- 1 -

— J'imagine que tu plaisantes, dit Caleb Moss en fixant sa grand-mère.

Elaine Moss se tenait droite comme un I dans son élégant tailleur blanc, les yeux braqués sur la gigantesque fenêtre du bureau de Caleb donnant sur le centre-ville de Seattle.

— Je suis parfaitement sérieuse, répondit-elle. Je n'ai tout simplement pas peur de prendre des décisions impopulaires. En tant que P-DG, tu ferais bien de t'en inspirer, jeune homme.

— Gran, j'ai trente-quatre ans.

— Je sais bien mon chéri. Justement.

— C'est pour ça que tu insistes pour que je me marie avant mon anniversaire ? Mais même si je le voulais, je ne pourrais pas ! Car voici un petit détail : je n'ai pas de fiancée !

— Trouves-en une, répondit sa grand-mère sur un ton léger. Tu es libre de refuser. Mais alors le jour de ton anniversaire, je te présenterai tous mes vœux et passerai les rênes de MossTech à ton oncle Jerome. Qui se fera un plaisir de te virer immédiatement et engagera ses petits laquais complaisants. Et il renverra Marcus et Maddie, aussi. Mais vous êtes très doués, tous les trois, je ne me fais pas de soucis pour votre avenir professionnel.

— Et MossTech ? Tu te moques complètement de l'héritage de grandpa Bertram ?

Elaine lui décocha un regard acéré. Sa flèche avait fait mouche. Sa grand-mère était très sensible à propos de tout ce qui concernait MossTech, l'entreprise familiale spécialisée en technologie alimentaire et agricole de pointe.

— Bien sûr que je ne m'en moque pas. Mais ses trois petits-enfants sont aussi son héritage. Quand tu auras mon âge, tu verras les choses différemment.

— Ça ne marche pas comme ça. On n'est pas à la cour de Henry VIII.

— Dieu merci ! murmura Gran. Ce n'est pas un modèle conjugal à suivre.

— Il n'y a pas de quoi rire, grogna Caleb.

— Je suis entièrement d'accord, répondit Gran. Le mariage pour tout le monde. Les garçons à trente-cinq ans maximum. Maddie avant trente ans. Ce n'est pas juste, mais comme d'habitude les hommes peuvent se permettre de lambiner alors que les femmes, jamais.

— Je suis sûr que Maddie va vouloir avoir son mot à dire.

— Elle pourra dire tout ce qu'elle voudra, dit Gran, ça ne changera rien.

À son air décidé, il était évident que Gran estimait que tout argument était inutile. C'était la soumission ou la guerre. Et avec Gran, mieux valait bien y réfléchir avant de choisir la guerre ; elle avait toujours une longueur d'avance.

— Jerome va s'emparer de MossTech, l'introduire en Bourse, et on perdra le contrôle de la boussole morale de l'entreprise. Ce n'est pas ce que grandpa Bertram aurait voulu.

— En effet. Mais parfois, il faut céder le contrôle d'un côté pour le garder ailleurs.

— Arrête ces platitudes, répliqua-t-il. Tu ne peux pas m'obliger à faire ça.

— Non, mais même si je meurs d'une crise cardiaque aujourd'hui, ça n'y changera rien. C'est déjà réglé, mon chéri. J'attendais la finalisation de la paperasse pour t'en parler, et que Marcus soit rentré. Et puis son retour a été repoussé deux fois, et ton anniversaire approche, alors je commence avec toi, Caleb. Tu es l'aîné. Le premier fruit à tomber de l'arbre.

— Mais Gran, je ne peux pas…

— Ça m'ennuie que Marcus soit en train de courir le monde. Ça ne donne pas une bonne image de ta gestion de P-DG de laisser ton directeur des nouvelles technologies passer son temps à se balader dans la jungle la machette à la main.

— Au moins il reste loin des ennuis, répondit Caleb.

— Le mariage aurait le même effet, observa Gran. Rien de mieux qu'une vie de famille pour occuper un homme débordant d'énergie.

— Gran, sois raisonnable. Tu nous as préparés à ça toute notre vie. Tu as fait en sorte que MossTech soit importante pour nous, et maintenant tu la fous par la fenêtre ?

Gran serra les lèvres.

— Quand tu seras devenu un vieil homme rusé et sournois à ton tour et que tu tireras des ficelles pour protéger ton héritage, tu comprendras.

— Je ne peux pas me permettre d'attendre aussi longtemps, répondit Caleb d'un ton coupant.

Son Interphone sonna.

— Monsieur Moss ?

C'était Sergio, son assistant.

— M. Herbert Riley de Riley BioGen est là pour vous

voir. Il n'est pas sur votre agenda mais il dit que… que Mme Moss lui a donné rendez-vous.

— Une seconde, Sergio.

Caleb se tourna vers Gran.

— On a une réunion avec Herbert Riley demain, et la situation est déjà assez saugrenue comme ça, avec toi et Jerome qui essayez d'annexer son entreprise. Pourquoi lui as-tu dit de venir aujourd'hui ?

Gran ébouriffa ses cheveux blancs.

— Tu verras bien. Ne le fais pas attendre, Caleb. Je sais que vous autres, les hommes, vous aimez jouer aux mâles alpha mais je trouve que c'est de l'incorrection pure et simple.

Ah ! Comme si sa grand-mère ne trônait pas au sommet de la famille avec ce genre de comportement.

Il appuya sur le bouton de l'Interphone.

— Faites-le entrer, Sergio.

En tant que P-DG de MossTech, Caleb exerçait une gestion rigoureuse, mais la dynamique du pouvoir se trouvait déséquilibrée lorsque Gran s'imposait. Lorsqu'elle se mettait à donner des ordres, plus personne ne savait qui était aux commandes. Elle avait été P-DG elle-même et avait gardé une participation majoritaire dans l'entreprise.

Sergio ouvrit la porte.

— M. Herbert Riley, annonça-t-il. Et Mlle Tilda Riley.

Caleb s'immobilisa. Tilda ? Elle était à l'autre bout du monde !

Elle entra avec son père, et Caleb sentit ses entrailles se nouer.

Cela faisait neuf ans, trois mois, trois semaines et deux jours. L'infatigable calculatrice dans sa tête ne cessait de compter les heures, les minutes. Les secondes.

Elle avait dix-neuf ans la dernière fois qu'il l'avait vue.

Petite, toute en courbes, haute comme trois pommes même en talons. Sa tête blonde lui arrivait sous le menton. Un visage en forme de cœur. Des yeux magnifiques d'un vert hypnotique qui reflétaient tous ses sentiments et ses pensées. La dernière chose qu'il y avait vue, c'était le choc. La douleur.

Un cœur brisé.

Caleb réalisa que sa grand-mère était en train de parler.

— … connaissez mon petit-fils, Caleb Moss, bien sûr ? Notre P-DG.

— Naturellement.

Herbert Riley, le père de Tilda, propriétaire et P-DG de Riley BioGen, lui serra la main.

— Tilda, murmura Gran. Toujours aussi charmante. Je suis ravie que tu sois revenue dans nos contrées. Je t'ai aperçue au brunch de fiançailles d'Ava Maddox il y a quelques semaines.

— Oui, c'était formidable de revoir de vieux amis après si longtemps.

Tilda serra la main de Gran, puis la tendit poliment vers lui. Elle était glacée.

— Tu es restée partie longtemps, reprit Gran. Où étais-tu déjà ? Singapour ? Corée du Sud ? Taïwan ?

— Dans toute l'Asie, répondit Tilda. Là où le travail me conduisait.

Gran gloussa.

— Si loin d'ici !

— Trop loin, grogna Herbert.

— Vous devez être ravi de pouvoir la gâter de nouveau maintenant qu'elle est de retour.

— En effet, admit Herbert.

Caleb se tourna vers Tilda.

— Tu es mariée ?

Ses yeux verts lui lancèrent un regard dur.

— Non, répondit-elle froidement.

Le silence gêné qui suivit fut rompu par Herbert Riley.

— Alors, Elaine. Nous nous sommes débrouillés pour venir aujourd'hui à votre demande, mais nous n'avons pas beaucoup de temps.

— Asseyez-vous, dit Gran en leur indiquant le canapé et les fauteuils. Je peux demander à Sergio d'apporter du café. Un expresso ? Un verre de whisky ?

Gran donnait des ordres aussi facilement qu'elle respirait, mais Caleb ne voyait pas d'un bon œil son bureau, son assistant et son armoire à liqueur être accaparés devant Tilda Riley.

La lueur d'amusement qui éclaira les yeux de la jeune femme ne lui échappa pas.

— C'est un peu tôt pour un whisky, grommela Herbert. Parlons affaires je vous prie.

— Je voulais qu'on se voie seuls, car ça ne concerne que les personnes intimement impliquées, commença-t-elle.

— Si MossTech annexe Riley BioGen, tout le monde sera intimement impliqué, dans mon entreprise, rétorqua Herbert. Et par là je veux dire : « licencié ». Plus de huit cents personnes.

— J'en suis bien consciente, répliqua Gran. Je propose une solution. Qui vous concerne tous les deux, jeunes gens, ajouta-t-elle en désignant Tilda et Caleb du menton.

— Gran, abrège s'il te plaît, dit Caleb.

— Ne sois pas impoli, murmura-t-elle. Je suggère une fusion amicale, qui préserve les emplois à Riley BioGen.

— Vos offres n'ont rien d'amical pour notre entreprise, dit Tilda. Vous saviez que papa avait des problèmes de santé et vous avez tiré parti de sa distraction pour vous y introduire en tant que partenaire silencieux. Maintenant vous manipulez nos actionnaires. Cela n'a rien d'amical, madame Moss.

— Ce sont les affaires de Jerome, ma chère, Caleb et moi n'y sommes pour rien.

Tilda avait le menton relevé, les yeux luisants.

— C'est vous qui avez fait cela, ou à tout le moins vous l'avez permis en votre nom. De mon point de vue, ça ne fait aucune différence.

— Nous savons à quel point vous êtes endettés, reprit Gran. Si vous n'acceptez pas notre offre, Riley BioGen fera faillite.

Tilda plissa les yeux.

— Nous pouvons gérer nos dettes.

— J'ai une autre proposition à vous faire, reprit Gran. Tu es une fille intelligente, Tilda. Et si tu pouvais conserver les huit cents emplois à Riley BioGen ? Nous préférerions allier nos forces. Pas détruire votre entreprise.

Tilda croisa les jambes. Caleb ne put s'empêcher de remarquer ses jolis mollets.

— Pourquoi ce changement de ton soudain ? Que voulez-vous, madame Moss ?

— La chose la plus naturelle du monde, répondit Gran très doucement. Un mariage.

Oh ! mon Dieu, non ! Caleb sentit de nouveau son estomac se nouer. Tilda était perplexe.

— Ah…, fit Herbert en regardant Elaine en fronçant les sourcils. C'est une image, bien sûr…

— Pas du tout, répondit Gran.

Tilda écarquilla les yeux.

— Attendez, dit-elle. Pas question. Si c'est une plaisanterie, elle n'est pas drôle.

Herbert Riley écarquilla les yeux à son tour.

— Mon Dieu, Elaine. Il est temps de changer votre traitement, là.

— Je vais régler tout ça, dit Caleb. Je vous présente mes excuses à tous les deux. Je…

— Ne t'excuse pas pour moi, Caleb, le coupa Gran. J'assume totalement ce que je viens de dire.

Tilda eut un rire sec.

— Waouh ! Madame Moss, merci ! C'est une proposition très romantique, je suis extrêmement flattée, mais j'ai bien peur de devoir la refuser.

— Dans ce cas, ce sera la course aux votes, asséna Gran.

Tilda et son père échangèrent des regards horrifiés.

— Gran, reprit Caleb. C'est une chose de faire pression sur moi. Mais tu ne peux pas lui imposer ça, à elle.

— Tu crois ? Ça résoudrait ton problème aussi. Je me trompe ?

— Quel problème ?

Les yeux de Tilda s'étaient durcis.

— Vous ne serez pas étonnés d'apprendre que ce n'est pas la première idée folle de ma grand-mère, dit Caleb, les dents serrées. Elle vient de m'informer que si je ne me mariais pas avant mes trente-cinq ans, le ciel me tomberait sur la tête.

— Elaine, vous vous ridiculisez, intervint Herbert. C'est de la vie de ma fille dont vous parlez. Ils se connaissent à peine. C'est insultant.

— Je lui fais le plus beau des compliments, Herbert. Je ne proposerais pas ça à n'importe qui. Et moi, je crois que ces deux-là se connaissent très bien.

Tilda se leva, le visage cramoisi.

— Papa, nous partons. Caleb, convoque un conseil de famille. Il est temps de mettre mamie sous tutelle avant que ça finisse mal.

— Tiens ta langue, petite vipère, jeta Elaine. Réfléchis-y. Regarde ton compte en banque. Pense à tes employés. Ensuite, on en reparle.

Caleb atteignit la porte à temps pour l'ouvrir à Tilda.

— Désolé, dit-il tout bas. Je te jure que je n'étais pas au courant.

Tilda sortit la tête haute, sans lui accorder un regard.

- 2 -

Mais qu'est-ce qui ne tournait pas rond chez elle ? Pourquoi n'avait-elle pas sorti l'arme atomique ? Qu'est-ce qui l'avait retenue ? Furieuse contre elle-même, Tilda faisait les cent pas dans le vaste et lumineux hall de MossTech. Elle avait une arme imparable, et à peine avait-elle vu le superbe visage de Caleb qu'elle avait totalement oublié de s'en servir.

Merde !

— Ma puce, je suis désolé.

La voix de son père derrière elle était haletante et entrecoupée.

— Il faut que je m'asseye un instant. Je ne suis pas très bien, poursuivit-il.

Horrifiée, Tilda fit volte-face. Elle avait été si absorbée par la conversation qu'elle avait oublié à quel point son père était fragile. Elle lui prit le bras :

— Papa, c'est ton cœur ?

— Pas du tout, répondit-il avec une respiration sifflante. J'ai juste besoin de… de faire une pause. Le café, là. Il y a des sièges.

Tilda y guida son père à la démarche hésitante et l'installa à une table. Elle détestait le voir comme ça. Ses lèvres grises étaient serrées. Elle s'agenouilla devant lui et lui serra la main.

— Papa, ne fait pas ta tête de mule. Je dois appeler une

ambulance ? Si je ne le fais pas et qu'il t'arrive quelque chose, c'est moi qui m'en voudrais toute ma vie.

Son père lui tapota l'épaule.

— Ma petite, si brave, murmura-t-il. Ne t'inquiète pas, je sais ce que c'est que d'avoir une crise cardiaque, et ce n'est pas ça. Juste un petit vertige.

— Je vais te chercher un thé. Tu veux une pâtisserie ?

— Juste du thé, c'est bien, ma chérie. Merci.

Tilda revint peu après avec un café pour elle, un thé pour son père et du cake au citron pour calmer sa poussée d'adrénaline. Elle s'était attendue à une réunion désagréable, étant donné que MossTech était en train de mener l'entreprise de son père à l'abattoir. Elle s'était blindée, prête à se défendre et à contre-attaquer. Mais rien ne l'avait préparée à une demande en mariage.

Pour être honnête, Caleb avait eu l'air aussi atterré qu'elle.

Ils avaient une dynamique familiale vraiment tordue. Elle ne lui enviait pas cette grand-mère. Pas étonnant que ce type soit complètement barré.

Elle aurait bien voulu l'avoir trouvé moins beau que dans ses souvenirs, mais non, vraiment, Caleb Moss était toujours extrêmement sexy. Ces neuf années l'avaient seulement un peu buriné. Elles avaient sculpté son magnifique visage, y ajoutant quelques rides et reliefs séduisants et expressifs. Son grand corps puissant semblait encore plus dense et plus solide. Ses pommettes toujours aussi saillantes, et ses yeux perçants et profonds… Sa bouche sexy, et tellement sensuelle pour un type glacé à l'intérieur.

C'était injuste. De la publicité mensongère.

— Voilà ton thé, papa. Earl grey, lait, deux sucres. Prends un peu de gâteau.

Elle avala une grande gorgée de café, et lui demanda :

— Tu te sens mieux ?

— Oui, vraiment mieux, répondit-il avec un faible sourire en soufflant sur son thé fumant.

— Tu ne devrais pas te fatiguer comme ça si tôt après ton opération. Laisse-moi gérer les choses avec ton équipe. C'est pour ça que je suis revenue, pour aider.

— Mais tu m'aides. J'aimerais seulement que tu ne sois pas confrontée à un tel chaos.

— Ce n'est pas ta faute, papa.

— La faute à qui alors ?

Son père posa sa tasse, enleva ses lunettes et se passa la main sur les yeux.

Oh ! et puis flûte ! Elle allait se faire un avis par elle-même. Tilda sortit son téléphone et appela Adam, membre de l'équipe juridique de Riley BioGen.

— Bonjour, Tilda, dit Adam. On se voit dans le bureau de Murray tout à l'heure ?

— Non, il faut qu'on repousse, Adam. Papa n'est pas bien.

Ses doigts serrèrent la main moite de son père dont les yeux s'écarquillèrent dans une protestation muette. Elle leva la main pour empêcher toute opposition.

— Je l'emmène chez la cardiologue dès que possible. Elle nous dira s'il faut l'emmener aux urgences.

Elle raccrocha.

— Ça, c'est fait.

— Je ne suis pas invalide, dit son père en reprenant sa tasse de thé. J'aurais très bien pu gérer cette réunion. Ne fais pas les choses à ma place, Til.

— On va voir si le Dr Walensky peut te voir. Je ne suis pas revenue de l'autre bout de la Terre pour te perdre maintenant. Et Annika a enfin l'occasion de faire la connaissance de son grand-père. Économise ton énergie pour te remettre. Et pour combattre les Moss.

Il recracha son thé et s'essuya la bouche avec la serviette que Tilda lui tendait.

— Ces Moss, dit-il en toussant. C'était surréaliste.

Tilda, occupée à chercher les coordonnées de son cardiologue, ne répondit pas. Mais il n'avait pas besoin de savoir qu'à une époque épouser Caleb Moss avait été son idée de la félicité absolue. À l'époque d'une Tilda Riley plus jeune et écervelée.

Elle rangea son téléphone.

— Ils sont calculateurs, comme toujours.

— Mais tu n'es pas un actif à exploiter Tu es ma précieuse fille unique, et ces manipulateurs suceurs de sang feraient bien de ne pas l'oublier.

Tilda serra sa main.

— Merci, papa.

— Comment ça se fait qu'Elaine ait pensé à toi ? demanda son père. Je ne savais pas que tu la connaissais.

— Pas vraiment. Juste de vue. Elle m'a vue aux fiançailles d'Ava Maddox, quand tu étais encore en convalescence. Ava épouse le responsable de la sécurité informatique de Maddox Hill, et elle m'a dit qu'il y aurait des enfants à la fête, alors nous y sommes allés. Maddie, Veronica et Elaine Moss y étaient.

— Tu as remarqué la réaction de Caleb à la suggestion d'Elaine ? Il a eu l'air pris de court. Mais Elaine paraissait croire que vous vous connaissiez, tous les deux.

Tilda hésita un quart de seconde.

— On se connaît. Tu te souviens quand j'ai fait un stage à San Francisco, l'été après avoir eu mon diplôme à Stanford ? Caleb lançait une start-up avec un de ses amis. Ava Maddox nous a présentés. On est sortis ensemble un moment.

Son père reposa sa tasse.

— Tu ne m'en as jamais parlé.

Elle haussa les épaules.

— Aucun intérêt. Ça n'a pas marché.

— Elaine Moss n'avait pas l'air de le penser. Il y a autre chose que tu ne me dis pas ?

Le cake au citron était sec. Elle le fit descendre avec une gorgée de café.

— Je ne veux pas t'accabler avec mes déceptions sentimentales, papa. J'ai des copines pour ça.

— Tu esquives, là.

— Mais papa…

— Tu l'as fréquenté quand ?

— Tu veux des dates précises ?

— L'été après ton diplôme, tu es partie travailler à Kuala Lumpur. Et tu m'as appelé en mai suivant pour me dire que j'étais grand-père. Jc suis passé à deux doigts de la crise cardiaque.

— Je sais, répondit Tilda.

— Caleb Moss est le père d'Annika, reprit son père comme s'il lui demandait de lui passer le sel.

Mon Dieu ! Il ne lui manquait plus que ça aujourd'hui. Une bonne grosse dose de vérité douloureuse après une dose de Caleb Moss en personne. Double uppercut.

— Qu'est-ce que tu veux que je te dise, papa ?

— La vérité, que tu aurais dû me dire depuis des années. Il t'a abandonnée, et il fait comme si de rien n'était ? Pas un mot aujourd'hui ? C'est quoi, un psychopathe sans cœur ?

— Il ne sait pas, pour Annika. Je ne lui ai jamais reparlé après notre rupture. J'ai découvert que j'étais enceinte des mois plus tard. À Kuala Lumpur.

— Tu ne lui as jamais dit ? Mais pourquoi ? C'est aussi sa responsabilité !

— Je ne voulais pas le voir. Même pas l'entendre au

téléphone. Ni risquer que cette famille se serve de mon bébé dans leurs petits jeux de pouvoir. C'est assez dur comme ça d'être mère célibataire. Je ne voulais pas à avoir à me battre pour Annika.

— Elaine sait.

Tilda tressaillit.

— Comment le pourrait-elle ? Je ne l'ai dit à personne.

— Alors, elle a deviné. Je connais cette femme depuis quarante ans. Elle est extrêmement futée.

— Je ne vois pas comment ce serait possible, répondit Tilda.

— C'était quoi le problème avec Caleb ? Il était méchant ? Violent ?

— Oh non ! Juste un tocard ordinaire. Il m'a larguée, c'est tout. Froidement, sans prévenir. Mon ego en a pris un coup. Rien de plus.

Son père poussa un grognement sourd.

— Quel salaud ! Tu avais l'arme atomique dans ta mallette, pour les menacer, et tu ne l'as même pas sortie. Pourquoi ?

Tilda haussa les épaules.

— Je me suis laissé distraire. Mais je peux encore l'utiliser. On verra.

— Je n'aime pas savoir que tu te salis les mains, répondit son père. Tu gaspilles ton énergie. Tu es une ingénieure brillante, et une spécialiste de l'analyse de données. Tu devrais être en train de faire de la recherche, d'inventer, d'innover, de travailler sur ton algorithme d'intelligence artificielle. Comment ça s'appelle déjà ? Far See ?

— Far Eye, le corrigea Tilda. Et je ne me salis pas les mains. Je lutte pour ma survie. Bon, il faut qu'on y aille sinon on va être en retard chez le Dr Walensky.

L'examen du cardiologue ne dura pas longtemps, et ils

furent tous deux soulagés lorsque le médecin recommanda simplement à Herbert de rentrer chez lui et de se détendre.

La petite et sa baby-sitter venaient juste de rentrer d'un après-midi au musée des sciences. Annika courut pour les accueillir, les yeux brillants d'excitation après un voyage virtuel dans le système circulatoire humain.

— C'était comme un manège, maman ! On a mis un casque de réalité virtuelle, et moi et Kaylea on est montées sur un gros globule rouge, comme un frisbee, et on a voyagé dans le corps en transportant du sucre et de l'oxygène pour les cellules ! Il faut que tu essayes !

— J'adorerais, ma chérie, lui assura-t-elle, en lui caressant les cheveux. On y ira ensemble. Le week-end prochain, peut-être.

Puis, tandis qu'Annika parlait avec son grand-père, Tilda regarda le visage animé de la fillette en sortant le dîner que la baby-sitter avait laissé pour eux.

Sa fille avait les yeux sombres de Caleb, ses sourcils marqués et ses pommettes saillantes. Mais c'était une petite fille.

Comment Elaine aurait-elle pu faire le rapprochement ?

Quand ils eurent fini leur glace, Tilda jeta un œil à l'horloge.

— Au dodo, ma puce.

— Est-ce que je peux regarder une vidéo ?

— Non, direct au lit. Brosse-toi les cheveux et les dents. Je viendrai t'embrasser.

Une fois Annika montée, au salon le père de Tilda ferma les yeux et laissa retomber la tête en arrière. Il avait l'air pâle et épuisé.

— Papa ? dit Tilda depuis la cuisine. Tout va bien ?

Il n'ouvrit pas les yeux.

— Je suis seulement triste de ne pas être à la hauteur pour Annika.

— Qu'est-ce que tu racontes ? À la hauteur de quoi ?

Son père agita vaguement la main.

— Comme figure paternelle. Je n'en ai pas la force.

Tilda s'essuya les mains et fonça le rejoindre.

— Évidemment. Tu es sous bêtabloquants. Tu vas être fatigué pendant des mois, mais ça va revenir.

— Peut-être, répondit-il d'une petite voix.

Ce genre de discours effrayait Tilda.

— On fait avec ce qu'on a, dit-elle d'une voix grave. C'est toi qui me l'as appris. On gère ce qu'on a, et on ne se plaint pas. Tu t'en souviens ?

La bouche de son père se tordit.

— Ma fille chérie. Forte comme un petit cheval.

— J'ai besoin que tu sois fort pour moi, papa. Et positif.

Il hocha la tête.

— Bien sûr. Je vais essayer. Promis. Je ne me plains plus.

Tilda avait installé Annika dans sa chambre de petite fille. Elle était roulée en boule sous une antique couverture à fleurs et adressa un regard inquiet à sa mère.

— Maman, est-ce que papy va bien ?

— Il est seulement fatigué, parce que son cœur n'est pas encore remis de son opération. Et il prend des médicaments pour qu'il ne batte pas trop vite. Ça lui prend son énergie. Mais ça va aller.

— J'espère, répondit Annika. Je veux avoir papy, au moins.

— Au moins ? Qu'est-ce que ça veut dire ?

— Quand j'étais avec Kaylea, elle se plaignait de sa famille. Elle a une maman, un papa, une sœur, deux frères, deux oncles, trois tantes, huit cousins et six papys et mamies.

— Six ? Waouh !

— Oui, parce que ses deux mamies se sont mariées deux fois. Et elle se plaint parce que la salle de bains est toujours occupée. Moi je trouve qu'elle a de la chance.

Annika se blottit contre elle.

— Kaylea est gentille, mais mes copines d'école me manquent, ajouta-t-elle.

— Je sais, ma chérie. Je suis désolée d'avoir dû te priver de tout ça.

— Je sais. Il fallait qu'on rentre aider papy. Mais ce soir il avait l'air si triste. J'ai même pas réussi à lui faire garder son sourire.

— Tu es adorable d'avoir essayé.

La gorge serrée, Tilda embrassa Annika. Lorsqu'elle redescendit, elle reprit place sur le canapé et sortit un gros dossier de sa mallette.

— C'est ça, le dossier qui peut descendre MossTech en flammes ? demanda son père.

— Oui. Jettes-y un œil.

Elle le déposa sur ses genoux. Son père sembla hésiter à le toucher.

— Comment as-tu obtenu ça ?

— Un spécialiste du capital-risque de ma connaissance, Weston Brody, que j'ai croisé récemment à une conférence, à Rio. On a discuté de la possibilité qu'il finance Far Eye.

Son père eut l'air impressionné et feuilleta les papiers.

— Qu'est-ce que c'est, exactement ?

— Un journal écrit par John Padraig, directeur d'un laboratoire MossTech au Sri Lanka, il y a vingt-trois ans. Tu te souviens quand le labo MossTech a explosé là-bas ?

— Bien sûr. Un attentat terroriste. Naomi Moss, la

femme de Jerome, a été tuée. C'était une amie à moi, de Caltech. Elle avait une fille de ton âge, Veronica. Ça m'avait brisé le cœur.

— Voilà, répondit Tilda. Padraig était directeur du labo. MossTech développait une souche de millet résistant à la sécheresse et aux nuisibles. Mais c'était l'hôte idéal pour une moisissure toxique. Beaucoup de gens sont morts, mais l'affaire a été étouffée. Il y a eu des pots-de-vin, et des rapports de laboratoire falsifiés. Tout est dans le journal de Padraig.

Son père plissa les yeux derrière ses lunettes.

— C'est pas facile à lire.

Tilda sélectionna un document.

— Tiens, une transcription imprimée. Padraig pensait que Naomi était derrière tout ça, et qu'elle agissait au nom d'Elaine, de Bertram et de Jerome Moss.

Son père feuilletait le dossier.

— Pourquoi Brody veut-il nuire aux Moss ?

— Je ne sais pas, papa. Il ne me l'a pas dit.

— Ah ! Alors pourquoi ne le fait-il pas tout seul ?

— Il veut éviter les retombées, pour protéger son entreprise. Alors il se sert de moi.

— Ben voyons ! répondit son père d'un ton acide. On dirait que ça devient une habitude.

— Voyons, papa. Il essaye seulement d'aider.

Son père poussa un grognement de doute.

— Naomi était ma directrice de thèse à Caltech, avant d'épouser Jerome Moss. J'étais à moitié amoureux d'elle. Elle avait des principes. Elle n'aurait jamais fait une chose pareille.

Il tapota le dossier.

— Il y a un truc qui ne colle pas. Ça sonne faux.

— Tu crois que ce serait mal de l'utiliser contre eux ?

— Si j'étais absolument sûr que c'est vrai, je te dirais : « Vas-y, fonce. » Mais peux-tu en être certaine ?

Tilda soupira.

— Je me pose la question depuis que Wes m'a donné ça.

— Je laisserais ça de côté à ta place, lui conseilla son père. Laisse MossTech faire ce qu'ils veulent. On va s'en sortir. Je veux seulement que tu sois à l'abri financièrement, et que tu aies un peu de côté pour l'éducation d'Annika.

— Ça ira, papa. J'ai des compétences.

— Bien sûr, et tu vas retomber sur tes pieds. Quant à moi... Eh bien ! Riley BioGen n'est qu'une entreprise. Une société, ça naît, ça disparaît, c'est dans l'ordre des choses.

— Je ne veux pas que les gens qui travaillent pour toi depuis des dizaines d'années perdent leur emploi.

— Moi non plus, répondit son père d'un ton sombre. Mais je ne crois pas que ce dossier pourra l'empêcher.

Tilda resta silencieuse un long moment.

— Je pourrais épouser Caleb Moss, dit-elle lentement.

Son père laissa échapper les papiers qu'il tenait, qui s'étalèrent au sol.

— Pas question ! Ma chérie, dis-moi que tu n'es pas sérieuse. Tu as déjà fui cet homme une fois. Et il ne sait même pas qu'Annika existe.

— Les choses sont différentes aujourd'hui. Je n'ai jamais eu l'intention de me marier de toute façon. Le destin m'a déjà donné une enfant, et elle est formidable. Annika me suffit. Je n'ai besoin de rien d'autre que d'une signature en bas de quelques documents de la part de Caleb. S'il veut intervenir dans sa vie en tant que père, je ferai stipuler par écrit que c'est moi qui prends toutes les décisions la concernant. Alors pourquoi pas ? Ce ne serait qu'un accord commercial.

— Attends encore un peu, la supplia son père. Réfléchis.

Tilda pensa à ce que Caleb avait dit ce soir-là, quand elle lui avait offert son amour.

Elle ne referait pas cette erreur. Elle sortit la carte de visite d'Elaine et composa son numéro.

— J'ai assez réfléchi, répondit-elle. Il est temps d'agir.

- 3 -

— Tu plaisantes, dit Maddie. Je t'en prie, Gran. Dis-moi que c'est une blague.

— J'ai bien peur que non, répondit Gran d'une voix ferme. C'est vrai, et c'est fait.

Caleb, face à la fenêtre de la bibliothèque de la maison de Gran, leur tournait le dos. Ses mains tremblaient de rage.

— Tu nous as lavé le cerveau avec MossTech, déclara-t-il. Et on a marché, comme de bons petits soldats. Protéger l'héritage de Grandpa ! Nourrir les affamés, protéger les sols, sauvegarder l'avenir ! Et maintenant tu prends l'entreprise de Grandpa en otage rien que pour te payer notre tête ?

— En otage, rien que ça ! siffla Elaine. Quel vocabulaire terrible.

— Et sérieusement ! s'exclama Maddie. Les garçons peuvent attendre trente-cinq ans, et moi trente ? En quoi c'est juste ?

— Ce n'est pas juste, ma chérie. Plains-toi aux instances supérieures. Les hommes ont droit à une plus grande marge d'erreur en termes de délai de reproduction.

— Mais je ne veux pas me reproduire ! protesta Maddie.

— Ne dis pas n'importe quoi. De toute façon, c'est vous tous ou personne. Si l'un d'entre vous se défile, c'est Jerome qui récupère les parts.

— Il nous fera entrer en Bourse, comme il l'a toujours

voulu, reprit Caleb. Je pensais que les choix moraux de MossTech t'importaient. Que les personnes valaient davantage que les profits. C'était des conneries ?

Gran prit un air sérieux.

— Pas du tout. C'est très important.

— Alors pourquoi ? demanda Maddie d'une voix qui devenait dangereusement aiguë. Pourquoi maintenant ?

Gran se laissa tomber dans un fauteuil.

— À mon âge, on commence à faire le bilan de ses erreurs, répondit-elle. Et ma plus grosse, je l'ai faite avec ta mère. J'ai été trop permissive avec elle. J'ai attendu de voir le feu s'allumer en elle, mais ça n'est jamais arrivé. Elle était aussi intelligente et talentueuse que n'importe lequel de vous trois, mais elle ne pensait qu'à s'amuser.

— Nous ne sommes pas elle, Gran, dit Maddie.

— J'en suis bien consciente. Mais j'ai surcompensé avec vous trois, et maintenant je le regrette. J'ai été trop stricte, trop exigeante. Maintenant, vous ne pensez qu'au travail, vous êtes tous célibataires, et aucun d'entre vous n'a la moindre velléité de fonder une famille…

— Tu m'as toujours dit qu'il y avait plus épanouissant pour une femme que de se contenter de faire des enfants ! s'écria Maddie. Ce n'est pas juste, de changer de discours maintenant !

— J'ai trop bien rempli mon devoir. Vous devriez tous avoir des tonnes de fiancés. Vous êtes intelligents, accomplis, séduisants. Mais vous vous retenez. Je ne le permettrai pas.

Caleb émit un grognement de frustration.

— Et comment en es-tu venue à cette aveuglante révélation ? Un rêve ? Une vision ? Un buisson ardent ?

— Ne sois pas insolent mon garçon, l'avertit Gran.

Ça m'est venu lors des fiançailles d'Ava Maddox il y a quelques semaines.

— J'y étais, dit Maddie. Je ne me rappelle pas avoir vu des anges armés d'épées en flammes.

— Ça suffit l'effronterie ! gronda Gran.

— Aux fiançailles d'Ava ? insista Maddie. Donc Ava s'est trouvé un superbe garçon avec qui elle va faire de splendides bébés, et ça t'a rendue jalouse parce que moi je n'en ai pas ? As-tu la moindre idée de la chance d'Ava ? Elle est éperdument amoureuse, et Zack l'adore. Mais tu sais quoi, Gran ? Moi aussi, je veux ça. Je ne me satisferai pas de la médiocrité rien que pour répondre à tes exigences démentes !

— Je veux aussi ce qu'il y a de mieux pour toi, mais ce n'est pas en travaillant quatre-vingts heures par semaine que tu vas le trouver, rétorqua Gran. Et ce n'est pas en voyant le fiancé d'Ava, aussi beau soit-il, que ça m'est venu. C'est quand j'ai vu la petite de Tilda.

Caleb sentit ses tripes se tordre.

— Qu'est-ce qu'elle a ?

— Ce qu'elle a ? demanda Gran. C'est toi qui demandes ça ? Sans rire ?

— Je ne vois pas ce que tu veux dire, Gran.

— Dès que j'ai vu cette petite, j'ai demandé à mon assistante de se renseigner. Annika Ruth Riley, huit ans, née à Kuala Lumpur. Il m'a suffi de la voir une fois pour savoir exactement ce que toi, Caleb, tu faisais avec Tilda Riley neuf mois auparavant.

— Quoi ?

— Tu étais à San Francisco alors, je me trompe ? Tu travaillais sur ta start-up. Et elle, elle sortait de Stanford. Une fille brillante. Diplômée en avance.

Les yeux de Maddie s'écarquillèrent.

— Oh ! mon Dieu ! C'est énorme. C'est vrai, Cal ?

Il ouvrit la bouche, la referma.

— Je… je ne sais pas.

— Moi, je sais, affirma Gran.

— Enfin, Gran, reprit Maddie. Tu ne peux pas en être sûre. Pas sans un test ADN.

— J'en suis sûre. Cette enfant est le sosie de votre mère. Ma pauvre Susannah. J'ai eu l'impression de voir un fantôme. Il a fallu que je m'asseye pour ne pas tomber.

Elles se tournèrent vers Caleb.

— Alors ? demanda Maddie. C'est vrai ?

— Quoi ? répondit-il d'un ton sec. Je viens tout juste d'apprendre l'existence de cette gamine !

— D'accord, je vais être plus précise, dit Gran. As-tu couché avec Tilda Riley il y a neuf ans ?

— On s'est fréquentés, admit-il. Ça a mal fini. Elle est partie à l'étranger. Je n'ai plus eu de nouvelles.

Il y eut un silence pesant.

— Cette petite fille a grandi de l'autre côté de la planète. J'aurais pu ne jamais savoir qu'elle existe.

L'intensité tremblante de la voix de Gran le rendit nerveux.

— Ne t'énerve pas, Gran, dit doucement Maddie. Cette enfant c'est Annika Riley, pas Susannah. D'accord ? Ne les confonds pas.

— Je ne confonds rien ! tonna Elaine. Ne me parle pas sur ce ton condescendant. J'ai le droit de me sentir grugée de n'avoir jamais rencontré ma propre arrière-petite-fille.

— On ne sait même pas si c'est vrai, intervint Caleb.

— Tu as dû lui faire un sacré effet pour qu'elle s'enfuie jusqu'à Kuala Lumpur. Neuf ans, et pas le moindre mot ? Bien joué, Caleb.

— Oui, elle me méprise. J'aurais pu vous le dire si tu m'avais prévenu.

— Je n'allais pas te laisser le temps d'élaborer une stratégie de défense. Désolée pour le shoot d'adrénaline, mais c'était un peu l'idée.

— Gran, tu te rends compte à quel point c'est malsain ?

— Oh ! ça va ! Tu as eu une liaison avec Tilda, et tu es parti. Peut-être devrais-tu revenir sur cette décision, maintenant que tu as mûri un peu.

Le téléphone de sa grand-mère vibra dans son sac à main.

— Quand on parle du loup…, dit-elle en le sortant. C'est Tilda.

Il tressaillit.

— Tu as son numéro dans ton téléphone ?

— J'ai fait mes recherches. Et je lui ai donné ma carte. C'est bien de laisser les lignes de communication ouvertes. Contrairement à toi. Neuf ans, pour l'amour de Dieu, Caleb !

— Bon sang ! Gran…

— Chut !

Elle appuya sur le haut-parleur.

— Tilda ! s'écria-t-elle. Merci d'appeler.

— Bonsoir, madame Moss.

La voix de Tilda avait la douceur du velours. Caleb sentit un frisson lui parcourir la peau.

— Appelle-moi Elaine. Abandonnons les mondanités.

— Merci. Caleb est là ? Je veux lui parler, mais je n'ai pas son numéro.

— Justement, oui. Et on parlait de toi. Quelle coïncidence !

— En effet, répondit Tilda d'un ton sec. Auriez-vous l'obligeance de me le passer ?

— Bien entendu.

Elaine lui tendit son téléphone, et Caleb éteignit le haut-parleur.

— Allô ?

— Bonjour, Caleb.

La voix de Tilda avait l'air vaguement amusé.

— Clarifions tout de suite les choses, avant d'aller plus loin. La proposition d'Elaine a paru te prendre de court.

— Absolument.

— Je vois. Donc je suppose que cette proposition de mariage n'est pas sérieuse.

— Ah…

Caleb fit une pause, le temps de reprendre ses esprits.

— Pourquoi demandes-tu ça ?

Tilda eut un soupir d'impatience.

— Ne perds pas ton temps à faire le timide. Si ta grand-mère délirait, dis-le-moi, et je te laisse tranquille.

Caleb réussit à maîtriser le tremblement de sa voix.

— Et ta fille ?

— Quoi, ma fille ? Quel rapport ?

— Elle est de moi ?

Tilda ne répondit rien pendant un long moment.

— Oui.

Une onde de choc parcourut sa colonne vertébrale. Il se rendit compte qu'il s'était affalé brutalement dans un fauteuil. Ses oreilles bourdonnaient.

— Caleb ? Tu es toujours là ?

— Oui.

Sa voix était étranglée.

— Tu n'as pas répondu à ma question. Alors ? La proposition ?

— Sérieuse, répondit-il d'une voix blanche. Mais il faut qu'on parle.

Il croisa le regard de Gran, puis celui de Maddie. Elles ne perdaient rien de la conversation.

— En privé, ajouta-t-il.

— Demain ?

— Ce soir. À la Black Dog Tavern. Tu es chez ton père en ce moment ? 22 h 30 ça va ? Je peux venir te…

— Je te retrouve là-bas.

Il hésita.

— Tu ne veux pas que je la voie ?

— Annika ? Pas ce soir. Ça fait une heure qu'elle est au lit. De toute façon, tu ne la verras pas tant que je ne saurai pas ce qu'on attend de moi. Ou d'elle.

— Rien de négatif, murmura-t-il.

Tilda poussa une exclamation ironique.

— Allez, à tout à l'heure, Caleb.

Caleb reposa le téléphone sur la table. Il avait l'impression de manquer d'air.

— Caleb ? l'interpella Gran. Qu'a-t-elle dit ?

— Ce n'est pas tes oignons.

Il sortit à grands pas.

— Caleb ! Reviens !

La voix de Gran se dissipa tandis qu'il courait vers sa voiture. Il avait peut-être le temps de prendre une douche et de se raser vite fait.

Dans la voiture, Tilda s'agaça contre elle-même d'avoir lâché ses cheveux. Elle l'avait fait par découragement, après moult tentatives pour les attacher correctement. Ses bras étaient mous, ses doigts gourds. Mais un chignon, c'était un important message non verbal. Ça disait qu'elle était adulte, ferme, sérieuse. Pas le genre de fille avec laquelle on s'amuse et qu'on jette après.

Elle était une pro. Une mère. Une guerrière. Et les

boucles blondes lâchées dans son dos n'envoyaient pas du tout ce message.

Elle entra dans le restaurant, soulagée que l'éclairage soit tamisé. Elle repéra immédiatement Caleb et s'avança vers lui, intensément consciente qu'il la regardait fixement.

Il ne souriait pas.

— Bonjour, Tilda.

— Bonjour, Caleb.

Il désigna le siège en face de lui. Elle s'y glissa et posa les mains sur la table devant elle.

— Waouh ! murmura-t-elle. C'est bizarre.

— Ce n'est pas tous les jours que ma grand-mère me propose en mariage, dit-il, avec un bref sourire. Désolé pour le choc.

— Pas de problème. Je suis dure à cuire.

La serveuse apparut. Ils commandèrent des bières, et Caleb demanda :

— Tu veux dîner ? Ils font de bons burgers ici.

— Je n'ai pas faim.

Ils se regardèrent en silence pendant un moment.

— Bon sang, Tilda ! dit finalement Caleb. Pourquoi tu ne m'as rien dit ?

Elle leva un sourcil.

— Tu te souviens de ce que tu m'as dit ce dernier soir ?

Caleb eut l'air mal à l'aise.

— Plus ou moins.

— Tu m'as dit que l'amour n'existait pas. Que c'était la chimie de mon corps qui me jouait des tours. Que ce que je ressentais pour toi, c'était ce que toutes les vierges ressentaient pour le type qui les déflore.

Il grimaça.

— J'étais un sale con.

— Sans aucun doute possible. Quand je me suis rendu

compte que j'étais enceinte, j'étais à l'autre bout de la Terre. Et plus le temps passait, moins j'avais envie de t'en parler. Annika et moi, on était bien toutes les deux. Et maintenant, elle apprend à connaître son grand-père. Donc tout va bien.

— J'ai entendu parler des problèmes cardiaques de Herbert. Je suis content qu'il aille mieux.

— Il irait encore mieux si son entreprise n'était pas attaquée. Garde tes platitudes.

— Je suis sincère, répondit Caleb. Et puisqu'on est dans la franchise, Riley BioGen avait des problèmes avant que Jerome ait des vues dessus. À ce stade, vous avez besoin de nous.

— Laissons ce débat de côté pour l'instant, répondit-elle. On a d'autres points à aborder.

— Comme tu veux.

La serveuse revenait avec leurs bières. Tilda en but une gorgée.

— Donc, ta grand-mère déchire, dis-moi. Elle se mêle toujours de tes affaires comme ça ?

Caleb se mit à rire.

— Cette fois, même moi j'ai été choqué. Elle dirigeait la boîte d'une main de fer quand elle était P-DG. Elle n'a jamais hésité à donner son opinion sur nos choix. Mais quand même, aujourd'hui elle a dépassé les bornes.

— Elle est sérieuse alors ? Tu te maries avant ton anniversaire, ou gare ?

— Oui. Moi, Maddie et Marcus. Soit on se marie, soit elle passe les rênes de l'entreprise à mon oncle. Qui a une vision très différente de l'avenir de MossTech. Que nous ne partageons pas.

— Tu fréquentes d'autres personnes ? demanda-t-elle. D'autres candidates aux épousailles ? Désolée pour ma franchise, mais autant tout mettre sur le tapis. Pas de surprise, comme ça.

Caleb secoua la tête.

— Personne. J'ai été très concentré sur le boulot ces derniers temps.

— Et tu es ouvert à la possibilité de résoudre nos deux problèmes en m'épousant ?

— Oui.

— Elle ne peut pas nous obliger à avoir d'autres enfants.

— Comment le pourrait-elle ? Personne ne peut contrôler ça.

— Ce que je veux dire, c'est que ce ne sera qu'un mariage de convenance, reprit Tilda. Un accord commercial. Ta grand-mère te lâche, et ton entreprise est sécurisée.

— Et je peux faire la connaissance de ma fille.

Tilda fut surprise par l'émotion soudaine qui lui noua la gorge. Elle aimait l'idée qu'Annika bénéficie de la chaleur, de la sécurité et de la protection d'un père, malgré le risque. Elle ne s'était pas rendu compte à quel point elle y aspirait.

Elle déglutit difficilement.

— Ça me semble juste.

— Et toi ? Que veux-tu ?

— Je veux que l'héritage de mon père soit protégé. Je veux que ses employés ne se retrouvent pas au chômage. Nos collaborateurs connaissent nos recherches, nos équipements. Je veux une continuité. Pour que le système que nous développons depuis quarante ans continue à fonctionner.

— Ça me semble être l'intérêt de tout le monde. Riley BioGen au mieux de sa forme, avec toutes ses équipes formées en place, c'est beaucoup mieux qu'un champ de ruines.

— Ça doit être difficile à avaler, reprit-elle. Elaine qui utilise MossTech pour arriver à ses fins.

— Ça me met en rage, admit-il. On a quadruplé nos résultats sans jamais compromettre nos principes. Et voilà qu'elle est prête à tout donner à ce salopard de Jerome.

— Tu ne le portes pas dans ton cœur, dis donc.

— Non. Jerome n'a rien de sympathique. Surtout pas aux yeux de Gran. Mais la perspective d'une arrière-petite-fille est extrêmement motivante pour elle.

— Hmm, murmura Tilda. Comment a-t-elle su, pour Annika ? Je n'ai jamais dit à personne que tu étais son père. Pas même au mien.

— Elle ressemble à ma mère, dit Caleb. Gran a vu Annika à la fête d'Ava Maddox, et elle a eu l'impression de voir le fantôme de sa fille, Susannah. Elle a été très secouée.

— Je vois.

— Tu as une photo ?

Tilda sélectionna quelques photos récentes sur son téléphone et le lui tendit. Caleb les regarda avec intensité.

— C'est vrai, dit-il. Je me souviens à peine de ma mère, mais j'ai vu des photos d'elle à cet âge. Ça pourrait être la même personne. C'est une très belle petite fille.

— Elle est merveilleuse. Gentille, drôle, sensible. Elle n'a pas peur de dire ce qu'elle pense. Elle sent tout de suite quand il y a un truc louche, ce qu'elle ne tient pas de moi. Et d'ailleurs, poursuivit-elle, je veux que les choses soient claires. Mariée ou pas, c'est moi qui prends toutes les décisions concernant Annika. Pas toi. Ni Elaine.

Caleb hocha la tête.

— Je vois l'idée. Un mariage uniquement sur le papier, Riley BioGen avec des pincettes et Annika n'est rien qu'à toi. Tu ne serais pas un peu sur la défensive ?

— Totalement sur la défensive. D'ailleurs, encore une chose. Une sortie de secours. On doit pouvoir divorcer.

— Les documents de Gran parlent de cinq ans.

— C'est très long. Je ne veux plus d'enfants, mais toi peut-être. Ça pourrait être un problème.

— J'en doute.

— Et, bien sûr, on sera tous les deux libres d'avoir des relations à l'extérieur. Discrètement bien entendu.

L'atmosphère sembla se tendre soudain.

— Tu vois quelqu'un ? demanda Caleb tout doucement.

Elle secoua la tête.

— Je ne fais qu'anticiper.

— D'accord.

Caleb regarda de nouveau les photos.

— Qu'est-ce que ça te fait, de la voir ?

— C'est bizarre. J'ai raté tant de choses. Je ne sais pas à quoi elle ressemblait bébé. Je ne connais pas sa voix.

Tilda repoussa une vague de culpabilité.

— Je ne pouvais pas t'en parler, Caleb.

— Je comprends. Je devine comment tu as dû te sentir il y a neuf ans. Je t'ai rejetée vraiment durement. Je le regrette. J'espère rattraper le temps perdu.

— Tu… tu veux t'impliquer en tant que père ? Pour de vrai ?

— Oui.

Il lui rendit son téléphone.

— C'est ce sur quoi nous devons vraiment travailler tous les deux. Le reste, ce n'est que du vent.

Elle prit une profonde inspiration pour contrôler son émotion.

— Je suis contente que tu le prennes comme ça. Tu vas voir, elle est exceptionnelle.

— J'ai hâte.

— Mais que les choses soient claires. C'est du boulot. Ce n'est pas facile. Et tu ne peux pas te défiler. C'est clair ? Parce que si tu lui fais miroiter l'idée d'avoir un vrai papa et que tu la laisses tomber, je te traquerai jusqu'au bout du monde et je te détruirai. C'est bien compris ?

Caleb sourit.

— J'approuve cette priorisation familiale. Annika a de la chance. Je ne me défilerai pas. Maddie et Gran meurent d'envie de la rencontrer, et elles ne la laisseront jamais tomber non plus.

— Alors d'accord.

Elle poussa un profond soupir.

— On met nos avocats en contact pour le contrat de mariage et tout ça ?

— Je dis à mon équipe de s'en occuper.

— Parfait. Je pense qu'on a fini.

— Je te raccompagne à ta voiture.

— Je suis venue en taxi.

— Encore mieux. Je te raccompagne chez toi.

Elle ne trouva aucune raison valable de refuser. Dans sa Porsche, elle resta silencieuse, les mains jointes, et se demanda si elle ne venait pas de commettre une énorme erreur.

Juste avant qu'ils arrivent destination, Caleb prit la parole.

— Tilda. Je suis désolé pour ce que je t'ai dit ce soir-là. Je n'en suis pas fier.

Tilda repensa au temps qu'il lui avait fallu pour recoller les morceaux. Toutes ces années à pleurer en s'endormant. La colère qui s'était lentement cristallisée en glace.

— Ne t'excuse pas. On ne peut pas réparer ce qui est cassé. C'est du passé. Maintenant, on a un accord commercial.

— D'accord.

— Bonne nuit.

Elle ouvrit la portière, et Caleb se pencha sur sa main, qu'il embrassa doucement.

Elle regarda la voiture disparaître dans la nuit, la main brûlante de ce baiser volé.

- 4 -

— J'aurais aimé venir, dit Marcus. Mais tu me prends au dépourvu là.

Caleb s'éloigna de Maddie, et du bavardage excité de sa cousine, Ronnie, pour mieux entendre son frère au téléphone.

— Au moins j'ai pu te joindre avant, dit-il. Ce n'est pas un vrai mariage. C'est un accord commercial.

— Quand même. J'ai hâte de la rencontrer. Tu es sûr que c'est une bonne idée ?

— Plus trop, avoua-t-il.

— C'est marrant de t'entendre douter comme ça. Ça va peut-être faire bouger les choses dans ton petit monde idéal.

Caleb ricana.

— OK, frangin. Tu sais que Gran a aussi des plans pour toi ? Maddie aura trente ans avant que tu en aies trente-cinq, mais quand même. Tu ferais bien de commencer à réfléchir à une solution.

— Quand les poules auront des dents ! répliqua Marcus.

Ah ! Vu que Caleb avait dû céder, il n'allait pas laisser son frère s'en tirer comme ça. Mais ce n'était pas le moment de se disputer.

— On en parle plus tard, il faut que j'y aille.

— OK. Félicitations, et tout, et tout.

Caleb mit fin à l'appel et se tourna vers Maddie et

Ronnie, toutes deux émues aux larmes. Ronnie était fiancée à Jareth, une pointure dans le monde de la télévision qui l'aidait à produire son émission scientifique.

Il leur avait dit qu'il n'y avait aucune raison de s'exciter, mais elles l'avaient totalement ignoré. Il n'y avait pourtant rien d'enthousiasmant. Il devait garder la tête froide.

Mais il était sur le point de se marier. Avec Tilda Riley. Et de rencontrer sa fille. Il avait du mal à respirer.

La personne qui devait célébrer leur union arriva ; une dame austère aux cheveux blancs et bouclés. L'officier d'état civil était également là, avec le certificat de mariage. Mais la fiancée était en retard.

Il faillit sursauter quand l'Interphone sonna.

— Monsieur Moss, Mlle Tilda Riley, M. Herbert Riley et Mlle Annika Riley pour vous.

— Faites-les entrer.

Maddie était surexcitée. Elle et Ronnie avaient insisté pour se mettre sur leur trente et un. Ronnie portait un fourreau bleu pâle, et avait lâché ses magnifiques boucles rousses. Maddie avait opté pour une minirobe couleur pêche qui mettait en valeur sa peau mate, ses boucles noires et ses longues jambes. Gran était tout en élégance dans un tailleur gris perle et coiffée d'un chignon blanc.

Gran lui ajusta sa cravate et l'évalua du regard.

— Très élégant. Armani ? murmura-t-elle.

Caleb haussa les épaules.

— J'ai pris la première chose qui se présentait dans le placard.

Gran pinça les lèvres.

— Excellent choix, mon chéri.

La porte s'ouvrit, et Tilda entra, suivie d'une petite fille et de Herbert Riley.

Tilda était somptueuse avec les cheveux relevés. La veste

de son tailleur ivoire se fermait sur un haut en dentelle moulant, et son pantalon ajusté mettait ses courbes sexy en valeur. Elle portait des ballerines blanc cassé, une pochette ivoire dans une main et un bouquet de roses et de gypsophiles dans l'autre, duquel pendaient quelques rubans blancs.

La fillette portait une robe de dentelle blanche et des souliers vernis. Ses cheveux étaient ornés d'une couronne de roses, et elle tenait un bouquet semblable à celui de sa mère. Leurs yeux se croisèrent.

Il connaissait ce regard. Scrutateur. Curieux. Tilda sourit aux autres et se tourna vers lui.

Caleb.

Tilda.

Il tendit la main à Annika. La petite fille la saisit et la secoua.

— Je m'appelle Annika.

— Caleb. Je suis ravi de te rencontrer. J'espère que nous serons amis.

Annika avait l'air de rester sur ses gardes.

— Moi aussi, répondit-elle poliment.

Caleb se tourna vers Tilda.

— Jolies fleurs. Tu as fait des frais.

— C'est Annika. C'est pour ça que nous sommes en retard. Elle a insisté pour qu'on s'arrête chez un fleuriste pour acheter des bouquets et sa couronne de fleurs. Je l'ai arrêtée quand elle a voulu que j'en porte une aussi.

— Ça aurait été joli, dit Annika d'une voix lourde de reproches.

— Pas avec un tailleur, répondit Tilda. Peut-être avec une longue robe blanche.

— Alors tu aurais dû mettre une longue robe blanche ! C'est un mariage, maman !

— Vous êtes magnifiques toutes les deux.

Caleb regarda Annika.

— Les fleurs sont parfaites. Je suis très content que vous en ayez. Tu as bien fait d'insister.

— Ben oui, je sais !

— Annika…, dit Tilda sur un ton d'avertissement. C'est « Merci » qu'on répond dans ces cas-là.

Annika jeta un œil à Caleb et leva les yeux au ciel.

— Merci.

Puis Gran, Maddie et Ronnie se mirent à entourer Annika pour la féliciter pour sa belle coiffure, ses fleurs, et la couvrir de baisers. Caleb et Tilda se regardèrent dans un silence gêné.

— Tu es sûr de toi ? demanda-elle. Tu as l'air très tendu.

— Ça fait beaucoup d'un coup. De la rencontrer comme ça.

— Il n'est pas trop tard pour renoncer. On n'a encore rien signé.

Caleb secoua la tête.

— On a tout intérêt à aller jusqu'au bout. Si tu es toujours partante, moi aussi.

Herbert l'aborda froidement.

— Bonjour, Caleb.

— Bonjour, Herbert.

Il lui serra la main.

— Tu ne réalises pas ta chance, dit Herbert. Tu ferais bien de t'en rendre compte rapidement. Et de te conduire mieux que la dernière fois.

— Papa ! C'est gênant !

— Après quelques crises cardiaques, on ne perd plus son temps à dire des âneries pour la forme.

— Tout va bien, Tilda, répondit Caleb. Tu as déjà refusé mes excuses. Je vais les lui présenter à lui.

— Je les refuse aussi, répondit Herbert. Conduis-toi mieux. Ces deux-là sont mes trésors. Si tu ne les traites pas bien, tu auras affaire à moi.

— Papa ? J'étais en train d'avoir une conversation privée avec mon fiancé.

Herbert se retourna et se dirigea à grands pas vers la fenêtre d'où il se mit à fixer les gratte-ciel de Seattle. Son attitude irradiait la colère.

— Désolée, murmura Tilda. Il est un peu ému.

— Ce n'est rien. Je suis sûr que je serais pareil à sa place.

— Oh oui ! Ça t'arrivera, répondit Tilda. Dans cinq ou six ans, voire plus tôt. Toujours à être préoccupé à l'idée d'être blessé ou utilisé. Ça te fait une belle perspective.

Caleb tressaillit. Il regarda Annika, qui riait avec Gran, Maddie et Veronica.

— Je n'arrive à pas réaliser.

— Continue d'essayer, murmura Tilda. C'est un processus long et douloureux. Et ça ne s'arrête que quand on meurt.

Caleb se mit à rire.

— Tu veux me faire peur ?

— Je ne sais pas. Ça marche ?

Caleb secoua la tête.

— Non.

— J'essaye peut-être tout simplement de te tester une dernière fois, avant que tu prêtes serment devant ma fille. Ce n'est quand même pas rien.

— C'est vrai.

Il lui tendit le bras.

— Alors ? Qu'en dis-tu ? On le fait ?

Elle lui prit le bras.

— À l'abattoir.

Il rit.

— Je suis si terrifiant ?

Elle lui sourit.

— Je te fais marcher.

Caleb s'était attendu à quelques mots officiels et à des signatures, mais curieusement l'événement prit une solennité inattendue. Tilda, les yeux clairs et inquisiteurs, se tenait en face de lui dans la pièce baignée de lumière. Gran était assise à côté de la femme qui célébrait, Annika et Herbert se tenaient derrière Tilda. Annika portait fièrement un petit coussin sur lequel reposaient les alliances. Gran avait insisté pour donner à Tilda la bague de fiançailles que Grandpa Bertram lui avait offerte soixante ans auparavant. Des opales et des diamants, qui resplendiraient sur sa main fine.

Herbert mitraillait Caleb des yeux. Il était flanqué de Maddie et Ronnie, demoiselles d'honneur autoproclamées.

La cérémonie passa comme un rêve. Caleb sentait les grands yeux d'Annika fixés sur lui, pleins de curiosité et d'espoir. Tilda se tenait droite, élégante, le menton levé. Quelques mèches folles s'étaient échappées de sa coiffure, et un rayon de lumière éclairait ses yeux vert pâle étrangement profonds.

Caleb prononça machinalement les mots qu'on attendait de lui. Tout était irréel.

— … mari et femme ! dit la célébrante sur un ton chantant. Vous pouvez embrasser la mariée.

Merde ! Caleb aurait dû préciser d'enlever cette partie-là. L'embrasser ou ne pas l'embrasser ? Il imagina brièvement le potentiel de gêne de chaque option… et opta pour un baiser léger sur les lèvres, pour sauver la face.

Les yeux de Tilda s'agrandirent d'étonnement. Elle ouvrit la bouche au moment où il se penchait…

Ce ne fut pas un bisou rapide, mais un vrai baiser. Le monde explosa et disparut, et soudain il n'y eut plus qu'elle. Son odeur, sa peau, ses lèvres. Douces, chaudes. Électriques.

Caleb recula, secoué.

Puis virent les vœux de bonheur et les embrassades. Une poignée de main sèche de la part de Herbert. Une étreinte impulsive d'Annika qui lui fit bondir le cœur. Gran le prit dans ses bras.

— Conduis-toi bien, don Juan, murmura-t-elle.

— Mêle-toi de tes affaires, Gran, siffla-t-il en retour. Tu as assez fait de dégâts comme ça.

Nullement troublée, Gran fit volte-face et annonça :

— Je vous invite tous dans le petit salon de conférences pour une coupe de champagne et un buffet !

— Je peux goûter du champagne ? demanda Annika.

— Non, ma chérie, lui répondit Gran. Pour toi, il y a des jus de fruits. Mais tu vas adorer les brioches à la cannelle et au caramel, et les bouchées au bacon et au fromage. Viens voir !

— Laisse-moi deviner, murmura Tilda à son oreille. Cette petite réception est autant une surprise que la demande en mariage.

— Bingo ! répondit-il tristement. Cela dit, je ne refuserai pas un peu d'alcool.

— Moi non plus.

Dans la salle de conférences, une longue table couverte d'une nappe blanche avait été dressée et ornée de magnifiques orchidées. Un seau à champagne débordait de bouteilles, et le buffet était bien garni : petits fours salés tout chauds, bagels frais, fromage et saumon fumé, et un assortiment de pâtisseries. À leur entrée dans la pièce, un quintette à corde se mit à jouer.

Caleb et Tilda se regardèrent et éclatèrent de rire.

— *Le Printemps* de Vivaldi ?

— Je ne suis pas expert, mais ça me semble un peu *too much*, dit-il.

Leur rire dissipa la tension.

Il n'arrivait plus à penser. C'était beaucoup mieux comme ça d'ailleurs.

Annika avait l'air de passer un moment merveilleux. Elle s'était rapidement attachée à Maddie et Ronnie, et gloussait avec elles dans un coin. Elles avaient l'air enchantées. Sa précieuse petite fille était drôle et extravertie. Elle adorait faire la fête depuis toute petite. Ce qu'elle ne tenait pas d'elle. Ni de Caleb, a priori. Il avait toujours l'air tendu. Elle aussi, mais le champagne aidait.

Et ce baiser. Oh ! mon Dieu !

Répète après moi : un accord commercial.

Répète-le jusqu'à ce que ça te rentre bien dans le crâne, Tilda Riley.

Elle mangea une petite assiette d'amuse-gueule et but du champagne. Le quintette jouait des arrangements de musiques pop à la mode, au grand bonheur d'Annika, qui annonçait chaque titre devant Maddie et Ronnie ravies.

— Elle s'entend vraiment bien avec Maddie et Veronica, dit Caleb derrière elle.

Tilda se tourna vers lui et Elaine.

— Elle est douée pour se faire rapidement des amis.

— C'est une enfant adorable, dit Elaine. Agréable et bien élevée. Une vraie merveille. Tous mes compliments.

— Merci, répondit Tilda. C'est mon trésor.

Elaine leva son verre.

— Votre attention s'il vous plaît ! J'aimerais annoncer mon cadeau aux jeunes mariés !

Oh ! mon Dieu ! Elle jeta un regard alarmé à Caleb, qui secoua la tête.

— Aucune idée, chuchota-t-il. Prépare-toi au pire.

— Je suis ravie de voir l'aîné de mes petits-enfants enfin marié, dit Elaine. Il y a quelques années, j'ai acheté trois maisons de plage à Carruthers Bluff, entre Breakers Bay et Carruthers Cove. J'avais l'intention de les offrir à mes trois petits-enfants à l'occasion de leur mariage. Je vais enfin pouvoir commencer à m'en débarrasser ! Caleb, Tilda et toi êtes désormais les heureux propriétaires du 1200 Carruthers Bluff Road. Un jour, Marcus et Maddie seront vos voisins de vacances !

Elaine tendit un trousseau de clés à Caleb.

— Avec mes compliments, et toutes mes félicitations !

Caleb regarda les clés dans sa main, puis sa grand-mère.

— Waouh ! Merci, Gran. Mais j'aurais aimé être prévenu quand même.

— Te voilà prévenu. Et propriétaire.

— Caleb ne prend jamais de vacances, dit Maddie. Lui offrir une maison de plage, c'est du gaspillage.

— N'importe quoi. Il a une famille maintenant. Il aura besoin d'une résidence secondaire. D'ailleurs, les jeunes mariés, vous devriez aller passer quelques jours à Breakers Bay pour vous détendre. Et déterminer les détails de votre vie commune.

Tilda secoua la tête.

— Madame Moss, vous savez que je ne peux pas juste…

— Appelle-moi Elaine. S'il te plaît, insista-t-elle.

— Elaine, alors. J'ai une fille de huit ans. Je dois tout planifier.

— Ce qui m'amène à la suggestion suivante.

La voix d'Elaine se fit plus douce.

— Maddie, Ronnie et moi avons très envie de mieux connaître l'adorable Annika. Pourrait-elle rester avec nous quelques jours pendant votre lune de miel ?

Tilda faillit recracher son champagne.

Caleb se pencha vers elle.

— Dis-toi que c'est un voyage professionnel, murmura-t-il. Gran va trop loin, mais ça pourrait être un soulagement de s'éloigner de toute cette folie. Annika les occupera trop pour qu'elles nous ennuient quand on y sera.

— Je ferai livrer des provisions et du vin. Joshua, le gardien, meurt d'envie de s'occuper de tout pour vous. Et si vous voulez dîner dehors, il y a un restaurant étoilé au Michelin à quinze kilomètres. Vous pourrez passer des appels vidéo pour voir Annika quand vous voudrez pour vous assurer que tout va bien.

Tilda n'aimait pas qu'on lui force la main, mais il lui semblait malvenu de regimber dans ce contexte. Elle regarda Annika, inclinée par-dessus le bras de Maddie pour lui montrer jusqu'où elle pouvait se pencher en arrière. Ses cheveux touchaient le sol.

— Bien sûr, on n'a rien dit à Annika, dit Gran. On ne se serait pas permis.

Tilda l'appela.

— Viens, ma puce.

Annika arriva bondissant, les joues toutes roses.

— Maman, Maddie veut m'emmener à un spectacle de Glow Nation ! Elle connaît un des acrobates et pourra m'emmener en coulisses. Et Ronnie est l'animatrice de *La Vie secrète des cellules* ! C'est une star de la télé !

— C'est génial, mon cœur. Écoute-moi. Mme Moss t'invite à passer quelques jours avec elle, Maddie et Ronnie.

Annika écarquilla les yeux de bonheur.

— Oh ! Je peux y aller ? S'il te plaît, s'il te plaît !!!

— Oui, si tu es sûre d'en avoir envie.

— J'en ai très envie, elles sont trop gentilles, maman. Tu vas les adorer.

— J'en suis sûre, ma puce. Remercie Mme Moss pour son invitation.

Annika se jeta sur Elaine et l'étreignit. Quelques gouttes de champagne jaillirent de sa coupe et atterrirent sur sa main. Son visage s'adoucit.

— Tu es un amour.

Elaine posa sa coupe et serra Annika dans ses bras.

Cette étincelle dans les yeux d'Elaine mit Tilda mal à l'aise. Elle n'était pas certaine d'être prête à voir d'autres adultes éprouver des sentiments aussi forts pour son enfant. Mais plus il y aurait d'adultes qui voudraient s'occuper d'elle, plus elle serait en sécurité.

— Appelle-moi Gran, dit Elaine à Annika. Tout le monde m'appelle comme ça. Va prévenir Maddie et Ronnie.

— Merci, Gran !

Annika serra Tilda contre elle et, pour faire bonne mesure, Caleb aussi. Il fut lent à réagir et ne réussit pas à lui rendre son étreinte avant qu'elle ait détalé.

— Elle est très tactile, dit Tilda. Vous vous y ferez.

— C'est merveilleux ! dit Elaine. J'adore. Vive les câlins.

Elle se tamponna les yeux avec un mouchoir.

— Vous devriez aller vous préparer. Il faut trois heures et demie pour se rendre à Breakers Bay d'une traite.

Tilda regarda Elaine partir parler à Annika et, soudain, une pensée la frappa de plein fouet.

Elle venait d'accepter un séjour romantique à la plage avec son magnifique mari.

Mon Dieu !

- 5 -

Caleb rangea les bagages dans le coffre pendant que Tilda parlait à Annika, attachée dans la voiture de Maddie.

— Tu as ton chargeur de téléphone ?

— Tout est sous contrôle, maman, lui assura Annika. Détends-toi. Amuse-toi bien, d'accord ?

Tilda rit et regarda Annika lui faire un signe de la main tandis que la voiture de Maddie s'éloignait.

— Je n'ai pas l'habitude de la laisser.

— Elle va bien s'amuser avec Maddie.

Caleb ouvrit la portière de sa Porsche.

— On y va ?

Une fois installée, Tilda tourna le bouton de la radio.

— Tu reconnais cette chanson ?

Caleb écouta.

— Le quintette l'a jouée ce matin, non ?

— Oui, c'est un de nos groupes préférés à Annika et moi.

— Le quintette était génial, dit-il.

— C'est vrai, répondit Tilda avec ferveur. Je pensais que j'allais à un rendez-vous professionnel, et je me retrouve avec un brunch, un buisson d'orchidées et un orchestre.

— Annika voulait des fleurs, non ?

— Annika a huit ans. Elle veut encore être une princesse Disney quand elle sera grande. Ta grand-mère n'a pas ce genre d'excuse. Et le cadeau de mariage ? Un saladier ou un vase aurait fait l'affaire, mais non ! Une maison à la mer !

— Je n'ai rien vu venir, reconnut-il.

— Elle fait pression depuis longtemps pour que tu te maries ?

— Il y a quelques années, elle a vraiment fait tout son possible pour me caser, et j'ai résisté. J'ai cru qu'elle avait laissé tomber. Et puis elle a vu Annika à la fête d'Ava et elle est partie en vrille.

— Vraiment ? Seulement parce qu'elle veut une arrière-petite-fille ?

— Ça va plus loin que ça, répondit Caleb. Elle veut réparer ses anciennes erreurs.

— Quelles erreurs ?

— Je t'ai dit à quel point Annika ressemblait à ma mère, dit-il. Susannah était la seule enfant d'Elaine. Apparemment, Gran la gâtait. Lui passait tous ses caprices. Susannah a fait n'importe quoi. Elle a eu son bac de justesse. A fréquenté des mecs douteux. Quand elle a touché l'argent familial, elle est partie.

— Et ensuite ? demanda Tilda d'un ton inquiet.

— Elle est morte noyée pendant une tempête alors qu'elle était sur le yacht de son petit ami. Il est mort aussi. Maddie n'avait que huit mois. J'avais cinq ans, Marcus trois.

— C'est terrible. Elle a dû tellement te manquer.

— Pas vraiment.

Tilda le regarda, étonnée.

— Non ?

— Elle nous avait déjà laissés à Gran, Marcus et moi, poursuivit Caleb. Depuis mes trois ans. Susannah se lassait rapidement de ses enfants, mais elle était trop mal organisée pour réussir à ne pas en avoir. Sa solution c'était de les donner à élever à Gran. Elle lui aurait sans doute refilé Maddie aussi.

— Le petit ami, c'était ton père ?

— Non, on a tous des pères différents, mais on ne les connaît pas. On n'est même pas sûrs que le type du yacht était le père de Maddie.

— C'est terrible. Je suis désolée.

— Gran a voulu mieux faire avec nous, donc elle a adopté la tactique inverse de ce qu'elle avait fait avec Susannah. Et ô surprise ! nous sommes tous des ambitieux accros au travail, et elle est convaincue qu'elle doit y remédier par la force. Elle a de bonnes intentions, c'est ce qui la sauve. Elle n'est pas cruelle ; seulement persuadée d'avoir raison.

— Je n'arrive pas à croire que tu ne m'aies jamais rien dit sur ta mère, dit Tilda. Il me manquait une info cruciale sur ta bio. De quoi on a parlé, il y a neuf ans ?

— Je ne crois pas qu'on ait beaucoup parlé.

— En effet.

— Se découvrir père, ça change beaucoup de choses. Ça fait réfléchir sur le passé, et sur l'avenir. Et ta mère à toi ? Je ne connais pas ton histoire non plus.

— Elle est morte quand j'avais seize ans, d'une hémorragie cérébrale.

— Je suis désolé. Dire que je ne le savais pas.

— Ne t'inquiète pas. À l'époque, je faisais mon possible pour ne pas y penser. C'était encore assez frais.

— Il te reste de la famille ?

— Non, mes parents étaient enfants uniques, et ils n'ont eu que moi. Je me souviens avoir trouvé particulièrement ironique d'avoir fait un seul écart et de m'être retrouvée enceinte illico. Maman a tant essayé pendant des années, en vain.

Tilda ne quittait pas la route des yeux.

— Ça a été un choc énorme, mais j'ai voulu Annika à la minute où j'ai su qu'elle existait.

— Mais tu as décidé de ne rien me dire.

Elle se tordit les mains.

— Caleb, tu te souviens de ce que tu m'as dit la dernière nuit qu'on a passée ensemble ?

Il fut saisi par un sentiment de gêne.

— Oui, je m'en souviens. Mais j'ai changé.

— Tu m'as dit que tu ne m'aimais pas, et que tu ne m'aimerais jamais parce que l'amour n'existait pas. Que ce n'était qu'une question de chimie. D'hormones sexuelles. Un élan biologique poussant à la procréation.

— Je suis désolé d'avoir dit tout ça. C'était cruel.

— Ne te mets pas la rate au court-bouillon. C'était il y a longtemps. Mais quand j'ai su que j'étais enceinte, j'étais certaine que tu aurais pensé que j'essayais de te piéger.

— Je ne l'aurais pas pris comme ça, répondit-il.

— Comment le sais-tu ? Tu me dis toi-même que tu as changé. Et le type qui m'a assuré que mes glandes me poussaient à me reproduire pour la survie de l'espèce ? Je suis certaine qu'il aurait vu les choses comme ça, lui.

— Encore une fois, je suis vraiment désolé.

Tilda baissa les yeux sur les perles et les diamants de la bague de Gran.

— Merci. J'accepte tes excuses, si ça peut t'aider. Tu n'es pas obligé de continuer à m'en faire.

Un silence gêné s'installa. Tilda se mit à bâiller.

— Désolée. Je n'ai pas beaucoup dormi ces derniers temps.

— Il reste deux heures de route. Fais une petite sieste. Tu peux allonger ton siège.

Il appuya sur un bouton, et le siège passager s'inclina doucement en arrière.

— Dis-moi si je ronfle, dit-elle.

Elle s'endormit instantanément.

Caleb était doué pour l'organisation, le management, la stratégie, l'analyse de risque. Il savait comment gérer une immense entreprise agro-technologique internationale. Ça, c'était sa zone de confort.

Mais cette situation – Tilda et Annika –, non. Gran et Grandpa avaient compensé l'absence de ses parents, il leur en était reconnaissant, mais il restait un vide. Il avait une idée de qui était sa mère, de son apparence et de ses origines, mais son père était inconnu. Pas de photos, pas de souvenirs, pas d'histoires à raconter. Seulement des chromosomes.

Annika méritait mieux. Et il avait été tellement bête qu'il avait réussi à convaincre Tilda que ce serait mieux que son bébé grandisse sans père.

Ils arrivaient vers la côte, au milieu des pins, quand Tilda se réveilla. Elle ouvrit les yeux et s'étira au moment où, au détour d'une colline, l'océan s'ouvrait devant eux.

— Oh ! c'est tellement beau ! s'exclama-t-elle. J'ai dormi combien de temps ?

— Deux heures. On est presque arrivés.

— Désolée de t'avoir lâché pour ronfler.

— Tu ne ronfles pas, prétendit-il.

Ils empruntèrent une petite route, Carruthers Bluff Road.

— Plus que dix kilomètres, dit Caleb.

La route sinuait au milieu des arbres jusqu'au sommet de la crête. De chaque côté, le terrain était accidenté, et des rochers s'élevaient au milieu d'herbe verdoyante. Le soleil était bas sur l'horizon, et des nuages bordés d'or mêlaient le gris et le rose. De hautes collines surplombaient la longue plage. Les vagues laissaient de vastes marques ambrées sur le sable mouillé.

Caleb emprunta l'allée du 1200. Après quelques kilomètres de formations rocheuses spectaculaires et d'arbres déformés par le vent, apparut un vaste espace de verdure ponctué d'arbres sur lequel se dressait une maison en bardeaux gris. Le balcon de l'étage faisait face à la mer.

Caleb gara la voiture, et ils sortirent, époustouflés.

— C'est merveilleux ! lâcha Tilda.

— Le gardien m'a envoyé des infos, dit Caleb. Les restaurants dans le coin, les chemins de randonnée, les supermarchés. Il nous a laissé de quoi dîner, on n'est pas obligés de ressortir. Allons explorer les lieux.

Ils entrèrent et passèrent de pièce en pièce. Au rez-de-chaussée s'étendait un vaste salon, avec un haut plafond et des poutres apparentes. L'ambiance y était simple et rustique ; tissus naturels, tons ocre, tapis en jonc de mer. La pièce resplendissait dans la lumière chaude du soleil couchant. Le jacuzzi sous le porche latéral émit un sympathique jet de vapeur lorsqu'ils en soulevèrent le couvercle. Une terrasse à l'arrière offrait un barbecue et des meubles de jardin.

Tilda lut le mot du gardien.

— Il a laissé un repas de roi. Bisque de homard, pain frais. Huîtres prêtes à être panées. Salade, dessert, vin rouge et blanc, champagne. Tu ne savais vraiment pas que cet endroit existait ?

— Pas du tout.

— Je me demandais, vu que tu as une approche très détachée et commerciale du mariage, pourquoi n'as-tu pas épousé une des femmes qu'Elaine t'a sélectionnées ?

Caleb la regarda d'un air surpris.

— Je n'y ai jamais pensé.

— Pourquoi ?

Parce que ce n'était pas toi.

Caleb chercha quoi répondre à la place de l'indicible vérité.

— Cette exigence de se marier, c'est nouveau. Comme l'existence d'Annika. Je ne suis peut-être pas aussi froid et commercial que tu le penses.

Elle rosit, et se détourna.

— Je vois.

— Je vais chercher nos sacs.

Lorsqu'il revint, Tilda était à genoux devant la cheminée.

— Le feu est prêt à être allumé, dit-elle.

— Super ! On en fera un après dîner. On monte voir là-haut ?

À l'étage, il laissa les sacs dans le couloir, et ils ouvrirent les portes des différentes chambres. La première était une petite chambre avec un Velux et un lit une place niché dans une alcôve, surmonté d'une petite fenêtre.

— Ça pourra être la chambre d'Annika, quand elle viendra, dit-il.

Tilda esquissa un sourire.

— Elle va adorer.

— Prenons notre temps, reprit-il. Va faire un tour pour découvrir la propriété.

— Ça me va, dit-elle. À tout à l'heure.

Il porta son sac dans une autre chambre et s'assit sur le lit, en espérant très fort que son cœur allait se calmer. Prendre son temps. Tranquille.

Allons. Il était un Moss. Les ennuis, il savait gérer. Il était formé pour ça.

- 6 -

Tilda s'assit sur son lit et appela Annika.

Le visage de la fillette apparut à l'écran. Elle avait des flammes peintes autour des yeux et tenait une énorme glace dégoulinante.

— Hé ! maman ! Banane et chocolat !

— Ça a l'air délicieux, ma chérie. Où es-tu ?

— À un festival à Fremont, avec Ronnie et Maddie ! Je me suis fait maquiller !

— Je vois ça. Ça a l'air fabuleux. Envoie-moi des photos, d'accord ?

Le visage de Maddie apparut à l'écran.

— Hé ! Tilda ! Vous êtes arrivés dans la maison de votre lune de miel ?

— Oui, et c'est magnifique. Tu vas adorer cet endroit.

— Si j'arrive à décrocher ma part, dit Maddie en riant. C'est pas gagné. Ronnie et moi on passe un super moment avec notre fabuleuse nouvelle nièce.

Maddie embrassa Annika. La petite fille gloussa.

— Merci pour elle, dit Tilda.

— Oh non ! Tout le plaisir est pour nous.

— Je plussoie !

La moitié du visage souriant de Veronica apparut de l'autre côté d'Annika.

— On va voir *La terreur des Titans* ! annonça Annika.

— Génial ! Sois bien sage ma chérie. Je t'appelle demain.

— D'ac ! Au revoir, maman !

Le visage radieux d'Annika disparut de l'écran.

Tilda se sentit toute vide. C'était idiot, bien sûr. Annika passait un moment formidable avec sa nouvelle famille. Il n'y avait aucun sujet d'inquiétude. Mais cela lui donnait un étrange sentiment de perte.

Être mère célibataire était extrêmement prenant, mais le bon côté était qu'elle n'avait jamais le temps de s'attarder sur ses propres problèmes. Elle n'avait pas les moyens de s'arrêter une minute.

Et soudain, elle se retrouvait seule dans une maison de plage luxueuse, avec cet homme intriguant et sexy, et aucun besoin de tresser des cheveux, de faire des lacets ou de préparer des sandwichs. Le vertige.

Bon sang ! elle se conduisait en gamine. Elle était adulte, et c'était un voyage professionnel. Caleb l'avait dit lui-même.

Grandis ma fille.

Quand elle redescendit, il était appuyé à la rambarde du perron. Il était sacrément beau, vu de dos. Et vu de tous les autres angles d'ailleurs. Elle avait aimé ses cheveux longs neuf ans plus tôt, mais cette coupe sévère accentuait le côté saillant de sa mâchoire, ses oreilles bien ourlées et ses pommettes de dingue.

Elle s'arrêta sur ses épaules carrées et ses jambes magnifiques, tout en muscles. Sur ses muscles fermes et bien découpés cachés sous son pull. Elle s'en souvenait si bien. La douceur de son torse, son odeur, le goût de sa peau. Tout était ancré dans sa mémoire.

Elle le rejoignit. Le vent frais de l'océan souleva ses cheveux et rafraîchit son visage.

— Tu es bien installée ?

— Oui, c'est une chambre magnifique. Et la vue est incroyable.

— Apparemment, derrière la balançoire il y a un chemin relié à un sentier de randonnée qui longe la crête de Carruthers Bluff. De là, soit on part à gauche jusqu'à Breakers Bay, soit à droite jusqu'à Carruthers Cove. Tu aimes marcher ?

— J'adore, dit Tilda. Rien ne me détend davantage.

Caleb eut l'air content.

— Moi aussi. Je suis étonné de ne pas avoir su ça de toi.

Tilda ouvrit la bouche pour répondre, puis la referma. Comme si elle avait pensé à randonner, neuf années auparavant. La seule chose qu'elle avait voulu explorer à l'époque était son corps viril et musclé. Leurs muscles ne leur avaient servi qu'au lit.

— Demain, on ira jusqu'à Breakers Bay ou Carruthers Cove. On marchera sur la plage, on explorera la ville, on déjeunera et on reviendra. Ça fera une bonne randonnée, ça te dit ?

— Tout me dit.

Il sourit.

— Ah oui ? Dîner par exemple ?

— Avec plaisir.

En deux temps trois mouvements, un dîner spectaculaire fut prêt. Caleb pana les huîtres et réchauffa la bisque de homard, pendant que Tilda mettait la table et sortait les accompagnements du frigo.

— Du vin blanc ça te va ? demanda-t-elle. Il y a un sauvignon.

— Avec le poisson, c'est le mieux.

Elle sortit une foule d'accompagnements : beignets

d'artichaut, salade de crevettes, espadon fumé, poivrons rôtis, légumes sautés accompagnés de bacon.

— Il y a à manger pour dix.

— C'est la faute de Gran. N'oublie pas le citron.

— Je ne me plains pas, j'adore les fruits de mer.

Caleb apporta un plat d'huîtres panées croustillantes, et Tilda leur versa deux bols de bisque et deux verres de vin.

— Les huîtres ont l'air délicieuses, dit-elle. Depuis quand les P-DG apprennent-ils à cuisiner ?

Caleb goûta le vin.

— Tu te souviens que Gran voulait rattraper les erreurs passées ? Ma mère n'avait jamais rien appris de pratique. Elle ne savait pas se faire cuire un œuf. Alors Gran a fait en sorte qu'on sache se servir de nos mains. Laver le linge, le repasser, allumer un feu, changer un pneu ou l'huile de la voiture. Et cuisiner bien sûr.

Tilda rit et goûta un beignet d'artichaut.

— C'est délicieux. Et tu as appris à écorcher des serpents à sonnette aussi ?

— Non et je suis content que ce ne soit pas venu à l'idée de Gran.

— Tu sais cuisiner quoi d'autre ?

Caleb étala des poivrons rôtis sur du pain frais.

— Plein de trucs. On a reçu une formation complète.

— Tu en as de la chance. Moi j'improvise et je prie pour que ça marche.

— On a appris à faire les classiques, dit Caleb. Des soupes, des salades, des plats en sauce, des repas froids. Des recettes françaises, italiennes, chinoises. Maddie adore la cuisine mexicaine et thaïe, tout ce qui a des poivrons et de la coriandre. Le truc de Marcus, c'est le barbecue. Moi j'aime tout. Tous les styles, tous les continents. Je fais de super bonnes linguines aux coques, et il y en a plein ici. Ça te dirait ?

— Oh oui ! Tu avais tous ces talents culinaires quand je t'ai rencontré ? Je l'ignorais.

Elle avala une bouchée d'espadon, une expression de plaisir sur le visage.

— C'est tellement bon.

Caleb eut l'air consterné.

— Attends, dit-il. Je n'ai jamais cuisiné pour toi quand on était ensemble ?

— Jamais. On sortait ou on commandait.

Caleb secoua la tête.

— C'était vraiment un drôle de moment de ma vie.

Il semblait perplexe.

— On devrait cuisiner ensemble tant qu'on est là.

Elle se mit à rire.

— Pourquoi ? Dans le cadre de la consolidation de la confiance dans notre collaboration professionnelle ?

— Non, je pense seulement que ce serait amusant.

Tilda réfléchit. Sa liaison avec Caleb avait été intense, et elle avait été éperdument amoureuse. Elle n'avait plus jamais rien vécu de pareil depuis.

Mais à aucun moment cela n'avait été « amusant. » Cela avait été trop tendu. Elle se souvenait parfaitement de cette sensation. De l'adrénaline, comme si elle marchait sur une corde raide. Presque irréel.

Jusqu'à ce qu'elle tombe, plus bas qu'elle ne l'aurait cru possible. En tout cas depuis la mort de sa mère.

Découvrir qu'elle était enceinte avait été comme un électrochoc. Elle avait repris ses esprits pour Annika.

Mais ça n'avait pas été amusant. Vraiment pas.

— Quoi ? demanda-t-il. Pourquoi tu fais cette tête ?

Elle sourit.

— Désolée. C'est seulement que je ne t'associe pas avec… euh… des trucs amusants.

Caleb eut l'air gêné.

— J'étais un connard imbu de moi-même à l'époque.

— Qu'est-ce qui a changé ?

Il eut l'air surpris, et Tilda rit, gênée.

— Désolée, ce n'est pas ce que je voulais dire. Je ne sous-entendais pas que tu l'étais resté. Qu'est-ce qui t'a fait changer ?

— Je n'en suis pas sûr, dit-il. Le temps, je suppose. Il n'y a pas eu d'événement particulier. Seulement le travail. Je me suis jeté à corps perdu dans MossTech après que ma start-up a planté.

— Oui, j'en ai entendu parler.

— BioSpark a été un échec spectaculaire. Il a fallu que je recolle les morceaux. Que je fasse de nouveau mes preuves. Depuis je bosse comme un fou. Je n'ai pas vraiment arrêté depuis la dernière fois qu'on s'est vus. Et toi ? Tu as changé depuis ?

— Sûrement, mais je n'ai eu ni le temps ni le loisir d'y penser.

Caleb lui servit quelques huîtres et posa une demi-citron sur son assiette.

— J'admire le fait que tu sois revenue pour défendre l'entreprise de ton père.

Elle y réfléchit en pressant le citron sur une huître.

— Ça aurait été mieux si tu ne l'avais pas attaqué, à la base.

— Certes, mais on fait ce qu'on peut avec l'oncle Jerome. Et Gran s'est rangée de son côté à la dernière réunion du conseil d'administration, il y a quelques semaines. À eux deux ils ont suffisamment de parts pour dicter les orientations de la boîte. Je n'y pouvais rien.

Elle soupira.

— C'est arrivé après qu'Elaine a vu Annika à la fête d'Ava ?

Caleb lui jeta un regard méfiant.

— Oui. Je soupçonne que Gran avait pour but premier de s'assurer un accès à son arrière-petite-fille, et qu'on se marie était la cerise sur le gâteau. Elle a eu ce qu'elle voulait, et nous voilà.

Le repas terminé, Tilda rangea les restes au frigo pendant que Caleb montrait qu'il était capable de se servir d'un un lave-vaisselle. Il le remplit et le lança :

— Tu vois ? Je sais faire !

— Mais regardez-moi cet homme parfait ! dit-elle en riant. Tu cuisines, tu fais la vaisselle, tu gères une multinationale. Si seulement tu savais écorcher les serpents à sonnette. Mais bon, on ne peut pas tout avoir.

Caleb sourit en sortant des boîtes de pâtisseries du frigo.

— On a oublié ça.

— Horreur ! Quelle erreur !

Tilda en ouvrit une et annonça :

— Cheesecake citron.

Puis une autre.

— Chocolat et caramel. Quel pied !

Il la regarda couper deux parts de chaque dessert. Elle poussa une assiette vers lui.

— Alors ? demanda-t-elle.

— À toi l'honneur.

Elle prit une bouchée et frissonna. C'était un délice absolu, une véritable décadence de chocolat et de caramel.

— C'est bon ?

Ses yeux étaient captivants.

— Épouvantablement bon.
— Goûte l'autre.
— Mais non, pourquoi ? À ton tour.
— Vas-y. J'aime te regarder manger.

- 7 -

Waouh ! Il ne s'était rendu compte qu'une fois les mots prononcés à quel point ils étaient provocants. Il calma le jeu alors qu'ils finissaient leurs desserts et quand ils allèrent s'asseoir près du feu, mais il était ébranlé. Il y avait eu une époque, de longues années auparavant, où lui et Marcus se défiaient pour prendre des risques. Ils s'étaient alors spécialisés dans les sports extrêmes : parapente, ski acrobatique, parachutisme, VTT… Plus c'était risqué, plus ils aimaient ça.

Et les risques professionnels ne leur faisaient pas peur non plus. Il avait tout misé sur BioSpark. Cela aurait été un succès si son ancien partenaire et ex-meilleur ami, Jack Daly, n'avait pas torpillé leur start-up en vendant leurs secrets professionnels à un rival.

Mais ça, c'était différent. Ses paumes transpiraient, son ventre était noué. Une réaction de stress classique, hors de proportion rien que pour un verre de brandy en compagnie d'une jolie femme. Son corps était convaincu que c'était une question de vie ou de mort. Pas moyen de le raisonner.

Tilda était pelotonnée dans un fauteuil près du feu, un verre de brandy à la main, et ses yeux verts le regardaient comme s'il était un problème intéressant qu'elle devait résoudre.

Ça oui, il était problématique. N'importe laquelle de ses ex pourrait en témoigner.

Il savait comment leur donner satisfaction jusqu'à un certain point. Il savait être charmant et attentif, et leur plaire au lit. Mais il finissait toujours par les décevoir. Et Tilda ne faisait pas exception.

Il raviva le feu pour se donner une contenance.

— Caleb, je peux te poser une question personnelle ? demanda-t-elle.

— Bien sûr.

— Il y a neuf ans, ta grand-mère voulait que tu travailles dans l'entreprise familiale, et tu as refusé. Tu ne voulais pas être à ses ordres.

— C'est vrai.

— Ça m'a surprise d'apprendre que tu travaillais pour MossTech. Je ne pensais pas que tu céderais. Et aujourd'hui tu en es le P-DG.

Il resta longtemps silencieux.

— Je ne voulais pas être indiscrète. C'est de la curiosité, je ne juge pas.

— C'est une longue histoire.

— Je ne suis pas pressée. Qu'est-il arrivé à BioSpark ? Tout allait si bien. C'est qui ce type avec qui tu travaillais, Jack… ?

— Jack Daly, dit Caleb.

— Voilà ! Vous étiez les rois de la Silicon Valley. Vous avez fait la couverture de *WIRED*, avez eu des articles dans *Rolling Stone*. Les deux sex-symbols de la tech. Qu'est-il arrivé ?

Après toutes ces années, cette histoire le rendait encore malade de rage.

— Jack Daly est arrivé.

Tilda sentit la tension dans sa voix.

— Jack transmettait nos secrets industriels à une entreprise rivale, précisa Caleb. Quelques jours avant notre introduction en Bourse, celle-ci a lancé un produit quasiment identique au nôtre. Le scandale a éclaté, et ils ont gagné des milliards. Et on a été descendus en flammes.

— Ah ! Et qu'est-il arrivé à Jack ? demanda-t-elle prudemment.

— La prison, mais pas bien longtemps. Son avocat a réussi à le faire sortir grâce à un point de procédure. J'ai eu de la chance de ne pas finir moi-même derrière les barreaux pour malversation. Je ne sais pas ce qu'il fait aujourd'hui. Et je m'en fiche. Tant qu'il reste loin de moi.

Il y eut un silence un peu pesant.

— Je suis désolée que ça ait fini comme ça, dit Tilda. Donc c'est pour ça que tu as rejoint MossTech ?

Caleb réfléchit.

— Je ne sais pas. J'ai été très mal pendant un bout de temps. Jack a eu de la chance d'être en prison à ce moment-là. Hors de portée.

— Et maintenant qu'il est sorti ?

— Oh ! il n'a rien à craindre de moi. J'ai mieux à faire que de le pourchasser. Et puis, il n'est plus une menace. Nos chemins ne devraient plus se croiser.

— J'espère. Et donc ? C'est ta famille qui t'a convaincu ?

— Maddie et Marcus m'ont convaincu, oui. Le directeur général de MossTech a pris sa retraite, Gran voulait que je le remplace. Je l'ai fait pour m'occuper l'esprit. Puis j'ai décidé d'amener MossTech dans le troisième millénaire. Marcus et moi avons fait une offre à Gran. Elle se retirait, je devenais P-DG, Marcus directeur des nouvelles technologies, et on nous laissait tout gérer. Sinon, nous fonderions notre propre entreprise.

— Et Elaine a accepté de céder la place ?

— Oh ! elle nous a qualifiés de « petits voyous arrogants et ingrats ». Mais c'était le seul moyen pour elle de sauvegarder son héritage. Jerome était livide.

— Et Maddie, elle est quoi ? Directrice financière ?

— Elle le sera dans l'année, quand Benson prendra sa retraite. Elle remplit déjà ce rôle.

— Et Ronnie dans tout ça ?

— Ronnie travaillait pour le service Recherche et Développement, et un de ses amis producteurs lui a demandé d'écrire et de tourner des vidéos pédagogiques pour les enfants. Il a vu son potentiel, et elle a fini dans le showbiz. C'est notre célébrité à nous.

— Quelle réussite. Pour tous les quatre.

— Comme pour toi. Mais nous, on n'y est pour rien. On a été happés par le destin. Et maintenant, Gran essaye de réparer les dégâts. Ce qui nous amène tous les deux ici.

Elle rit et leva son verre.

— Je bois à ta manière de tirer parti de ton naufrage personnel.

Ils trinquèrent et baissèrent les yeux. Trop d'intensité.

— Quand as-tu découvert ce que faisait Jack ? demanda-t-elle.

— Tout a commencé à s'écrouler à l'époque où on est sortis ensemble. Vers la fin.

Tilda resta silencieuse. Elle avait l'air troublée.

— Putain, Caleb ! murmura-t-elle. Vraiment ?

— Ce n'est pas une si grande révélation.

— Tu vivais un truc aussi traumatisant et tu ne m'en as pas dit un mot ?

— Ça n'avait rien à voir avec nous. Et j'avais des raisons juridiques de me taire. Mes avocats m'avaient conseillé de ne pas parler de…

— N'importe quoi ! Ton partenaire en affaires te trahit, et tu ne dis rien à ta petite amie ?

— Je me sentais humilié, admit-il. On était amis depuis le lycée. On est allés à Stanford ensemble, on a créé BioSpark ensemble. Le monde était à nous. Et il m'a trahi. Je voulais que personne ne le sache, surtout pas toi.

— Quand l'as-tu découvert ?

— Tu veux dire, quand ai-je eu la preuve absolue que c'était Jack ? Je voyais des trucs louches depuis des semaines, mais je n'arrivais pas à croire que c'était lui.

— D'accord, mais quand ? Quand as-tu vraiment su ?

— Le jour où tu es partie, dit-il à regret.

Tilda se pencha en avant, les yeux froncés.

— « Partie », c'est-à-dire ?

— C'est-à-dire quand tu m'as quitté, précisa-t-il. Le jour où tu es partie pour de bon.

— Tu veux dire que le jour où je t'ai dit que je t'aimais… tu as découvert que Jack t'avait trahi ?

— C'est ça. Le timing n'était pas… idéal.

— Ça explique pourquoi tu te conduisais si bizarrement depuis quelques semaines. Je croyais que c'était à cause de moi. Que tu en avais marre.

Pendant quelques secondes, ils écoutèrent le feu crépiter en silence.

— Mon Dieu ! non, reprit-il, la voix rauque. Tu étais parfaite.

Elle laissa échapper un rire amer.

— Pas vraiment.

— Que ce soit clair, reprit Caleb. Je ne m'en sers pas comme excuse. J'ai laissé ma colère pour Jack déborder sur toi. C'était complètement débile. Je ne regrette rien autant dans ma vie que ce que je t'ai dit ce soir-là.

Il vit avec horreur que ses yeux étaient pleins de larmes.

— Oh non ! s'écria-t-il. Je suis désolé. Je ne voulais pas ressortir de vieux trucs…

— Non, le coupa-t-elle. Non, c'est bien que tu aies enfin été clair avec moi. Neuf ans trop tard, mais c'est un pas dans la bonne direction.

— Mais… tu pleures, dit-il, impuissant.

Elle leva le menton.

— Oui, parfois je pleure. Et alors ?

Tilda reposa son verre de brandy.

— Les émotions sont imprévisibles, quand on s'autorise à les ressentir. Elles font ce qu'elles veulent.

— Ça me semble assez chaotique.

— Oh oui ! Sinon tu peux les refouler. N'en avoir rien à faire de rien. J'ai fait mon choix, toi le tien. J'espère seulement que tu pourras faire une place à Annika. Elle a besoin d'un père capable de ressentir quelque chose pour elle, et pour ça il faut du courage.

Il en resta comme deux ronds de flan.

— Je ne suis pas sûr de bien savoir…

— Ne t'inquiète pas, Caleb. Je jacasse. Pardon. La journée a été longue et intense. Moi et mes sentiments ridicules et chaotiques, on va se coucher. Bonne nuit.

Tilda partit à grandes enjambées, la tête haute. Il entendit ses pas légers dans l'escalier.

Il resta seul, les yeux fixés dans le fauteuil vide. Confus. Perdu. Secoué.

Une seule journée avec elle, à boire du vin, à partager un dessert, à parler au coin du feu, et déjà il sentait le facteur de risque grimper, grimper, grimper.

Dans la stratosphère.

- 8 -

Le lendemain matin, Tilda descendit un peu timidement après son éclat de la veille. Elle avait étalé tous ses sentiments à ses pieds pour qu'il les piétine de nouveau. N'avait-elle rien appris de son expérience passée avec ce type ?

Lorsqu'il se tourna vers elle, il n'avait, lui, pas l'air mal à l'aise pour un sou.

— J'ai fait des pancakes, ils sont délicieux, dit-il. J'allais t'appeler. Myrtilles ou nature ?

— J'adore les myrtilles, petit vantard.

— Si tu veux me voir me vanter, attends que je te fasse des crêpes à la chantilly. Le café est prêt, il y a de la crème et du sirop d'érable sur la table. Il faut faire le plein d'énergie, une longue marche nous attend. Alors ? Breakers Bay ou Carruthers Cove ? Breakers Bay c'est cinq kilomètres l'aller, et Carruthers Cove presque trois kilomètres de plus.

— Je suis sûre que les deux sont super, mais j'adore ces énormes rochers, sur la plage à Carruthers Cove. Je vote pour.

— Ça me va. D'après le gardien, il y a un super restaurant sur la promenade là-bas. Leurs calmars frits sont réputés.

Elle rit.

— Je vais devoir me racheter des vêtements si on continue à ce rythme.

— Il y a aussi de bons magasins. Pour ta nouvelle garde-robe.

Elle prit l'assiette de pancakes dorés à la myrtille qu'il lui tendait en riant. L'odeur lui fit venir l'eau à la bouche.

— Il y a des saucisses dans le plat, ajouta Caleb en remettant de la pâte dans la poêle.

— Quel luxe ! En général, je prends un yaourt et des céréales au petit déjeuner.

— Profite de ma générosité culinaire. C'est un exercice de consolidation de la confiance.

Elle se versa du sirop d'érable, ajouta du beurre et mordit dans le pancake avec bonheur.

— C'est incroyable, dit-elle. Quelle surprise !

— Ravi de l'entendre, dit-il en s'asseyant en face d'elle devant sa propre assiette. C'est chouette de me remettre à cuisiner. Et Annika ? Elle est plutôt crêpes ou plutôt gaufres ?

— Elle aime les deux, mais je pense que les gaufres occupent une place spéciale dans son cœur.

— J'ai un moule à gaufres chez moi. Je pourrai lui en faire.

Tilda posa sa fourchette et s'essuya la bouche.

— Hum ! À ce propos, on n'a pas encore parlé de ça.

— Où vous allez habiter, tu veux dire ? demanda Caleb d'un ton neutre.

— Oui.

— Depuis son opération cardiaque, tu vis chez ton père pour l'aider ou parce que tu n'as pas encore trouvé de logement ?

— Un peu des deux. C'est bien d'être avec papa, mais il se remet doucement et il a quelqu'un qui vient tous les jours. Je ne veux pas m'installer dans la maison de mon enfance, j'aurais l'impression de régresser.

— Je vois. Je ne t'en ai pas parlé tout de suite pour ne pas te braquer, mais j'ai une grande maison confortable, avec plein de place. Un grand jardin, au bord du lac. Pas loin de Gran, de Maddie et de ton père.

Tilda ouvrit la bouche, mais Caleb leva la main

— Ne réponds pas. Ce n'est pas le moment de décider. Pas de pression.

Elle hocha la tête et termina ses pancakes.

La gêne s'évanouit dès qu'ils furent dehors. Il faisait beau, l'air était vif. Le paysage semblait scintiller. Caleb trouva facilement le sentier derrière la balançoire ; il sinuait à travers les rochers jusqu'à croiser un plus grand chemin qu'ils suivirent le long de la crête de Carruthers Bluff. C'était une magnifique promenade. Au bout d'une grosse heure, le sentier se divisa en deux, et ils descendirent jusqu'à l'immense plage de Carruthers Cove. D'énormes rochers dépassaient de l'eau. Le bruit des vagues remplissait les oreilles de Tilda dont les lèvres devinrent salées.

Ils enlevèrent leurs chaussures, remontèrent le bas de leur pantalon et trempèrent les pieds dans l'eau glacée, en essayant d'esquiver les trop grosses vagues. Dans les petites flaques, de minuscules créatures marines s'agrippaient aux cailloux dans l'eau cristalline.

— Annika adorerait ça, dit Tilda, en regardant une anémone refermer ses tentacules sur son doigt. Elle ne sait pas encore de quel genre de science elle veut devenir spécialiste : la mer, les robots, l'espace…

— Je croyais qu'elle voulait être une princesse, dit Caleb.

— Et pourquoi pas ? Elle n'est pas obligée de choisir. S'il ne tenait qu'à moi, elle ferait tout à la fois.

— Je suis bien d'accord. On l'emmènera la prochaine fois.

Elle accéléra le pas et passa devant lui, pour ne pas qu'il voie son expression. Quelle merveilleuse perspective ! Mais elle y avait déjà cru, et en avait payé le prix fort.

Ils déambulèrent dans l'artère principale de la charmante ville touristique de Carruthers Cove, devant des hôtels et des restaurants de fruits de mer, des boutiques d'antiquités, des glaciers et des galeries d'art.

Le restaurant conseillé par le gardien n'était pas loin, et les crevettes grillées, et les huîtres, les calmars et les seiches frits étaient délicieux. Pour la première fois, elle eut l'impression qu'elle pouvait parler d'Annika autant qu'elle le voulait. En général, elle avait peur de lasser les gens, mais Caleb semblait toujours intéressé et lui demandait sans cesse de nouveaux détails.

Neuf ans auparavant, leurs conversations avaient été amusantes, stimulantes, mais elle s'était souvent sentie dépassée. Comme s'ils luttaient en permanence et qu'elle devait batailler pour garder l'équilibre.

Pas cette fois. Elle lui raconta Annika bébé. Les coliques, l'opération de sa hernie, ses premiers pas. Ses premiers mots, qui avaient tardé à venir. Elle lui montra les photos que Maddie avait envoyées et lui transféra sur son téléphone.

C'était merveilleux.

Après le déjeuner, ils achetèrent des glaces et repartirent sur la plage. Remonter sur la falaise prit plus longtemps qu'en descendre ; le brouillard était tombé. Un gros nuage empêchait de voir plus loin au-delà de quelques mètres sur le chemin. Heureusement, il était bien balisé.

Il s'était mis à faire froid, et Tilda sentit l'humidité glaçante pénétrer ses vêtements. Le brouillard créait une sorte d'immobilité étrange. Son champ de vision était réduit à Caleb qui marchait devant elle et se retournait sans cesse pour vérifier qu'elle suivait.

— C'est là qu'on quitte le chemin et qu'on tourne vers la maison, dit-il.

— Tu es sûr ? répondit-elle, impressionnée.

— Oui, j'ai pris des repères.

Tilda claquait des dents.

— Bravo ! Moi je ne vois que du brouillard. Je te suis, grand chef.

— En fait…

Caleb hésita.

— Tu te sens de continuer un peu ? Je voudrais te montrer quelque chose.

— Dans ce brouillard ? On ne devrait pas revenir à un autre moment ?

— Non, ce que je veux voir n'est visible que maintenant. Si on attend, ça va disparaître. Mais on n'est pas obligés, je sais que tu as froid.

Tilda croisa les bras sur la poitrine et tâcha de s'arrêter de frissonner.

— D'accord, mais après je veux un chocolat chaud près du feu. Avec un peu d'alcool dedans.

— Marché conclu. Suis-moi.

Trois cents mètres plus loin, Caleb s'engagea sur un sentier à peine visible qui montait en sinuant au milieu d'énormes rochers. Le brouillard était si épais qu'elle y voyait à peine et marchait littéralement à tâtons.

— Tu es sûr de ton coup ? demanda-t-elle.

— On y est presque. Accroche-toi.

Elle continua tant bien que mal, irritée d'avoir accepté de le suivre dans cette folie, alors que ce qu'elle voulait vraiment c'était une douche chaude, des vêtements secs et un feu crépitant. Ces sportifs avaient toujours un truc à prouver.

Caleb se matérialisa alors dans le brouillard, et lui tendit la main.

— Viens. On y est.

Il lui saisit le poignet l'aida à franchir les derniers mètres. Encore un effort et soudain… elle fut dans un autre monde.

L'air était limpide. Les nuages étaient là, au-dessous d'eux, poussés par le vent, enroulés en spirales roses et déchirés en traînées grises, dorées, et d'un blanc aveuglant. Breakers Bay était une cuvette remplie de nuages et, de l'autre côté, Carruthers Cove aussi. Des rayons de soleil les transperçaient çà et là.

Ils flottaient au-dessus d'une mer de nuages roses. Pas de terre en vue, excepté le sol sous leurs pieds. Partout du ciel. Une vision céleste. Irréelle.

Tilda sentit les larmes lui monter aux yeux. Le vent tournait, et le sommet d'un grand pin commença à apparaître sur la crête en face. Petit à petit, le paysage se dégageait.

Caleb souriait jusqu'aux oreilles.

— Alors, ça valait la peine ?

— Comment as-tu su que ce serait comme ça ici ?

— Je ne le savais pas. Je l'espérais. Hier, quand on a roulé jusqu'ici, les nuages commençaient à se dissiper. J'ai vu cette hauteur pointer à travers eux, touchée par le soleil, et je me suis dit que ça devait être sacrément beau de regarder les nuages du dessus. Mais je dois dire que je suis bluffé, quand même.

Leurs regards se croisèrent.

— Je sais que tu es fatiguée, mais c'était maintenant ou jamais, ajouta-t-il.

— Oui, répondit-elle doucement. Merci. C'est sublime.

— On peut s'asseoir une minute sur ce rocher, si tu veux.

Elle lui prit la main, et ils regardèrent les nuages disparaître. C'était tellement incroyable. Ces sensations, la beauté déchirante du paysage et du moment.

— Tu grelottes, dit-il. Je n'aurais pas dû insister.

— Si, ça en valait la peine.

Caleb retira sa veste en polaire et lui posa sur les épaules. Elle se sentit instantanément mieux.

— Mais tu vas avoir froid, protesta-t-elle. Le vent est pénétrant.

— J'ai bien assez chaud, la rassura-t-il.

Elle détourna le regard et frissonna. La vue changeait constamment au gré des variations du vent. D'abord l'océan, puis un éblouissement de soleil. Puis de nouveau de l'ombre.

— On devrait peut-être rentrer, dit-elle à regret. Pendant qu'il y a de la lumière.

— Tu as raison.

Il se leva :

— Je passe devant. Je vais t'aider à descendre.

— Pas besoin. Je me débrouille.

Au même moment, elle posa le pied sur une pierre instable, et avant qu'elle perde l'équilibre, il l'attrapa par la taille et la stabilisa. Il était ancré dans le sol comme un chêne.

— Je sais que tu es forte, mais tu as marché pendant des heures, tu as froid et tu es crevée. Laisse-moi t'aider, fais-moi plaisir.

Sa voix était caressante.

« Fais-moi plaisir. »

Il n'en fallut pas davantage. En un instant, ses fantasmes déferlèrent. Elle se vit en train de lui faire plaisir à la folie, et lui supplier, gémir et crier.

Bon sang ! mais grandis ! Arrête d'interpréter chaque mot, chaque regard.

Mais chaque fois qu'elle se répétait ces mots, elle était un peu moins convaincue.

- 9 -

Quand le brouillard s'était levé, Caleb avait pris soin de garder ses distances. Pour que Tilda ne voie pas son expression.

À la maison, il parvint à garder le contrôle en ouvrant la porte d'entrée.

— Je lance le chocolat chaud.

— On devrait peut-être prendre une douche chaude pour se réchauffer d'abord.

Elle le suivit à l'intérieur et lui rendit sa veste.

— Merci. C'était très galant de ta part.

— Tout le plaisir était pour moi. Je te rappelle qu'il y a un jacuzzi fumant tout près. Tu veux qu'on l'essaye ?

L'air de Tilda devint méfiant.

— Je… euh… je n'ai pas pris de maillot.

Pour quoi faire, un maillot ?

Il se retint.

— Garde tes sous-vêtements. Ou vas-y seule. Les deux me vont. Il faut vraiment que tu te réchauffes.

— Ça va, toi aussi tu as froid. On peut y aller ensemble.

— Nickel ! Prends un peignoir, et on se retrouve là-bas.

Une fois dans sa chambre, Caleb se déshabilla et enfila un maillot et un peignoir à toute vitesse pour être installé dans le jacuzzi avant elle. Elle n'avait pas besoin de voir son érection.

En passant par la cuisine, il prit un seau à champagne

qu'il remplit de glaçons, ouvrit une bouteille de prosecco et sortit deux flûtes.

Dehors, le vent venant de l'océan était froid, et une bouffée de vapeur chaude sortit de la cuve quand il souleva le couvercle du jacuzzi. La seule lumière qui filtrait était celle de la cuisine.

Parfait.

Il posa son peignoir sur une chaise et entra dans le jacuzzi avec un soupir de satisfaction. Comme c'était bon ! Il eut même une pensée pleine de gratitude pour Gran.

Quelques minutes plus tard, la porte coulissante s'ouvrit. Le moteur du jacuzzi n'émettait qu'un bourdonnement très discret.

Caleb garda les yeux clos. Ou presque. Il ne put s'empêcher de glisser un regard vers Tilda pendant qu'elle ôtait son peignoir et entrait dans l'eau, admirant son corps ferme aux courbes douces, ses tétons qui se devinaient sous son caraco. Elle était si belle qu'elle lui donnait envie de quelque chose qu'il était incapable de nommer. De sexe, bien sûr, mais c'était une faim qui allait au-delà.

Vite, passer à autre chose.

— Tu veux boire un verre ? dit-il en se tournant vers le prosecco.

— Avec plaisir.

Il lui passa une flûte pleine.

— Je peux te poser une question personnelle ?

— Plongée dans un jacuzzi, une flûte de prosecco à la main, je suis prête à tout dire.

— Quand tu étais en Malaisie et que tu as découvert que tu étais enceinte, pourquoi n'es-tu pas revenue ? Tu ne voulais pas retrouver un cadre familier ?

Tilda but une gorgée.

— Je ne voulais pas angoisser mon père. Sa santé

n'était pas terrible. Et puis je m'en suis rendu compte tardivement. J'ai un cycle irrégulier, parfois je n'ai pas mes règles pendant des mois, surtout quand je suis stressée. Et c'était le cas, après notre rupture.

— J'imagine, oui.

— Bref, j'ai mis ça sur le compte du stress. Les changements dans mon corps. Les sautes d'humeur. La prise de poids, les nausées. J'ai pensé que j'avais attrapé une maladie tropicale, j'ai fait des tests, et le médecin m'a dit : « Félicitations ! vous allez avoir un bébé dans moins de quatre mois. »

— Waouh ! Ça a dû être un choc.

— Tu peux le dire. Et au moment où je me suis mise à paniquer, je l'ai sentie bouger. C'était miraculeux. J'étais toujours effrayée, mais en même temps je suis tombée amoureuse. J'ai eu de la chance, j'ai eu un bon suivi, j'ai pu me faire aider et continuer à travailler.

— Et tu n'as jamais parlé de nous à ton père ?

— Ce n'était pas ses oignons.

— Je suppose qu'il n'est pas tout à fait du même avis.

— En effet, admit-elle. On s'est disputés des années au sujet du père du bébé.

— Eh bien, maintenant il sait, dit Caleb.

— Ça m'a fait du bien de te parler d'Annika, reprit-elle. Mon enfant est la chose la plus fascinante de l'univers, mais seulement pour moi. Même mon père se lasse de m'entendre en parler. Et ma mère n'est plus là. Aujourd'hui, c'est la première fois que j'ai l'impression de parler à quelqu'un d'aussi investi que moi. Et tu la connais à peine.

— Je le regrette, dit-il. J'aurais voulu être là dès le début.

— C'est surprenant. Ce que tu as dit le soir où nous avons rompu m'a fait penser qu'avoir un enfant serait la dernière chose que tu voudrais au monde.

— Ça devait en avoir l'air, oui. Mais j'ai mûri. Je suis moins con. Et je sais ce que c'est de ne pas connaître son père. Pas génial. Il faut faire tant d'efforts pour se convaincre qu'on s'en fout, qu'on n'a rien à prouver. Je ne veux pas que mon enfant vive ça. Je n'ai pas la moindre idée de comment être un bon père, mais je veux essayer. Le reste de ma famille veut être là aussi. Tu as vu leur excitation.

— J'apprécie. Annika est ravie. Elle m'a souvent demandé qui était son père, et c'était de plus en plus dur de ne pas lui répondre. Maintenant je vais pouvoir le faire.

Il rassembla son courage et précisa :

— *On* va pouvoir le faire.

Tilda le regarda d'un air interrogateur.

— Ce qui veut dire ?

— Ces espaces vides dans nos vies. Peut-être peut-on en remplir quelques-uns.

Comme c'était dur de trouver les mots.

Tilda posa sa flûte derrière elle, les yeux en alerte.

— Ça me semble être une proposition périlleuse.

— Je ne vois pas pourquoi.

— Cet arrangement pourrait être très bien pour Annika, mais en ce qui me concerne je n'ai pas envie de me rendre de nouveau vulnérable.

— Tu ne serais pas là si tu n'étais pas sûre que tu n'as rien à craindre de moi.

— Juste pour être claire, reprit-elle, on parle bien de sexe, là ?

Il réfléchit un instant.

— C'est dans l'air. Et je ne crois pas être seul à le sentir.

— Non, tu n'es pas le seul. Mais je ne gère pas les choses de la même manière que toi.

Caleb tenta de comprendre ce qu'elle venait de dire.

— C'est-à-dire ? Tu sais que je respecterai toujours tes désirs et tes sentiments.

— Comme il y a neuf ans, tu veux dire ?

Il serra les dents.

— Bon sang, Tilda ! Je ne peux pas refaire le film. Essaye de me pardonner.

— J'aimerais passer outre. Mais je ne peux pas ressentir cette tension sexuelle avec toi et ne pas y repenser. Tu me connais. La chimie, les hormones, les endorphines. Elles m'ont prise en otage à l'époque, et elles recommencent

— Je t'en prie, arrête de me jeter cette conversation d'il y a neuf ans au visage.

— Ce n'est pas ce que je fais. Je m'explique, c'est tout. Désolée si ça a l'air d'une agression.

Il se pencha en arrière.

— J'arrête les excuses. Mais je suis plus attirée par toi aujourd'hui que jamais. Et j'ai l'impression que c'est réciproque.

— Bingo ! répondit Tilda. Oui, je suis attirée. On est déjà mariés. Déjà parents, même. Alors pourquoi pas ? Ce serait un exercice de consolidation de la confiance.

Une lueur d'amusement passa dans les yeux de Tilda.

— Le seul moyen de savoir si ça peut bien se passer, c'est d'essayer. Sinon, tout n'est que théorie, dit-il.

Tilda rit.

— Bien essayé, Moss. Très malin.

— Je fais de mon mieux.

Il tendit le bras, et leurs doigts s'entremêlèrent. Elle ne recula pas. Il tira un peu, juste assez pour l'inviter à se rapprocher, si elle en avait envie.

— Cette randonnée, aujourd'hui, dit-il. J'ai senti quelque chose. Quand on était au-dessus des nuages. Une sensation folle.

— Quelle sensation ? chuchota-t-elle.

— Comme si tout était possible. N'importe quoi. Repartir de zéro. Tout réessayer, mais en faisant les bons choix cette fois.

— Satané séducteur ! murmura-t-elle. À me faire miroiter de jolis fantasmes sous les yeux.

— Ce n'est pas un fantasme. Je le pense vraiment.

— Comment veux-tu que je le croie, vu notre passif ? Caleb sentait son cœur battre si fort que c'en était assourdissant.

— Laisse-moi essayer de te convaincre. Laisse-moi me rattraper.

Elle secoua la tête.

— Je n'arrive même pas à imaginer à quoi ça ressemblerait.

— Essayons de voir. On n'a pas des opportunités de dingue tous les quatre matins, dans la vie. Tu étais l'une d'elles pour moi, mais j'étais trop idiot et trop égocentrique pour le voir. J'espère avoir une seconde chance. Je ne merderai pas cette fois. Promis.

— Ne promets rien. C'est beaucoup trop tôt pour ça, dit-elle rapidement.

— Non, il est déjà neuf ans trop tard Mais peut-être pas déjà trop tard. C'est ce que j'ai senti aujourd'hui.

Il l'attira tout doucement vers lui.

Tilda toucha sa joue du bout des doigts. Il s'autorisa à faire de même, fasciné par la douceur de sa peau.

Leurs lèvres se rencontrèrent. Il n'aurait su dire qui avait initié ce contact. Aucune importance. Il enfonça les doigts dans la masse soyeuse et humide de ses cheveux et savoura ses lèvres, ouvertes sous les siennes. Elle posa les doigts sur ses épaules et l'attira davantage vers elle. Ils se regardèrent.

— Et toi, Tilda ? demanda-t-il, la voix rauque. Tu espères quoi ?

— Je n'arrive pas à dépasser cet instant. Je ne vois que toi.

Il la prit dans ses bras et l'embrassa fougueusement.

- 10 -

Mon Dieu ! qu'il était agréable à toucher. Musclé, sexy, fort. Si bon.

La voix de la raison criait vainement dans sa tête. C'était trop parfait pour résister. La poigne de ses grandes mains. Ses lèvres, goulues et suppliantes à la fois.

Ses cheveux retombèrent, flottant autour d'elle à la surface de l'eau avant de sombrer et de se coller à son cou et à ses épaules alors qu'il l'attirait sur ses genoux. Elle était assise sur son érection et avait envie de passer les jambes autour de lui et de l'attirer plus près encore. De l'appuyer juste… là. Là où elle avait le plus envie de lui.

Son contact était magique. Il avait toujours été si bon pour ça. Il tenait ses fesses et passa une main en haut de ses cuisses. Chaque mouvement de ses doigts était une invitation. Sa langue dansait avec la sienne, et tandis qu'il caressait ses cuisses, il lui faisait imaginer maintes possibilités et lui rappelait à quel point c'était bon de s'ouvrir pour lui. De le prendre en elle. Tout ce corps si fort au-dessus d'elle, en elle, bougeant et réveillant toutes ses sensations. Pour la rendre folle de plaisir.

Elle était déjà tout au bord de l'extase. Maudit Caleb, qui l'excitait, la provoquait, la faisait se tortiller. Tilda lui prit la main et la pressa contre son mont de Vénus.

Caleb poussa un grognement et passa un doigt sous sa culotte, cherchant les recoins secrets de sa chair. Toute cette journée n'avait été que préliminaires ; elle était prête. Il ne fallut que quelques caresses expertes pour que sa tension atteigne son point culminant… et qu'elle explose.

Elle se perdit et s'envola en un million de petits fragments brisés.

Puis elle se retrouva enveloppée dans ses bras.

— C'est tellement bon, grogna-t-il. Je pourrais te faire jouir toute la nuit tant j'aime ça.

Elle leva la tête, tentant de calmer sa gorge palpitante pour pouvoir parler, mais Caleb l'embrassa et fit descendre son caraco jusqu'à sa taille, découvrant ses seins, avant de le lui ôter, avec sa culotte.

Il la souleva, et elle sentit le bord du jacuzzi contre ses fesses. Caleb s'agenouilla face à elle et se mit à embrasser ses cuisses. Il lui adressa un regard brûlant. Moitié invitation, moitié défi.

— J'ai envie de te déguster.

Le ton de sa voix lui fit rendre les armes. Ce désir cru faisait écho au sien. Elle écarta les jambes, et Caleb lui embrassa l'intérieur des cuisses, la caressa des doigts, ouvrant ses tendres replis tout en la titillant de sa langue experte.

Chaque détail était si vif. Sa main sur elle, les tourbillons de sa langue sur sa chair si sensible. La morsure du vent sur sa peau enfiévrée. Elle poussait des gémissements incontrôlables, la tête renversée en arrière, en regardant la lune disparaître derrière les nuages à mesure que montait son plaisir. Une étoile apparut brièvement avant de disparaître derrière un nuage. Une vague de plaisir déferla en elle comme un tsunami. Énorme, déchirante.

Elle rouvrit les yeux. La lune brillait faiblement derrière les nuages. Tilda se sentait incroyablement ouverte. Totalement nue.

Un souvenir remonta du fond de sa mémoire. La voix de Caleb, froide et distante. Des mots gravés au fer rouge en elle. « Ce n'est pas de l'amour, Til. Seulement de la chimie. Des hormones. Rien d'autre. »

Tilda repoussa ce souvenir et glissa dans le jacuzzi. Caleb recula pour lui faire de la place.

— Je n'étais pas prête à ça, chuchota-t-elle.

— Moi non plus. Et pour être un peu pragmatique…

— Quoi ?

— Je n'ai pas de préservatif, dit Caleb. Je ne dirai pas que je n'y ai pas songé, mais je me suis dit que si tu étais intéressée, tu en aurais, ou tu m'enverrais en acheter. En apporter me semblait présomptueux.

— Tu y as drôlement réfléchi.

— Je plaide coupable. Mais je peux y aller, tu n'as qu'un mot à dire.

Le vent gémissait autour de la maison, faisant bruisser les arbres.

— Puisqu'on y est, autant aller au bout, poursuivit-il. J'ai fait un check-up récemment. Pas d'IST. Je suis clean. Et je n'ai fréquenté personne depuis.

— Pareil, répondit-elle. Ça fait longtemps que je ne suis pas sortie avec quelqu'un.

— OK. Je peux y aller.

Il hésita et ajouta :

— Ou pas. C'est toi qui dis.

Ce n'était pas vraiment une question, plutôt un test. Elle repêcha ses sous-vêtements et les tordit avant de les poser sur le bord du jacuzzi.

Le défi était de prendre ce qu'elle voulait tout en conservant son équilibre. Sans automatiquement lui donner ce dont il n'avait jamais voulu.

Elle craignait que ses émotions ne débordent de

nouveau. Il l'avait déjà rejetée. Elle ne le supporterait pas une nouvelle fois.

Il fallait garder la main face à cet homme fort, intelligent et séduisant. C'était beaucoup. D'autant plus qu'elle n'était pas une femme fatale, rompue à cet exercice.

Mais elle était plus forte, plus dure qu'autrefois. Ça oui !

Caleb Moss n'allait pas comprendre ce qui allait lui arriver.

Tilda se redressa, dégoulinante. Elle leva les bras pour essorer ses cheveux. Une position aguichante. Les bras en l'air. Les seins dressés.

Caleb la regarda, fasciné. Il se racla la gorge.

— Donc. Euh… On dirait que tu vas réaliser mes rêves les plus fous. Dis-moi si je me trompe.

— Viens à l'intérieur, dit-elle. Il y a un tapis bien épais devant la cheminée.

Elle sortit de l'eau et s'éloigna d'un pas léger.

Elle enfila son peignoir et entendit Caleb sortir de l'eau derrière elle. Elle franchit la porte coulissante la tête haute. Seul le feu éclairait la pièce. Tant mieux.

Caleb s'accroupit pour remettre du bois pendant qu'elle s'essuyait les cheveux. Il disposa couvertures et coussins sur le tapis

— Ça devrait durer un moment, dit-il en posant une gigantesque bûche dans le feu.

— Parfait. Installe-toi sur la couverture. Enlève ton peignoir.

Magnifique, Caleb obéit et s'allongea, en appui sur le coude.

Il était aussi beau que dans ses souvenirs. Il avait toujours été musclé, mais il l'était encore davantage qu'autrefois. Et son érection paraissait aussi dure et impressionnante que jamais. La seule différence, c'était ses yeux. Comme s'il voulait quelque chose qu'il n'avait jamais voulu avant. Mais ce n'était pas le moment d'être sentimentale. Elle menait le jeu, Tilda. En mode déesse du sexe.

Caleb poussa un gémissement.

— Mon Dieu, grommela-t-il. Je n'y survivrai pas.

— Ne meurs pas. J'ai des projets pour toi. Qui nécessitent beaucoup de force et de virilité.

— Je suis tout à toi.

— Je vois ça, murmura-t-elle. Tu as l'air… volontaire.

— Tu n'imagines même pas, dit-il d'une voix enrouée et tremblante.

Tilda s'assit sur lui et le laissa la regarder. Savourer l'instant.

Caleb se redressa, l'attrapa par les hanches et déposa des baisers affamés sur son mont de Vénus.

Elle enfonça les doigts dans ses cheveux et se laissa aller au plaisir. Il caressa l'intérieur de ses cuisses et titilla son sexe avec la langue. C'était si bon.

Puis elle s'étendit à côté de lui.

Le visage de Caleb devint cramoisi lorsqu'elle fit courir un doigt tout le long de son corps, en suivant la flèche de ses poils bruns jusqu'à son aine. Elle caressa le dessous de son pénis, savourant sa douceur, sa fermeté. Caleb frissonna, gémit.

— Tilda. J'obéirai à tous tes ordres, mais si j'entre en toi je ne peux pas te garantir de ne pas jouir. Donc si tu ne veux pas que j'aille acheter des préservatifs, on va devoir se contenter de…

— Ce n'est pas nécessaire.

— Non ? dit-il en fronçant les sourcils. Pourquoi ?

— Je prends la pilule pour rendre mes cycles plus réguliers. On est tranquilles.

— Oh !

Il avait l'air stupéfait.

— C'est… c'est super.

— Bien sûr, la pilule n'est pas efficace à 100 %, souligna-t-elle. Comme on le sait.

Elle saisit sa verge et lui imprima une longue caresse.

— Tu veux toujours jouer ?

— Oh que oui ! grogna-t-il. S'il te plaît.

Pour l'instant, tout allait bien.

Il saisit son érection et la tint pour elle.

Elle avait marché impeccablement sur la corde raide émotionnelle jusqu'à présent, mais tandis qu'elle s'empalait doucement sur sa verge dressée, elle se rendit compte qu'elle n'allait plus pouvoir donner le change longtemps. Elle se souleva, retomba, et se mit à bouger sans s'arrêter. Elle chevauchait des vagues de plaisir incessant, qui la transportaient très loin de là. Toutes ses idées sur le contrôle de la situation, mener les opérations, se protéger émotionnellement… Tout ça, c'était du vent.

Caleb affichait la même expression que celle qu'elle pensait avoir. Il faisait le même bruit sourd. Leurs mains étaient jointes. Tous deux cherchaient de l'air au rythme de leur va-et-vient. Elle se sentit mollir. Céder. Chaque mouvement était un nouveau délice.

Cette immense sensation s'éleva en elle et l'écrasa. Comme une vague immense qui la balaya.

Caleb ne voulait plus bouger. Il avait les cheveux de Tilda sur le visage, et sentait leur douce odeur de miel à chaque inspiration. Leurs corps étaient encore liés, son poids posé sur lui, en toute confiance. Peau à peau. Détendus, repus. Contents.

Rien n'était meilleur que ça. Mais ces moments étaient

éphémères ; il le savait. Tilda leva la tête. Elle sourit, mais ses yeux étaient de nouveau méfiants.

Il l'avait sentie baisser la garde un moment pendant qu'ils faisaient l'amour. Lui aussi reconstruisait ses défenses, ils avaient tous deux trop à perdre. Tilda était capable de l'exclure totalement de sa vie s'il merdait. Elle l'avait déjà fait. Non qu'il ait le moindre droit de se plaindre, mais c'était comme ça.

— Ça va ? demanda-t-il prudemment.

Tilda rit.

— À ton avis ?

— Je préfère demander…

— Ça va très bien, merci.

Elle croisa les mains sur la poitrine de Caleb et posa le menton dessus.

— Très plaisant, cet exercice de consolidation de la confiance.

Il plissa les yeux.

— Ne joue pas avec l'ego fragile du mâle.

Elle lui donna une petite tape sur le torse.

— Tu sais pertinemment que c'était fantastique. Le sexe n'a jamais été le problème entre nous.

C'était vrai. Il avait été son premier amant, mais même cette première fois, lente et douce, il avait réussi à lui faire plaisir. Et il s'était senti comme un dieu.

Tilda s'assit et glissa à côté de lui. Elle passa les mains dans les poils de son torse.

— Regarde-toi, murmura-t-elle. Toujours en forme. Encore plus musclé qu'il y a neuf ans. Tu dois t'entraîner comme un malade.

— Je me moque de mon apparence. Mais si je ne cours pas et que je ne soulève pas assez de fonte, je ne peux pas me détendre suffisamment pour dormir.

— Je ne me plains pas. Tu es superbe.

— Toi aussi. Magnifique.

Tilda baissa les yeux sur son corps.

— Je suis différente. J'ai eu un bébé.

— Tu étais superbe à l'époque, dit-il. Et tu l'es bien plus encore maintenant.

Curieusement, il tenait vraiment à ce que Tilda comprenne la profondeur de cette vérité. Jeune fille, elle avait été très belle, mais femme… elle était complexe, dangereuse, fascinante.

Peut-être avait-ce toujours été le cas, et ne le voyait-il que maintenant.

Son estomac gronda. Ils se regardèrent en riant.

— On a oublié de dîner, dit-elle. On pille le frigo ?

L'idée était excellente. Ils firent une descente dans la cuisine en peignoir et y trouvèrent les restes de la veille, plus un gros morceau de pecorino, du jambon au miel, du rôti de bœuf froid et des tomates bien mûres. Une belle fougasse atterrit dans le grille-pain et en sortit en dégageant une bonne odeur de romarin et d'huile d'olive, parfaite pour accompagner le caviar d'aubergines. Ils choisirent un vin rouge italien, un *nero di Troia*, au goût d'après-midi d'été.

Un peu éméchés, ils finirent le repas en se nourrissant l'un l'autre.

Caleb venait de manger un morceau de gâteau au chocolat et avait un peu de caramel au bout du doigt. Tilda se pencha en avant, mit son doigt dans sa bouche et le suça. La succion chaude et humide le rendit fou.

— Oh ! mon Dieu Tilda, non ! la supplia-t-il. À moins que tu ne veuilles qu'on remette ça tout de suite.

Elle lui titilla une dernière fois le doigt du bout de la langue et défit la ceinture de son peignoir. Elle y passa la main, attrapa son pénis, tomba à genoux et le mit dans sa bouche.

C'était tellement… incroyablement bon. Le doux mouvement de va-et-vient, chaque caresse de sa langue, le faisait tressaillir de plaisir. Il n'en sortirait pas indemne. Il aurait voulu que cela ne cesse jamais. Une douce agonie tout en pulsations.

Le plaisir le ravagea comme un lance-flammes.

Il cherchait encore à reprendre son souffle lorsque Tilda se releva. Avant qu'il ait repris ses esprits, elle se versa un verre d'eau.

— Tilda, grogna-t-il. Mon Dieu !

— Je sais. Viens au lit.

Elle lui prit la main et l'entraîna hors de la cuisine, jusqu'à la chambre principale. Elle n'alluma pas la lumière et se contenta de se défaire de son peignoir et de se glisser dans le lit, soulevant le drap dans une invitation muette.

Caleb la rejoignit. Son corps était si chaud, la texture de sa bouche si soyeuse. Il roula sur elle, et la manière dont son corps l'accueillit et se cambra lui sembla si naturelle, si belle. Ils crièrent ensemble lorsqu'il glissa son sexe dur dans l'humidité brûlante de son corps.

Puis ils firent l'amour intensément, profondément. Elle avait passé les jambes autour de sa taille, et ne voyait pas l'espoir écrit dans ses yeux et qu'il n'osait montrer.

L'obscurité le protégeait.

- 11 -

Il était tard quand Tilda ouvrit enfin les yeux. Le ciel du matin était gris. Elle regarda Caleb endormi. Elle se sentait toute molle. Ouverte. Impossible de cacher ses sentiments, dans cet état. Elle ne pourrait pas jouer les dures longtemps.

La vérité, c'était qu'elle était plus amoureuse de lui que jamais. Mais en toute logique, l'intensité émotionnelle qu'il avait rejetée neuf ans auparavant finirait par subir le même sort. Rien n'avait vraiment changé.

Mais maintenant, elle en voulait plus encore. Elle voulait qu'il l'aime, elle, et qu'il aime Annika. Les enjeux ne cessaient de grimper.

Il avait changé, disait-il. Mais c'était sous l'effet de l'excitation sexuelle. Qu'en serait-il une fois les premiers émois éteints ?

Refroidie par ses réflexions, elle glissa hors du lit et fila sous la douche. En sortant, elle chercha un T-shirt de nuit, en se maudissant de ne pas avoir pris quelque chose de plus sexy. Mais en faisant ses bagages, elle s'était raconté une tout autre histoire.

Pas la moindre chance, ma fille. Tu vas te faire jeter si loin que ça va te donner le tournis.

— Hé !

La voix enrouée de Caleb lui donna un frisson.

— Qu'est-ce que tu fais ? Tu t'habilles ? Pour quoi faire ?

Elle lui sourit.

— Bonjour.

Il tendit la main vers elle.

— Reviens.

Comment résister à ces fossettes ?

Il leur fallut longtemps avant d'émerger et de retourner sous la douche. Et plus longtemps encore pour en ressortir. Enfin, ils furent prêts pour le petit déjeuner.

Caleb se mit au travail, et bientôt des oignons et des poivrons doraient dans la poêle tandis qu'il battait des œufs puis râpait du fromage. L'odeur était divine. Tilda se chargea du café et débarrassa la table des vestiges du dîner de la veille.

— Je me disais, dit-il en posant une assiette d'omelette devant elle, après le petit déjeuner, on pourrait aller au marché aux poissons de Breakers Bay. On achèterait des coques pour les linguines de ce soir, et du persil frais.

— Regarde-toi, en train de te régaler en pensant au prochain repas.

— J'anticipe, c'est tout. Les choses ne s'organisent jamais de façon parfaite par hasard. Il faut prévoir.

Le téléphone de Tilda se mit à vibrer. Elle prit l'appel, et Annika apparut dans un gilet de sauvetage orange, coiffée d'un bonnet en laine.

— Coucou, ma chérie ! dit Tilda. Où es-tu ?

— On est sur un bateau ! cria Annika, tout excitée. On va voir des orques ! Gran et Maddie et Ronnie m'emmènent !

— Mais c'est super !

— Salut, Tilda !

Maddie apparut à l'écran, ses boucles folles au vent. Tu as reçu mes photos d'Annika maquillée ?

— Oui, merci. Caleb et moi on les a trouvées super.

Le visage souriant d'Elaine apparut.

— Salut, Tilda ! Vous en êtes encore au petit déj' ? C'est Caleb qui a cuisiné ? C'est un vrai chef, pas vrai ?

— Absolument. Il fait une omelette succulente, dit-elle en tournant le téléphone pour leur montrer d'abord son assiette, puis Caleb. Il sourit et agita la main au-dessus de sa tasse de café.

— Vous brunchez alors ? demanda Elaine avec un grand sourire. À midi vingt ? Ça, c'est de la grasse matinée !

— Oui, et tu as les cheveux mouillés, maman ! Vous sortez du lit ou quoi ? Nous, on est debout depuis 6 heures !

— Super, ma puce. Dis-m'en plus sur ces orques que tu vas voir.

Annika se lança sur ce sujet bien moins périlleux, quand Ronnie apparut.

— Vous revenez quand ?

Tilda et Caleb échangèrent un rapide coup d'œil.

— On n'a pas encore décidé, dit-il. Dans quelques jours, pourquoi ?

— Je veux organiser un repas de famille pour fêter mes fiançailles avec Jareth, dit Veronica. Il doit aller à LA après-demain, et ne reviendra pas avant des semaines, donc ce sera demain, et j'aimerais bien que vous soyez là. On accueillera Jareth et Tilda dans la famille.

— On peut rentrer pour demain soir, répondit Tilda. De toute façon il faut que je revienne pour ramener Annika sur Terre avant qu'elle ne puisse plus se réadapter à une vie normale.

— Donc je peux compter sur vous deux ? insista Veronica.

Caleb hésita.

— D'accord, finit-il par lâcher.

— Génial ! 20 heures, chez mon père. On vous attend. Maddie et tante Elaine amèneront directement Annika. À demain !

Tilda raccrocha.

— La réalité reprend le dessus, murmura-t-elle.

— Trop tôt. J'aurais préféré un texto, qu'on puisse en parler tous les deux. On vient juste d'arriver, c'est paradisiaque, je n'ai pas envie de repartir.

— Moi non plus. Désolée. Je n'y ai pas réfléchi. J'étais chamboulée.

— Par les taquineries de Gran ? Tu vas t'habituer. Tu vas en avoir une méga-dose demain soir, c'est certain. Commence à te construire une armure.

— Je dois encore me convaincre que je ne suis pas dingue de te laisser me séduire, dit Tilda. C'est assez de boulot comme ça.

— C'était l'idée de Gran au départ, hein ! dit Caleb. Elle est dans notre camp.

— Alors, que Dieu nous vienne en aide.

— Le seul moyen de survivre est de faire front ensemble. On protège notre intimité, notre cocon, toi et moi, seuls. À l'extérieur, on sourit et on reste discrets.

Il n'aurait rien pu dire de plus séduisant.

Bon sang ! D'un côté il avait l'occasion de se rouler dans la luxure avec la femme la plus désirable du monde dans leur maison de bord de mer. D'un autre, un dîner de famille tendu, potentiellement hostile, chez l'oncle Jerome. Un choix cornélien.

Mais les dés étaient jetés, et Caleb n'avaient plus qu'à tirer le meilleur parti du temps qu'il leur restait.

La sortie à Breakers Bay fut très agréable. Ils achetèrent des coques, du pain et des pâtisseries appétissantes. Pas de règles, pas de limites. Les activités érotiques prolongées nécessitaient du carburant.

Ils revinrent à la maison. Elle avait été nettoyée de fond en comble pendant leur absence, et Caleb se mit à préparer la sauce aux coques.

— Mais tu es obsédé ! Tu as cuisiné il y a deux heures !

— J'anticipe. Je me suis dit qu'on irait à la plage cet après-midi.

Caleb jeta les coques dans une casserole où mijotait de l'ail. Il mélangea le tout et ajouta du sauvignon blanc.

— Quand on va revenir, on aura froid, on sera mouillés et on aura faim. Il ne nous restera plus qu'à faire cuire les pâtes et à y jeter les coques avec de l'huile et du persil, et hop !

Lorsqu'il eut terminé, ils sortirent et empruntèrent le sentier qui descendait de la falaise jusqu'à la plage privée. Elle était délimitée de chaque côté par d'immenses rochers qui formaient une petite anse de quatre cents mètres de long. Le sentier était bien entretenu, et ils trouvèrent un escalier d'acier boulonné à la falaise pour descendre sur la plage.

Caleb étendit la couverture près d'un grand affleurement rocheux. Ils explorèrent l'endroit et découvrirent une grotte battue par les vagues.

Ils se pelotonnèrent ensemble sur la couverture, Caleb le dos contre un rocher tout lisse, elle assise entre ses jambes appuyée contre son torse. Il regarda les goélands planer dans le ciel blanc, tandis que les vagues les berçaient avec leur rythme régulier. Il avait les cheveux chauds de Tilda dans le nez ; ils sentaient les fleurs.

Tilda, dans ses bras. C'était tellement improbable. Il ne méritait pas ce miracle, après avoir été aussi stupide.

Peut-être aurait-il sa chance. Qu'il le mérite ou pas, il pouvait essayer.

Le brouillard rompit le charme. Des gouttelettes apparurent sur ses cheveux.

— Hé ! Til ? On est dans un nuage. On va être trempés.

Elle leva les yeux vers lui.

— Hmm ? Désolée, j'ai somnolé.

— Je ne t'ai pas laissée assez dormir la nuit dernière, hein ?

— Ça c'est certain.

Elle s'étira dans ses bras.

— J'ai pas envie de partir, dit-elle paresseusement. C'est un autre univers ici. Enchanteur, même dans le brouillard. On a l'impression d'être seuls au monde. On pourrait être des naufragés. Je ne veux pas que ça s'arrête. C'est tellement parfait, ici.

— On n'est pas obligés d'arrêter, dit soudain Caleb.

— Hein ?

— Ce séjour va devoir se terminer, mais rien ne nous empêche de recommencer, et de passer du bon temps ensemble. On verra bien où ça nous mène.

— Je sais que tu aimes anticiper, mais ne te projette pas trop loin, je t'en prie.

— Sur combien de temps ?

— Je ne sais pas. Je te dirai.

Elle frissonna, et il l'entoura de ses bras.

— Tu as froid ?

Elle se blottit davantage contre lui.

— Un peu. Je pensais au jacuzzi. Comme on part demain, ce serait honteux de ne pas en profiter encore ce soir, tu ne crois pas ?

Caleb se leva si vite que Tilda faillit perdre l'équilibre.

— Je vais chercher les serviettes.

- 12 -

— Tu es sûre que tu n'as pas besoin de retourner chez ton père ? demanda Caleb.

— Non, il me tarde de voir Annika, et je ne veux pas être en retard. J'ai une robe de cocktail dans mes bagages, ça ira.

Ils se sourirent. Une fois la passion lâchée, elle avait régné en maître. Ils n'avaient pas pris le temps d'aller dîner au restaurant.

— Je ne me suis jamais senti aussi bien de ma vie, dit Caleb. J'en suis encore tout retourné.

— Pareil pour moi. Et Annika a très bien supporté le week-end sans moi. Ta famille sait vraiment comment divertir une enfant de huit ans. Mais j'aurais bientôt eu envie de rentrer.

Caleb secoua la tête.

— On n'a pas beaucoup rigolé avec Gran quand elle nous a élevés. Elle était très austère. Le travail, le devoir, rien d'autre.

— Elle avait des responsabilités de parent. On peut se permettre d'être l'adulte sympa et marrant quand il y en a un autre pour fixer des limites. Sinon, non.

— Toutes ces choses qu'il me reste à apprendre…

— Ça va bien se passer. Annika est une gentille petite fille, très affectueuse. Tu t'y feras très vite.

— J'ai hâte d'apprendre à la connaître.

Ils franchirent un portail électronique sur Lakeside Avenue. La maison de Caleb était moderne, une série de cubes de verre élégamment agencés avec des terrasses de chaque côté. De grands arbres l'ombrageaient, et la pelouse était verdoyante. En contrebas, le lac étincelant réfléchissait les lumières de la ville.

Tilda sortit de la voiture.

— Waouh ! C'est magnifique. C'est toi qui l'as fait construire ?

— Oui. Drew Maddox l'a conçue il y a six ans. Je l'ai rencontré quand Ava faisait la publicité pour BioSpark. Il concevait des maisons pour lui et tous ses amis, et j'ai eu la chance de le choper pendant cette brève phase de sa carrière.

Caleb ouvrit la porte d'entrée.

— Pas le temps de visiter, on a déjà le quart d'heure de retard d'usage. On est partis tard.

— Mais ça en valait la peine, dit Tilda, taquine.

L'air sembla se charger d'étincelles alors qu'ils se remémoraient l'interlude embrasé qui les avait retenus. Caleb recula.

— Arrête de me regarder comme ça, ou on n'arrivera jamais chez Jerome.

Tilda rit.

— Dis-moi où me changer. Je me dépêche.

— Dans ma chambre.

Ils traversèrent une cuisine ouverte et un grand salon dominé par une cheminée centrale.

— Il y a une chambre et un bureau pour toi là-haut, mais j'espère que tu dormiras avec moi. J'ai demandé à mon employée de préparer une chambre pour Annika. Voyons ce que ça donne.

L'escalier donnait sur un grand palier bordé d'une

rambarde. Il la conduisit dans le couloir, ouvrit une porte et alluma une lampe.

Tilda sourit de plaisir. La chambre était bordée de longues fenêtres sur deux côtés et arborait un lit à baldaquin doté d'un édredon bleu moelleux, avec des motifs d'étoiles et de galaxies. Des coussins au crochet en forme de planètes étaient empilés à sa tête. Il y avait des étagères, un grand bureau et une table à dessin inclinée. La lampe de chevet avait la forme de la Lune, cratères inclus. Le plafonnier était un soleil, autour duquel gravitait tout le système solaire. Au mur, une affiche de l'émission *La Vie secrète des cellules* arborait une dédicace de Veronica Moss.

— Ronnie a envoyé tous les livres de *La Vie secrète des cellules* dédicacés, dit Caleb. J'ai demandé à mon employée de préparer une chambre pour une fillette intelligente, férue de sciences. Et de laisser plein d'espace pour qu'Annika le remplisse. Elle pourra l'ajuster à sa convenance.

Tilda éteignit la lumière et éclata de rire quand la lampe projeta une carte étoilée sur le plafond.

— Oh ! regarde !

Il lui glissa les bras autour de la taille.

— Je suis content que ça te plaise. Mais il faut y aller…

L'immense chambre de Caleb était aussi magnifique. Le motif du grand tapis circulaire se mariait parfaitement avec le ton doré du sol en bambou. Outre le lit *king-size*, s'y trouvaient un canapé et des fauteuils. D'immenses portes-fenêtres aux stores en bois s'ouvraient sur une terrasse donnant sur le lac.

— La salle de bains est par là. Sers-toi de tout ce que tu veux.

Tilda se doucha rapidement, enfila des bas en dentelle noire et sa robe rouge dont la jupe ornée de perles noir de jais s'évasait jusqu'aux chevilles. Des souliers de velours noir complétaient sa tenue. Elle se fit un chignon qu'elle fixa avec des baguettes ornées de cristaux noirs.

Il ne lui fallut que deux minutes pour se maquiller. Rouge à lèvres, eye-liner, mascara. Elle finit par ses boucles d'oreilles en cristal noir.

Lorsqu'elle sortit de la salle de bains, Caleb, vêtu d'un costume noir élégant et d'une chemise en soie grise, écarquilla les yeux.

— Ça ira la tenue ? demanda-t-elle.

— Somptueuse. Mais c'est ta coiffure de guerre, ça.

Elle se toucha les cheveux.

— Tu n'aimes pas ?

— J'adore quand ils sont lâchés. Mais c'est sexy comme ça, sachant que c'est moi qui déferai le chignon.

Sa voix grave était une caresse de velours pour ses nerfs tendus. Tilda posa son châle à perles noires sur ses épaules.

— Je pars à la guerre, alors ?

Caleb haussa les épaules.

— J'espère que non.

L'immense maison de Jerome était sur Queen Anne Hill. La demeure avait été un cadeau de mariage d'un baron à sa fille au XIXe siècle. À peine étaient-ils arrivés dans l'entrée tout en boiseries, éclairée par un chandelier Art nouveau, qu'un cri d'excitation familier frappa les oreilles de Tilda. Annika arriva en courant, suivie par Maddie, Ronnie et Elaine.

Tilda prit sa fille dans ses bras.

— Tu m'as manqué, ma puce.

— Toi aussi, maman.

Le visage de l'enfant irradiait de joie. Elle portait une

robe rose neuve à frous-frous et avait des anglaises dans les cheveux.

— Tilda ! Tu as bonne mine.

Le sourire d'Elaine s'élargit lorsqu'elle vit Caleb.

— Vous êtes resplendissants tous les deux. C'était bien la plage ?

— Merveilleux, dit Tilda. Tout était parfait.

— C'était super, maman, dit Annika tout excitée. Et Ronnie, Maddie et Gran sont tellement gentilles avec moi !

— Je suis contente que tu te sois amusée, ma chérie.

Tilda leur adressa un sourire de gratitude.

— Moi, je suis contente que tu sois revenue.

Annika passa les bras autour de la taille de Tilda et la serra fort.

— C'est mieux quand tu es avec moi, ajouta-t-elle.

Elle lâcha Tilda et étreignit Caleb à son tour, moins fort mais assez longtemps pour qu'il puisse lui rendre son câlin. Gran, Maddie et Ronnie échangèrent des œillades ravies.

Jerome accueillit Tilda fraîchement. C'était un grand sexagénaire, qui portait beau, à la chevelure épaisse. Il salua Caleb encore plus froidement.

Ronnie conduisit Tilda à un grand homme bien habillé, qui se tenait le bras posé sur le manteau de la cheminée, tel un mannequin de magazine.

— Tilda, voici, Jareth, mon fiancé, annonça-t-elle. Jareth, ma nouvelle cousine par alliance, Tilda Riley.

Les dents blanches de Jareth étincelèrent au milieu d'une barbe noire soigneusement taillée.

— Enchanté, Tilda. Ça a été un plaisir de parler à ton adorable fille. C'est un exemple vivant du cœur de cible de *La Vie secrète des cellules* !

Annika lui tira la main.

— Maman, maman ! Il faut que tu voies la bibliothèque

d'oncle Jerome ! Elle est énorme ! Il collectionne les livres, il y a même des échelles pour aller tout en haut, comme dans le dessin animé *La Belle et la Bête* !

— Vraiment ?

Tilda rit et regarda Ronnie.

— Annika et moi avons toujours rêvé de cette bibliothèque. Puis-je la voir ?

— Bien sûr.

Elles laissèrent Caleb raconter Breakers Bay à Maddie et Elaine, et suivirent Ronnie. La maison était un véritable musée, rempli d'antiquités du XIXe siècle, d'énormes bouquets de fleurs, de céramiques et de sculptures.

La bibliothèque était époustouflante. Sous un plafond immense, les rayonnages de livres étaient éclairés par des fenêtres ornées de vitraux. Au bout de la pièce trônait un énorme portrait de famille. Au centre, un homme assis, dans un costume des années 1950. Sa femme se tenait derrière lui, un bébé dans les bras, et un garçonnet d'une dizaine d'années était debout à côté d'eux. D'autres portraits faisaient face aux fenêtres.

— C'est la galerie de portraits de famille des Moss ? demanda Tilda.

— Oui. Tout au bout, c'est mon grand-père Horace Moss, et ma grand-mère Maud. Le garçon c'est mon oncle Bertram, feu le mari d'Elaine, et le bébé c'est mon père, Jerome. Et là…

Elle conduisit Tilda plus loin et reprit :

— Encore mon oncle Bertram après son diplôme. Il ressemblait beaucoup à papa.

— Ils sont tous bruns. De qui tiens-tu tes incroyables cheveux roux ? De ta mère ?

Ronnie perdit son sourire.

— Oui, elle était rousse. Il paraît que je suis son portrait craché.

— Il y a un portrait d'elle ici ?

— Pas ici, mais dans la bibliothèque d'Elaine, oui.

Le malaise de Ronnie était palpable.

— Je suis désolée si je…

— Oh non ! ne t'inquiète pas. C'est une longue histoire. Je te la raconterai un jour. Quand j'aurai beaucoup bu. Pas aujourd'hui.

— Bien sûr, rien ne presse. En tout cas cette pièce est superbe.

— Oui, cette bibliothèque m'a sauvé la vie, gamine. C'était mon endroit préféré de la maison.

— Oh ! vous êtes là ! Ma chérie, on a un problème, tu peux venir ? intervint Jareth.

Elles se retournèrent.

— Je ne suis pas sûr d'avoir tout compris, reprit-il, mais Jerome vient de faire une crise pour une question d'antipasti. Il m'a demandé de venir te chercher. Tu peux gérer, s'il te plaît ? Désolé, Tilda.

— Excuse-moi, dit Ronnie, je dois m'en occuper.

— Bien sûr, répondit Tilda, qui resta seule avec Elaine, venue avec Jareth.

— Je n'aime pas ça, dit Elaine.

— Quoi donc ? demanda Tilda.

— Que Jareth se range du côté de Jerome contre Ronnie. Même pour une stupide histoire d'antipasti. Ce n'est pas de bon augure.

— Vous ne l'aimez pas ?

— Ce n'est pas ça. Je n'ai rien à lui reprocher. Il travaille dur, il a son propre argent. J'ai du mal à dire ce qui ne va pas. Mais je préférerais voir Ronnie avec un homme en admiration devant elle.

Elaine leva les yeux vers le portrait de son mari.

— Mon Bertram était comme ça avec moi. Et moi avec lui. Pendant cinquante-deux ans.

— C'est merveilleux, dit Tilda. Quelle chance !

— C'est vrai. Mais je soupçonne Jareth de penser que c'est Veronica qui a de la chance. Il n'a pas idée du trésor qu'il a entre les mains. L'histoire se répète.

Tilda n'était pas sûre de savoir quoi répondre.

— Au moins, Jerome l'aime bien, reprit Elaine. C'est un miracle que Ronnie ait trouvé quelqu'un que Jerome approuve. La pauvre essaye de plaire à cet homme depuis toujours, mais elle n'est pas aidée. Elle sera toujours punie pour les péchés de quelqu'un d'autre.

— De qui ? ne put s'empêcher de demander Tilda.

Elaine agita la main.

— Mais je papote, je papote. Les portraits m'emmènent très loin, et je me perds. Oh ! regarde ! Ma pauvre Susannah. J'ai la même photographie dans ma bibliothèque. C'est ma préférée.

Tilda leva les yeux et resta bouche bée.

C'était une grande photographie en noir et blanc. On y voyait une magnifique jeune femme aux cheveux noirs, vêtue d'une robe blanche courte, debout sur une balançoire, un demi-sourire aux lèvres.

C'était Annika. Ou ce à quoi Tilda imaginait qu'Annika ressemblerait dix ans plus tard.

— Troublant, n'est-ce pas ? dit Elaine.

— Incroyable, chuchota Tilda. J'en ai des frissons.

— Viens t'asseoir.

Elaine conduisit Tilda jusqu'à l'un des confortables canapés en cuir et s'installa à côté d'elle. Elle tira une enveloppe de son sac à main et lui remit une pile de photos.

— J'ai pris celles où Susannah avait l'âge d'Annika. La ressemblance est encore plus frappante.

C'était vrai. Tilda regarda les photos, troublée.

— Ça pourrait être elle. Comme si elle avait voyagé dans le temps.

— Tu imagines ce que j'ai ressenti en la voyant aux fiançailles d'Ava Maddox. J'ai eu un vertige, j'ai été obligée de m'asseoir et de boire un coup.

Un douloureux instant, Tilda sentit la douleur du chagrin derrière la réaction d'Elaine. Son cœur se tordit. Perdre un enfant ; le pire cauchemar d'une mère.

Elle saisit spontanément la main d'Elaine et la serra.

— Je suis contente que vous ayez Annika maintenant. J'espère que ça vous aide.

Elaine regarda au loin et se tamponna les yeux avec son mouchoir.

— Oh oui ! C'est un amour. Je n'ai pas les mots.

Maddie et Annika apparurent à la porte.

— On dîne, maman ! annonça la petite. Faut venir !

Les deux femmes se mirent à rire, et Elaine rangea ses photos.

Le dîner fut agréable. L'amabilité d'Elaine compensait la raideur de Jerome. Les plus jeunes Moss discutaient avec animation, et Annika avait un tas de choses à dire sur tout. Après le dessert, Jareth se leva, le verre à la main.

— Votre attention ! Comme vous le savez, Veronica et moi avons décidé d'annoncer nos fiançailles. Montre ta bague, Ronnie !

Ronnie leva la main où brillait un énorme diamant scintillant.

— J'aimerais tout simplement dire à quel point je suis ravi d'entrer dans une famille si incroyable, reprit Jareth. Chacun ici est formidable à sa façon. Ensemble, vous êtes une force, et je suis à la fois fier et humble d'être autorisé à en faire partie.

Tout le monde trinqua et applaudit.

— J'ajoute, poursuivit Jareth, que la beauté des femmes de cette famille est légendaire. Et que j'ai le privilège d'en avoir une à mon bras.

— Non, intervint Annika. C'est toi qui vas être au sien ! C'est elle la star de la télé !

— Annika ! souffla Tilda. Chut !

— Non, non, intervint Jareth, elle a raison, c'est bien Ronnie la star, et je suis fier de l'accompagner dans son parcours. À votre santé !

Les verres tintèrent.

Jerome reposa son verre bruyamment.

— À mon époque, une enfant de cet âge n'aurait pas été autorisée à table avec des adultes. Elle aurait été au lit. Ce qui ne l'aurait pas encouragée à parler avec autant d'effronterie.

Tilda se raidit, avant de lui répondre :

— Je suis ravie qu'Annika partage son opinion. C'est un bon entraînement.

— C'est pas parce qu'on a huit ans qu'on n'a pas d'opinion, renchérit Annika.

— On a vu ça, rétorqua Jerome.

— Tu n'aimes toujours pas que je partage les miennes, et j'ai vingt-neuf ans, dit Ronnie.

— Ronnie ! siffla Jareth dans sa barbe. Ne fais pas de scène.

Tilda adressa un sourire glacé à Jerome.

— J'encourage ma fille à dire ce qu'elle pense. Est-ce que ça va lui attirer des ennuis ? Sans doute. Mais je pense que ça en vaut la peine.

— Vous allez au-devant de conflits familiaux avec ce

genre de principes, répondit Jerome. Vous feriez bien de revoir vos idées agressives si vous voulez vous adapter à la famille.

— Je ne crois pas, non, intervint Caleb. Je suis d'accord avec son approche. Je respecte les opinions d'Annika. Et je l'encouragerai toujours à faire face aux tyrans.

Il y eut un silence de mort. Chacun retenait son souffle. Jerome se leva.

— Oh ! papa, non, je t'en prie, non ! le supplia Veronica.

— Un tyran, Caleb ? C'est de moi que tu parles ?

— Jerome, intervint Elaine. Je t'en prie, tu gênes tout le monde.

— Venant de toi, c'est amusant, répondit-il. User de l'idée que je prenne le contrôle de MossTech comme d'une arme pour terrifier ton crétin de petit-fils et l'obliger à se marier selon ta volonté ? C'est aussi bête qu'insultant.

Elaine soupira.

— Et c'est reparti ! Jerome, tu ne comprends pas…

— Et toi ! l'interrompit Jerome en montrant Caleb du doigt. J'ai appris après coup que tu étais marié. Je n'ai pas reçu d'invitation. Mais peu importe. Ton impolitesse ne m'étonne plus.

— Papa, arrête !

Veronica s'était levée en faisant trembler la table. Un verre de vin se renversa. Jareth recula sa chaise avec une exclamation de dégoût et tamponna son pantalon taché avec une serviette.

— Ronnie ! jappa-t-il. Ce n'est pas le moment de faire une scène !

— Parce que c'est moi qui choisis mon moment ?

— Ronnie, s'il te plaît…

— J'aurais dû me douter que tu allais tout gâcher, dit Ronnie à Jerome. Je voulais seulement que mon fiancé rencontre ma famille. C'était vraiment si difficile de faire semblant d'être normaux pendant deux heures ? Parler, manger, porter un toast, et tu aurais pu recommencer tranquillement à être hostile, à me critiquer et à t'assurer que je sois la plus malheureuse possible. Je pensais que tu te tiendrais, mais je t'avais surestimé. Encore une fois.

— Ronnie, tu aggraves la situation, protesta Jareth.

— Ça ne peut pas être pire, rétorqua-t-elle en quittant la pièce comme une furie.

Jareth, debout, tapotant toujours la tache de vin sur son pantalon, dit :

— Excusez-moi pour cet éclat.

— Inutile de s'excuser, dit Caleb. Pas pour Ronnie en tout cas.

Jareth sortit, et Jerome jeta un regard furieux à Elaine.

— Toi ! grogna-t-il. Tu as ruiné mes projets pour Riley BioGen. Des mois de travail pour cette fusion, jetés aux orties sans réfléchir !

— Ne vous attendez pas à ma sympathie, dit Tilda. Riley BioGen, c'est toute la vie de mon père.

Jerome pouffa.

— Ne soyez pas puérile. Ça n'a rien de personnel.

— C'est sacrément personnel pour moi, répondit-elle.

— De toute évidence, vu ce que vous êtes prête à faire. Vous vendre pour sauver l'entreprise de papa ? C'est courant chez vous ?

La voix d'Elaine s'éleva :

— Jerome ! Tilda est la mère de l'enfant de Caleb. Tu vas lui témoigner du respect.

— Mais oui, la précieuse arrière-petite-fille. Et toi tu l'acceptes comme ça, sans poser de questions ?

— Pas un mot de plus sur Annika, dit Caleb sur un ton d'avertissement. Tu ne lui parles pas, tu n'en parles pas.

— Tu ne te rappelles pas de Susannah, Jerome ? demanda Elaine d'une voix triste. Ça ne devrait pas me surprendre, et pourtant…

— Quel rapport avec Susannah ? gronda Jerome. Tu divagues !

Elaine se tourna vers Tilda.

— Ça va te sembler bizarre, mais sache que comme nous sommes des femmes, Jerome est convaincu que nous sommes des menteuses toujours en train de comploter. Aucune ne fait exception à ses yeux.

— Je me moque de ses problèmes psychologiques, il n'a pas à parler comme ça d'Annika, dit Caleb. Ou de Tilda.

— Je ne suis plus un bébé, papa, intervint Annika. Je gère.

Tout le monde se tut d'un coup. L'expression furieuse d'Elaine se transforma en sourire.

— « Papa » ? C'est adorable.

Mais Jerome n'avait pas terminé.

— Épargne-moi ton sermon, Elaine. Tu te bats contre moi depuis le premier jour de ton mariage avec Bertram.

— Je me bats pour que tu te tiennes ! Surtout depuis vingt-trois ans, et j'en ai ras le bol.

— Ce n'est pas moi qui manipule les gens avec des actions de MossTech !

Elaine soupira.

— Je le fais pour protéger l'avenir, Jerome. Alors que toi, tu nous punis pour les péchés du passé.

— Tais-toi, espèce de vieille mère-la-morale ! Pauvre…

— Ne criez pas !

Annika bondit, les lèvres tremblantes, et déclara :

— Vous avez besoin d'un temps calme !

Maddie se cacha le visage dans les mains.

— Un temps calme, soupira-t-elle. Oh oui ! j'adore l'idée.

Annika prit les mains de Tilda et Caleb.

— Maman ? Papa ? Je ne suis pas bien ici.

— Moi non plus, répondit Tilda. Bonsoir tout le monde. On s'en va.

- 13 -

Ils battirent en retraite, laissant derrière eux les éclats de voix de la salle à manger. Quand Caleb aida Annika à s'attacher dans la voiture, la petite tremblait. Il lui embrassa le sommet de la tête.

— Hé ! dit-il doucement, merci d'avoir pris notre défense. Il fallait vraiment du courage. Jerome est effrayant quand il se fâche.

— Pourquoi il a été méchant comme ça ?

— C'est difficile à expliquer, dit Caleb. Mais je crois que ce n'est pas seulement à cause de nous. Il est fâché depuis longtemps, et on était là quand c'est sorti.

— Pauvre Ronnie, dit Annika. Il était sûrement déjà méchant quand elle était petite, et c'est son papa.

— Oui, acquiesça Caleb. Probablement.

Au moment où la voiture franchit le portail, Tilda lui posa la main sur la cuisse.

— Je suis contente que tu aies inclus Annika dans notre front de résistance.

— Moi aussi, répondit Caleb. On avait besoin d'elle. C'est notre arme secrète.

— Carrément, intervint Annika.

— Tu es allée un peu loin, quand même, ma puce. La prochaine fois, laisse les grands se disputer sans intervenir.

— Mais toi et papa, vous lui avez répondu.

— Les règles ne sont pas les mêmes pour les adultes.

— C'est pas juste !

— Ce n'est pas juste, mais c'est comme ça.

Annika bavarda un moment, mais l'intensité de la soirée et son week-end chargé l'avaient épuisée. Elle ne tarda pas à s'endormir.

Une fois sur l'autoroute, Caleb prit la main de Tilda et sentit que des barrières invisibles disparaissaient entre eux. Peut-être se faisait-il des illusions, mais après ce mauvais choix neuf ans auparavant, pour lequel il avait payé le prix fort, il allait apprendre de ses erreurs.

Il décida de faire confiance à ses sentiments.

À la maison, il donna les clés à Tilda qui prit la valise pendant qu'il portait leur enfant endormie. Il lui dicta le code de l'alarme et porta Annika à l'étage.

Tilda ouvrit la porte de sa chambre et régla la lampe des étoiles au minimum. Elle enleva les ballerines roses d'Annika et la borda.

— On ne la met pas en pyjama ?

— Ça ira comme ça. Sa robe est douce et élastique, elle sera aussi confortable qu'une chemise de nuit.

Annika ouvrit les yeux. Elle regarda autour d'elle et sourit en voyant la lampe en forme de croissant de lune et la couette étoilée.

— On est où ?

— Dans ta chambre chez Caleb, répondit Tilda.

— Cool !

— Tu l'exploreras demain. Bonne nuit, mon cœur.

Annika hocha la tête, tendit le bras et saisit la main de Caleb.

— Papa ? chuchota-t-elle. Pourquoi Jerome est en colère contre tout le monde ?

Caleb réfléchit.

— Il a eu très mal il y a longtemps, et il ne s'en est jamais remis.

— Pourquoi il n'a pas parlé à la personne qui lui a fait du mal ? C'est ce que maman dit qu'il faut faire.

— Il n'a pas pu. Elle est morte avant qu'il le puisse. C'était vraiment triste.

— Oh ! Je suis désolée pour lui. Mais il a fait pleurer Ronnie.

— C'est vrai, répondit Caleb. Mais ne t'inquiète pas. On ne le verra pas beaucoup.

Annika acquiesça et tendit les bras à sa mère pour un câlin. Puis, après une brève hésitation, elle tendit les bras à Caleb.

Ce qu'il ressentit le prit totalement au dépourvu. Cette vague dans la poitrine, comme une nuée d'oiseaux qui prenaient leur envol tous à la fois.

Ils quittèrent la chambre ; Tilda envoya un baiser à Annika et laissa la porte entrouverte.

Dans le couloir, ils se regardèrent.

— Il faudra que tu me racontes cette histoire un jour, chuchota Tilda. Jerome et la mère de Veronica.

— Oui, mais pas ce soir. Jerome nous a assez bouffé d'oxygène comme ça.

— C'est vrai.

— Tu veux boire quelque chose ?

— Merci, mais là j'ai seulement envie d'enlever mes talons.

— Allons te trouver quelque chose de plus confortable.

Il l'accompagna jusqu'à leur chambre.

— Désolé qu'elles te fassent mal. Elles sont très belles.

Assise sur le lit, Tilda répondit en défaisant les lanières :

— Oui, porter des chaussures sexy ça se paye.

Caleb tamisa la lumière et s'agenouilla devant elle,

repoussant doucement sa main pour lui enlever lui-même ses souliers.

— Il y a un autre dressing à côté du mien, pour tes affaires.

Tilda rit.

— Sérieusement ? Un pour elle et un pour lui ? Quel luxe !

— L'idée de Drew Maddox, dit-il en lui enlevant ses talons. Mais je suis content qu'il l'ait eue.

Il prit ses pieds élégants et cambrés entre ses mains, et ses cals griffèrent le tissu de ses bas. L'ourlet orné de perles de sa robe cliqueta pendant qu'il lui massait les pieds. Elle s'agrippa au bord du lit avec un soupir de bonheur.

— Tu te débrouilles très bien.

— Tu m'inspires, répondit-il.

Tilda se pencha et posa les mains autour de son visage. Du bout des doigts, elle traça une ligne le long de ses joues, jusqu'à sa mâchoire. Caleb tourna la tête et pressa les lèvres sur sa main. Puis il se pencha en avant et embrassa le haut de ses cuisses. Le tissu de sa jupe faisait barrage, mais il devait prendre son temps. Il glissa les mains sur ses mollets, monta, redescendit, les avant-bras cachés par le tissu.

Enfin il osa remonter sa jupe, assez haut pour voir les bandes de dentelle qui tenaient les bas sur ses cuisses. Attiré par les ombres mystérieuses et la chaleur de son corps superbe, il aventura un doigt sur la dentelle de sa culotte, tel un artiste donnant de délicats coups de pinceau, de haut en bas. Une invitation douce et pleine de séduction.

Tilda posa les mains sur ses épaules, et ses doigts s'enfoncèrent dans le tissu de sa chemise.

— Oh !

— Encore ? demanda-t-il, avant de lui embrasser une

cuisse après l'autre, tout en caressant les tendres replis sous sa culotte.

Il repoussa l'élan de désir brutal qui montait en lui. Il attendrait.

— Espèce de sale séducteur, chuchota-t-elle. Attends-moi une seconde. Ne bouge pas.

Elle le repoussa doucement et se dirigea vers la porte. Elle sortit la tête dans le couloir, écouta quelques secondes, referma la porte et la verrouilla.

Elle s'approcha du miroir et retira ses boucles d'oreilles, puis détacha ses cheveux. Caleb les regarda cascader dans son dos.

Elle les secoua, et ils recouvrirent ses épaules, telle une cape dorée. Le regard séducteur qu'elle lui lança et son petit sourire en coin lui donnèrent l'audace de glisser les doigts dans son épaisse tignasse soyeuse.

— Je suis désolé pour ce soir, dit-il. Les Moss n'ont pas donné une très bonne image. Je crains qu'on ait raté le test d'entrée. Heureusement qu'on est déjà mariés.

Tilda fit la moue.

— Toutes les familles ont un tonton gênant.

— Je crois que les Moss ont redéfini le concept.

Elle rit.

— Je suis désolée pour Veronica. J'espère que ça ne va pas décourager son fiancé.

Caleb grogna.

— On verra bien.

— On dirait presque que tu l'espères. Vous avez une dent contre lui, Elaine et toi ?

— Annika l'a vu, Jareth s'aime démesurément. Veronica ne peut pas rivaliser.

— Elle est comme une sœur pour toi, dit Tilda. C'est

difficile d'imaginer que quelqu'un soit assez bien pour les femmes qu'on aime.

Elle lui jeta un regard coquin avant d'ajouter :

— Demande à mon père.

— Je ne préfère pas, non, murmura-t-il en enfouissant le nez dans ses cheveux.

La chaleur de sa tête sur son épaule était si agréable.

— Pour être honnête, c'est Annika et moi qui avons rendu Jerome furieux.

— Il serait parti en vrille tout seul de toute façon. Ça le démangeait. J'aurais dû m'en douter et vous tenir loin de tout ça.

— On est solides, dit-elle. Ne t'inquiète pas.

— Mais j'ai découvert quelque chose sur moi, qui m'a surpris, poursuivit-il.

— Quoi ?

— Te regarder te défendre comme une cheffe est extrêmement excitant.

Tilda rit.

— Et moi qui pensais t'avoir fait honte.

— Mon cœur battait à tout rompre. J'avais l'impression de voir Wonder Woman en action.

Elle se tourna pour le regarder, l'air grave.

— C'est parce que j'avais mon talisman secret, celui qui me donne des super pouvoirs.

— Ah oui ? Qu'est-ce que c'est ?

Elle se tourna, posa les mains sur son torse et planta son regard dans le sien.

— Notre front uni, dit-elle. Quand quelqu'un de fort te soutien, tu peux tout affronter.

Ces mots entrèrent en lui comme un rayon laser. Leur vérité, leur force. Leur potentiel. Un espoir fou que cette magie pourrait exister vraiment.

Ils s'embrassèrent. Désespérément. Chaque fois qu'ils étaient ensemble, il tombait dans un vortex de désir. Il avait faim de sa bouche, de son corps parfait. Il réussit à descendre la fermeture Éclair de sa robe et la lui ôta, les mains tremblantes.

Les globes resplendissants de ses seins étaient mis en valeur par son soutien-gorge en dentelle noir sexy. Sa robe tomba dans un petit bruit de perles. Il ne dit rien. Les baisers suffisaient.

Tilda luttait pour lui déboutonner sa chemise, mais il n'arrêtait pas de l'embrasser, et elle dut repousser ses bras.

— Aide-moi à enlever ces satanés boutons de manchette, dit-elle.

Il mourait d'envie de sentir leurs peaux se toucher. Il enleva ses chaussures et ses chaussettes, et elle attaqua sa ceinture.

Tilda baissa d'un coup pantalon et caleçon. Elle ne tarda pas à se retrouver également nue, à l'exception de ses bas. Il la fit tourner pour qu'elle se retrouve face au miroir.

— Tu es belle.

Tilda frissonna tandis qu'il repoussait ses cheveux pour embrasser sa nuque. Il glissa la main entre ses cuisses et y caressa le petit triangle de boucles blondes tout en embrassant son cou avec une lenteur hypnotisante. Puis sa main descendit entre ses cuisses pour atteindre ses replis si sensibles, la chaleur moite et secrète de sa féminité. Doucement. Tout doucement.

Elle se raidit entre ses bras et se mit à gémir tandis que des vagues de plaisir parcouraient son corps.

Oh oui ! Encore !

Il aurait voulu ne jamais s'arrêter. Il aurait pu passer le reste de sa vie à lui donner du plaisir, à atteindre cet élan de perfection aveuglant.

Tilda tendit le bras en arrière et saisit sa verge dure. Leurs regards se croisèrent dans le miroir. Elle avait les yeux écarquillés, rêveurs, les lèvres pleines, encore entrouvertes.

— Le lit, dit-elle.

Elle se pencha pour ouvrir les draps, et il poussa une exclamation en la voyant à genoux sur le lit. Elle tourna la tête et lui jeta un coup d'œil coquin.

— La vue te plaît ?

Il essaya de parler, mais ne put que hocher la tête. Tilda à quatre pattes, le sourire aux lèvres, c'était trop.

Il posa les mains sur ses hanches et lui caressa les fesses.

— Tu as envie comme ça ?

— Avec toi, tout me va, répondit-elle. Comme ça ou autrement.

Il fut touché par sa générosité, époustouflé par sa beauté. Ses yeux enregistraient les moindres détails – son dos, ses reins, ses fossettes en haut des fesses. Toutes ces courbes gracieuses qui luisaient comme de la nacre dans la lumière tamisée. Il était prisonnier de son sourire mystérieux et séducteur.

Il glissa un doigt entre ses jambes et plongea dans la moiteur de ses profondeurs… encore et encore. Encore du plaisir, encore une excitation haletante. À chaque mouvement, il la sentait si humide, si serrée autour de son doigt.

Il avait envie de faire durer cet instant et de la faire jouir sans fin, mais leurs corps se rejoignirent et se mirent à danser ensemble, hors de contrôle. À chacun de ses coups de boutoir, elle donnait un coup de reins pour le rejoindre.

Elle fut la première à atteindre la jouissance, et les pulsations de son orgasme entraînèrent Caleb juste après elle. Il sentit son monde exploser en une infinité de fragments.

Il se retira d'elle à regret, et ils s'allongèrent côte à côte.

Après quelques instants, elle poussa un soupir, déposa un baiser sur sa tempe et murmura :

— Excuse-moi.

— Quelque chose ne va pas ?

— Tout va bien.

Elle se glissa hors du lit, ramassa sa robe et ses bas, qu'elle posa sur une chaise. Puis elle prit sa trousse de toilette et son pyjama dans sa valise et se dirigea vers la salle de bains.

Elle en ressortit quelques minutes plus tard, vêtu d'un short et d'une camisole.

— Où ranges-tu tes pyjamas ?

— Placard de gauche, deuxième étagère, pourquoi ?

Elle disparut dans le dressing, et réapparut avec un pyjama qu'elle lui lança.

— Mais pourquoi ? demanda-t-il.

— C'est fini, les dodos à poil. En tout cas quand Annika est là.

— On ne peut pas seulement verrouiller la porte ?

— Je ne veux pas d'une porte verrouillée entre moi et ma fille, dans une maison inconnue, après une soirée pareille. Elle peut se réveiller et avoir peur. On laisse la porte ouverte.

Il obtempéra. En prenant Tilda dans ses bras, il ressentit la même chose que dans la voiture. Comme des barrières invisibles qui s'écroulaient. De la lumière.

Faire de la place à Tilda, à Annika, à quelque chose de plus profond, de réel.

Il avait l'impression de voler.

- 14 -

Herbert Riley posa sa tasse sur sa soucoupe.

— Il te faut un partenaire pour Far Eye. Pourquoi pas le plus grand et le meilleur ? MossTech développerait Far Eye rapidement, et à une bien plus grande échelle.

Il tapota la main de Tilda.

— Mesure seulement les risques et les bénéfices émotionnels. Tu te rapproches de Caleb, c'est une bonne chose. Mais ne cède pas Far Eye à MossTech s'ils ne connaissent pas sa vraie valeur et ne te l'achètent pas à son juste prix.

Tilda termina son thé et reposa également sa tasse.

— Je ne veux pas prendre de décision professionnelle basée sur l'émotion, dit-elle. Ça ne se termine jamais bien.

— Jamais ?

Son père leva un sourcil moqueur.

— Tes dernières décisions dictées par l'émotion donnent de bons résultats. Je ne t'ai pas vue aussi bien depuis longtemps. Annika pareil. Ça lui va bien, d'avoir un papa.

— Oui, Caleb semble apprécier la paternité. Ça paraît trop beau pour être vrai.

— Toi et Annika, vous êtes les seuls éléments de cette équation trop beaux pour être vrais, dit-il d'un ton sérieux. Et j'espère que Caleb s'en rend compte et qu'il est à genoux devant toi.

L'image de Caleb à genoux devant elle lui traversa l'esprit. Elle rougit.

— Il se tient très bien.

Herbert grogna.

— Si tu le dis. J'ai peine à croire qu'il existe quelqu'un d'assez bien pour ma précieuse fille. Ou ma petite-fille, d'ailleurs.

— Caleb est allé chercher Annika après l'école. Ils devaient aller faire des courses au marché de producteurs, parce que bien entendu les produits du supermarché ne sont pas assez fins pour ces palais délicats. Il lui apprend à cuisiner. Elle a fait une délicieuse tarte aux pommes l'autre soir.

— Ils créent un lien père-fille, c'est bien.

— Tout à fait. Elle s'entraîne pour quand tu viendras manger avec nous.

Ils quittèrent le café et convinrent du soir où il viendrait dîner. Puis elle rentra à la maison

À la maison. Waouh !

Pour l'instant tout allait si bien, même après cette scène délirante quelques semaines auparavant chez Jerome. Tilda pouvait inviter son père à dîner en se sentant chez elle. Comme une vraie famille.

Elle se fraya un chemin dans les embouteillages de l'heure de pointe de Seattle, la seule facette de la Cité émeraude qu'elle n'aimait pas. Elle adorait tout le reste : la fraîcheur, les nuages, les bleus, verts et gris lumineux. Des montagnes et de l'eau de tous côtés.

Elle se gara à côté de la Porsche de Caleb et entra. En accrochant son manteau, elle avisa les portraits réalisés à l'encre et au crayon par l'artiste de rue de Carruthers Cove, exposés en bonne place dans l'entrée. Ils y étaient retournés avec Annika et avaient fait faire son portrait.

Caleb avait insisté pour les faire encadrer et les accrocher. Encore un merveilleux week-end.

La voix haut perchée d'Annika lui parvint de la cuisine, ainsi que de délicieux effluves. On entendait une chanson de Moon Cat and the Kinky Ladies.

Tilda posa son sac à main.

— … ne m'écoute pas, se plaignait Annika. C'est moi qui dois diriger le projet, mais Patti veut dessiner un Argentinosaurus, et Tyler, il est fou d'insectes géants, et Kira veut des tigres à dents de sabre ! Et puis Poonam devait faire le fond parce qu'elle dessine hyper bien, mais elle a fait des fleurs ! Les fleurs n'ont pas évolué pendant cinquante millions d'années ! Alors moi, je leur ai dit : « Va falloir se décider, hein ! »

— Oui, le choix est difficile, acquiesça Caleb. Mets les haricots dans la casserole. À mon avis il faut repenser tout le projet. Si tu peux faire en sorte que chacun y trouve son compte, ils s'investiront davantage.

— En faisant comment ?

— Au lieu de te concentrer sur un seul point du temps géologique, élargis ton échelle. Chacun pourra parler de son animal ou de sa plante préférée.

Annika resta silencieuse un moment.

— Hmm… C'est plus de travail. Surtout pour moi, parce que j'aide tout le monde.

— Il va falloir t'y faire, parce que c'est comme ça toute la vie. Présente-leur comme ça : c'est plus de travail pour tout le monde, mais Poonam a ses fleurs, Tyler ses insectes, etc. Ton projet, en tant que chef, ce n'est pas de tout faire, c'est de faire en sorte que chacun se donne à fond.

Tilda s'appuya contre le chambranle de la porte.

— Un vrai discours de P-DG.

Caleb lui sourit. Annika courut se jeter dans ses bras.

— Bonjour, ma puce. Ça sent drôlement bon.

— Oui, du poulet aux épices ! Avec du riz et des haricots verts du marché, et papa a fait une sauce spéciale.

Caleb lui tendit un verre de vin.

— On réfléchit au difficile problème du leadership tout en cuisinant.

— Je suis comme papa, dit Annika. Cuisiner m'aide à réfléchir.

Elle se mit à remuer la sauce avec application.

— Ça n'a jamais fonctionné pour moi, dit Tilda en sirotant son vin. Si je me laisse distraire en cuisine, c'est l'accident garanti.

— C'est parce que tu détestes cuisiner, maman.

— Oh ! tu as remarqué ?

— C'est prêt, dit Caleb. À table !

Le dîner fut délicieux. Le poulet aux épices fut suivi d'une salade de fruits et d'une boule de glace à la pêche. Annika débordait de fierté d'y avoir contribué. Elle adorait l'idée d'avoir hérité un talent de cuisinière de son père. Tilda était émue de les voir tous les deux. Effrayée, presque, par tant de bonheur.

Pourvu que ce ne soit pas trop beau pour être vrai !

— Maman, ce soir c'est le premier épisode de la saison 3 de *La Vie secrète des cellules* ! Je l'attends depuis des semaines !

— Vraiment ? demanda Tilda. Quel genre de cellules ? Humaines ?

— Non, je crois que c'est le plancton.

— C'est super ! dit Tilda. Une heure de plongée dans les algues.

— C'est du plancton, pas des algues, protesta Annika. On n'existerait pas s'il n'y avait pas les plantes unicellulaires, maman ! Et Ronnie explique super bien.

— Bien sûr, ma puce, je plaisantais. Je suis sûre que ça va être génial.

— Ça commence dans cinq minutes. Je vais allumer la télé. J'adore le générique.

Annika disparut, et Caleb leva son verre.

— À la matheuse sans cœur qui manque de respect aux organismes unicellulaires.

Elle trinqua en riant.

Ils s'installèrent tous les trois sur le canapé devant la télévision, Annika entre ses parents.

Tilda apprécia l'émission, mais elle eut l'impression d'être dédoublée. Elle n'arrivait toujours pas à croire la réalité des choses. Une famille pour Annika. Deux fois plus d'amour, d'attention, pour sa fille. Pour elle. Plus même, avec la famille de Caleb.

Elle ne pouvait s'empêcher de se dire qu'elle ne pouvait pas se permettre de prendre ce cadeau.

Elle allait tout de même essayer d'en profiter tant que ça durerait. Après tout, rien n'était éternel.

Elle se concentra sur l'émission de Ronnie, bien écrite et divertissante. Ronnie elle-même était drôle et intéressante.

Lorsque le générique de fin se termina, elle se tourna vers Annika.

— Au lit, ma puce !

— Je peux rester debout encore une heure ? Kaylea se couche à dix heures et demie, elle.

— Même pas en rêve. Pyjama, les dents, dodo. Je monte dans cinq minutes te souhaiter bonne nuit.

— Bonne nuit, ma puce, dit Caleb en l'embrassant. Merci d'avoir été mon chef adjoint.

— Tu m'aideras pour ma frise chronologique demain ?

— Bien sûr.

Lorsque Annika eut disparu en haut des marches, Tilda

attrapa sa sacoche et sortit son ordinateur. Elle reprit place sur le canapé à côté de Caleb et éteignit la télévision.

— Tu as un moment ? demanda-t-elle.

— Pour toi ? Bien sûr.

Tilda inséra la clé USB qui contenait les grandes lignes de son projet.

— J'ai un truc à te montrer. Une idée qui me taraude depuis des années. L'année dernière, j'ai trouvé les scientifiques et les ingénieurs qui m'ont permis d'avancer dessus. J'ai appelé ça Far Eye.

Caleb regarda l'écran.

— C'est quoi ?

— Un programme d'intelligence artificielle de prévisions météorologiques pour les agriculteurs. Il se connecte avec des images satellites pour traquer les tendances, analyser la météo, les courants océaniques, etc. Ça permet aux cultivateurs de se projeter afin de réduire l'impact des sécheresses, des crues ou des incendies, du changement climatique. Mais il a encore besoin d'être développé. J'en ai parlé à quelques spécialistes du capital-risque.

— C'est toi qui as écrit l'algorithme ?

— Oui. J'évaluais mes options avant la crise cardiaque de papa, pour essayer de déterminer si je m'associais avec le département Recherche et Développement de Riley BioGen ou si je cherchais des investisseurs pour le développer moi-même. Et puis cette histoire de fusion m'est tombée dessus, et ensuite… j'ai été distraite.

— Qu'ont dit les spécialistes du capital-risque ?

— Que c'était intéressant, que je pourrais trouver des investisseurs. La question c'est : est-ce que je veux plutôt me lancer dans la direction d'une entreprise technologique ou dans la recherche et l'analyse de données ? Ce qui m'attire plus, mais je voulais ton avis.

Oh ! ce regard qu'il avait. Plein de tendresse, d'émerveillement. De chaleur.

— Tu me laisserais le voir ? J'adorerais y jeter un œil.

— Vas-y.

Tilda lui passa son ordinateur.

— Je monte dire bonne nuit à Annika.

Cette dernière lisait dans son lit. Elle se blottit contre Tilda qui se glissa à côté d'elle.

— Maman, tu n'es pas fâchée parce que je fais des choses avec papa et pas avec toi ? demanda-t-elle d'une voix inquiète. Je sais que tu n'aimes pas trop la biologie alors je lui ai demandé. Tu n'es pas jalouse ?

La question la surprit.

— Oh ! non, ma puce. Je trouve que c'est super que vous partagiez ces moments. Toi et moi, on a nos trucs à nous. On a Moon Cat and the Kinky Ladies, et nos montages de robots, et plein d'autres choses. Et tu sais qui gagne le plus dans cette histoire ?

— Non, qui ?

— Moi, annonça Tilda. On me prépare un dîner exquis tous les soirs, et j'emporte des restes délicieux pour mon déjeuner du lendemain. Je mange comme une reine depuis que tu as commencé à apprendre à faire la cuisine. Je ne sais même plus comment faire cuire un œuf !

Annika rit et se blottit plus près d'elle. Tilda éteignit la lumière.

— Maman ? demanda une toute petite voix.

— Oui ?

— Tu crois que ça lui plaît, à papa ?

Tilda sentit une étrange tension la saisir.

— Quoi donc mon cœur ?

— D'être un papa, répondit Annika. Il est très gentil, mais je sais que c'est pas toujours rigolo. Les trucs de l'école, tout ça. Peut-être que ça l'embête. Tu crois qu'il va se lasser ?

La question brisa leur cœur de Tilda. Elle détestait l'idée que sa fille se sente aussi peu en sécurité. Il fallut quelques instants pour que sa gorge se dénoue.

— Je ne peux pas parler pour lui, ni faire des promesses à sa place. Mais je pense que ça lui plaît. Beaucoup, même, ce qui est bien normal, car il a énormément de chance. Tu es une enfant adorable.

Annika blottit le visage contre l'épaule de sa mère.

— Tu crois ?

— Oui. Je ne peux pas prévoir ce qui va arriver, mais j'ai de bons espoirs. Et puis, tu es une Moss maintenant, autant qu'une Riley, quoi qu'il arrive. Toute cette famille t'aime. Ils ne sont pas idiots, ils savent reconnaître un trésor quand ils en voient un.

Elle distinguait le sourire d'Annika à la lumière de la veilleuse. Ses yeux étaient humides.

— Merci, maman.

— Je t'aime, ma puce. Tout ira bien, promis.

À peine sortie de la chambre, elle se passa la main sur les yeux. Puis elle se redressa et afficha son plus beau sourire en revenant dans le salon où elle se rassit près de Caleb.

— Tu as regardé ?

— Autant que j'ai pu. Il faudra que tu m'expliques comment fonctionne l'IA. Avec des mots simples.

— Ha ha !

— Je comprends juste assez pour voir à quel point c'est intelligent. C'est innovant. Tu as intérêt à parler à de bons avocats spécialistes de la protection de la propriété intellectuelle, si tu envisages vraiment de développer ça avec MossTech.

Tilda lui adressa un petit sourire.

— Oui, répondit-elle doucement. Je suis content que ça te plaise.

Il lui posa la main sur la nuque et l'embrassa, manquant renverser l'ordinateur sur ses genoux. Il le posa sur la table sans s'interrompre.

Puis elle sourit.

— Qu'est-ce qu'il y a ? demanda-t-il.

— Toi et les trucs qui t'excitent, le taquina-t-elle. Tantôt me disputer avec ton oncle, tantôt des algorithmes de prévision climatique. Tu es bizarre.

Il l'attira sur ses genoux, et elle sentit son érection.

— Oh ! mon Dieu, oui ! Les analyses statistiques, la météo, la dynamique du sol. Ça me rend aussi raide qu'un tube à essai.

Elle le frappa en riant, mais il attrapa sa main et l'embrassa.

— Non, sérieusement, dit-il. Ça me plaît de te voir travailler, élever ta fille, être toi-même. De voir que tu me confies ton travail, ta fille, toi. Je veux être à la hauteur. Je veux le mériter.

Elle bondit de ses genoux.

— Monte. Je vais m'assurer qu'Annika dort. On va s'enfermer dans ta chambre, et je te montrerai exactement ce que tu mérites.

Caleb eut l'air intrigué.

— Qu'est-ce que ça veut dire ?

— Tu me fais confiance, Caleb ?

Les fossettes apparurent de chaque côté de son magnifique sourire.

— Oui.

— Alors, on va dans ta chambre.

— Dans *notre* chambre.

Tilda se retourna.
— Quoi ?
— *Notre* chambre.
Elle sentit soudain ses jambes faiblir.
Deux minutes plus tard, ils étaient au lit.

- 15 -

Tilda se réveilla en sentant Caleb lui tapoter l'épaule.

— Tilda ? Désolé de te réveiller, mais ton téléphone sonne, je crois.

Tilda tressaillit. D'en bas retentissait faiblement le début de la chanson *Breaking Down Your Walls*.

— Ça t'a réveillé ?

— J'ai le sommeil léger. Tu devrais répondre non ?

— Oui, merci.

Elle descendit, Caleb sur les talons.

Le téléphone était posé sur le bar de la cuisine. C'était son père.

— Allô ? Papa ? Tout va bien ?

— Til ? c'est toi ?

Il semblait confus.

— Oui, c'est moi. Qu'est-ce qu'il y a ? Tu es malade ?

— Non, tout va bien. Je reviens juste de ma partie de bridge avec Arthur, Trix et Sylvie. Quelqu'un est entré par effraction chez moi.

Tilda poussa un cri.

— Mon Dieu ! La police est là ?

— Elle arrive. Je vais bien, je suis juste un peu secoué. Désolé de t'embêter si tôt, je suis rentré et… tout était sens dessus dessous.

— Papa, tu es dans la maison, là ? Tu es sûr qu'ils sont partis ?

Caleb lui fit signe de mettre le haut-parleur. La voix tremblante de son père retentit.

— … pas d'inquiétude, ma chérie. J'ai regardé partout, ils sont bien partis.

— Papa ! cria-t-elle. Ce n'est pas à toi de faire ça ! C'est le travail de la police !

— Eh bien, c'est fait. Ils ont pris mon ordinateur portable, ma tablette, les téléviseurs. Ils ont neutralisé le système de sécurité et désactivé les caméras.

— J'arrive.

— Non, ce n'est pas la peine. La police va arriver, tu ne pourras rien faire. J'avais seulement besoin de parler à quelqu'un. Je suis désolé de t'avoir réveillée.

— J'arrive, répéta Tilda.

Elle regarda Caleb.

— Tu peux t'occuper d'Annika pendant que je vais chez mon père ?

— Je t'emmène.

— Mais Annika…

— Je suis en train d'appeler Maddie.

Il avait le téléphone à l'oreille.

— Allô, Mads ? Oui, je sais. Désolé, mais le père de Tilda a été cambriolé. Il est sous le choc. Tu pourrais venir t'occuper d'Annika pendant qu'on… Oui ? Merci. À tout de suite.

Il raccrocha.

— Elle sera là dans un quart d'heure. Je t'emmène, va t'habiller.

— Merci. Papa, on arrive.

— Je crois que la police arrive, je vais leur parler. À tout à l'heure.

Tilda raccrocha. Sans un mot, Caleb la prit dans ses

bras. Son étreinte lui fit un bien fou, et elle comprit ce qu'il voulait dire lorsqu'il parlait de confiance.

Elle commençait à s'y faire. Peut-être même à en avoir besoin.

Elle recula et s'essuya les yeux.

— Merci. C'est vraiment bien de t'avoir à mes côtés.

— Tout le plaisir est pour moi.

Maddie ne tarda pas à arriver, ébouriffée, vêtue d'un jogging et de grosses lunettes élégantes à monture noire.

Tilda l'étreignit.

— Merci, chuchota-t-elle.

— Aucun problème. Tiens-moi au courant.

Les rues étaient vides, et il ne leur fallut pas longtemps pour arriver. Caleb lui tint la main chaque fois qu'il le pouvait.

— Tu peux te détendre, dit-il. La police est là ; il est en sécurité.

— Je sais. Mais il n'avait vraiment pas besoin de ça, après la crise cardiaque et cette histoire de fusion.

À l'intérieur, ils trouvèrent son père à la table de la cuisine devant un verre de scotch. Il leva la tête ; il était livide. Ses mains tremblaient.

Elle l'étreignit et prit une chaise.

Il avisa Caleb.

— Qui est avec Annika ?

— Ma sœur, répondit-il. Ne vous inquiétez pas.

Tilda saisit la main glacée de son père.

— Raconte, papa.

— La porte d'entrée était ouverte quand je suis rentré. L'alarme était désactivée.

— Et tu es entré quand même !

Tilda ne put contrôler le ton de sa voix. Son père la regarda sévèrement.

— Tu m'en as déjà fait le reproche, passons à autre chose. Je suis rentré et j'ai appelé la police. Ils ont pris le matériel électronique, ouvert tous les placards. C'est le bazar partout.

Il croisa le regard de Tilda.

— Et ils ont pris le coffre, ajouta-t-il.

L'estomac de Tilda se noua. Le dossier Wes Brody. L'arme nucléaire. Elle l'avait laissé dans le coffre de son père.

— Ils l'ont ouvert ?

— Non, ils l'ont pris, dit Herbert. Ils l'ont sorti du mur.

— Il y a une puce de traçage dedans ?

— Oui, mais ils l'ont enlevée. Ils devaient connaître ce modèle. Ils l'ont laissée sur mon bureau.

— Ce genre de voleurs a un but précis, dit Caleb. Il y avait quoi dans le coffre ?

— Rien d'extraordinaire. Du liquide. Les actes de la maison. Des polices d'assurance. Des bijoux de ta mère. Je voulais te les donner. Maintenant, ils sont perdus.

Caleb les regarda tour à tour et se racla la gorge.

— Je vous laisse parler en privé, dit-il, avant de se diriger vers la porte.

— Il a du tact, au moins.

— Il a plus que ça, je te l'ai dit. Ça se passe très bien avec Annika et moi.

— C'est vrai, ma chérie, tu me l'as dit. C'est super. Mais maintenant, quelqu'un a ton arme nucléaire. On ne sait rien sur lui, sauf que ce n'est pas un ami.

— Ce dossier ne peut servir à personne, à part aux Moss, dit-elle, et ils ne connaissent pas son existence. On n'en a parlé à personne d'autre qu'à ton avocat.

— On aurait dû le détruire.

— On ne faisait rien de mal simplement en le gardant,

dit Tilda. On a choisi de ne pas s'en servir parce qu'on n'était pas sûrs de son contenu.

Caleb et elle restèrent une bonne partie de la nuit avec son père. Juste avant l'aube, Herbert leur dit de partir.

Quarante minutes plus tard, après avoir réussi à le convaincre, ils ramenèrent son père à la maison. Ils l'installèrent dans la chambre d'amis.

Puis, Tilda se posa dans la cuisine, où Maddie lui servit un café.

— Merci, dit Tilda. Tu m'as été d'un grand secours.

— Ce n'est rien. Tu es de la famille, maintenant.

Maddie lança un regard sévère à Caleb qui pianotait sur son ordinateur portable.

— J'espère que tu ne vas pas aller au bureau.

— Je dois seulement passer voir Sergio, pour lui demander d'organiser une réunion du conseil d'administration au plus vite. Il faut que je parle à tout le monde de Far Eye.

— C'est quoi ? demanda Maddie.

— Un incroyable outil d'IA pour les prévisions agricoles, mis au point par Tilda, répondit Caleb. Tu devrais le comprendre plus facilement que moi. Dommage que Marcus ne soit pas là, ça le rendrait fou.

— Je peux voir ça ? demanda Maddie.

— Je t'en prie, dit Tilda en faisant glisser l'ordinateur vers Maddie.

Caleb posa la main sur son bras.

— On pourrait aller dormir un peu. Tu l'as bien mérité.

— Annika a école, lui rappela-t-elle. Je dois la préparer...

— Je m'en charge, dit Maddie. Ça va être chouette, on s'entend très bien.

— Merci, dit Tilda.

En suivant Caleb dans l'escalier, Tilda eut une sensation

bizarre. Quelque chose de chaud et de doux dans la poitrine. Bizarre de ressentir ça après un cambriolage.

— Tu es tellement adorable avec moi, lâcha-t-elle. Je ne sais pas quoi penser.

Caleb lui tendit la main.

— Et si tu te laissais faire ?

— D'accord, répondit-elle en prenant sa main.

- 16 -

— Voilà, dit Caleb en regardant les membres de sa famille assis autour de la table. Regardez les documents, et on en reparle. Je suis prêt à organiser une réunion avec les avocats de Tilda. Far Eye serait le meilleur de nos investissements à ce jour.

— Elle va nous le faire payer au prix fort, avança Elaine.

— Rien de plus normal, souligna Maddie. C'est un outil incroyable, et elle pourrait se faire une fortune avec.

— Pardon d'enfoncer une porte ouverte, mais est-ce que les actifs de Riley BioGen n'appartiennent pas déjà à MossTech ? demanda Jerome.

— Pas ça, dit Caleb. Tilda n'est pas salariée de Riley BioGen. Elle donne des conseils sur facture. Far Eye lui appartient. Elle n'a pas utilisé leurs ressources pour le développer.

— Comme c'est pratique ! dit Jerome.

— Qu'est-ce que tu insinues ? demanda Caleb qui sentait la pression monter malgré sa résolution de ne pas craquer devant les provocations de Jerome.

— Étant donné que la famille Riley dans son intégralité vit sous ton toit, tu manques peut-être un peu de recul.

— Arrête, Jerome, dit Elaine avec impatience. Tu es fatigant.

— Herbert est resté trois jours, le temps que sa maison

soit remise en état. Ça fait une semaine qu'il est parti. Je ne vois pas où tu veux en venir.

— Je suis le seul à voir l'énorme conflit d'intérêts ici ? demanda Jerome en leur lançant des regards furieux. Far Eye est le petit projet chéri de sa femme : vite, ouvrez-lui la caisse !

— Tu n'es pas juste, dit Elaine. On ne peut pas reprocher à Caleb d'être marié à quelqu'un qui a du talent. Tilda est un atout, pourquoi la disqualifier à cause de sa relation avec Caleb ?

— Ce n'est pas si simple, dit Jerome. Il me faut du temps pour étudier cette proposition.

— Bien sûr, dit Caleb. Prends tout le temps que tu veux. Mais Tilda n'attendra pas éternellement.

— On va tous étudier ce projet, dit Elaine. Félicite Tilda pour moi. On a fait le tour de l'ordre du jour ? Je dois filer, j'ai un rendez-vous avec mon adorable arrière-petite-fille.

— Caleb, peux-tu venir dans mon bureau ? demanda Jerome.

— Pas aujourd'hui, désolé, je n'ai pas le temps. Sergio t'appellera pour prendre rendez-vous.

— Non. C'est urgent.

La pièce devint silencieuse.

— Vraiment, Jerome ? dit Elaine. Est-ce que je ne devrais pas être mise au courant ?

— C'est exactement ce que je me disais, ajouta Maddie.

— Idem, surenchérit Ronnie. Dis-nous, papa.

— Non. Rien que Caleb.

— Bon, finit par dire Caleb, les dents serrées. J'arrive dans 5 minutes. Mais il faudra faire vite.

Quand Jerome et Veronica eurent quitté la pièce, Gran se tourna vers lui.

— On en parle plus tard. Bye, mes chéris.

Elle quitta la pièce dans des effluves de Chanel.

Maddie accompagna Caleb à l'ascenseur pendant qu'il appelait Sergio pour qu'il décale les rendez-vous de la journée.

— Merci pour ton soutien pour Far Eye.

— Oh ! ce n'est pas une faveur. C'est vraiment une idée géniale. Je ne comprends pas tout, mais je sens que c'est un truc fou.

— C'est exactement ce que je me dis aussi, répondit-il.

— Oncle Jerome m'a surprise, dit Maddie. Il a toujours aimé être rabat-joie, mais il n'est pas du genre à refuser une opportunité commerciale aussi intéressante. Il y a autre chose.

— Le connaissant, ça n'augure rien de bon, mais je vais trouver ce que c'est.

— Tu me raconteras ? demanda Maddie alors que la porte de l'ascenseur s'ouvrait.

— Bien sûr.

Yvette, l'assistante de Jerome, le fit entrer dans le repaire de son oncle. Bien que Marcus l'ait remplacé en tant que directeur des nouvelles technologies, Jerome avait insisté pour rester consultant à MossTech. Caleb essayait de l'empêcher de causer des problèmes ; Jerome tentait constamment de forcer Ronnie à utiliser ses parts pour lui permettre de reprendre le contrôle. Ronnie tenait le coup et affrontait la furie de son père.

— Je suis pressé, dit Caleb. Qu'est-ce qu'il y a ?

— Il vaut mieux que tu t'asseyes, vu ce que j'ai à te dire.

— Je vais tenir le coup, raconte.

— Et si tu apprenais que ta tendre épouse complotait pour détruire ton entreprise ?

Il fallut un moment à Caleb pour qu'il recouvre sa voix.

— Je traiterais quiconque tiendrait cette stupide théorie de connard, et lui dirais d'aller se faire voir.

Jerome grogna.

— C'est bien ce que je pensais.

— Allez, crache ce que tu as sur le cœur, dit Caleb.

Jerome lui tendit un épais dossier.

— Tiens. La preuve que Tilda Riley complote derrière ton dos.

Caleb hésita, flairant le piège. Mais il fallait qu'il sache où Jerome voulait en venir.

C'était une liasse de feuilles manuscrites photocopiées. L'écriture était brouillonne. Il les fixa, la mâchoire douloureuse à force de tension.

— Qu'est-ce que c'est ?

— Un dossier qui pourrait détruire MossTech, dit Jerome. C'est ta femme qui l'avait.

— Alors qu'est-ce qu'il fait entre tes mains ?

— Réveille-toi, Caleb. Qu'est-ce que tu ne comprends pas dans « un dossier pourrait détruire MossTech » ?

Caleb serra les poings.

— Va au but.

— Ce journal a été écrit par John Padraig, directeur d'un de nos labos il y a vingt-trois ans. C'est apparemment la preuve d'un complot visant à couvrir un scandale au Sri Lanka, où travaillait Naomi quand elle est morte. Une moisissure toxique dans une souche de millet résistant à la sécheresse. Soixante-deux morts, dont vingt-huit enfants. Ce dossier nous implique tous. Moi, Naomi, Elaine et Bertram. Padraig nous accuse de meurtres. En annexe il y a des résultats de laboratoire supposés étayer ses dires. Padraig dit que les victimes ont été réduites au silence, intimidées, achetées, par nous. Que personne n'a endossé de responsabilité. C'est des conneries, évidemment. C'est Padraig qui a couvert tout. On n'a rien su avant des années. Raimund Oswalt était directeur des nouvelles technologies à l'époque. Il nous a raconté ce qui s'était vraiment passé.

— Pourquoi ce Padraig a-t-il attendu vingt-trois ans ? Il était où, pendant tout ce temps ?

— Il est mort. Dans le même attentat que Naomi. Probablement une vengeance. Raimund m'a dit qu'elle et John Padraig avaient une liaison à l'époque, mais à en croire ce journal il n'était pas sincère. Il s'est servi d'elle et de nous pour se débarrasser de la responsabilité de cette épouvantable affaire. Pour se couvrir et en profiter au passage. Comme quelqu'un d'autre que je connais.

— Arrête, dit Caleb sur un ton d'avertissement.

— Regarde la réalité en face, dit Jerome. Même si tout est faux, ce dossier peut nous détruire. Et ta femme a gardé ça sous le coude tout en couchant avec toi. Il y a un post-it qui lui est adressé collé dessus.

Jerome claqua des doigts sous le nez de Caleb.

— Réveille-toi !

— Comment as-tu obtenu ce dossier ? demanda Caleb tremblant de rage.

— Ça a une importance ?

— Un peu que ça a une importance !

— Il était dans le coffre de Herbert Riley.

— C'était toi ? demanda Caleb d'une voix horrifiée.

— C'est la différence entre nous deux, Caleb. J'ai toujours été prêt à faire le nécessaire pour MossTech. Pas toi.

— Mais comment savais-tu qu'il était là ?

— Par des discussions téléphoniques de leurs avocats. Ils parlaient de leur « arme nucléaire », et il fallait que je sache ce que c'était. Pour pouvoir les désarmer.

— Tu as piraté leurs téléphones ? C'est du délire !

— Non, c'est la guerre, rectifia Jerome. J'ai sué sang et eau pour cette entreprise pendant cinquante ans. Je ne vais pas laisser cette blondasse la foutre en l'air.

— Et tu n'as pas cessé de les espionner ?

— Sur un autre ton, Caleb. Si tu avais un tant soit peu de matière grise, tu l'aurais fait toi-même. Tu devrais être reconnaissant que je m'en sois chargé.

Caleb recula.

— Outre le fait que ton comportement est illégal et méprisable, Herbert Riley a eu deux crises cardiaques au cours des six derniers mois. Tes cambrioleurs auraient pu le tuer de peur. Tu aurais été responsable de sa mort.

— Je devrais pleurer Herbert Riley ? Il complotait pour me détruire !

Caleb tenta de ne pas perdre patience.

— Ce dossier ne prouve pas que les Riley voulaient nous détruire. On peut posséder un couteau sans envisager de poignarder quelqu'un.

— Oh ! je t'en prie ! Ils gardaient ça dans leur coffre pour rire, tu penses ?

— Ce n'était pas dans leur intérêt de l'utiliser, dit Caleb d'un ton amer. Donc ils ne l'ont pas fait. Pas de dégâts.

— Tu es si crédule ! Ta précieuse Tilda attend simplement d'être payée pour son idée brillante mais qui n'est pas développée. Dès qu'elle aura touché l'argent, elle nous torpillera. Elle retient ses coups parce qu'elle veut toucher l'argent d'abord, car elle n'est pas sotte. Contrairement à toi.

— Elle gagnera beaucoup plus en restant avec MossTech, et elle le sait. Tu penses seulement que tout le monde t'en veut. Comme d'habitude.

— Tu n'y comprends rien !

— Ne t'en prends pas à elle, l'avertit Caleb. Si tu

touches à un seul de ses cheveux, je révèle tout ce que tu as fait. Immédiatement.

— Tu montes sur tes grands chevaux, comme d'habitude, et je suis le seul à bien vouloir faire le sale boulot. Tu devrais me remercier à genoux de t'avoir prévenu avant qu'il soit trop tard.

Caleb se dirigea vers la porte.

— Nous n'avons plus rien à nous dire.

— Tu vas courir tout raconter à ta petite femme ? Tu vas te faire écrabouiller. J'ai mal pour toi.

Caleb sortit en claquant la porte.

Qu'est-ce que Tilda et Herbert avaient compté faire de ce dossier ? Il ne pourrait pas respirer tant qu'il n'aurait pas tiré tout ça au clair. Qui était vraiment responsable ?

Il ne laisserait pas ce vieux type amer s'immiscer entre lui et sa femme.

Assise sur la terrasse au coucher du soleil, Tilda, les pieds sur un tabouret, regardait Maddie jouer au frisbee avec Annika sur la pelouse. Le lac ondulait dans la brise. Elle était trop épuisée pour se joindre à elles. Elle avait profité du moment qu'Annika avait passé avec Elaine après l'école pour travailler sur l'avenir de Far Eye, et avait enchaîné les appels vidéo pour sonder les membres de l'équipe de Far Eye sur la possibilité pour eux de venir à Seattle pour travailler à MossTech avec elle. Elle aurait besoin de toutes ces femmes brillantes pour faire fonctionner son projet. Ses expertes en météorologie, en botanique, en analyse de statistiques et en dynamique du sol. La recette magique de Far Eye.

Mais c'était compliqué, évidemment. Meng ne voulait pas s'éloigner de son père malade, Mariko hésitait à décevoir son petit ami et Sidra venait de signer un contrat avec une entreprise à Bangalore. Seule Julia Huang s'était dite prête à venir. Pour les autres, il allait falloir déployer des trésors de persuasion et ouvrir le porte-monnaie. Rien n'était jamais simple.

Annika sauta et attrapa le frisbee, avant de retomber sur les fesses en criant d'excitation. Maddie se jeta sur elle et se mit à la chatouiller. Elles se roulaient dans l'herbe.

— Je ne m'y habitue pas.

C'était la voix d'Elaine derrière elle.

— Elle ressemble tant à Susannah au même âge. Chaque fois ça me fait un choc.

Elaine sirotait un verre de vin blanc en regardant le spectacle, le sourire aux lèvres.

— Annika s'amuse tellement avec Maddie, dit Tilda. C'est la tante idéale.

— Annika lui fait aussi du bien, répondit Elaine. Maddie travaille si dur, mais depuis qu'Annika est là… Eh bien, je n'avais pas vu Maddie rire et s'amuser comme ça depuis ses huit ans. Ça fait du bien à voir.

Le téléphone de Tilda sonna alors. En voyant le nom qui s'affichait, elle sentit la panique la saisir.

Wes Brody ? Mon Dieu, qu'allait-elle dire à ce type ?

Elle se leva et dit à Elaine :

— Désolée, je dois répondre.

Elle entra dans la maison et se rendit dans la pièce la plus éloignée, le bureau de Caleb.

— Allô ? Wes ?

— Tilda.

La voix de Wes avait perdu toute sa chaleur.

— Comment avance ton projet ?

Elle hésita.

— C'est compliqué.

— Sans blague, répondit Wes. Il paraît que tu es mariée ? Au P-DG de MossTech ? À quoi tu joues ?

— Je ne joue pas. Et il ne me semble pas que j'étais obligée de me servir de ton dossier à tout prix.

— Tu as laissé entendre que tu le ferais.

— Désolée si on s'est mal compris, dit Tilda. Au final, c'était dans l'intérêt de Riley BioGen d'accepter une fusion amicale, et je… je…

— Et tu as opté pour une fusion personnelle aussi ? Trop mignon. Je ne voulais pas traîner ma propre entreprise dans la boue puisque tu semblais partante pour le faire à ma place. Mais apparemment on n'est jamais mieux servi que par soi-même. Je suis à Seattle. Et MossTech va couler.

— Oh non ! Je t'en prie, ne fais pas ça.

— Vraiment ? demanda Wes. Pourquoi ?

Tilda fixa les rides de l'eau à la surface du lac.

— On peut se parler en personne ?

— Je suis au Cartwright Hotel. À côté de MossTech. Ma chambre donne sur leurs bureaux.

— Je vois. Wes, c'est plus compliqué que…

— Il y a un restaurant et un bar en bas. Sois ici dans une heure. Explique-moi pourquoi je devrais hésiter.

Par la fenêtre, elle vit Maddie, sur la pelouse, en train de montrer comment faire à la roue à Annika. Elaine les avait rejointes et les regardait en riant. Le tableau était touchant.

Elle déglutit difficilement. Ces moments adorables étaient si fragiles. Si faciles à détruire.

— J'y serai.

- 17 -

À peine Caleb eut-il franchi le seuil qu'Annika sauta dans ses bras.

— J'ai dit à Gran et à Maddie que j'aiderais à faire le dîner ! Tu m'aides à cuire les steaks ?

— Attends, laisse-moi arriver. Tu n'es pas allée manger des pâtisseries avec Gran après l'école ?

— Oui, c'était super ! Des scones au citron et du chocolat chaud !

— Tu as de la chance, mais je pense que tu n'as pas encore eu le temps de faire tes devoirs alors.

Le visage d'Annika s'assombrit.

— J'en n'ai pas beaucoup. Des mots à écrire et des problèmes de maths. Trop facile.

— Va vite les faire alors, ensuite on s'occupe du dîner.

Il regarda Annika décamper avec un pincement au cœur. Tilda ne cessait de lui rappeler qu'il était important de respecter les règles, pour son bien.

— Bien joué, Caleb, dit Gran. Il nous fallait un moment seuls pour le débrief. Alors, raconte, qu'est-ce que Jerome cachait dans son chapeau ?

— Quelqu'un t'a vu sortir de son bureau dans tous tes états, ajouta Maddie.

Caleb haussa les épaules.

— Rien de nouveau. Il ne fait pas confiance à Tilda, et il ne fait pas confiance à son projet. Je ne crois pas qu'il réalise sa valeur. Et il est toujours vexé de jouer le rôle de l'ogre dans ton mélodrame avec cette histoire d'obligation de mariage.

— Il y a forcément autre chose, dit Gran.

— Caleb, allez ! le pressa Maddie.

— Non, rien. J'ai encore eu une conversation tendue et désagréable avec Jerome, c'est tout.

Il regarda autour de lui.

— Où est Tilda ?

— Elle a dû sortir, dit Maddie, un rendez-vous pour Far Eye. Elle a dit de dîner sans elle. Elle ne t'a pas appelé ?

Caleb sortit son téléphone. Pas de message. Pas d'appel manqué.

— Elle est sortie très vite, dit Maddie, et elle doit encore être au volant.

Son téléphone sonna. Ce devait être Tilda.

Jerome. Encore ?

— Excusez-moi, dit-il.

Il s'enferma dans son bureau avant de décrocher.

— Quoi encore ?

— J'imagine que tu sais où est ta femme.

— Stop ! Pas un mot de plus sur Tilda.

— Je la vois à l'instant même, en direct. Tu veux jeter un œil ?

— Tu la fais suivre ? Salopard ! Cesse d'espionner ma femme !

— Elle t'a dit qu'elle sortait faire des courses ? Boire un verre avec une copine ? C'est un mensonge, Caleb. Tu veux voir ce que je vois ?

— Je veux que tu arrêtes de te mêler de mes affaires !

— Je t'ai envoyé un fichier. Avec des photos. Et un lien Livestream. Ouvre-le si tu es curieux. Vois si ta femme est où elle te dit qu'elle est. Bon visionnage.

Jerome raccrocha, et Caleb fixa l'ordinateur sur son bureau. Il appuya sur une touche, et l'écran s'alluma. Il ouvrit ses mails ; il y avait deux messages de Jerome, dont un avec des pièces jointes. Il en ouvrit une. Des photos de Tilda sortant de sa voiture. Dans la rue, devant le Cartwright Hotel. Tilda assise seule dans un restaurant, regardant son téléphone. Tilda debout, à côté d'un homme flou. Grand, carré, avec un sweat-shirt noir.

Sur la photo d'après, ils étaient assis l'un en face de l'autre. Tilda était penchée vers lui, l'air absorbée. L'homme était très beau.

Caleb ouvrit l'autre mail, qui contenait un lien Livestream.

Il l'ouvrit. Quelqu'un avait caché un téléphone dans une plante, dont on voyait les feuilles. Tilda parlait toujours.

Caleb prit son téléphone et l'appela. Il la vit réagir et sortir son appareil.

— Allô ? Caleb ?

— Coucou. Je pensais que tu serais rentrée.

— Moi aussi, mais j'ai eu un imprévu. J'ai dû aller voir quelqu'un pour Far Eye.

— Oui, Maddie m'a dit. Julia Huang, c'est ça ? Elle est venue de Hong Kong ?

Caleb vit Tilda hésiter.

— Oui. Ça risque de durer un peu. Ne m'attendez pas pour dîner. Oh ! et Maddie ramène Annika chez elle ce soir. Elles vont aller voir l'exposition sur Pythagore au Pacific Science Center demain matin.

— D'accord. À plus tard.

— Tu me manques, dit-elle. À tout à l'heure.

Caleb regarda Tilda glisser son téléphone dans son sac et se tourner vers son compagnon.

Caleb serra son téléphone si fort qu'il en avait mal à la main.

Il lui avait fallu une seconde pour prendre une décision. Elle détestait mentir à Caleb, mais ce n'était pas le moment de révéler l'existence du dossier de Wes.

Ce soir-là, en rentrant, elle lui dirait tout.

Wes était sur son téléphone lorsqu'elle raccrocha.

— Oui, quatre serviettes XXL. Tout de suite. Chambre 408. Merci.

Il reposa son téléphone et se passa la main dans les cheveux. Son visage tendu luisait de sueur.

— Tu viens d'aller courir ? demanda-t-elle.

— Oui. Pour me détendre. Désolé de t'infliger ça, mais je me suis dit que c'était mieux que de te faire attendre.

— Aucun problème. Et ça marche ? Ça te détend ?

Il haussa les épaules.

— Pas vraiment, mais c'est mieux que rien.

— Je me rappelle, à Rio, tous les jours tu faisais deux heures de salle, à 10 heures.

— Si je ne les fais pas tous les jours à la même heure, je ne les fais pas du tout. On a tous nos petits trucs. Mais toi, Tilda, tu décroches la timbale. Tu épouses ton ennemi juré et tu jettes notre accord aux orties ?

— Wes, sois raisonnable. Je pensais que ce serait la guerre avec les Moss, mais les choses ont changé. Et mon père pense que le dossier est faux. Il pense que Naomi était incapable de ce dont l'accuse Padraig. Et même si c'était vrai, pourquoi faire tomber les jeunes Moss maintenant ?

Les yeux de Wes étaient froids.

— Tu aurais dû me dire que tu aimais ce type.

— Ce n'était pas le cas quand on s'est parlé à Rio. Je ne l'avais pas vu depuis neuf ans. Mets-toi à ma place, tu ferais quoi si tu trouvais le moyen de sauver l'entreprise de ton père, et de protéger huit cents emplois et quarante années de travail ? Tu gâcherais tout par dépit ? Une fusion amicale était la meilleure option.

— On avait un accord, toi et moi, dit Wes d'une voix dure. Tu t'en souviens ?

— Alors ne finance pas Far Eye, répondit-elle. Je trouverai quelqu'un d'autre.

Les yeux de Wes s'aiguisèrent.

— Tu es en train de livrer Far Eye aux Moss ? Il assure à ce point au lit ?

— Wes, je ne discute pas de ma vie privée.

— Il assure tant que tu lui offres ton idée à dix milliards de dollars ? Et pour quoi ? Pour être accueillie dans le giron de la famille Moss ? La pauvre petite fille sans mère, enfin en sécurité ? Tu vas tomber de haut, Tilda.

— Je t'emmerde, Wes.

— Dis adieu à ton bonheur familial avec Moss. Ces salauds vont se casser la gueule.

— Mais c'était il y a vingt-trois ans ! protesta-t-elle. Les dirigeants d'aujourd'hui étaient des gamins à l'époque ! Tu te trompes de cible. Qu'est-ce que tu reproches à Caleb, et à Maddie et Marcus ?

— Tu es dans leur camp, je n'ai pas à te le dire.

Il ne se laisserait pas raisonner, sa colère était trop profonde.

Alors c'était la fin. La fin de MossTech, et de Riley BioGen.

— Tu as déjà donné le dossier à tes amis journalistes ? demanda-t-elle.

— J'ai des rendez-vous demain. Tu peux les prévenir si tu veux. Tu ne pourras rien empêcher.

— Alors on n'a plus rien à se dire j'imagine.

Il secoua la tête.

— Pourquoi m'as-tu fait venir, alors ? demanda-t-elle.

— Je voulais te dire une dernière fois que tu misais sur le mauvais cheval. Mais c'est trop tard.

Tilda se leva.

— Fais ce que tu as à faire, Wes.

— Compte sur moi.

Elle sortit, les yeux pleins de larmes de colère. Quelle idiote ! Elle aurait dû prévoir le pire, mais elle avait été trop occupée à jouer au papa et à la maman avec Caleb.

Dévastée, elle se rendit tout droit chez son père.

— Ma chérie, qu'y a-t-il ? Qu'est-ce qu'il t'a fait, ce salaud ?

— Ce n'est pas Caleb. C'est Wes Brody. Je viens de le voir.

— Ah ! Il est furieux que tu n'aies pas utilisé son dossier ?

— Il a décidé d'utiliser l'original.

Le visage de son père s'affaissa.

— Tout ça pour rien, papa. Si MossTech tombe, Riley BioGen aussi.

Il la prit dans ses bras.

— Ça ira, ma chérie. On survivra.

— Caleb va me détester, chuchota-t-elle.

— Pourquoi ? Ce n'est pas ta faute. Vous allez vous en sortir. Autant de talent et d'intelligence ensemble, ça ne peut pas rater.

— J'ai peur de tout perdre. Et maintenant Annika est attachée à lui…

Elle se mit à sangloter contre sa poitrine.

Quand elle se fut calmée, il l'emmena dans la cuisine.

— Un whisky ?

Tilda sourit à travers ses larmes et se moucha.

— Merci, mais je dois rentrer en voiture.

— Une tisane alors ? Un de ces trucs bizarres que tu

as laissés dans mon placard ? Le machin avec du poivre dedans ?

Son père l'exhorta à rester dormir, mais elle refusa.

— Il faut que je dise à Caleb ce qui se passe. Annika dort chez Maddie ce soir, autant en profiter. Mais merci, papa. Désolée de n'avoir pas pu sauver Riley BioGen.

— Tu as fait tout ce que tu as pu. Tu es une guerrière courageuse, et je suis fier de toi.

En arrivant à la maison, les paroles réconfortantes de son père ne suffirent pas à effacer son appréhension.

Elle ouvrit la porte. Silence. Obscurité.

— Caleb ?

Pas de réponse.

Elle monta et ouvrit la porte de la chambre. Il dormait.

— Caleb ? chuchota-t-elle. Tu es réveillé ?

Pas de réponse. Il était plus d'1 heure du matin, mais il n'était pas rare qu'ils soient encore éveillés à cette heure-là, à faire l'amour.

Caleb ne bougea pas.

Elle hésita à le réveiller. Ce serait cruel de le sortir du sommeil pour lui asséner une aussi mauvaise nouvelle. Le lendemain. Elle lui dirait le lendemain, au petit déjeuner. Avant que le cauchemar leur tombe dessus.

Elle se mit en pyjama dans le noir et se brossa les dents. Elle se glissa dans le lit et tenta de se blottir contre lui, mais son dos était un mur.

Elle s'allongea sur le dos et fixa le plafond, répétant ce qu'elle allait dire le lendemain.

Insomnie.

- 18 -

Tilda se réveilla en sursaut. Elle avait fait un horrible cauchemar : elle se noyait après un naufrage. Elle se tourna pour voir si elle avait réveillé Caleb.

Parti.

C'était la première fois qu'elle se réveillait seule depuis qu'elle habitait chez lui.

Il savait.

Elle comprit d'un seul coup. Voilà pourquoi il l'avait ignorée la veille, et qu'il était parti ce matin-là. Mais comment pouvait-il savoir ?

Elle se leva et explora la maison. Il n'avait pas fait de café. Autre première.

Il y avait une note sur le bar :

Parti courir.

Pas de signature, rien. Elle pressa les poings contre son ventre.

Parti courir, comme Wes. Caleb lui avait dit qu'avant d'être avec elle il commençait chaque journée par deux heures de sport pour évacuer la pression.

Depuis qu'elle avait emménagé, ils avaient trouvé moult merveilleux moyens d'évacuer la pression.

Caleb savait, et il était furieux.

Elle monta prendre une douche et essaya de réfléchir. Wes était obsédé par ses deux heures de sport quotidien.

Elle se demanda s'il gardait son dossier dans un coffre-fort. Non, les coffres d'hôtel étaient trop petits pour un dossier pareil. Et Wes n'allait certainement pas le trimballer en courant.

Mais mon Dieu, à quoi pensait-elle ? Son esprit s'emballait tandis qu'elle se séchait les cheveux et se maquillait. Il fallait qu'elle ait l'air efficace et élégante, le genre de femme à déambuler dans un bel hôtel. Pourvu que les rendez-vous de Wes avec les journalistes soient prévus l'après-midi. Il lui fallait agir vitc.

Elle n'était pour rien dans ce chaos, mais était la seule à pouvoir faire quelque chose.

Moralement, elle n'était pas trop sûre d'elle, mais tant pis. Elle n'avait pas utilisé l'arme nucléaire parce que son père l'avait convaincue que c'était mal ; eh bien, c'était mal aussi pour Wes de vouloir le faire.

Mieux valait agir et se battre que d'attendre sans rien faire.

Le nom de Jerome apparut sur le téléphone de Caleb.

Encore ?

Caleb ralentit sa course à regret. Le temps de détacher son téléphone de son bras, Jerome avait raccroché.

Il entra par la cuisine. Son téléphone sonna de nouveau.

— Tilda ? cria-il. Tu es levée ?

Pas de réponse. Son téléphone sonnait toujours ; Caleb décrocha.

— Que veux-tu encore, Jerome ?

— Tu sais où est ton épouse ?

Le ton railleur de Jerome le fit grincer des dents.

— Ça ne te regarde pas.

— Elle fait encore des siennes. Tu veux savoir où ? Je t'ai envoyé de nouvelles photos.

Caleb fixait le lac recouvert d'une brume grise.

— Tu n'arrêtes jamais ?

— Pas quand le travail de toute une vie est en jeu, non.

— Je t'ai dit de la laisser tranquille. Arrête de la suivre. Arrête de l'espionner.

— Elle est retournée au Cartwright, dit Jerome. Apparemment, elle n'en a pas eu assez hier soir.

— Merde !

Caleb raccrocha et bloqua le numéro de Jerome.

Mais il ne put s'empêcher d'aller dans son bureau et de regarder les photos qu'il lui avait envoyées. Tilda qui entrait dans un magasin Circuit Security, qui montait dans sa voiture. Elle avait les cheveux lâchés. Pas de chignon. Elle portait un haut en soie et un tailleur élégant. Des talons hauts. Du rouge à lèvres sombre.

Des photos d'elle franchissant la porte à tambour du Cartwright. Allant tout droit à l'ascenseur, comme si elle savait exactement quoi faire.

Lui aussi savait quoi faire. Il prit ses clés. Ça allait être l'enfer.

- 19 -

Tilda remonta le couloir de l'hôtel. Wes n'était pas dans sa chambre, la femme de ménage, oui. Le passe-partout était attaché au chariot de ménage à l'intérieur de la chambre. Elle déambula donc dans le couloir comme si elle avait quelque chose à y faire. Le copieur de carte qu'elle avait acheté à Circuit Security était dans son sac, prêt à pirater le passe-partout.

Enfin, le lourd chariot chargé de produits d'entretien sortit de la chambre 408, poussé par une femme d'âge mûr, l'air épuisée.

À l'autre bout du couloir, une autre femme de ménage lui posa une question en espagnol. Tilda fit semblant de parler au téléphone et se glissa à côté du passe-partout. Elle devait être à quelques centimètres pour activer le système.

Les deux femmes achevèrent leur conversation au moment où l'appareil dans le sac de Tilda affichait une lumière verte.

Oui !

Elle fit demi-tour et alla se réfugier dans l'alcôve abritant la machine à glaçons pour programmer sa carte. Elle allait pouvoir entrer dans la chambre, mais pas avant que les femmes de ménage se soient éloignées. Le temps pressait. Wes pouvait revenir n'importe quand. Tilda monta dans l'ascenseur, descendit, remonta. Elle en sortit au moment où Wes apparaissait à la porte de l'escalier, transpirant, en jogging, les yeux rivés sur son téléphone.

Tilda s'engouffra dans la première chambre ouverte qu'elle trouva. Les deux femmes en train de faire le lit la regardèrent d'un air ahuri.

Tilda rit nerveusement.

— Oh ! pardon ! Je me suis trompée de chambre !

Elle sortit à reculons et se retrouva dans le couloir au moment où Wes refermait la porte de sa chambre à lui.

Et merde !

Les femmes de ménage n'allaient pas tarder à ressortir et à la voir déambuler dans le couloir.

Elle entendit alors comme un sifflement. Wes devait être passé sous la douche. Elle ne pouvait pas rester ici éternellement. Il fallait faire quelque chose.

Maintenant !

Tilda sortit la copie du passe… et la porte se déverrouilla.

Elle l'ouvrit doucement. Dieu merci, la porte de la salle de bains était fermée. Elle entra sur la pointe des pieds. Une valise ouverte était posée sur un des deux lits.

Elle fouilla à l'intérieur et trouva un vieux dossier jauni et taché au milieu des vêtements. Elle le sortit : il contenait l'original du journal. Des documents du laboratoire. Elle le mit sous son bras et sortit en fermant la porte tout doucement derrière elle. Une fois dans le couloir, elle fila vers l'ascenseur et glissa le dossier dans son sac, le cœur au bord des lèvres.

Non, il valait mieux prendre l'escalier, ce serait plus discret. Elle pressa le pas. Comme une voleuse.

C'était nécessaire de faire ça. Mais comme c'était désagréable !

Chambre 408. Weston Brody.

Caleb avait repéré la voiture du détective de Jerome garée devant l'hôtel, et lui avait soutiré le nom et le numéro de chambre de l'homme du restaurant. La porte de l'ascenseur s'ouvrit au quatrième étage. Caleb se força à bouger. Ses jambes étaient en plomb.

Une porte s'ouvrit, et il se réfugia dans l'alcôve de la machine à glaçons.

C'était Tilda, en train de fourrer quelque chose dans son sac. Elle regarda dans le couloir, l'air inquiet. Si elle prenait l'ascenseur, elle allait passer devant lui. Et ils devraient s'affronter. Cet espionnage, ce n'était pas eux. Ils allaient devoir crever l'abcès. Même si leur monde devait s'écrouler.

Mais Tilda fit volte-face et se dirigea vers l'escalier, à l'autre bout du couloir. Caleb fit un pas en avant ; il aurait suffi qu'elle se retourne pour qu'elle le voie. Mais non. Des griffes invisibles lui étreignirent la gorge.

La porte de l'escalier se referma. Il fixa le bloc de sortie de secours un temps infini, jusqu'à ce que ses yeux le brûlent. Où aller ? Il n'y avait que le néant.

Caleb s'arrêta devant la chambre 408. Quelqu'un prenait une douche. Le bruit s'arrêta, il frappa.

— C'est le ménage ? demanda une voix à l'intérieur. Vous avez les serviettes en plus ?

— Oui, dit Caleb.

Brody ouvrit la porte et regarda Caleb en fronçant les sourcils. C'était grand type, musclé, abdos et tout. Menton fort, une tignasse brune et une serviette autour de la taille.

Brody ouvrit la bouche, mais Caleb lui envoya un coup de poing avant qu'il puisse dire un mot.

Brody accusa le coup, et riposta. Ils se mirent à se battre en poussant des grognements et des jurons. La serviette tomba, mais Brody ne lâchait rien. Caleb esquiva des doigts dans les yeux, mais pas le coup de genou dans l'aine qui le fit se plier en deux. Puis vint un crochet droit au menton. La douleur irradiait dans tout son corps.

— C'est quoi ton problème ? hurla Brody. J'ai rien à voler !

— Ah non ? rétorqua Caleb. Et ma femme ?

Le visage de Brody se transforma.

— Attends, t'es Caleb Moss ?

— Ouais.

Brody bloqua le coup d'après, mais Caleb lui donna un coup de coude dans les côtes qui le plia en deux et lui fit cracher ses poumons.

— Attends ! réussit-il à dire. Tu crois que je couche avec Tilda ? T'es dingue !

— Bien essayé.

Caleb lui fonça dessus, mais Brody l'esquiva, les mains en avant.

— Non mais attends une seconde. Je serai ravi de te casser la gueule si tu en as vraiment envie, mais autant être sûr de savoir pourquoi. Qu'est-ce qui te fait croire que je couche avec Tilda ?

Caleb essuya du sang de sa bouche et de son nez.

— Je le sais.

— Tu ne sais rien. Évidemment si j'avais pu, je ne dis pas, mais ce n'est pas son genre. Et maintenant je comprends pourquoi. Elle est accro à un homme préhistorique, la pauvre.

— Je viens de la voir dans le couloir, je frappe, et tu es à poil.

— De la voir *où* ?

Brody se pinçait le nez, qui saignait abondamment.

— Elle n'est jamais venue ici, reprit-il. Je l'ai vue hier soir au restaurant. Pas dans ma chambre.

— Arrête, je l'ai vue sortir d'ici il y a cinq minutes.

Brody s'immobilisa et devint livide, les yeux braqués sur la valise posée sur le lit.

— Oh non !

Il se jeta dessus et fouilla à l'intérieur.

— Merde ! Merde !

Il jeta la valise qui tomba contre les pieds du bureau et renversa une lampe.

— Elle l'a pris !

— Quoi ?

— Mon dossier ! hurla Brody, défiguré par la rage.

Caleb sentit un frisson glacé le parcourir.

— L'original du dossier, dit-il. Ça venait de toi ? Le dossier sur Naomi et le laboratoire sri-lankais ?

Brody regarda ses mains ensanglantées. Il enfila un pantalon qui traînait par terre.

— Le dossier qui prouve que les Moss sont des assassins. Tilda est venue hier soir, pour essayer de me convaincre que vous étiez des Bisounours. Je l'ai sous-estimée. Mais elle fera moins la fière quand elle se retrouvera les menottes aux poignets.

Caleb le regarda, bouche bée.

— Tu ne peux pas…

— Et comment, que je peux ! Et si tu veux continuer à te battre, pas de problème. Ça me ferait très plaisir de te réduire en bouillie, Moss.

Caleb secoua la tête.

— Désolé de te décevoir, mais ce sera sans moi.

Brody eut un rire amer.

Caleb recula vers la porte.

— Laisse Tilda tranquille, dit-il.

Brody claqua la porte au nez de Caleb, qui tituba jusqu'à la sortie. Aussi malheureux, honteux et terrifié par l'avenir qu'en arrivant.

Sauf que maintenant, c'était pire. Il venait de faire le coup de poing et d'aggraver les choses.

Bravo !

- 20 -

Tilda se gara dans le garage derrière la maison de Caleb. La Porsche n'était plus là. Il avait donc décidé de l'éviter toute la journée.

Elle entra et passa de pièce en pièce. Il s'était mis à pleuvoir, et le vent soufflait, transformant le paysage dehors en un brouillard flou.

— Caleb ?

Son bureau était vide, mais son ordinateur était ouvert. Elle le toucha pour le refermer, et l'écran s'alluma.

Ce qu'elle vit la cloua sur place.

C'était elle, en train d'entrer au Cartwright. Ce matin-là.

Elle s'extirpa de sa paralysie et ferma la photo. Il y en avait d'autres, dans un dossier. Elle les ouvrit. Encore elle, en train d'entrer dans l'hôtel. Dans l'ascenseur. Il y avait quarante photos. Et d'autres fichiers, d'autres dossiers.

Les plus anciens dataient de deux mois. Deux jours après leur retour de la côte. Il y avait quatre-vingts photos dans ce fichier. Tilda cliqua. Annika et elle, sortant d'un centre commercial, sa fille hilare un énorme cookie à la main.

Elle tressaillit. Un inconnu la suivait et prenait des photos d'elle et d'Annika. Et pendant tout ce temps, Caleb parlait de confiance, de liens, de front uni. Pendant qu'un espion surveillait ses moindres faits et gestes.

Toute la journée. Tous les jours.

C'était pour cette relation qu'elle avait pris le risque d'enfreindre la loi.

C'était donc ça, la confiance de Caleb.

Tilda se sentit détachée, flottante. Elle ferma les dossiers. Elle n'avait pas le temps de se permettre d'être choquée ou blessée. Elle avait beaucoup à faire, et le mieux était de le faire pendant l'absence de Caleb, pour qu'il ne puisse pas l'en empêcher en lui disant Dieu sait quelles fadaises.

Il était temps de finir ce qu'elle avait commencé.

Elle alla chercher ses valises et celles d'Annika, et commença par la chambre de sa fille. Elle récupéra tous ses vêtements, ses livres, son ordinateur et ses manuels scolaires. Puis, dans la chambre de Caleb, elle empila ses affaires à la hâte.

Après avoir mis les valises dans la voiture, elle retourna au salon. Elle s'agenouilla devant la cheminée et alluma un feu. Il lui fallait de grandes flammes, dévorantes, capables de réduire les ombres du passé en cendres. Elle voulait que ce dossier disparaisse pour toujours de la surface de la Terre.

Elle ne tourna même pas la tête en entendant la voiture de Caleb arriver. Elle ne bougea pas non plus lorsqu'il ouvrit la porte.

— Tilda ! dit Caleb. Regarde-moi, s'il te plaît.

Elle tourna la tête malgré elle.

Elle tressaillit. Son visage et son sweat étaient couverts de sang. Sa lèvre était ouverte. Vu la taille de son nez, il aurait les yeux au beurre noir avant longtemps.

— Mon Dieu ! s'exclama-t-elle. Tu es entré dans un mur ?

— Dans le type de la chambre 408, répondit Caleb.

Elle tenta de rester calme et détachée, mais ses muscles se contractèrent malgré elle.

— Donc tu m'as suivie au Cartwright et tu as agressé Wes Brody ?

— Je pensais que tu avais une liaison avec lui.

Aïe !

Ça faisait mal.

Elle se retourna vers le feu et posa soigneusement une nouvelle bûche sur le brasier.

— Et tu le crois toujours ?

— Non.

— Tant mieux, parce que je ne suis pas d'humeur à essayer de te convaincre. Et je m'en fous, d'ailleurs.

— Tilda, je n'ai jamais…

— Jamais quoi ? Ça ne t'est jamais venu à l'idée de me demander, avant d'attaquer un parfait inconnu ?

— C'était débile, admit-il. Brody m'a expliqué pour le dossier quand il s'est rendu compte que tu l'avais pris. Il était vraiment contrarié.

— Volé. Je l'ai volé, Caleb. N'ayons pas peur des mots.

— Comment es-tu entré dans sa chambre ?

Tilda se détourna.

— J'ai piraté le passe-partout de la femme de ménage.

— Je ne savais pas que tu savais faire ce genre de trucs.

— Il y a plein de choses que tu ne sais pas.

Elle prit le dossier.

— C'est un journal, écrit par John Padraig, le directeur du labo au Sri Lanka il y a vingt-trois ans. Ça explique que Jerome, Elaine, Naomi et Bertram ont couvert un empoisonnement collectif. Des moisissures toxiques, qui se sont développées sur une souche de millet expérimentale résistant à la sécheresse. J'ai rencontré Wes à Rio pendant une conférence il y a quelques mois, pour parler du financement de Far Eye. Il travaille dans le capital-risque. On se connaît depuis des années.

— Maintenant je vois qui c'est, oui.

— C'est lui qui m'a dit que MossTech convoitait Riley BioGen. Il m'a proposé une copie de ce dossier, pour servir d'arme potentielle. Pour que je puisse l'utiliser en cas de rachat hostile.

— Et tu envisageais de t'en servir quand ?

— Jamais. J'ai abandonné l'idée après notre premier entretien.

Sa voix semblait venir de très loin.

— Je n'ai jamais aimé cette idée. Papa m'a convaincue de laisser tomber, mais j'étais déjà de cet avis. Naomi avait supervisé sa thèse à Caltech. Il ne la croyait pas capable de faire un truc pareil. Il a même défendu Jerome. Il disait que c'était un sale type, mais pas un meurtrier. Donc je ne l'ai pas utilisé. À la place, je t'ai épousé. Je t'ai fait confiance.

Elle déglutit avec difficulté.

— Mais ce n'était pas réciproque.

— Tilda, je suis désolé que…

— Non.

Elle se retourna vers le feu.

— De toute façon, je ne l'ai plus, on nous l'a volé pendant le cambriolage. Ne t'inquiète pas, je ne l'utiliserai pas par dépit. Clairement, tu m'en crois capable.

— Ce n'est pas vrai.

— Wes attendait que MossTech morde la poussière, et ce n'est jamais arrivé, donc il est venu s'en occuper lui-même. J'ai essayé de l'en dissuader.

Elle ouvrit le dossier et secoua le journal et les documents du laboratoire.

— Il était hors de lui. Je ne pensais pas qu'il en voulait aux Moss à ce point.

Tilda posa les papiers volants sur le feu et les regarda

brûler. Ensuite, elle ouvrit le journal et le posa pages vers le bas sur les flammes qui changèrent de couleur en s'enroulant autour des bords de la couverture, qui se souleva. Bientôt il n'y eut plus que des cendres.

— Il ne reste plus que la copie volée à mon père, dit-elle. Dieu sait où elle est.

— C'est Jerome qui l'a.

Tilda eut un rire nerveux.

— Waouh ! je ne m'y attendais pas, à celle-là. Tu le sais depuis quand ?

— Hier, après la réunion du CA.

— Je vois. Eh bien, Jerome a dû la détruire alors. La question maintenant c'est de savoir qui va s'occuper de ma fille quand j'irai en prison pour vol.

— Tilda, je suis sûr que Wes ne va pas…

— Et pourquoi il ne le ferait pas ? Il est furieux contre moi. Et j'ai commis un crime : vol, espionnage industriel. Qui sait combien ça peut me valoir.

— Je ne savais pas…

— Tu ne savais pas grand-chose, le coupa Tilda. Mais si je vais en prison, tu as intérêt à te ressaisir et à aider mon père à s'occuper de Tilda.

— Je ne le permettrai pas, dit-il.

Tilda s'essuya les mains sur son pantalon.

— Grandis un peu. Tu crois encore que tu peux tout contrôler, Caleb. C'est un fantasme.

Elle se dirigea vers la porte

— Tilda.

Caleb la suivit.

— Si tu es si en colère, pourquoi avoir brûlé le dossier ? Pourquoi ne pas t'en servir contre nous, comme le voulait Brody ?

Tilda poussa la porte et s'arrêta.

— Je veux que ça s'arrête.

— On n'est pas obligés, protesta Caleb.

— Tu plaisantes ?

— Pas du tout.

Incroyable !

Après ce qu'il avait fait. Il ne doutait de rien. Elle secoua la tête et se dirigea vers sa voiture.

— Dis à la police que je suis chez mon père, je préfère attendre là-bas qu'on m'arrête.

— Attends, Tilda. On peut parler de…

— J'ai assez parlé. Je vais chercher Annika chez Maddie. Je l'emmène avec moi chez mon père.

Caleb s'arrêta net.

— Mais Annika…

— Oh ! ne t'inquiète pas, je ne vais pas t'empêcher de la voir. Elle va avoir besoin de toi. Tiens-toi prêt.

— Je vais mobiliser notre équipe juridique. Tu as fait ça pour MossTech. Tu n'affronteras pas ça toute seule.

— Ce n'est plus le problème. Au revoir, Caleb.

Elle entra dans la voiture, mit le contact et tenta de rester stoïque. Ça ne dura pas longtemps.

Maddie lui adressa un regard inquiet après l'avoir serrée dans ses bras pour lui dire au revoir.

— Tout va bien ?

— Oui, oui. Tout va bien.

Elle attacha Annika dans la voiture, ses cupcakes sur les genoux.

— Maman ? demanda-t-elle prudemment au bout de quelques minutes. On va pas chez papa ? Pourquoi il y a des valises dans le coffre ?

— Ma puce, on va chez grand-père.

Tilda essaya d'avoir l'air gaie.

— Il a besoin de compagnie, il est un peu stressé depuis le cambriolage. J'ai décidé qu'on séjournerait un peu chez lui toutes les deux.

Annika ne répondit pas tout de suite.

— Tu as quitté papa, hein ?

Tilda lutta pour contrôler sa voix.

— Euh... oui, j'ai besoin de prendre un peu de recul, oui.

— C'est à cause de moi ? demanda Annika d'une toute petite voix.

— Oh non ! Pas du tout ! Ça n'a rien à voir avec toi, il t'adore ! Tout le monde t'adore. C'est entre papa et moi. Je te promets que tu vas continuer à beaucoup le voir, et le reste de la famille aussi. Ils ne pourraient pas s'en sortir sans toi.

Le visage d'Annika se décomposa.

— Je voulais seulement qu'on soit une famille, chuchota-t-elle.

Tilda s'arrêta sur le bas-côté. Elle ne pouvait pas conduire en pleurant. Elle fit le tour de la voiture et prit sa fille dans ses bras.

— Moi aussi, ma puce, chuchota-t-elle, des larmes dans la voix. Je suis désolée.

Le père de Tilda fut étonné de les voir, mais il bondit sur l'occasion, annula sa partie de bridge et demanda à son employée de maison de faire à dîner pour trois. Ses yeux demandaient silencieusement des explications.

Plus tard. Pas maintenant.

Annika et son grand-père jouèrent aux cartes pendant que Tilda montait les bagages et préparait la chambre de sa fillc. Elle sortait son pyjama quand son téléphone sonna. Wes Brody. Elle eut un haut-le-cœur.

Elle se rendit dans sa chambre, ferma la porte et s'assit sur son lit.

— Wes, salut.

— Je n'étais pas sûr que tu répondrais. Bravo ! J'ai sous-estimé ta détermination. Tu as gagné, j'ai perdu. Bien joué !

— Je suis désolée, Wes. Vraiment.

— J'imagine que tu as détruit le dossier.

Elle hésita. Peut-être était-ce un piège.

— Je ne veux pas en parler. Pas sans avocat.

Wes eut un rire amer.

— J'espère que tu es fière de toi. C'était ma dernière chance de mettre hors d'état de nuire ces salopards assassins.

— Tu te trompcs. Ce sont des gens bien, Wes.

— Je sais que tu le crois. Je suis dégoûté, parce qu'ils ne vont pas te rater. Ton mari vient de me casser la gueule.

Elle grimaça.

— Je suis désolée. Dois-je m'attendre à une descente de police ?

Il attendit un long moment avant de répondre.

— Je n'ai rien dit. Et puis tu as détruit le dossier. Je ne le récupérerai pas. Et ce n'est pas toi que je voulais punir, malgré tout. Tu es bien assez punie comme ça. Les Moss vont te détruire, toi et ta famille. Comme ils l'ont fait avec la mienne. Tu verras.

— Je vais garder mes distances. Je suis célibataire depuis aujourd'hui.

— Sérieusement ? Pourtant il a l'air accro, si j'en crois mon œil poché et ma dent cassée.

— Pas comme il le faudrait. Il m'a fait suivre depuis notre mariage. J'ai vu des milliers de photos volées sur son ordinateur.

Wes siffla.

— Beurk ! Je ne suis pas surpris cela dit. C'est un Moss. Donc tu m'as volé et tu as risqué la prison pour ça. Dans un autre contexte, j'aurais eu de la peine pour toi. Mais là, non.

— Je comprends. Au revoir, Wes. Merci de ne pas me lâcher la police aux trousses.

Tilda laissa tomber son téléphone sur le lit.

On toqua à la porte.

— Ça va, ma chérie ? lui demanda son père.

— Oui, oui, se força-t-elle à répondre. Entre.

Son père entra doucement, ouvrit la bouche et la referma aussitôt en voyant son expression.

Il n'y avait rien à dire.

Il s'assit à côté d'elle sur le lit, la prit dans ses bras et la serra très fort.

- 21 -

Bzzz… Bzzz… Bzzz…

Même avec ses écouteurs, Caleb ne pouvait pas ignorer l'Interphone. Il éteignit la musique metal qui martelait ses oreilles. Il voulait s'étourdir. Ne plus penser, ne plus sentir.

Il s'approcha de la porte. Impossible de se cacher dans cette maison transparente.

Maddie attendait devant, toutes griffes dehors. Les bras croisés, le menton levé, ses yeux vert pâle tachetés d'or chargés de défi.

Caleb ouvrit.

— Salut. Ça va ?

— Ne fais pas comme si tu t'en souciais, répondit-elle. C'est une insulte à mon intelligence.

Caleb soupira. Ils se regardèrent dans un silence lourd.

— Tu as une mine atroce, dit Maddie. Elle leva son téléphone et le prit en photo.

— J'envoie ça à Gran et à Marcus si tu ne te reprends pas tout de suite.

— Évidemment que j'ai une sale gueule. Je suis malade, je t'ai dit. C'est sûrement contagieux. On parlera quand je serai guéri.

Maddie plissa les yeux.

— C'est ça. Bouge.

Elle l'écarta du passage et entra.

— Tu ignores mes appels. Et ceux de Gran. Même les textos de Marcus depuis la jungle, le désert ou je ne sais où.

— Tu en as parlé à Marcus ?

— Évidemment ! On est inquiets ! Et ton équipe au travail est inquiète aussi.

— Aucune raison de s'inquiéter. Je suis en télétravail. Le boulot est fait.

— Tout sera fait quand tu auras mis un costume et que tu auras bougé ton cul jusqu'à MossTech !

— Mêle-toi de tes affaires, Maddie.

— Tu préfères avoir cette conversation avec moi ou avec Gran ? Réfléchis bien.

Il la suivit dans la cuisine où elle se dirigea droit vers la cafetière.

— Beurk ! c'est quoi ce marc de café pourri ? Si ça fait des jours que tu n'as pas fait de café, pas étonnant que tu sois une épave. La femme de ménage n'est pas venue ?

— Je l'ai décommandée pendant que j'étais malade.

— Malade, c'est ça, ricana Maddie en mettant du café frais dans le filtre.

— Tais-toi, Maddie.

— Jamais. Je te ferai chier jusqu'à ce qu'un de nous quitte ce monde. Sois reconnaissant pour ma dévotion.

Elle mit la machine en route et sortit deux mugs.

— Tu n'as pas mangé non plus.

— Maddie, je vais bien, insista-t-il. Laisse-moi bouder, ce n'est pas comme si ça m'arrivait souvent.

— Ça ne t'arrive jamais, tu veux dire. Tu n'as jamais pris de congé maladie.

Elle renifla la brique de lait qu'elle venait de sortir du réfrigérateur.

— Café noir, donc. Je te fais des œufs ?

— Non, Mads. Je ne veux pas manger.

Elle claqua la porte du frigo et se retourna. Elle tremblait. Mon Dieu, elle pleurait.

Oh non ! pas ça !

— Maddie, dit-il doucement. Qu'est-ce qu'il y a ?

— Tu ne peux pas me laisser tomber, Caleb.

Sa voix tremblait.

— J'ai besoin que tu sois fort, reprit-elle. Gran nous aime, mais elle commence à partir en vrille. Veronica est géniale, mais elle a ses problèmes à gérer, et Jerome passe son temps à l'écraser. Et Marcus… même quand il est là, il n'est pas là. Il ne pense qu'à son travail et à sa prochaine aventure. Je ne peux compter que sur toi, et tu glisses.

— Je vais tâcher de m'accrocher pour toi.

— Je crois qu'il te faut Tilda, pour ça, dit Maddie. Tu dois régler ça.

— J'ai essayé, dit-il d'un ton morne. J'ai tout essayé. Mais elle ne répond pas à mes appels, ni à mes textos.

— Continue ! Ça ne fait qu'une semaine depuis ce qu'il s'est passé, que j'aimerais bien que tu me racontes d'ailleurs.

— C'est privé. Et je ne peux pas la harceler.

Maddie renifla bruyamment.

— Peut-être, mais franchement tu as besoin d'elle. Elle t'a transformé. Elle est forte, intelligente, elle a même tenu tête à Jerome. Et elle t'a donné une fille adorable avec qui tu t'entends bien, et qu'on adore tous. Elle est parfaite pour toi.

— Aucun doute là-dessus, Maddie. Mais moi je ne suis pas parfait pour elle.

Le regard de Maddie se durcit.

— Eh bien, débrouille-toi pour l'être ! Sinon elle

va emmener Annika à l'autre bout du monde, et tout le monde en pâtira.

Un silence pesant suivit. Caleb remplit deux mugs de café et en passa un à sa sœur.

— Il doit y avoir une solution… J'ai une idée ! dit-elle.

— Je ne suis pas sûr que ce soit une bonne nouvelle.

— Je suppose que le fait que tu sois ironique est bon signe… Bref ! Yvette m'a appelée.

— L'assistante de Jerome ?

— Oui. Elle m'a fait jurer le secret, donc ça ne sort pas d'ici, on est d'accord ? Elle est inquiète pour lui.

Caleb se mit à rire.

— Et elle voudrait qu'on s'inquiète aussi ? Quand les poules auront des dents.

— Non, écoute. Elle a trouvé une boîte dans son bureau. Des trucs qui appartiennent à Herbert Riley. Passeport, police d'assurance, actes notariés, bijoux. Yvette n'est pas idiote. Jerome fait des trucs louches, et Yvette veut le protéger de lui-même.

— Et protéger son job par la même occasion, j'imagine.

— Peut-être, mais peu importe.

— Et alors, qu'est-ce que tu veux que j'y fasse ?

Maddie leva les yeux au ciel.

— Donne-lui une occasion de faire ce qu'il faut ! Demande-lui qu'il leur restitue leurs affaires. Il sera sûrement ravi de s'en débarrasser. Ça sera l'occasion de parler à Tilda. Et ça lui évitera le désagrément d'aller réclamer elle-même ses affaires à Jerome. Épargne-lui ça, saute sur l'occasion !

— Je vois ça d'ici : « Tilda, voici les documents et les bijoux que mon oncle a volés à ton père. Tu m'aimes ? »

— Arrête ça ! Tu ne peux pas te permettre de cracher

sur une opportunité de lui parler. On n'a qu'une vie, Caleb. Bats-toi un peu.

Les rouages de son cerveau se mirent en route.

— Yvette a appelé du bureau ? demanda-t-il. Elle y est, là ?

— Je vais m'en assurer. Mais toi, d'abord, tu prends une douche et tu te rases.

Une heure plus tard, il était devant le bureau d'Yvette à MossTech, et demandait à voir son oncle.

Jerome resta de marbre.

— Que me vaut l'honneur ?

— Je veux tout ce que tu as pris dans le coffre-fort de Herbert Riley, lui dit Caleb. Et des excuses écrites, et un chèque en blanc pour rembourser les dégâts.

Jerome plissa les yeux.

— Madame a les dents qui rayent le parquet, on dirait.

— Tu n'as pas idée des risques qu'a pris Tilda pour protéger cette société, dit Caleb. Elle a volé l'original du dossier et l'a brûlé devant moi.

Jerome souffla.

— Enfin une bonne nouvelle !

— Où est-il ? demanda Caleb.

— J'ai détruit la copie du dossier, si c'est ça que tu cherches.

— Donne-moi tout le reste. Et tes excuses. Et un chèque.

— Un chèque pour cette sale petite…

— Fais-le ou j'appelle la police.

— Ne me menace pas, mon garçon, grogna Jerome.

— Écris sur du papier à en-tête. Date et signe. Fais le chèque. Je n'hésiterai pas. Sache que j'adorerais te voir sortir de MossTech menottes aux poignets.

Son oncle résista, traîna des pieds, mais il finit par

céder. Il s'exécuta de mauvaise grâce et posa rageusement chèque et lettre sur le bureau.

— Là ! Tu es content ?

Caleb regarda la lettre, la cosigna et la remit dans l'enveloppe.

— Où sont les affaires de Herbert ?

— La boîte sur la table, là. Bon débarras ! Et maintenant, tu dégages.

Un bref coup d'œil dans la boîte confirma les dires d'Yvette. Tout y était.

— Tu es pathétique, dit Jerome. Un petit chien qui fonce tête baissée vers sa maîtresse.

— Si ça t'amuse de le penser.

Lorsqu'il passa devant Yvette la boîte dans les bras, elle lui adressa un sourire reconnaissant. Puis ils entendirent Jerome l'appeler d'une voix furieuse dans son bureau.

Caleb s'était garé non loin du Cartwright Hotel. Il jeta un œil au restaurant en passant et vit un homme au bar. Épaules carrées, cheveux bruns hirsutes, penché sur son verre. Le type de la chambre 408. Brody était encore là ?

Poussé par la curiosité, Caleb entra. C'était bien lui. Le lieu était désert. Caleb posa la boîte et s'assit à côté de lui.

— Salut.

Brody tourna la tête. Il avait encore des marques sombres sous les yeux et des cicatrices sur la lèvre et la joue.

Il grimaça en voyant Caleb.

— Toi ! Il ne manquait plus que ça.

— Je pensais que tu serais parti, répondit Caleb.

— Je pars à Tokyo, demain. Je suis allé marcher un peu, pour m'éclaircir les idées.

— Et ça marche ?

Brody lui jeta un regard hostile.

— Non.

Le barman l'aborda :

— Je vous sers quelque chose ?

— Il ne reste pas, répondit Brody.

— Je peux te poser une question ? demanda Caleb.

— Tu peux toujours essayer.

Caleb hocha la tête.

— Pourquoi tiens-tu tant à détruire MossTech ?

— Tu ne comprendrais pas. Tu es trop con. Cette femme a risqué la prison pour toi et ta famille. Elle t'aime, hélas pour moi ! Tu aurais dû lui faire confiance. Mais tu n'as rien trouvé de mieux que de la faire suivre jour et nuit. Mieux vaut pour elle un cœur brisé qu'un crétin parano comme toi.

Caleb le fixa.

— Mais je n'ai jamais fait ça. Ce n'était pas moi.

— Elle a vu les photos sur ton ordinateur. Moi aussi à sa place je t'aurais largué. N'importe qui l'aurait fait.

— Ce n'était pas moi !

Caleb avait haussé le ton.

— C'était mon oncle, pas moi !

Brody écarquilla les yeux.

— Arrête. Quelle angoisse !

Brody descendit son verre et poursuivit :

— Ma famille ne me fait pas ce genre de plan. Vu qu'ils sont morts. Ce qui est assez ironique quand on y pense. Reste qu'il ne vaut mieux pas trop y penser, et c'est pour ça que je bois. Tire-toi maintenant.

— Pourquoi c'est ironique ? demanda Caleb. Qu'est-ce qu'on t'a fait ?

Brody plissa les yeux.

— Je n'ai pas envie d'en parler. Dégage.

Caleb prit la boîte de Herbert et partit. Une fois dans la rue, son téléphone sonna. Un message de Maddie.

Tilda déposera Annika chez Gran à 17 heures. Au cas où ça t'intéresse.

Il se rua à sa voiture, électrifié. Essayant de ne pas trop espérer.

Espérer, c'était trop dangereux.

- 22 -

À peine sortie de la voiture, Annika traversa le jardin en courant et se jeta en criant de joie dans les bras de Maddie, qui faillit tomber à la renverse. Annika s'accrocha à elle façon bébé singe, puis alla saluer Elaine de manière un peu plus civilisée.

Cette dernière sourit à Tilda.

— Je suis heureuse que tu sois venue. Nous n'étions plus nous-mêmes sans nos doses régulières de notre précieuse Annika.

Tilda comprit parfaitement le message caché : « Ne nous la prends pas. »

— Ravie de vous revoir, Elaine.

— Entre, répondit-elle. Tu veux un café, un thé, un cocktail ?

— Non merci, j'ai rendez-vous et je suis en retard. Une autre fois.

— Il faut que je te parle, ma chérie. Ce ne sera pas long.

Tilda prit le sac à dos d'Annika et la suivit dans la maison. Elle le posa sur un banc en bois sculpté dans l'entrée, et suivit Elaine dans la bibliothèque.

— Elaine, je ne veux pas être impolie, mais je…

Elle s'arrêta net.

Caleb était là. Il avait maigri. Ses yeux semblaient dévorer son visage.

Tilda se tourna vers Elaine.

— Vous m'avez piégée.

Elaine leva les mains.

— Je ne pouvais pas l'empêcher de venir.

Tilda recula vers la porte.

— Vous n'avez pas le droit de me faire ça.

— Je t'en prie, Tilda, intervint Caleb d'une voix rauque. Cinq minutes. Pas plus.

Elaine sortit discrètement.

Tilda avait l'impression d'être sous un projecteur. Bégayante et idiote.

— Je refuse d'être manipulée. Suivie, espionnée.

— Tu veux bien me laisser dire un mot ? dit Caleb.

Elle agita la main.

— Vas-y. Je t'écoute.

— Ça, déjà.

Il désigna une boîte posée sur la table.

— C'est quoi ?

— Le contenu du coffre de ton père.

Caleb ouvrit la boîte et en sortit une enveloppe.

— Il y a tous ses documents, son l'argent, son ordinateur et sa tablette. Et les bijoux de ta mère.

— Oh ! waouh ! Heureusement que papa n'était pas là quand ils sont venus.

— Oui, répondit-il. Je suis désolé. Pour tout.

Il lui tendit l'enveloppe. Tilda la prit.

— C'est encore un piège ? Je n'ai pas envie de jouer, Caleb.

— Pas de jeu. Pas de piège. Ouvre.

Tilda en sortit une feuille de papier, et un chèque tomba par terre. Caleb le ramassa pendant qu'elle lisait la lettre.

Je soussigné, Jerome Philip Moss, présente mes excuses formelles pour avoir organisé le cambriolage au domicile de Herbert Riley le 6 octobre dernier.

Puis la signature de Jerome, et, à côté :

Certifié par témoin : Caleb Horace Moss.

La date, et la signature de Caleb.

Tilda resta un moment frappée de stupeur.

— Comment as-tu réussi à lui soutirer ça ?

— J'ai menacé de le dénoncer à la police.

— J'imagine qu'il a détruit la copie du dossier de Wes.

— Oui, dit Caleb. Mais il a gardé le reste, et son assistante l'a vu et a prévenu Maddie.

— Super ! je suis contente d'avoir récupéré les affaires de papa. Mais pour quoi faire, la lettre ? Pour punir ton oncle ?

— C'est une assurance, ça l'empêchera de tenter quoi que ce soit contre toi à l'avenir. Tu peux t'en servir ou la garder, c'est un atout dans ta manche pour éviter qu'il te nuise à nouveau.

— Il pourra essayer de la voler. C'est sa spécialité.

— Non. Je l'ai cosignée, et il faudrait non seulement qu'il fasse disparaître cette lettre, mais aussi moi avec. Même pour lui, ce serait aller trop loin.

Elle frissonna.

— Je n'ai pas envie de tenter le diable.

Caleb lui tendit le chèque.

— J'apprécie.

Elle tressaillit au bref contact de ses doigts.

— C'est quoi, ça ?

— Pour les dégâts. Les téléviseurs, la facture de nettoyage, le nouveau système de sécurité de la maison, le nouveau coffre. Ne lésine pas. Jerome a les moyens, et il mérite que ça pique un peu. Ça lui donnera peut-être une leçon.

Elle glissa l'enveloppe dans son sac.

— Merci. Papa va être soulagé. Il était vraiment peiné pour les bijoux de maman.

— C'était le moins que je pouvais faire.

Un long silence s'installa, fragile comme du cristal. Caleb fit un pas vers elle.

— Je veux faire plus pour toi. Et pour Annika.

Tilda sentit sa gorge se serrer.

— Caleb, je ne peux pas vivre comme ça. En étant espionnée.

— Je sais. Jamais je ne…

— Tu n'as rien à dire ! s'écria-t-elle. Tu m'as fait suivre. C'est impardonnable. Et dès notre retour de la côte, après tout ton bla-bla sur la confiance.

— Je n'ai engagé personne. C'était Jerome.

— Facile de rejeter la faute sur lui, mais j'ai vu les fichiers sur ton ordinateur.

— Jerome me les a envoyés, dit Caleb. Je peux te montrer la date des mails. Le premier c'était quand tu as retrouvé Brody au Cartwright. Je ne savais pas que tu étais suivie avant ça. Je ne l'aurais jamais permis si je l'avais su, je te le jure.

— Pourquoi Jerome aurait-il fait ça ?

— Il savait, pour le dossier de Brody. Vos téléphones étaient sur écoute.

— Ah ! Donc il nous a piratés, suivis et cambriolés. Waouh !

— Il savait que tu avais une copie du dossier, et il voulait l'original, donc il t'a espionnée. J'ai su après le conseil d'administration pour ce dossier, et je voulais t'en parler en rentrant à la maison, mais…

Il s'arrêta, déglutit avec difficulté et reprit :

— Mais tu étais partie.

— Oui, répondit Tilda d'une voix dure. Partie sauver ta boîte de la catastrophe.

— J'aurais voulu savoir où tu allais, dit Caleb.

— J'aurais aimé pouvoir te le dire en toute confiance !

— Moi aussi. Mais Jerome m'avait envoyé une vidéo de toi en direct en train de parler à Brody au restaurant.

Elle fut soudain frappée par une illumination.

— Tu la regardais quand tu m'as demandé si j'étais avec Julia Huang ?

— Oui.

— Encore un piège ?

— J'essayais seulement de comprendre.

— Eh bien, c'était raté.

Ils se fixèrent un long moment. Caleb fit un pas vers elle.

— Il y a neuf ans, je ne croyais pas que l'amour existait, commença-t-il. Je pensais que c'était une question de sexe, d'hormones, de gratification de l'ego. Mais ces dernières semaines, tu m'as convaincu. Ça existe entre nous. C'est aussi profond que l'océan. Rien n'est plus cher à mes yeux. Toi, moi et Annika.

— Pour moi aussi, chuchota-t-elle en reniflant.

— Jerome m'a embrouillé. Et ne le prends pas mal, Tilda, mais si j'avais su, pour le dossier, il n'aurait jamais pu me piéger.

Elle croisa les bras.

— Donc c'est ma faute ?

— Mon Dieu, non ! Tu as pris un grand risque pour nous, je m'en rends compte. Je veux seulement dire, avec beaucoup de respect, que je ne suis pas le seul à avoir des problèmes de confiance. On a eu tous ces problèmes parce qu'on n'a tous les deux pas su faire confiance à l'autre.

Tilda se détourna pour éviter l'intensité de son regard. Il lui fallut un moment pour trouver les mots.

— J'avais peur de te montrer ce dossier. Je ne voulais pas risquer de rompre notre équilibre. Ça ne m'a pas semblé nécessaire, puisque j'avais décidé de ne pas m'en servir. Je ne savais pas que Brody avait une dent contre MossTech. Il ne me l'avait pas dit.

Caleb hocha la tête en silence.

Tilda serra les poings.

— D'accord, dit-elle. J'assume ma responsabilité, si ça te fait plaisir. Moi, Matilda Jane Riley, présente officiellement mes excuses pour avoir fait de la rétention d'informations vitales, suscitant détresse et angoisse chez toi au point de te pousser à casser la figure à un homme nu dans une chambre d'hôtel. Donne-moi du papier, je peux l'écrire, et tu peux le cosigner si tu veux.

— Non, dit Caleb. Je ne veux pas.

— Alors, tu veux quoi ?

— Toi, Tilda. Toi, pour toujours.

Le cœur de Tilda battait à tout rompre.

— Si c'est pour respecter le contrat passé avec Elaine, ne t'inquiète pas, je resterai mariée avec toi pendant la durée convenue. Pas besoin de faire des courbettes pour sauver ta boîte.

— Je me fous de la boîte.

À sa grande surprise, Caleb tomba à genoux et lui prit la main. Il sortit un écrin de sa poche.

À l'intérieur se trouvait une bague incroyable. Des anneaux en or blanc entrelacés, qui formaient un motif géométrique, et sertis de pierres de différentes couleurs. Somptueuse. Unique.

Comme elle restait muette, Caleb reprit la parole :

— Annika m'a aidé à choisir. C'était chouette de faire les joailleries avec elle. Elle n'a pas cessé de m'expliquer ce qu'elle voulait. Elle avait des idées bien arrêtées. Je voulais te la donner avant, mais tout est parti en vrille.

La gorge de Tilda se serra.

— Je te préviens, ça va te faire bizarre, poursuivit Caleb. Matilda Jane Riley, je t'aime. Tout ce que j'ai, tout ce que je suis est à toi. Me ferais-tu l'immense honneur d'accepter de divorcer ?

— Hein ?

— Récupérons la main sur nos vies, dit Caleb d'une voix intense. Par la force. On divorce, je démissionne de MossTech, et on laisse ces merdes derrière nous. On prend Annika et on part. Où tu veux. Dans un pays ensoleillé – France, Italie, Espagne, Grèce. Je trouverai du boulot. On associera nos équipes pour développer Far Eye. On vivra dans le péché, jusqu'à ce que la mort nous sépare. Ou on se remariera plus tard, quand on en aura envie.

— Mais… ton travail…

— Je m'en fous, j'en trouverai un autre. Je reçois des dizaines de propositions toutes les semaines. Et rien ne presse. On partira en antivoyage de noces. Des semaines ou des mois sur une plage, à marcher, à faire du bateau, tout ce que tu voudras.

Tilda riait à travers ses larmes.

— Pour célébrer notre divorce ?

— Pour célébrer notre indépendance, rectifia-t-il. Notre liberté. Tant pis pour cette magnifique maison de Breakers Bay. On en achètera une autre.

— Tu es dingue, dit-elle en riant.

— Dingue de toi, oui. J'aimerais avoir les papiers du divorce pour avoir la satisfaction de les signer tout de suite.

— Tu ferais ça pour moi ? Tu quitterais MossTech ? En laissant le contrôle à Jerome ?

— Je n'échangerais pas mon bonheur contre MossTech. Tu veux porter ma bague ?

Tilda hocha la tête, des larmes plein les yeux.

Caleb lui glissa la bague au doigt. Il porta sa main à ses lèvres et l'embrassa doucement, respectueusement. Lorsqu'il releva la tête, ses yeux étaient embrumés aussi.

Il la prit dans ses bras.

— Je n'arrive pas à y croire, chuchota-t-il à son oreille. J'ai eu si peur de te perdre. Mais tu es là.

— Là où j'ai envie d'être.

— Réfléchis à des destinations. J'arrange un rendez-vous avec mon avocat pour le divorce.

Il rit.

— Ça fait bizarre, reprit-il. On va avoir du mal à expliquer ça aux gens.

— À ta grand-mère, par exemple.

— Elle ne va pas être contente, mais c'est sa faute, c'est elle qui m'a poussé là-dedans. Mais elle finira par être contente pour nous.

— Jerome va être fou de joie, dit Tilda.

Caleb haussa les épaules.

— Tant pis. Rien n'est parfait. Ce qui compte c'est qu'on se sorte de cette histoire ensemble.

— Je ne suis pas de ton avis. Les choses peuvent être parfaites, répondit-elle en riant.

— Toi tu es parfaite. Mais le reste du monde laisse à désirer.

— Je suis loin de la perfection. Mais on peut faire autrement. Sauf si tu veux quitter MossTech pour toi. Auquel cas, ça me va. Mais si ce n'est que pour moi, tu n'es pas obligé.

Caleb la regarda.

— Que veux-tu dire ? Que si je reste P-DG de MossTech, tu restes mariée avec moi ? Pour de vrai ?

— Oui. Mais attention. Je veux quand même la lune de miel, la plage et tout. Tu n'y échapperas pas.

Les yeux de Caleb s'écarquillèrent de surprise.

— Vraiment ? Tu resterais dans cette famille de fou avec moi ? Après tout ce qui s'est passé ?

— Si on est tous les deux en sécurité dans le front uni dont tu parlais. Si on est honnêtes l'un avec l'autre. Si on peut se faire confiance. Pour de vrai.

Il arborait un sourire jusqu'aux oreilles.

— Tu en es sûre ?

— Ce serait vraiment dommage de laisser Jerome triompher, dit-elle. Je vois bien que tu es sérieux, Caleb Moss. Tu es l'homme le plus sérieux et droit que je connaisse.

— Concentré, hum ! j'espère que c'est une bonne chose.

— Oh oui ! fais-moi confiance, dit-elle en lui caressant le torse et en lui adressant une œillade coquine. Une qualité qui me manque, d'ailleurs. J'ai hâte de la redécouvrir.

Il la prit dans ses bras, et quand leurs lèvres se rencontrèrent, toutes leurs émotions se déchaînèrent. Comme s'ils allaient se fondre l'un dans l'autre, pour ne faire enfin plus qu'un, jusqu'au noyau de leur être.

Chaque baiser les rapprochait. La main de Caleb qui la caressait lui procurait des frissons fous…

— Ils s'embrassent ! Ils s'embrassent !

La voix totalement excitée d'Annika brisa le charme. Tilda vit les grands yeux de sa fille qui les épiait par la porte de la bibliothèque entrouverte.

— Annika ! Laisse-les tranquilles ! la gronda doucement Elaine, mais Tilda ne manqua pas son grand sourire alors qu'elle refermait doucement la porte.

Tilda posa le front sur le torse de Caleb.

— On est grillés.

— Marché conclu, alors ? demanda-t-il en se penchant pour lui embrasser le cou.

— Marché conclu. Depuis le premier instant où je t'ai vu, d'ailleurs. Mais il en a fallu, du temps, pour en arriver là. Maintenant, je ne te lâche plus. On est faits l'un pour l'autre.

— Til. Je suis à toi. Et toi, tu es à moi.

Tilda lui passa les bras autour du cou en ajoutant :

— Pour toujours et à jamais.

SHANNON McKENNA

Attirée par un *bad boy*

Traduction française de
JOËL MALLET

PASSIONS

HARLEQUIN

Titre original :
THE MARRIAGE MANDATE

- 1 -

— Haut les cœurs, copine ! lança Geri, une des meilleures amies de Maddie Moss, en trinquant avec elle. Ce mariage, c'est l'endroit idéal si tu veux te mettre en quête d'un mec.

— Je ne suis pas d'humeur, protesta Maddie.

La simple vue des invités suffisait à la faire grogner. Ce cocktail comptait parmi les trop nombreux événements de la fête organisée sur plusieurs jours.

— C'est lourd, ça manque de classe, ça fait désespérée et ça ne me ressemble pas.

— Dommage, ma chérie, répondit Geri, non sans sympathie. On ne t'a pas vraiment laissé le choix. Et c'est rigolo, le shopping. Regarde autour de toi. Que penses-tu d'Aston, Gabe, Richie, Herschel, Sam ou Bruce ?

Maddie jeta un coup d'œil à tous les hommes de cette liste, avala une gorgée de margarita puis secoua la tête.

— Oublie. Pas la peine.

Geri sembla s'impatienter.

— Pour une femme sous la contrainte, je te trouve bien difficile. Ta grand-mère t'a pourtant imposé une règle simple : tu dois te marier avant tes trente ans, et ton anniversaire arrive au galop. Et on ne parle pas de fiançailles, mais de vraies noces en bonne et due forme, non ? Il faut du temps pour organiser une cérémonie, et tu n'as même pas de fiancé.

— Crois-moi, je ne connais que trop bien ces conditions, marmonna Maddie. Et leurs conséquences.

— Ah ! cesse donc de te plaindre ! On t'a servi un véritable buffet pour célibataires. Au pire, il te reste le mariage d'Ava Maddox, la semaine prochaine. Tu pourras te rattraper. Non, mais, regarde-les un peu, tous ces paons qui se pavanent ! Aston brille par son intelligence et héritera des brasseries Hollis. Gabe a des abdos à tomber. Tu n'as pas fait gaffe, à la plage, tout à l'heure ?

— Difficile de les rater, maugréa Maddie. Il les agite sous le nez de tout le monde.

— Ils ont tous du charme, insista Geri. Sam, Aston et Richie sont même carrément craquants. Bruce occupe un bon poste en tant que procureur. Herschel vient d'être promu directeur général d'une entreprise d'électronique. Ce n'est pas si mal, Maddie. Ne te braque pas tout de suite, d'accord ?

— Je les connais tous trop bien, Geri. Aston n'est qu'un imbécile arrogant. J'ai dîné avec lui une fois, il a passé tout le repas à hurler au téléphone. Sam ne jure que par le sport. Richie me parle de mathématiques comme si j'étais la dernière des cruches…

— Mais non ? pouffa Geri. Les maths ? À toi, la déesse en la matière ? Personne ne l'a prévenu ?

— Visiblement non. Herschel a peur de moi, ce qui lasse vite. Gabe est un vrai bébé labrador sous amphétamines… et il n'a pas l'air d'avoir appris à boutonner ses chemises.

— Reste donc Bruce, chantonna Geri. Déterminé, ambitieux… un gagnant, en somme.

— Oui, et il partage ses gains, ironisa Maddie. Hilary l'a quitté il y a quatre mois parce qu'il lui a refilé les chlamydias.

— Oui, eh bien, personne n'est parfait, ma petite,

soupira son amie avant de plisser les paupières en voyant quelque chose derrière Maddie, la voix désormais réduite à un murmure abasourdi. Oh ! attends, je retire ce que je viens de dire. L'incarnation de l'idéal masculin m'est apparue. Un des témoins de Terrence, celui qui n'était pas là, hier soir. Je l'ai repéré à l'aéroport quand il sortait de son taxi. D'après Trix, il s'agit d'un vieil ami. Avec des fesses à tomber, en plus de ses autres magnifiques attributs. Dieu nous garde.

Maddie se retourna, intriguée. Elle se figea alors qu'une vague de panique faisait vibrer son corps tout entier telle une corde de guitare. Ses pensées s'emmêlèrent.

Jack Daly ? C'était lui le témoin de Terrence ? Et il venait à la même soirée qu'elle ? Oh ! bon sang !

Cela lui parut improbable, mais après neuf ans, il était aussi irrésistible que dans ses souvenirs. Il avait opté pour une tenue décontractée : un pantalon marron clair et une chemise de lin blanc ouverte au col, dévoilant son torse bien hâlé. Grand, large d'épaules, de longues jambes, des mains de géant, une mâchoire carrée. Elle avait toujours apprécié son nez cassé. Ses épais sourcils foncés exacerbaient ses yeux noirs profonds. Il semblait plus musclé que dans ses souvenirs… Plus coriace également.

Maddie se détourna en vitesse quand il la repéra à son tour.

— Tout va bien ? s'inquiéta Geri. Tu rougis. C'est à cause du beau gosse ? C'est clair qu'il fait monter la température. Ouh ! Du calme, mon petit cœur.

— Non, je le connais.

— Non, sérieux ? s'exclama son amie, des paillettes dans les yeux. Tu me le présentes ?

— Hors de question ! Très mauvaise idée. Une vraie

plaie. Un cauchemar ambulant. Chasse-le de ton esprit à tout jamais.

Geri entrouvrit ses lèvres bien rouges un instant avant de se pencher par-dessus la table.

— Maddie s'est payé un petit scandale, hein ? Raconte !

— Ça n'a rien à voir, la corrigea-t-elle. Il ne s'agit pas d'une histoire juteuse ni légère, mais d'une affaire triste, horrible et stupide. Ça ne vaut pas la peine de s'y attarder.

— Oui, eh bien, ça m'intéresse. Allez, crache le morceau !

Maddie soupira, frustrée, le cœur battant encore à toute allure.

— Comme tu voudras. Tu connais mon frère Caleb.

— Bien sûr. Toutes les femmes hétéros avec un minimum de libido le connaissent. Un vrai désastre qu'il ne soit plus sur le marché. Et donc ?

— Caleb et Jack Daly étaient les meilleurs amis du monde, au lycée, puis à Stanford. Après leurs études, ils ont créé une start-up ensemble, BioSpark, une entreprise de recyclage enzymatique. Ils développaient des bactéries capables de digérer les rebuts plastiques sur terre et dans la mer à une vitesse record. Ils avaient appelé leur produit Carbon Clean. Une vraie révolution. Ils s'apprêtaient à lancer leur découverte sur le marché et à faire fortune.

— Ainsi il y a une cervelle dans le corps parfait de Jack Daly, dit Geri, visiblement séduite. C'est presque injuste.

— Ce n'est pas drôle, la coupa Maddie d'un ton sec. Il a trahi mon frère. Caleb n'a aucune preuve tangible que Jack a vendu leur travail à Energen, un de leurs concurrents, mais tous les indices pointent dans sa direction. L'enquête a même démontré qu'il a investi sept cent mille dollars en secret chez Energen quelques jours avant l'introduction en Bourse de BioSpark. La rumeur s'est vite répandue, BioSpark s'est effondrée, puis Jack a fait de la prison.

— Ah ! crotte…, murmura Geri, atterrée. Quel gâchis pour un homme si délicieux !

— Un vice de forme lui a permis de sortir au bout de six mois, ce qui a rendu mon frère dingue. Voilà qui est ce type. Un menteur, un fourbe, un traître, un criminel. Ne t'approche pas de lui.

— Hum ! grogna Geri, visiblement intriguée. Bizarre. N'avait-il pas plus à gagner en restant à la tête de sa société ?

— C'est ce que tout le monde pensait, oui, mais qui sait ce qui se passe dans un esprit malade ? Bien sûr, d'après lui, c'est une machination, bla-bla-bla ; cependant les preuves étaient irréfutables.

— Curieux.

Maddie résista de toutes ses forces pour ne pas se retourner.

— Arrête de le dévisager, voyons ! Tu vas finir par attirer son attention.

— Impossible, désolée. C'est viscéral, je ne peux pas. Mais, pourquoi a-t-il agi ainsi ?

— J'imagine qu'on ne le saura jamais. Par jalousie, selon Caleb et grand-mère.

— Par jalousie ? N'ont-ils pas fondé leur entreprise en partenaires égaux ? Ils sont tout aussi charmants, tous les deux. Un vrai duo de choc… Miam !

— Il enviait notre famille, expliqua alors Maddie. Notre enfance. Enfin, je n'ai jamais connu mes parents, et même Caleb ou Marcus se souviennent à peine de maman. Toutefois grand-mère Elaine et grand-père Bertram ont toujours veillé sur nous. Nous ne manquions de rien, et Jack, lui… Son père est mort sur son lieu de travail quand il était encore adolescent, aussi a-t-il grandi dans un foyer.

C'était déjà un vrai miracle qu'il s'en sorte à l'école. Des notes hallucinantes toute l'année et lors des examens, une bourse pour Stanford, etc. Mais les traumatismes laissent des traces. Certains problèmes resurgissent uniquement avec le temps, sous la pression.

Geri afficha alors un grand regard tendre en prenant sa paille en bouche, agitant les glaçons dans son verre.

— Oh ! le pauvre !

— Je t'interdis de le plaindre ! Il a brisé le cœur de mon frère ! Caleb ne s'en est jamais vraiment remis.

— J'éprouve aussi de la peine pour lui, mais bon sang ! comment veux-tu ne pas compatir avec Jack ? C'est ta faute. Ta façon de me raconter ça a touché une corde sensible.

— Oui, eh bien, calme-toi immédiatement, parce que je refuse que tu t'approches de lui.

— Allez, Maddie ! s'écria Geri en levant les yeux au ciel. D'accord, c'est un vilain garçon. D'accord, il a mal agi. Mais, tout ça date d'il y a neuf ans, non ? Il a payé sa dette à la société. C'est un rêve sur pattes. Et il doit briller par son intelligence pour avoir pu s'associer à un Moss.

— Ça, oui, c'est un vrai génie. Pourtant, ça ne lui a pas rendu service, à cette ordure.

Geri posa le menton sur ses doigts entremêlés, à étudier de près son amie.

— Oh ! mais dis donc… Que de fougue ! s'exclama-t-elle, pensive. C'est très vivifiant après des mois à t'avoir vue bouder à cause de cette obligation de mariage à la noix. Tu as les joues toutes rouges. Tes yeux brillent. Intéressant, ma petite…

Ses insinuations agacèrent Maddie. Geri refusait de comprendre la gravité de la situation.

— Et quel mal y a-t-il à s'énerver à cause de tout ça ? demanda-t-elle.

— Aucun, répondit Geri. Par contre, tu te tiendras près de l'autel avec ce type vu que Terrence l'a choisi pour témoin. Vous apparaîtrez ensemble sur les photos, à la une de tous les réseaux sociaux. Quel malaise !

— Caleb va devenir fou, se rembrunit Maddie. Il lui arrachera la tête. Ne parlons même pas de grand-mère. Elle le dévorera tout cru. Non sans élégance, bien sûr.

— Vraiment…, dit Geri, soudain pensive. Ma chérie, je flaire une occasion en or, là.

— Ah oui ? Moi, je vois surtout les ennuis arriver.

— Attends… Il te faut une force de la nature pour s'opposer à ta grand-mère. Jack Daly n'incarnerait-il pas tout cela ?

Maddie se raidit face à la suggestion tordue de son amie, et de tout ce que cela impliquait.

— Mais, qu'est-ce que tu racontes, encore ?

— Je ne sais pas trop pour le moment, c'est seulement une idée comme ça. En revanche, toi, tu sembles coincée. Peut-être que ces sentiments intenses provoqués par Jack Daly t'aideront d'une manière ou d'une autre. Je pense tout haut, rien de plus. Fais donc ce que tu veux.

— Tu me fascines, ma belle, avoua Maddie.

— Oui, et tu n'es pas la seule, répondit Geri, sereine. En tout cas, ça pourrait s'avérer très drôle. Non, mais regarde-moi cet étalon ! Pourquoi ne pas t'offrir une petite chevauchée ?

— Parce qu'il n'a aucune morale ? Parce qu'il a trahi mon frère ?

— Je ne t'ai pas dit de l'épouser, Maddie, encore moins de le laisser s'approcher de l'argenterie. Sers-t'en simplement à des fins malicieuses et égoïstes. Fais semblant de sortir avec lui. File les chocottes à ta grand-mère. Dieu sait à quel point elle le mérite, à force de vous prendre pour ses toutous.

— Me suggères-tu sincèrement de… Bon sang ! tu plaisantes, j'espère !

— Mais, oui, chérie. Même si chaque plaisanterie contient toujours une petite part de vérité. Et inutile de me cacher que tu rêvais de cet adonis quand Caleb le ramenait à la maison.

Geri prit le temps de bien analyser la réaction de son amie avant de continuer.

— Allez… Tu matais avidement ses charmes masculins. Avoue !

— Oui, bon, d'accord, répondit Maddie, sur la défensive. Évidemment, que je craquais pour lui, mais lui ne me remarquait même pas, moi, la pauvre petite binoclarde aux cheveux en bataille et à l'appareil dentaire.

Geri déshabilla Maddie du regard en poussant un ronronnement satisfait.

— Ça a bien changé, hein ! maintenant que tu as grandi. Un vrai canon. D'ailleurs, j'adore ce joli dos nu bleu. Il met bien les jumeaux en valeur. Non, pas qu'ils en aient besoin…

— Les jumeaux te remercient. Et ta robe jaune te va à merveille. Bravo !

Geri joua les crâneuses en réajustant ses boucles blondes.

— Je fais de mon mieux, déclara-t-elle soudain plus modeste. Dis-moi simplement si tu comptes inclure ce type dans ta stratégie pour échapper aux griffes de ta grand-mère. Sinon, je l'emmènerais bien faire un tour de mon côté.

— Non ! cria Maddie. Promets-moi de ne pas t'approcher de lui.

— Ouah ! s'exclama Geri en clignant des yeux

innocemment. Cette passion soudaine me donne des frissons.

— Ce n'est pas ça, reprit Maddie, d'un ton plus grave, plus maîtrisé. Mais cet homme est un vrai poison. Et il te fera du mal. Je t'en prie, oublie-le.

— Ah ! le doux arôme du poison…

Geri se pencha en avant, le menton dans la main, l'air alanguie face à Jack Daly, à l'autre bout de la salle.

— Je n'ai même pas droit à une petite goutte ?

Incapable de tenir plus longtemps, Maddie osa un coup d'œil elle aussi. Jack parlait au futur marié, près du bar. Il but une gorgée de bière puis observa les lieux. Leurs regards se croisèrent, et elle se détourna, non sans éprouver une étincelle dans le creux de ses reins. Et les yeux bleus perçants de Geri n'en ratèrent pas une miette.

— Je te laisse réfléchir à cette idée indécente, mais ensuite je ne me priverai pas de lui en suggérer d'autres. La vie est courte… pas comme ce mec, si tu veux mon avis.

— Geri ! pesta de nouveau Maddie, toute rouge. Tu m'écoutes, oui ou non ?

— Eh bien, eh bien… Si je ne te connaissais pas, je te croirais presque possessive.

— Arrête, s'il te plaît, maugréa Maddie, crispée.

— Très bien, je resterai sage, s'amusa Geri. Ne t'en fais pas. Allez, va te trouver un mari. Bonne chasse !

Maddie avait beau chercher à résister, elle posait sans cesse les yeux sur Jack Daly.

Un menteur. Un voleur. Un traître. Elle dut se répéter les péchés commis par cet homme comme une litanie.

Jusqu'à ce que le charme opère.

Jack ne cernait pas cette mystérieuse femme, cette incarnation de la beauté. Une robe bleue à dos nu, des courbes bien rebondies, la peau hâlée, une couronne d'anglaises noires sauvages, des lèvres à se damner. Il avait rarement vu une femme plus séduisante. Elle lui rappelait quelqu'un, mais comment aurait-il pu oublier une telle beauté ? Le simple fait de la contempler lui donnait des sueurs froides.

Elle l'ignorait. Pas comme la blonde voluptueuse en face d'elle. Cela dit, une si merveilleuse créature avait sans doute dû s'entraîner à éviter tout contact visuel, à l'image d'un serveur. Jack avait travaillé dans un restaurant, il savait donc pertinemment que la seule façon de survivre dans une salle bondée consistait à regarder droit devant soi.

Elle tourna la tête dans sa direction l'espace d'une seconde… puis se pencha à nouveau sur son verre alors qu'un nom surgi du passé frappa Jack de plein fouet.

Oh oui ! il la connaissait ! Maddie Moss. La sœur de Caleb.

Elle avait radicalement changé depuis la dernière fois qu'il l'avait vue. Certes, il la trouvait déjà mignonne, à l'époque, seulement il pensait bien trop à son travail et à sa vie survoltée pour vraiment lui prêter attention. La petite Mads, la binoclarde au chemin de fer dans la bouche, aux articulations saillantes, qui jouait les malignes en permanence.

Par tous les diables, elle était devenue merveilleuse !

— Tout va bien ? lui demanda Terrence en lui passant une main devant le visage. As-tu vu un fantôme ?

— Non, juste la bombe là-bas.

— Ah ! ça, oui ! s'exclama le futur marié en sifflant. Excellent choix. Trix a hésité avant de désigner une demoiselle d'honneur aussi belle. Aucune femme n'aime se faire voler la vedette, mais elle adore Maddie et tenait à sa présence. C'est vraiment elle la plus canon. Veux-tu que je m'arrange pour que tu viennes à l'autel, à son bras ? Et lors de la réception ? Ce ne serait pas un problème.

— Elle est demoiselle d'honneur ? balbutia Jack, tout à coup terrorisé.

— Euh…, hésita Terrence, les yeux plissés. Oui, mais en quoi est-ce si terrible ? Je pensais que tu sauterais de joie. Regarde-la, enfin. Qui pourrait lui résister ?

— Te souviens-tu de mes ennuis avec Caleb Moss ?

— Bien sûr. Je sais aussi que tu es innocent et que n'importe qui avec un minimum de jugeote l'a compris il y a bien longtemps. Où veux-tu en venir ?

— J'apprécie ta confiance, le remercia Jack, sincère. Sauf que Maddie Moss est la sœur de Caleb.

— Oh ! mince ! pesta Terrence, sous le choc. Elle ne lui ressemble pas du tout. Ses parents l'ont-ils adoptée ?

— Non. Ils n'ont pas le même père. Pareil pour leur frère Marcus. Lui a des origines asiatiques. Ils portent quand même tous le nom de Moss. Et tous me détestent au plus haut point.

— Mince, Jack, c'est affreux ! Désolé de t'imposer ça. Crois-tu qu'elle causera un esclandre ? Va-t-elle poser problème ?

— Va savoir… Je ne l'ai pas revue depuis neuf ans, et elle n'était qu'une gamine, à l'époque. C'est donc une question intéressante. Elle m'a reconnu, c'est clair. Le plus simple serait que je ne participe pas à la cérémonie. Demande à un autre d'être ton quatrième témoin. Je redeviendrai un invité banal, prêt à disparaître en cas de souci.

— N'y songe même pas ! lui ordonna Terrence, agacé. C'est Trix qui a décidé de tout dans les moindres détails, mais plutôt mourir que de ne pas t'avoir à mes côtés quand je prononcerai mes vœux. Sans toi, je ne m'en serais jamais sorti, à l'université. Le scandale BioSpark a fait énormément de mal, c'est vrai. Mais si la petite Moss montre les crocs, c'est elle qui s'en va. Pas toi.

— Ne lui en veux pas pour quelque chose qui n'est pas encore arrivé, tempéra Jack.

Terrence vida sa bière.

— Trix me fait signe. Il va être l'heure d'allumer le feu sur la plage. Tu viens ?

— Oui. Désolé d'avoir loupé la répétition, hier soir. Bon, allez, ta chérie t'appelle. Ne la fais pas attendre.

Le futur marié fila droit vers sa promise, une rousse mince au grand sourire. Elle semblait agitée, mais heureuse, et Terrence la vénérait.

Un garçon génial. Jack se réjouissait sincèrement d'avoir pu garder quelques bons amis après le désastre BioSpark. Il avait éprouvé un mal fou à retrouver un emploi dans ce secteur par la suite. Personne ne voulait alors engager un homme accusé d'avoir livré un secret industriel à un concurrent et d'avoir parié contre son équipe.

Il n'avait entamé une nouvelle carrière dans la biotechnologie que récemment, grâce à des contacts à l'étranger. Ces quatre dernières années l'avaient ainsi mené entre l'Asie, la Hongrie ou encore l'Afrique du Sud. Il avait laissé de côté avec joie une longue liste de petits boulots aléatoires pour revenir sur son terrain de prédilection, même à un échelon plus bas, dans des entreprises aux moyens limités. Il avait appris à se contenter de peu. À ne pas se plaindre. Tout pouvait dégénérer à tout instant.

Il observa de nouveau la table où Maddie et la blonde étaient assises. Elle était partie, mais ce contact infime électrisait encore Jack.

Inutile de s'inquiéter. Elle l'éviterait sûrement, agirait comme s'il n'existait pas. C'était la voie de la sagesse, et les Moss brillaient par leur intelligence.

Il en ferait de même. Bon sang ! Terrence ne la connaissait pas, mais Trix aurait pu y songer à deux fois. Ce week-end s'annonçait très long.

Bouh ! bouh ! pauvre chou !

Ses monologues intérieurs empruntaient toujours la voix de son père.

Tu sais ce qui est long, mon garçon ? Un séjour en prison. Arrête de t'apitoyer sur ton sort.

Certes, sa vie n'avait pas suivi le cours espéré... Mais au moins, il respirait encore et était libre. Il ne croupissait pas derrière les barreaux.

Il n'avait donc aucun droit de pleurnicher. Même si ses efforts pour se bâtir une carrière de rêve tombaient à l'eau, il s'en sortirait. Il survivrait. Qu'il était agréable d'être en vie !

Finies, les idées moroses. Sinon, il se changerait en trou noir prêt à aspirer toute la bonne humeur de la cérémonie.

Cependant, cela le peinait que son meilleur ami de l'époque, sans compter sa famille tout entière, le prenne pour un prédateur sans vergogne. Et il ne pouvait même pas leur prouver son innocence.

Comment ne pas exploser face à une telle frustration ?

- 2 -

Maddie s'arrangea pour bien exhiber sa joie de vivre, à la plage. Néanmoins, la présence de Jack Daly lui coupait l'appétit. Non pas qu'il fît mine de l'approcher ni de s'intéresser à elle. Il était trop occupé à flirter avec Svetlana, un top-modèle russe.

Pour ne pas trébucher, Svetlana s'accrochait à Jack de ses doigts à la manucure parfaite. Son manque d'équilibre n'était pas étonnant, avec des chaussures aussi ridicules. À quoi pensait-elle en venant à la plage dans une robe moulante et des talons aiguilles ?

Ne compte pas trop sur lui, ma grande. Il te laissera tomber. Et tu risques de te faire très mal.

Maddie n'en pouvait plus d'un tel spectacle, aussi prit-elle une flûte de champagne sur le bar, retira ses sandales et se dirigea vers l'océan pour savourer son verre dans la solitude.

Quelle plage magnifique ! Quelle belle nuit ! Fraîche, comme toujours, légèrement nuageuse, mais Maddie avait enfilé un pull et un jean. Ses pieds s'enfonçaient dans le sable humide tandis qu'elle approchait des rouleaux d'écume.

La lune étincelait derrière les nuages dans un halo inquiétant. Le brouhaha de la fête mêlé aux craquements du bûcher s'évanouissait à mesure que le sable devenait plus mou. Maddie inspira de l'air à pleins poumons, amusée, en sentant l'eau glaciale lui déferler sur les pieds.

Le grondement sourd, profond, de l'océan détenait des vertus purificatrices. Elle poussa un léger soupir.

— Et que fais-tu là, toute seule, dans le noir ?

Elle se retourna. Bruce Traynor l'avait suivie. Le début des hostilités…

— Salut.

Elle resta polie, heureuse de ne pas avoir à feindre un sourire dans l'obscurité. Maigre réconfort. Bruce sursauta quand une vague lui éclaboussa les pieds.

— Mince !

Maddie se retint de rire quand il sautilla hors de portée de l'eau.

— Sinon, tu ne préfères pas me rejoindre ? demanda-t-il. Je ne voudrais pas abîmer mes chaussures.

Elle baissa les yeux sur ses onéreuses chaussures bateau. Non, mais qui portait ça à la plage ? Il se serait entendu à la perfection avec Svetlana.

— Mets-toi donc pieds nus. J'adore marcher dans l'eau.

Bruce hésita un instant avant de s'aventurer près d'elle, l'air agacé. Il étouffa un cri quand les vagues vinrent lui lécher les pieds.

— Ah ! c'est trop froid ! Je désirais te parler depuis un moment, mais tu n'es jamais seule. Le miel et les abeilles, tu vois… Comment leur en vouloir, face à tant de douceur ?

— Je ne suis pas douce, Bruce…

Pas avec toi, en tout cas.

— Permets-moi d'en douter, répondit-il avec un grand sourire. Cette histoire avec ta grand-mère, est-ce la vérité ? Que tu dois te marier avant… Quand, au juste ?

— Avant mon trentième anniversaire, lui indiqua-t-elle, résignée. En septembre.

— Eh bien, voilà. Je ne vais pas y aller par quatre chemins, il n'y a pas de temps à perdre…

— Je t'arrête tout de suite, Bruce.

— Non, je dois me libérer de ce poids. Je t'admire depuis des années déjà, Maddie. Je dois te dire que…

— Je préférerais que tu te taises, le coupa-t-elle de nouveau.

Mais Bruce ne l'écoutait pas.

— Au risque de te surprendre, continua-t-il en élevant la voix pour ne pas la laisser en placer une, dans nos sphères sociales nous devons envisager les choses de façon plus pragmatique. L'union de dynasties, la fusion de richesses. Le sort de nations, tu vois.

— Le sort de nations ? reprit-elle, manquant s'étouffer de rire. Tu n'exagères pas un peu, là ?

— Pas du tout, assura-t-il, pompeusement. Les gens comme nous ne peuvent se permettre de batifoler au gré de fantasmes romantiques ou d'idéaux sociaux surréalistes. Et s'il te faut un mari pour préserver la fortune familiale, me voici. Je t'offre mes services.

— Sérieusement, Bruce ? fit-elle en retenant un autre fou rire. Tu veux… m'offrir tes services ?

— Absolument. J'en serais même honoré. J'y ai beaucoup réfléchi, et après avoir envisagé la question sous tous les angles, je sais que c'est la meilleure solution pour toi et moi.

— Oh ! comme c'est gentil ! Tu y as pensé à ma place. C'est très généreux de ta part, Bruce.

— Tout le plaisir est pour moi ! s'exclama-t-il sans percevoir son sarcasme. Je me tiens à ta disposition pour toutes les décisions difficiles, en tant que partenaire et époux. Penses-y. Je t'offre la solution à tous tes problèmes. Et au bon moment.

— Alors… Ne le prends pas mal, mais je ne partage pas tes sentiments. Je ne veux pas t'épouser, parce que…

— Tu ne m'aimes pas, conclut calmement Bruce à sa place. Bien sûr que non. Et c'est réciproque. C'est inutile, voire même contre-productif. Mieux vaut prendre ses décisions en fonction du pragmatisme. Comme nos ancêtres.

— Selon nos ancêtres, les femmes s'assimilaient à du bétail, lui rappela Maddie. Elles n'avaient pas leur mot à dire. Crois-moi, je n'éprouve aucun goût pour cette époque.

— Tu nies l'évidence, la coupa-t-il. Tu n'as pas de temps à perdre à cause des exigences de ta grand-mère, et moi je t'offre une solution toute prête. J'ai toujours trouvé ridicule cette obsession qu'ont les femmes pour l'amour. Il ne s'agit que d'un peu de paillettes sur des pulsions, après tout. Et Dieu sait que j'éprouve du désir pour toi. Le respect mutuel, la franchise, un contrat de mariage en béton et une saine quantité de désir ? Pour ma part, c'est bien plus qu'il n'en faut.

Il la prit par la main afin de l'attirer contre lui. Maddie tenta de se dégager.

— Pas pour moi, protesta-t-elle. Je n'ai pas du tout envie de toi.

— Comment le saurais-tu ? demanda-t-il en l'embrassant.

Elle perdit l'équilibre, le sable se dérobant sous son poids lorsqu'une vague vint balayer la plage. De l'eau glaciale arriva jusqu'à sa cheville. Le baiser éperdu de Bruce avait un goût d'oignon et de vin. Ses dents lui grattaient les lèvres ; sa langue, gluante, répugnante, cherchait à s'enfoncer dans sa bouche.

Maddie tourna la tête en quête d'oxygène. Elle le poussa pour se dégager.

— Mais à quoi tu joues ?

— Je te donne un aperçu, fit-il d'une voix sifflante. Détends-toi. On s'amuserait bien.

Maddie le repoussa de plus belle et lui balança une gifle bien sentie. Il recula, choqué.

— T'es malade ? croassa-t-il. Je te demandais en mariage !

— Et je te disais non, répondit-elle sèchement. Tu ne m'écoutais pas.

— Mais… mais as-tu seulement idée de ce que tu rates ? balbutia-t-il, visiblement décontenancé. J'étais même prêt à oublier tes antécédents familiaux.

— Mes antécédents familiaux ? De quoi parles-tu, encore ?

— Je t'aurais donné le nom des Traynor ! hurla-t-il. Ce qui a énormément plus de valeur que tout ce que ton père a jamais donné à ta mère, d'après ce qu'on m'a dit ! Et tu me le jettes au visage, comme une vulgaire chaussette ?

— Tu veux que je te jette quelque chose ? Tiens !

Et Maddie lui lança son verre en pleine figure. Bruce chancela de plus belle, bouche bée, en s'essuyant.

— Ma mère a toujours agi comme bon lui semblait. Je lui ressemble. Je ne t'appartiens pas. Oublie-moi.

— Tout se passe bien, ici ?

Maddie se retourna en entendant la voix grave, calme, derrière elle. Jack Daly se tenait là, aux aguets. Il fixait Bruce.

— Aucun problème, cracha Bruce, encore en train de se nettoyer. Du vent ! Il n'y a rien à voir.

— C'est à elle que je parle, pas à toi, précisa Jack, impassible.

— Fous le camp, Daly ! Qu'est-ce qu'un voleur raté comme toi pourrait bien lui offrir ?

— Tu ne sembles pas avoir grand-chose de mieux à proposer, j'ai l'impression. Et si tu rejoignais les autres avant que ça dégénère, si tu vois ce que je veux dire ?

— Tu le regretteras, pesta Bruce une dernière fois en lançant un regard noir à Maddie avant de s'en aller.

— Tant pis. Bonne soirée, Bruce.

Il partit en les insultant dans sa barbe.

Laissant Maddie et Jack Daly seuls, sous le clair de lune, face au reflux incessant de l'océan.

— Quelle tête de nœud ! Ça va ?

— Oui, grogna-t-elle. Mais je n'avais pas besoin d'aide. Encore moins venant de ta part. Bruce est stupide, mais pas dangereux.

— Bien. De quoi parlait-il, au sujet de ce mariage ?

— Mes problèmes ne te regardent absolument pas.

— Non, c'est vrai. Alors, j'irai me renseigner à droite, à gauche. Autant entendre une version déformée de l'histoire.

— Oh ! par pitié…, lâcha Maddie avec un ricanement forcé. Bon, tu as gagné. En résumé, grand-mère s'est mis en tête de nous forcer à nous marier. Le coup de la carotte et du bâton. Sauf qu'il n'y a pas vraiment de carotte : si nous n'épousons pas quelqu'un de façon légale avant une date précise, elle cédera sa place d'actionnaire majoritaire de MossTech à mon imbécile d'oncle Jerome, ce grippe-sou pédant. Il fera entrer l'entreprise en Bourse dès qu'il le pourra, ce qui signera la fin de la compagnie telle que nous la connaissons.

— Quel dommage, affirma Jack après un court silence.

— Bien entendu, Caleb a su tirer son épingle du jeu. Il a eu de la chance quand Tilda est revenue dans sa vie avec leur fille, Annika. Une adorable petite. Te souviens-tu de Tilda ?

— Oui, oui. Tilda est tombée enceinte ? Je l'ignorais.

— Nous aussi, mais cette nouvelle ne nous a apporté que du bonheur. Annika est une Moss de A à Z. Tout le monde l'aime. Cependant, maintenant grand-mère s'est emballée et me met la pression. J'aurai trente ans dans moins de trois mois, ensuite, il sera trop tard. Trente-cinq ans pour les garçons, cinq de moins pour moi parce que visiblement je deviendrai stérile dès le lendemain… La rumeur s'est répandue. Je me retrouve donc assaillie de tous côtés par une bande de vautours opportunistes. La fortune des Moss inspire les passions les plus folles chez bien des hommes, tu sais.

— Peut-être te désirent-ils, toi, fit-il remarquer.

— Non, je ne me berce pas d'illusions, répliqua-t-elle, maussade. Ils veulent la société, pas moi. Ça me déprime. Comment trouver la perle rare dans ces circonstances ? Je n'arrive même pas à passer une soirée agréable avec quelqu'un. Alors, un engagement à vie, tu parles…

C'était difficile à déterminer dans le noir, mais Jack semblait l'étudier de pied sableux en cap lâché au vent.

— J'ai du mal à y croire.

— Tu devrais, ricana-t-elle. Le plus évident serait encore de ne pas céder à ses caprices. De laisser les choses suivre leur cours, de voir ce que la vie m'offrira. Je me passerais de MossTech sans problème. Je pourrais très bien ouvrir mon cabinet d'experts-comptables judiciaires et crouler sous le travail. Cela me comblerait sans doute davantage, à terme.

— D'experts-comptables judiciaires ? s'étonna Jack. Vraiment ?

— Oui, même si ce métier évoque plus facilement des myopes bedonnants à mèche grasse, collés à leurs écrans jusqu'à s'en brûler la rétine. Et moi… Eh bien… Tu vois.

— Toi ? reprit-il en agitant une main dans sa direction.

— Oh ! J'ai bien des lunettes. Je les adore. Et je m'use les yeux sur mon ordinateur jusqu'à ressembler à un zombie. Alors, crois-le ou non, mais c'est ma passion. Des montagnes de chiffres. Les récurrences dans les données. Les calculs de probabilité. Je ne m'en lasse pas. J'apprécie ça bien plus qu'un bureau de luxe chez MossTech. Cependant, grand-mère a cette lubie de vouloir concentrer tout le talent familial au même endroit. Elle aimerait me nommer directrice financière.

— Bon sang ! s'exclama Jack. On ne peut pas non plus parler d'une vie de misère.

— C'est vrai, admit-elle en haussant les épaules. Mais si je n'épouse personne dans les semaines à venir, tonton Jerome nous renverra tous, de toute manière. Voilà.

— Aïe !

— Ce n'est pas très grave. Je préférerais ne plus avoir toute ma famille sur le dos. Cependant Jerome se débarrasserait de mes frères, ce qui serait dommage. Et, bien sûr, MossTech rejoindrait le côté obscur. Enfin, de mon point de vue.

— Quel gâchis ! acquiesça-t-il.

— Oui. Grand-mère cherche à nous faire culpabiliser pour mieux nous manipuler, ce qui ne me facilite pas la tâche. À quoi s'attend-elle, franchement ? Que j'épouse un demeuré comme Bruce pour lui faire plaisir ? Plutôt mourir. Et elle le frapperait au bout de dix minutes. Elle m'en demande trop.

Maddie se rappela d'un seul coup à qui elle racontait ses déboires. Une pointe de panique la frappa. À quoi pensait-elle, par tous les diables ? Se mettre à déballer ses problèmes, devant cet homme de surcroît… Jack Daly n'était pas son confident, mais son ennemi.

— As-tu songé à une troisième solution ?

Cette question mit fin à ses pensées.

— Non, je n'en vois pas.

— Donne à ta grand-mère de quoi se calmer.

— Ha ha ha ! Aurais-tu oublié de qui tu parles ? L'as-tu déjà vue lâcher le morceau ou admettre ses torts ?

— Au temps pour moi, lui accorda Jack en étouffant un juron. Sinon, tu peux la forcer. Fais-lui peur. Ramène quelqu'un d'exécrable. Combats le feu par le feu.

Quelqu'un de détestable. Un voleur, un traître. Un espion industriel. Un ex-prisonnier.

L'enthousiasme soulevé en elle par cette idée fugace l'effraya plus que tout.

— Je ne devrais pas te parler de mes proches, reprit-elle, sa voix chevrotant de façon incontrôlable. Je ne devrais même pas te parler du tout.

— Sans doute pas, mais c'est trop tard.

Maddie avait raison. Il aurait dû la laisser tranquille. Tout… de… suite !

Seulement, elle irradiait de beauté au clair de lune. Ses grands yeux magnifiques étincelaient. Et ses lèvres ! Seigneur, comment ne les avait-il jamais remarquées ?

Parce que Gabriella Adriani l'obnubilait, neuf ans plus tôt. Il s'était cru amoureux d'elle, si sexy, si maligne, si impétueuse. Elle, en revanche, ne s'était pas attardée lorsque BioSpark avait pris l'eau. Cette attitude l'avait très longtemps fait souffrir, mais il ne lui en voulait plus en fin de compte. Gabriella attendait beaucoup de la vie ; un fiancé déshonoré l'aurait empêchée de déployer ses ailes.

C'était curieux, mais à cet instant, près de Maddie Moss et de son jean relevé au-dessus des chevilles, il en oublia le visage de son ex. Son pull large déformé ne masquait pas ses courbes si affriolantes. Elle le faisait tout aussi fondre que dans sa robe de tout à l'heure. Il sentit son entrejambe réagir.

Non, non, non ! Ce n'est ni le moment ni l'endroit, et ce n'est pas une femme pour toi. Couché, Daly.

Maddie dut percevoir sa frustration, car elle marqua un mouvement de recul.

— Bon, alors, euh… Au revoir.

Et elle prit congé à toute vitesse. Sa masse de boucles noires rebondissait de façon ensorcelante à chaque pas. Elle laissait dans le sable de petites empreintes nettes, serrées. Délicates. Quand bien même Maddie ne présentait rien de délicat.

Jack sourit en revoyant la manière dont elle avait giflé ce dégénéré de Bruce Traynor avant de lui jeter son verre au visage pour lui passer l'envie de se pavaner.

Jack aurait tant aimé avoir filmé cet instant. Maddie Moss, dans toute sa sauvagerie. Il valait mieux boucler ce fantasme à double tour.

Une fois de retour près du feu, il sembla ne jamais la perdre de vue, comme si un rayon de lumière la suivait partout. Un peu à l'image de cette flopée d'hommes à ses basques. Jack en compta au moins cinq agglutinés autour d'elle à tout instant : un pour lui servir du champagne, un pour lui installer un transat, un pour lui apporter de la charcuterie italienne, etc.

S'ils essaimaient autour d'elle, Maddie traitait la chose avec aisance, avec grâce. Elle discutait, riait, restait polie. Elle se montrait agréable sans faire de favoritisme. Combien de bougres vendraient leur âme dans l'espoir d'un vulgaire café en sa compagnie, sans même parler de l'épouser ? La simple perspective d'approcher cette féminité distante, complexe, dangereuse, envoûtante… Ouah !

Ne la regarde pas. Tu n'as pas droit à l'erreur, mon gars. La voix de son père. Encore.

Au moins, Bruce ne lui rôdait plus autour. Il se tenait à l'autre bout de l'assemblée, trempé, collant, furieux. Traynor le fixa d'un œil noir, mais Jack se contenta de lui sourire en levant sa bière.

Bien fait, sale cabot ! Un imbécile de moins dans la course. C'était effrayant de voir à quel point cette simple idée le réjouissait.

— Salut, mec.

Jack se retourna et vit Gabe Morehead derrière lui, sa chemise en jean ouverte sur ses abdos bronzés et une ribambelle de colliers du type dents de requin, griffes d'ours et médaillons runiques.

— Gabe. Quoi de neuf ?

— J'ai cru vous voir ensemble, Maddie Moss et toi. Est-ce qu'elle te cherchait des noises ?

— Non, nous avons échangé quelques plaisanteries.

— Mon œil, oui ! Elle voulait plutôt te faire exécuter sur la place publique, je parie. Quelle gaffe de la part de Trix de vous avoir invités tous les deux !

— Je connais Terrence depuis des années, expliqua Jack.

— Ah ! souffla Gabe buvant une gorgée de bière, concentré sur Maddie. Bon, au moins, nous n'avons pas à nous mesurer à toi, en plus de tout le reste. Bon sang ! qu'elle est parfaite. Regarde-moi ces jambes. J'adorerais les sentir sur…

— On se calme, Gabe, l'arrêta Jack.

Gabe parut surpris.

— Ah ! Voilà donc de quoi il retourne…

— Non. Je ne suis simplement pas d'humeur à supporter tes petits fantasmes.

— D'accord. Je ne t'en voudrais pas si tu craquais pour

elle. Une vraie force de la nature, cette femme. Riche comme Crésus, brillante et tenace. Darrell et Frederick ont eu des soucis de comptabilité il y a quelques mois, et ils l'ont appelée. En moins d'une semaine, elle a trouvé la source du problème. Qui, quand, quoi, comment, combien, jusqu'au moindre centime. Le voleur a très vite avoué. Ils m'ont dit qu'elle avait tout examiné en détail, ils n'en revenaient pas.

— Ah bon ? s'étonna Jack.

— Oui, une vraie magicienne. Ça leur a coûté un bras, mais ça valait le coup. Dommage qu'elle te déteste. Si on t'a réellement piégé dans l'affaire BioSpark, alors elle serait la seule à pouvoir passer les gravats au crible. Mais tout à un prix. Je vais me chercher une bière. Tu en veux une ?

— Non, merci, c'est gentil.

Comme si elle avait senti son regard insistant, Maddie tourna la tête dans sa direction. Ce simple échange suffit à faire crépiter tous les atomes de son corps. Il se détourna aussitôt. Le moins qu'il pouvait faire était encore de ne pas passer pour un pervers.

La malchance avait éloigné Maddie de lui à tout jamais. Cependant, il était difficile d'avaler cette pilule. Une femme intelligente, séduisante, désirable lui glissait entre les doigts parce qu'elle le prenait pour une ordure de bas étage.

Il avait tant bien que mal appris à maîtriser ses émotions, ces dernières années. Il gardait le contrôle en permanence, chassait volontairement certaines idées noires. Sans cela, ce sentiment d'injustice aurait fini par le rendre fou à lier.

Cela l'atteignait encore parfois, malgré tout. Mince ! si encore il avait jeté sa vie au feu par avarice ou par désir, ou quoi que ce soit d'aussi stupide ou égoïste, alors soit. Il aurait accepté son châtiment comme un homme. Seulement, il n'avait pas mérité tout cela.

On aurait pu le croire victime d'une malédiction. Quelle ironie ce serait si Maddie Moss en devenait le remède miracle ! La magicienne des chiffres capable de découvrir la vérité.

Mais elle le méprisait sans doute au point de ne même pas vouloir écouter sa requête.

- 3 -

Maddie était arrivée stressée et à fleur de peau à la réception, épuisée par trois jours de fête. Elle consacrait aussi toute son énergie à fuir Jack Daly, sans oublier tous ses prétendants.

Et, cerise sur le gâteau, Louis, le témoin censé s'avancer vers l'autel à son bras, avait décidé de changer de partenaire à la dernière minute. Il s'était posté à côté de Desiree, une autre demoiselle d'honneur, laissant Maddie en compagnie de – roulement de tambour – Jack.

Puis, Louis avait également échangé sa place avec lui pour s'asseoir avec Desiree. Quel sale type !

— Pas d'inquiétude, lui murmura Jack, à table. C'est ridicule. Je ne vais pas t'imposer ma présence. Je vais m'installer ailleurs. Il doit bien y avoir une place libre.

— Non, inutile, l'arrêta-t-elle rapidement. Les témoins doivent rester à côté de Terrence. Autant ne pas énerver les mariés. Tant pis, nous nous en remettrons.

— Mais on nous verra ensemble sur les photos.

— C'est déjà le cas, lui rappela-t-elle. Ce n'est pas si grave. Si ça doit avoir des conséquences, ça ne sera pas aujourd'hui, alors mieux vaut en rire et jouer le jeu.

Il s'exécuta aussitôt. Ce sourire divin lui coupa le souffle. Bon sang ! Quelle injustice ! Il était si beau dans son costume sur mesure. Cependant, tout le monde les dévisageait, ricanait et spéculait à leur sujet. Personne n'avait oublié les déboires de Jack.

Au bout d'un moment, la fête prit une tournure franchement surréaliste. Sans doute les effets de ce bon champagne si rafraîchissant. Les petits-fours paraissaient tous plus délicieux les uns que les autres, mais Maddie n'avait pas faim, pas quand elle sentait le parfum de Jack. Elle voyait également mieux sa mâchoire volontaire. Ses joues rasées de près. La bosse de son nez.

— Je te ressers du champagne ? lui demanda-t-il.

Elle n'eut pas la présence d'esprit de refuser. Puis, les premières notes d'un slow se firent entendre, Terrence et Trix se rendirent sur la piste. Une chanson des Moon Cat and the Kinky Ladies, un des groupes préférés de Maddie. La mariée se mit à faire de grands gestes pour forcer ses demoiselles d'honneur à danser.

— Allez, les filles ! cria-t-elle. Levez-vous ! Je vous l'ordonne en vertu des pouvoirs qui me sont conférés, ce soir. Vous avez intérêt à vous secouer le popotin !

Maddie lança un regard désespéré à Louis et Desiree, de l'autre côté de la table.

— Hé ! Louis ? Est-ce que tu…

Sa voix mourut quand il l'ignora tout bonnement pour traîner sur la piste une Desiree toute rouge et incapable de retenir ses gloussements.

— Apparemment, non, en conclut Maddie.

Tous les autres dansaient déjà avec leur partenaire. Deux des témoins étaient fiancés à deux des demoiselles d'honneur, aussi ne restait-il que peu de choix.

— Ne te sens pas obligée, la rassura Jack, gentiment. Fais semblant de t'être tordu la cheville.

— La barbe ! Fichue pour fichue, autant danser !

s'exclama-t-elle en vidant son champagne d'une traite. Allez, debout !

— Ouah ! vas-y doucement.

— T'inquiète. Je suis grande.

— Je sais, mais tu n'as rien avalé. Il faut de quoi éponger l'alcool.

— Je n'ai pas besoin de tes conseils, merci. Et je trouve ça plutôt flippant que tu y aies prêté attention.

— Pardon, je ne voulais pas. Mais tu devrais quand même manger.

Louis et Desiree se dandinaient, trop occupés à s'embrasser et à se frotter l'un à l'autre pour remarquer le reste du monde. Maddie eut un ricanement guttural.

— Dans deux secondes, ils vont se rouler par terre.

— Ne nous mettons pas en travers de l'amour véritable, plaisanta Jack.

— L'amour véritable, mon œil ! Elle vit avec Hector, un gentil garçon parti monter un laboratoire de micropropagation en Asie du Sud-Est. Et Louis est fiancé à Sylvia, une économiste qui participe à une cellule de réflexion, à Cambridge. Il s'agit d'une banale aventure pour ces deux intelligences suprêmes.

Jack fit tournoyer Maddie ; sa jupe virevolta alors pour s'enrouler en tourbillon autour de ses jambes.

— Quand le chat n'est pas là…

— Qu'on me garde d'épouser un homme qui n'aura envie de s'amuser que quand j'aurai le dos tourné… Pardon, mais j'ai du mal à ne pas les critiquer, vu mon humeur.

— La plupart des gens ne se donnent pas autant de peine à ne pas juger les autres, la rassura Jack. En général, c'est une seconde nature chez beaucoup de personnes.

— J'imagine que tu sais de quoi tu parles, fit-elle remarquer, regrettant aussitôt ses paroles.

Elle culpabilisa en voyant le chagrin sur son visage. Inutile de remuer le couteau dans la plaie.

— Oui, admit-il. C'est vrai.

Surtout, ne pas s'excuser !

Nom d'une pipe, il méritait de souffrir.

Ils continuèrent de danser sans un mot, mais la pression montait en elle, et le champagne avait levé ses inhibitions.

— Ils me tapent sur le système, tu sais.

— Qui donc ?

Quand il la pencha en arrière sans crier gare, elle se laissa aller dans un geste sensuel.

Mince !

Elle aimait danser, et Jack excellait en la matière.

— Desiree et Louis, expliqua-t-elle quand il la redressa. Et bizarrement, je crois savoir pourquoi. Je les envie.

— Pourquoi ? demanda Jack, intrigué. Que pourrais-tu leur envier ? Il n'existe rien de sérieux entre eux. Ils sont vides.

— Je suis jalouse de ceux qui ne pensent qu'à eux. Ils prennent ce qui leur chante sans s'embarrasser de culpabilité. Je n'y arrive pas. Nos grands-parents nous ont inculqué des valeurs solides comme le roc, le sens du devoir, les responsabilités. Quand je regarde autour de moi, je vois que je suis la seule à avoir ce problème. Les autres agissent comme bon leur semble, et peu importe qui en souffrira.

Elle sentit le sang lui monter aux joues.

Flûte !

Elle recommençait. Elle s'était tiré une balle dans le pied avec le plus gros calibre à portée de main.

— Bon sang…, maugréa-t-elle. Désolée.

Jack, lui, ne paraissait pas fâché. Il secoua la tête, rien de plus.

— Non, Maddie, lui susurra-t-il à l'oreille d'un ronronnement de velours. Tu te trompes à mon sujet.

Oh ! par pitié !

À force de déblatérer comme une pauvre ivrogne, elle lui avait tendu la perche. Il n'allait pas se gêner. N'importe quel beau parleur profiterait d'une telle occasion.

Ah ! je t'en prie, dis-moi que tout ce que je sais d'horrible à ton sujet n'est pas vrai, car j'aimerais sincèrement avoir tort. Tu as le droit de mentir pour me convaincre.

Elle se dégagea à la fin du slow. D'autres rejoignaient la piste sous les premières notes de la chanson suivante. Maddie dut prendre appui sur des chaises en regagnant sa table. À son grand désarroi, elle devait admettre que Jack avait raison, il fallait qu'elle mange. Elle s'empara d'un bout de pain dans une corbeille.

— Maddie chérie !

Elle vit Joanna Hollis, la grand-mère d'Aston, fondre sur elle. La matriarche des Hollis entretenait une relation de haine-amitié de longue date avec Elaine, l'aïeule de Maddie.

— Ma jolie ! Cette robe te va à ravir. Tu es bien plus belle que les autres. Un sacré petit morceau. Tu es à croquer.

À croquer ? Un morceau ? Elle se sentit telle une souris prise dans les pattes d'un chat.

— Bonsoir, madame Hollis. Excusez-moi, je dois…

— Retourner danser avec Jack Daly ? la coupa-t-elle d'un clappement de langue. Je te le déconseille, ma petite. Fortement.

— Il est le témoin de Terrence, se défendit-elle calmement. Je ne peux pas l'éviter. Pas sans créer un esclandre.

— Je vous ai bien observés, la sermonna Mme Hollis. Vous sembliez bien vous entendre. Je ne comprends pas ce que tu peux raconter à un tel monstre. Je n'imagine même pas ce que ta grand-mère en pensera.

— Je ne tarderai pas à le découvrir.

— Moi aussi ! chantonna Joanna Hollis en pinçant la joue de Maddie. Donne donc sa chance à mon Aston d'amour. C'est mon préféré, tu sais. Oui, il paraît qu'il ne faut pas faire de favoritisme, mais je ne résiste pas face à son énergie, son intelligence et sa gentillesse.

— Madame Hollis, je dois vous laisser, excusez-moi…

— Il ne te reste que quelques semaines, n'est-ce pas ? Tu ne trouveras pas meilleur parti qu'Aston. Réfléchis un peu. Ne t'approche pas de Jack Daly. Cela ternirait ta réputation, et je tiens à ce que la femme d'Aston soit irréprochable.

— Veuillez m'excuser, madame Hollis, fit Maddie en se dirigeant vers une porte-fenêtre, je dois y aller.

Elle suivit une des allées couvertes de planches menant à des fougères des marais et à d'autres fleurs sauvages puis atteignit une terrasse derrière le bâtiment. On y jouissait d'une vue incroyable sur la plage. Jack se tenait là, accoudé à la rambarde, hypnotisé par l'océan. Seul.

Le téléphone de Maddie vibra. Sa famille l'avait harcelée de messages.

Caleb : Tu es assise à côté de Jack Daly, au mariage ? Sérieux ?

Tilda : Appelle-moi. C'est la guerre ici.

Marcus : Non mais t'es malade ?

Grand-mère : Rappelle-moi immédiatement.

Au même moment, son portable sonna. Sa grand-mère. Elle observa l'écran quelques secondes. Puis, d'un geste lent, réfléchi, elle refusa l'appel avant d'éteindre l'appareil. Elle le rangea dans son sac à main vert pâle, serti de pierres Swarovski. Elle rejoignit ensuite Jack. Il dut la sentir arriver, car il se retourna, l'air méfiant.

— J'ai envie de jouer à un jeu très dangereux, lui dit-elle de but en blanc. C'est puéril, fou et peut-être cela mènera-t-il à la catastrophe. Mais peu importe. Et j'ai besoin de ton aide.

— Je t'écoute, fit Jack en croisant les bras.

— J'aimerais que tu te fasses passer pour mon fiancé.

Il demeura impassible un bon moment.

— Tu te fiches de moi ? demanda-t-il enfin.

— Non. En vérité, tu l'as toi-même sous-entendu, l'autre soir. Effrayer grand-mère avec quelqu'un qu'elle déteste. Lui donner la frousse de sa vie. Combattre le feu par le feu.

— Je deviens donc une arme de dissuasion.

— Tout à fait. Elle va paniquer, mais ça lui servira de leçon, qu'elle abandonne ou non. Ce serait au moins ça de gagné.

— Mais ça n'affectera pas seulement Elaine. Caleb aussi en souffrira.

— Un inévitable dommage collatéral, répondit Maddie, un brin coupable. Il survivra.

Dans le silence, elle cerna soudain la tristesse profonde de Jack derrière son masque d'impassibilité. Elle crut alors mourir de honte, comme si elle avait agi en monstre.

— Oublions, reprit-elle rapidement. Désolée. C'était bête.

— Ce n'est pas une partie de plaisir de devenir le pire cauchemar de tes proches, déclara Jack.

— Très bien, continua-t-elle en reculant. Je vois bien que ça te chagrine. N'y pense plus, s'il te plaît.

— Non, je suis partant.

Elle n'en revint pas.

— Tu… Vraiment ? Mais, je croyais que…

— À une condition.

— Ah ! voilà ! s'exclama-t-elle, suspicieuse. Laquelle ?

— Si tu remplis ta part du marché, je me donnerai à fond pour incarner la plus grande honte de ta vie. Ton plus infâme manque de discernement. Je pousserai toute ta famille dans un abîme de dépression.

— Entendu. Dis-moi tout.

— J'aimerais que tu passes au crible tous les chiffres de l'époque où BioSpark s'est effondrée. Je veux que tu m'aides à trouver qui m'a piégé.

- 4 -

D'après son air hébété, Maddie ne s'était pas du tout attendue à cela.

— Quoi ? fit Jack. C'est quoi cette tête ? Je trouve ça honnête.

— Je n'en vois pas l'intérêt, Jack. Je n'ai pas de temps à perdre avec tes âneries.

— Ce ne sont pas des âneries. Personne ne sait vraiment ce qui s'est passé, il y a neuf ans. Pas même moi, en dépit de tous mes efforts. C'est pour ça que j'ai besoin de ton aide.

L'étincelle de bravoure dans les yeux de Maddie mourait lentement. Elle paraissait plus dubitative que jamais. Incertaine. Apeurée, en fait. Il la perdait.

Mince !

— Tu ne le regretteras pas, lui promit-il. Je jouerai les monstres odieux. Un vrai cafard hargneux.

Cette remarque sembla l'amuser. Quel soulagement !

— N'en fais pas trop, non plus, ça doit rester crédible.

— Ils me croient déjà capable des pires atrocités.

Le sourire de Maddie s'étiola. Trop de problèmes se dressaient sur leur chemin. Des mines antipersonnel émotionnelles, éparpillées au hasard, prêtes à leur exploser au visage au moment le plus inopportun. De quoi leur compliquer inutilement la tâche.

— Acceptes-tu de m'aider ? demanda Jack. Je ne

cherche pas à te rouler dans la farine, et je ne te demande pas non plus d'en tirer des conclusions qui m'arrangent. Ça ne servirait à rien. Il te suffit d'analyser une quantité énorme de chiffres. Je ne veux que la vérité.

— Jack, je suis la moins bien placée pour ça, entre le conflit d'intérêts, mes a priori et tout le reste. Toutes mes déductions seraient faussées. Il te faut quelqu'un d'impartial.

— J'ai déjà essayé, plusieurs fois, lui assura-t-il. Personne n'a rien trouvé.

— Dans ce cas, pourquoi croire que moi, j'y parviendrai ?

— Ces gens ne t'arrivaient pas à la cheville, répondit-il. Tu es une Moss. Tu possèdes de solides bases en matière de sciences, ce qui changera tout.

— Tu dénicheras quelqu'un d'autre, tout aussi apte à…

— C'est ma seule condition. À prendre ou à laisser. Tu joues les magiciennes des chiffres pour moi, je joue les méchants de dessin animé pour toi.

Elle éclata d'un rire, surprise.

— Tu es dur en affaires, Jack, mais n'oublie pas un détail aussi infime qu'important. Si, par le plus grand des hasards, je prouvais ton innocence, tu deviendrais inoffensif contre grand-mère. C'est de ton statut de crapule dont j'ai besoin. Voilà déjà un conflit d'intérêts.

— Hé là ! Maddie ! siffla-t-il. Quelle froideur !

— Effectivement, acquiesça-t-elle. Je ne m'en excuserai même pas. Je pense à moi avant tout, pour une fois. Tu n'as pas de chance, c'est pile le jour où tu réclames mon aide.

Jack prit le temps de réfléchir quelques secondes.

— Dans ce cas, les deux plans se dérouleront en même temps. Je m'arrangerai pour choquer ta famille pendant que tu analyseras les données. Et si tu découvres quelque chose de positif à mon sujet, je garderai le secret jusqu'à ce qu'Elaine te laisse tranquille… Mais, si ça mettait du temps ?

— Je continuerais de chercher, bien sûr. C'est la moindre des choses. Nous devrions en discuter de façon plus formelle, quelque part.

— C'est-à-dire ?

— Établir des règles, expliqua-t-elle en haussant les épaules. Un mode opératoire. Un emploi du temps. Un plan général, en somme.

— Parfait. Demain matin, 9 heures, au Perche-mouette, à Carruthers Cove ?

— Très bien.

Ils perçurent la voix frêle d'une femme âgée, puis celle plus grave d'un jeune homme. Joanna Hollis arrivait de derrière les azalées, au bras d'Aston.

D'un autre côté approchait Gabe Morehead, sa chemise miraculeusement fermée, une flûte de champagne dans chaque main. Il accéléra le pas dans l'espoir de couper l'herbe sous le pied d'Aston.

— Les vautours arrivent, murmura Maddie. Par pitié, aide-moi.

— Je pourrais, dit Jack. Si tu es vraiment sûre de toi.

— Comment ça ?

— Es-tu prête à jouer le jeu ?

— Bien sûr. C'était mon idée, à la base. Hé !

Elle se raidit quand il la tira contre lui.

— Qu'est-ce que tu fabriques, Jack ?

— J'éloigne les charognards, affirma-t-il en l'embrassant.

Après les premières secondes passées à chercher son souffle, Maddie atteignit un état de conscience totalement inédit. Un monde où rien d'autre n'existait que la délicieuse bouche de Jack contre la sienne, que sa langue aventureuse, joueuse, irrésistible, ensorcelante. Et insatiable.

Plus rien n'avait d'importance. L'oubli total.

Il l'enivrait. Elle sentit ses genoux défaillir. Son corps tout entier céda à une irruption de désir.

À de nombreuses reprises durant sa jeunesse, Maddie s'était imaginé l'embrasser, assaillie de fantasmes fous les fois où Caleb l'invitait chez eux comme pour le faire parader devant ses yeux avides. Leurs grands-parents l'adoraient tous les deux, ils l'accueillaient avec plaisir. Tout le monde aimait Jack.

Mais même le plus merveilleux de ces baisers imaginaires ne valait en rien la réalité.

Maddie se rappela vaguement avoir des spectateurs. Si elle entendait bien son pragmatisme en train de piailler quelque part au loin, cela ne suffit pas à l'arracher à ce parfum et à ce goût incroyables, à sa chaleur, à sa fermeté, à sa réalité. À ses bras puissants autour de sa taille et de ses épaules. À ses bras à elle autour du cou de Jack.

Leur baiser s'intensifiait de seconde en seconde. Sa réaction involontaire, sans retenue, lui en dévoilait bien trop à son sujet, révélait des secrets écrasés par le stress depuis des années. Rien ne comptait plus que cet instant, cet homme, sa bouche impatiente, implorante, hésitante, audacieuse. Il lui passa les doigts dans les cheveux quand leurs langues épousèrent un tempo plus rapide. Elle s'agrippa encore plus fort, à la recherche de quelque prise dans le doux tissu de son smoking. La grande bosse dans le pantalon de Jack donna à Maddie l'envie de se coller toujours plus à lui, de se lier à lui. Et de le serrer de toutes ses forces.

Puis, elle perçut des rires étouffés, des applaudissements mêlés à des murmures amusés. La réalité revint au galop, armée de ses conséquences. Jack releva la tête. Le sang lui montait aux joues, ses yeux étincelaient.

— C'était quoi, ça ? haleta Maddie.

— Un peu de mise en scène, mais… euh… je me suis emporté.

— Tout le monde nous a vus.

— C'était le but, non ? On a même dû nous filmer. Quelqu'un en a forcément profité. Pas de regrets, j'espère.

— Non, lui assura-t-elle en frissonnant.

Ils s'observèrent, à quelques centimètres l'un de l'autre. Sa bouche de rêve entrouverte excitait tant Maddie. Sa lèvre inférieure pulpeuse. Ses yeux noirs, plongés dans les siens.

Une mise en scène. Il ne s'agit de rien d'autre, Moss. Garde les idées claires.

— Jack, soupira-t-elle. Je n'envisageais pas du tout que nous… euh… Tu sais.

— Oui, mais je voulais que ça ait l'air convaincant.

— Eh bien, on peut dire que tu t'es surpassé. Tu mérites un Oscar. Tu ne pouvais pas faire mieux.

Recule. Tout de suite.

Seulement, ses pieds refusaient d'obéir. Cette attirance naissait au plus profond de son être. Elle n'y pouvait rien.

— Je crois que…, balbutia-t-elle, … que je vais aller me coucher.

— Je te raccompagne. Nous venons d'animer la soirée, et ta grand-mère ne dormira pas de la nuit… Caleb non plus, d'ailleurs.

— Pas d'inquiétude. Tilda et Annika le consoleront.

— Bien. Allons-y.

Ils se mirent en marche sur des sentiers éclairés par des guirlandes lumineuses parsemées dans les buissons et au sol. Ils croisèrent plusieurs personnes, mais Maddie évita tout contact visuel, ignorant les murmures et autres gloussements. Ils atteignirent le chemin principal, là où se dressait sa loge, appelée « Lupin ».

— On nous observe encore, lui fit remarquer Jack. Laisse-moi entrer, ce sera la cerise sur le gâteau. Je te jure de ne rien tenter. Fais-moi confiance.

Maddie leva les yeux, souhaitant pouvoir se fier à lui au point de céder à une peur panique. Il semblait sincère, passionné. Elle désirait tant cela. Éveiller l'envie chez quelqu'un. Une obsession véritable et réciproque.

Elle ne voulait pas se résigner, renoncer à cela, ni se voir imposer une relation plate. Cet instant volé avec Jack lui rappela tout ce qu'elle risquait de perdre à cause des inepties de sa grand-mère et de ses idées de mariage forcé.

L'intensité, la sauvagerie, la réalité, la magie. Elle en mourait d'envie. Non, elle mourait d'envie de l'avoir lui. Personne d'autre. Elle voulait Jack Daly.

Misère !

Et qu'ils aillent tous au diable de l'avoir mise dos au mur.

Elle l'invita à l'intérieur puis referma avant de tirer les rideaux et d'allumer la lampe de chevet. Une douce lumière rosée éclaira la pièce. L'obscurité bienveillante lui convenait parfaitement, ce soir-là.

— J'espère ne pas t'avoir blessée, s'excusa-t-il. Je ne vaux pas mieux que Bruce. Tu aurais eu raison de me gifler ou de me jeter ton champagne au visage.

— Non, pas du tout, le corrigea-t-elle en secouant la tête. Tu es tout l'opposé de ce type. Il a tout à apprendre. Tant qu'il ne s'entraîne pas avec moi.

— Alors, ma technique est acceptable ?

— Oui, murmura-t-elle. Extrêmement convaincante.

Un silence gêné s'installa l'espace de quelques secondes.

— Je devrais y aller, dit-il. Les curieux ont dû se lasser, à présent. On se voit demain matin, au restaurant.

— À demain.

Mais ils ne se quittèrent pas du regard ; Jack hésitait.

— Pardon, s'excusa-t-il. C'est tellement dur de te laisser, tu es si belle dans cette robe.

— Quoi, là-dedans ? pouffa-t-elle. Arrête un peu. Elle est trop bouffante. Et le vert écume ne me va pas du tout. Mais merci quand même.

— Elle te va à merveille. Comme tout.

Maddie leva les yeux au ciel, sans manquer de lui sourire.

— C'est très gentil.

— Bonne nuit, dit Jack en se tournant enfin après avoir dégluti à grand-peine.

Elle n'avait pas prévu de bouger, mais elle bloqua la poignée de porte en une seconde pour l'empêcher de partir.

— Attends, fit-elle.

— Plus personne ne nous regarde, Maddie, dit Jack, l'air méfiant.

Justement. Ce moment n'appartiendrait qu'à elle.

— Peux-tu me promettre quelque chose ? demanda-t-elle.

— Je ne promets rien à la légère. Que veux-tu ?

— Si je te demandais un autre baiser, saurais-tu t'en contenter ?

Elle vit sa pomme d'Adam bouger.

— Oui, sûrement. J'en mourrais sans doute plus jeune, mais… euh… oui, je pense que j'y arriverais.

— Je ne coucherai pas avec toi, précisa-t-elle. C'est trop pour moi. Bien trop.

— Entendu. Mauvaise idée. La pire de toutes.

— Je me sens d'humeur dangereusement égoïste, ce soir, et j'ai vraiment adoré notre baiser. J'en veux encore.

— Tu joues avec le feu, Maddie.

— Je sais. C'est oui ou non. Pourras-tu t'arrêter quand je te le demanderai ?

— Pose-toi la même question. Ne me mets pas tout sur les épaules. Je ne suis pas seul dans cette histoire.

— Je n'ai pas envie de cogiter, ce soir, déclara-t-elle en s'approchant d'un pas chaloupé. Comptes-tu m'embrasser ou ficher le camp de ma chambre ?

Jack émit une sorte de grognement puis la colla contre lui. Comme sur la terrasse, mais en bien plus fort. En plus brutal, plus ardent, plus intense, là, dans cet espace clos à l'abri de tout. Le lit sembla exercer une attraction magique sur eux, tant ils s'en rapprochèrent vite sans jamais rompre leur étreinte.

Lorsque Jack s'y heurta doucement les mollets, Maddie le poussa dessus. Il se releva très rapidement, hypnotisé.

Elle retira ses chaussures d'un coup de pied avant de se coller à lui, de relever sa jupe sur ses cuisses et de se caler bien contre lui, là où elle sentait le plus cette bosse dans son pantalon. Là où elle pourrait se déhancher contre lui, pendue à son cou. S'abandonner à un long baiser langoureux dont lui seul détenait le secret.

Les bretelles de sa robe avaient glissé de ses épaules pour révéler la dentelle festonnée de son soutien-gorge. Jack lui touchait les seins par-dessus le tissu délicat.

Elle se cambra en arrière afin de mieux s'offrir à ses yeux. Cet instant d'exhibition volontaire l'excita au plus haut point, plus qu'une caresse. Elle frissonna de tant d'électricité, des audaces de sa bouche embrasée sur sa poitrine, sur ses tétons.

— Bon Dieu ! Maddie, murmura-t-il. Tu es magnifique.

Elle se sentit incapable de parler. Ses doigts coururent dans ses cheveux, son souffle court réduit à des gémissements sourds par les tendres tornades de sa langue… par sa façon de lui suçoter la pointe des seins.

C'est Jack Daly. Arrête-toi là, avant de te faire du mal.

Toutefois, la réponse qui bouillonna en elle fut simple, implacable.

Non.

Elle se sentit irradier de l'intérieur. Être même plus lumineuse que la lune au moment où il glissa la main sous sa robe, entre ses cuisses. Elle se laissa aller, impuissante, sur ses doigts contre son point sensible. Puis il écarta un peu plus sa culotte pour explorer sa douce toison, ses plis plus bas, sa chaleur. Il savait si bien s'y prendre… Oh ! Seigneur…

La secousse de plaisir à cet instant l'ébranla au point qu'elle faillit s'évanouir.

Elle se laissa retomber, poupée de chiffon, la tête sur les épaules de Jack, ébahie, penaude. Il enfouit le nez dans son cou, toujours en train de la caresser sous sa jupe.

— Tu as la peau si douce, murmura-t-il. J'adore te sentir jouir sur mes doigts, quand tu me serres fort. Tu es parfaite.

— Pas vraiment, non ! s'exclama-t-elle avec un rire abrupt et incontrôlable.

Jack émit un son étouffé quand elle bougea contre son sexe.

— Maddie, j'ai atteint ma limite. Je n'arriverai pas à tenir parole si tu continues. Si tu ne veux pas coucher avec moi, alors jette-moi dehors.

Ah ! qu'elle eut du mal à lui obéir. Cependant, elle se redressa à contrecœur. Elle mourait encore de chaud en remettant ses seins dans les bonnets de son soutien-gorge, puis en replaçant les bretelles de sa robe. Ses jambes étaient devenues du coton dans le contrecoup de l'orgasme.

— Navrée si je me sers de toi.

— Oh non ! l'arrêta-t-il en regagnant la porte. Ne t'en fais pas. Je n'ai jamais rien connu de tel. Je ne serai plus jamais le même homme. Le petit déjeuner tient-il toujours ?

— Bien sûr. Pourquoi cela aurait-il changé ?

— Je me demandais si ces quelques minutes ne t'avaient pas rebutée, expliqua-t-il en ouvrant la porte. Mais tu sembles plus solide que ça.

— Ma mission consiste à m'émanciper, sans gâcher la vie de mes frères, si possible. Ce n'est pas une légère tension sexuelle qui m'arrêtera.

Il se figea sur le perron, avec un sourire fugace.

— Légère ?

— Très bien, une énorme tension sexuelle précisa-t-elle, amusée.

— Oh ! Seigneur ! Bonne nuit, Maddie.

Enfin seule, elle se laissa glisser à terre, plus apeurée que jamais. Elle n'en revenait pas. Quelle idiote ! Elle ne trouvait pas d'autre mot. Elle avait fait sortir de sa cage un monstre trop indomptable, trop gigantesque pour ne pas tout détruire. Or, elle ne comptait pas l'enchaîner de nouveau. Pas du tout.

À croire qu'elle n'avait pas déjà assez de soucis.

- 5 -

Jack regardait par la fenêtre de sa loge la petite tranche d'océan entre les arbousiers. Dans ces premières lueurs de l'aube, son pacte avec Maddie lui paraissait encore plus insensé et chaotique.

Il n'avait pas dormi, en partie à cause du décalage horaire avec Johannesburg, mais principalement en raison de sa frustration sexuelle. Les paupières closes ou non, il voyait Maddie Moss contre lui, et rien d'autre. Elle l'embrassait ; il glissait les doigts dans les plis intimes de sa chair en feu.

La réception lui avait appelé un taxi pour le Perche-mouette. Il arriva un peu avant l'heure prévue. S'il y avait foule à cette heure-ci, il n'en dénicha pas moins un box isolé avec vue sur la mer. Dans le but de maîtriser ses émotions, il avait voulu se laisser un peu de temps avant de parler à Maddie.

Il ne se sentait plus lui-même. Il n'avait jamais ressenti cela auparavant, ni avec Gabriella ni avec aucune autre. C'était un problème totalement inédit. La frustration, le chagrin, la rage… Tout cela, il connaissait. C'était la routine, en vérité. Toutefois, ce désir sexuel frénétique, indécent, c'était différent.

Depuis combien d'années n'avait il pas éprouvé une telle agitation ? Il avait enfoui ses sentiments au plus profond de son être pour survivre aux retombées de l'affaire BioSpark. Il n'avait pas trouvé d'autre solution. Maintenant, tous ses efforts avaient été jetés au feu.

— Bonjour.

Le cœur de Jack s'emballa sous cet accent de velours. Maddie semblait en pleine forme. Malgré son grand sourire, elle resta debout.

— Salut, répondit-il. Aurais-tu changé d'avis ?

— Je me demandais justement la même chose à ton sujet.

— Non, non. Tu es la seule qui ait quelque chose à perdre. Je n'ai plus de proches à scandaliser, et ma réputation n'est plus à ça près. Alors, autant continuer.

— Je comprends, lui assura-t-elle en se glissant sur la banquette en face de lui.

— En revanche, si tu te ravisais, je ne t'en tiendrais pas rigueur. Tu aurais du mal à justifier le baiser d'hier soir, sauf si tu m'accusais de m'être montré trop cavalier. Je jouerais le rôle du méchant. J'ai l'habitude.

— Quelle galanterie ! fit Maddie en croisant les doigts avec douceur. Cependant, j'assume mes écarts, merci beaucoup.

La serveuse lui proposa un café, remplit la tasse de Jack puis leur laissa le menu. Ils s'étudièrent par-dessus tout en lisant la carte.

— Bien, par où commencer ? demanda-t-il. Et où ? Habites-tu à Seattle ?

— Oui, mais je préfère ne pas rentrer tout de suite. Tout le monde me sauterait à la gorge. Je n'arriverais pas à me concentrer.

— Tu ne dois pas retourner au bureau ? Tu travailles chez MossTech, non ?

— Pas encore. Pour le moment, je réalise des missions en tant que consultante. J'adore ça.

— Gabe m'a expliqué ce que tu as fait pour Darrell et Frederick.

— Vraiment ? s'étonna-t-elle, en arquant les sourcils bien haut. Je ne l'aurais pas cru capable de comprendre ce qui se passe chez eux.

— Aïe ! s'amusa-t-il. Un peu de clémence pour tes prétendants.

— Pas quand ce sont des clowns exhibitionnistes. Comment veux-tu le prendre au sérieux, même quand il boutonne sa chemise ? Et toi ? Sur quoi travailles-tu, en ce moment ?

— J'ai rejoint une équipe de chercheurs de Johannesburg, qui développe un nouveau type d'enzymes de recyclage. J'ai des réunions de prévues, dans deux semaines. Nous sommes censés discuter partenariat et production à grande échelle.

— Oh ! Impressionnant.

— Serait-ce si surprenant que ça ?

— Je pensais que…

— Que je ne retrouverais plus jamais de poste dans ma branche ? Je le craignais aussi.

À son grand soulagement, la serveuse réapparut juste à temps pour interrompre cette discussion qui prenait un tour dangereux. Jack opta pour une omelette aux fruits de mer et des pommes de terre rissolées, Maddie commanda du pain perdu et du bacon.

— Revenons-en à nos moutons, reprit-elle à la seconde où la serveuse repartit. Comme tu le sais, je n'ai pas d'emploi fixe pour l'heure, et je n'ai aucun impératif jusqu'au mariage d'Ava Maddox, le week-end prochain. Nous pourrions donc lancer le plan cette semaine.

— Ava se marie ? Eh bien, son chéri en a de la chance !

— Oui, elle est adorable, acquiesça Maddie. J'ai le

droit d'inviter quelqu'un. Mon fiancé me fera-t-il l'honneur de m'accompagner ? Grand-mère ne s'en remettra pas.

— Caleb et Marcus viendront-ils, eux aussi ? s'inquiéta Jack, tout à coup mal à l'aise.

— Non, le rassura-t-elle. Marcus est en Asie du Sud-Est et Caleb est en Espagne avec Tilda pour une lune de miel interminable. Ils ne reviendront pas avant dix jours. Quant à grand-mère, elle déclinera sans doute l'invitation. Ce genre de fêtes la fatigue.

— Je dois y réfléchir. Si tu ne veux pas rentrer à Seattle pour l'instant, je pourrais t'emmener dans la péninsule Olympique. J'ai loué une maison près de Cleland, dans la forêt humide. Tu pourrais commencer tes recherches là-bas, si tu préfères rester au calme. Laisse-moi le temps de louer une voiture puis tu me suivras.

— Non, je peux t'emmener. Tu trouveras un véhicule sur place. Il faudrait seulement s'arrêter dans une papeterie pour acheter des tableaux blancs et des feutres. En chemin, nous nous inventerons une idylle torride, digne des plus grandes comédies romantiques. Peut-être que j'achèterai une grosse bague bien brillante et que nous en ferons tout un foin sur les réseaux.

— C'est à moi de t'acheter la bague, non ?

— Pas du tout, le reprit-elle. Nous tournons un film, et j'en suis la productrice. C'est donc à moi de fournir les accessoires.

— D'accord, très bien. Comme tu voudras.

— Concernant le séjour, je ne suis pas sûre que ton mystérieux chalet caché s'avère très pratique.

— Aucun problème, répondit-il aussitôt. La propriétaire possède également une jolie chambre d'hôtes, à quelques kilomètres. Ton confort passe avant tout.

— Euh… d'ailleurs…, hésita-t-elle, le regard fuyant. Il faut que nous parlions de ce… ce truc entre nous.

— L'attirance sexuelle ?

— Oui, voilà. À défaut d'un meilleur terme.

— Je ne vois pas de meilleur terme, déclara-t-il sans ambages. Les choses sont ce qu'elles sont.

— Bien, bien, concéda-t-elle d'un geste de la main. Appelle ça comme tu veux. Ainsi, je déclare officiellement que céder à nos envies virerait à la catastrophe. Oublions ça. À tout jamais. D'accord ?

— D'accord.

— Rien ne changera entre nous, ajouta-t-elle. Non, mais regarde-nous un peu. Nous mangeons ensemble comme deux êtres humains normaux. Si nous y arrivons aujourd'hui, nous devrions pouvoir continuer sur cette lancée.

— Je ne te ferai pas d'avances, affirma-t-il. Sauf s'il faut exhiber notre amour aux yeux de tous. Comme hier soir.

— Parfait, dit-elle en se mordant la lèvre inférieure de façon irrésistible. Génial ! Je sens que ça va être… intéressant.

— À défaut d'un meilleur terme.

Ils rirent tous les deux.

— J'ai envie de croire que c'est jouable, reprit Maddie, comme si elle cherchait à s'en persuader elle-même. Il faut simplement établir des règles claires. Par exemple, m'aideras-tu jusqu'à ce que toute cette histoire n'ait plus de sens, à savoir après mon anniversaire ou si grand-mère change d'avis, selon ce qui arrivera en premier ?

— Oui. En échange, tu garderas l'esprit ouvert en étudiant mon cas jusqu'à ce que tu aies exploité la moindre piste à fond.

— Je ne te garantis pas de trouver quoi que ce soit, le

prévint-elle. En vérité, j'en doute fortement. Par contre, je te promets de tout donner… Bien. Première règle : On ne s'embrasse pas.

— Tu vas casser nos personnages, là, répliqua-t-il en éclatant de rire. Nous sommes fiancés, je te rappelle. Notre histoire devrait baigner dans le scandale le plus juteux.

— Bon, d'accord. Mais seulement quand je te le dirai.

— Ah ? Comme hier soir, dans ta chambre ?

— Euh… non, répondit-elle en rougissant. C'est fini, ces bêtises. Des bisous chastes, maîtrisés. Pas de moulinets de langues ni de mains baladeuses.

Il ne pouvait s'empêcher de sourire à pleines dents.

— Entendu, des baisers fades sur commande. Des bises frigides du bout de lèvres sèches.

— Ne te moque pas de moi. Il faut resserrer la bride. Nous ne sommes pas sûrs de pouvoir nous arrêter, donc autant ne pas commencer du tout.

— Oui, Maddie. Je resterai sage.

Ces plaisanteries leur permirent de briser la glace. Une fois le repas terminé et l'addition payée, Jack se rendit compte qu'il passait un bon moment. Cela devenait dangereux.

Ils se promenèrent ensuite dans les quartiers touristiques de Carruthers Cove avant de rejoindre la voiture de Maddie.

— As-tu d'autres choses à régler avant que nous nous mettions en route pour Cleland ? lui demanda-t-elle.

— Mes bagages sont encore à l'hôtel. J'ai pris un taxi.

— Dans ce cas, nous ferons un détour avant de partir.

Maddie le déposa donc devant son hôtel. Bruce, Gabe et Aston discutaient dans le hall et le virent descendre de la Mini. Ils le dévisagèrent, bouche bée, au moment où il entra récupérer ses affaires, que la réception avait fait descendre.

— Ainsi, c'était vrai, dit Bruce, lentement.

— J'ignore de quoi tu parles, répondit Jack.

— Je savais que les filles aimaient se rouler dans la fange, mais je ne pensais pas que Maddie s'abaisserait à ça. Elle est donc plus cochonne que je ne l'imaginais. La vilaine !

Jack pesa rapidement le pour et le contre de lui décocher un coup de poing en pleine figure, et en conclut qu'une telle réaction ne le mènerait nulle part.

Garde ton sang-froid.

— Dégage, Traynor.

— Bonjour, messieurs, les salua alors Maddie, guillerette. Merveilleuse journée, n'est-ce pas ? As-tu besoin d'aide avec tes valises, Jack ?

— Non, merci, ça va aller, lui assura-t-il sans quitter Bruce du regard.

Ce dernier baissa les yeux. Aston et Gabe échangèrent une moue équivoque lorsqu'il prit congé d'un pas lourd en marmonnant dans sa barbe.

Maddie tira sur le sac de Jack.

— On y va ?

Puis, tandis qu'ils repartaient, elle se pencha légèrement vers lui.

— Que commence le bal des commères. Nous avons accompli notre première mission.

— Avec brio, dit Jack en rangeant ses bagages dans la voiture avant d'y monter à son tour.

Lorsqu'ils débouchèrent sur l'autoroute, il ne put s'empêcher de penser qu'il s'évadait d'un cloaque sombre pour regagner un horizon plus vaste. Et le voilà qui filait sur cette magnifique route côtière en compagnie d'une femme extraordinaire capable d'électriser toute sa passion.

La voix de son père, à la fois ferme et douce, résonna dans son esprit.

Les pieds sur terre, Daly. Tu cherches les ennuis, mon garçon. Méfie-toi.

Peut-être bien, mais tant pis. Rien ne l'atteindrait plus, de toute manière. Il savait encaisser les coups.

Après tout, il était devenu expert en la matière.

- 6 -

Au bout de vingt minutes le long de la côte, Maddie emprunta la sortie vers Carruthers Bluff, sur les hauteurs de la ville.

— Où allons-nous ? lui demanda Jack.

— Je dois vérifier quelque chose. Quand Caleb et Tilda se sont mariés, grand-mère a annoncé nous avoir acheté une propriété sur la plage à chacun. En guise de cadeau. Tu y crois, toi ? Trois belles maisons, les unes à côté des autres. Les deux tourtereaux y ont passé quelques jours après leurs noces, ils ont adoré. Seulement, ni Marcus ni moi n'avons encore vu les nôtres. Enfin, celles de grand-mère. Elles lui appartiennent, et ça ne changera pas, au vu des circonstances. Mais ça fera de belles photos sur Instagram et Facebook, histoire que grand-mère grogne de rage. Je n'ai pas les clés, donc il faudra se contenter de l'extérieur.

— Je préférerais ne pas croiser Caleb. Pas avant d'avoir prouvé mon innocence.

Ils atteignirent le haut de la falaise où une vue époustouflante sur les plages du nord-ouest des États-Unis s'offrit à eux. Puis, peu à peu, une rangée de boîtes aux lettres apparut.

— Il n'est pas là, lui rappela-t-elle. Ils sont en Espagne. La mienne c'est la deuxième, normalement.

La route sinuait entre des prairies verdoyantes et des

arbres. Ils dépassèrent la maison de son frère, qu'elle avait reconnue d'après les photos et vidéos, puis se garèrent dans un beau jardin, véritable explosion de fleurs colorées, devant un charmant cottage rustique.

La maison s'élevait à l'ombre de hauts chênes penchés par le vent. Des bardeaux gris battus par les éléments recouvraient le toit entretenu avec soin.

Elle descendit de voiture, sans voix. Elle s'approcha du perron circulaire, assez vaste pour y installer toutes sortes de fauteuils. Un grand pneu servant de balançoire donnait sur l'océan. Maddie monta les marches pour jeter un coup d'œil par une fenêtre. La lumière du jour illuminait l'intérieur, le plancher de bois brut étincelant, les lambris, les poutres apparentes. Des pétunias et des cœurs de Marie poussaient dans des paniers suspendus sous le porche.

Un flot d'émotions inattendu la submergea et, à sa plus grande honte, elle sentit des larmes lui couler sur les joues.

— Hé ! s'exclama Jack. Maddie ? Ça ne va pas ?

— Si, si, pardon, répondit-elle en l'arrêtant d'un geste de la main avant de chercher un mouchoir dans sa poche. C'est cet endroit. Ça me fait tout drôle.

— Pourquoi ? Tu ne l'aimes pas ?

— Je l'adore, expliqua-t-elle. C'est bien ça, le problème. Tout est parfait, ici. Et ma grand-mère le sait, parce qu'elle me connaît par cœur. Elle me nargue, elle abuse de son pouvoir. Comme si je n'étais qu'un jouet entre ses mains. Elle devrait me laisser vivre ma vie au lieu de me traiter comme un bébé.

Maddie pleura encore un moment. Quand elle retira le mouchoir de son visage moite, Jack se tenait à quelques pas, l'air incertain.

— Désolé, dit-il. J'aimerais te serrer dans mes bras, mais je n'ai pas le droit. Les câlins sont-ils autorisés ?

Elle rit en se mouchant de nouveau.

— Mieux vaut éviter, je crois. Tu sais quoi ? Je détestais ma mère de m'avoir abandonnée. Aujourd'hui, je la comprends. Elle a peut-être agi de façon égoïste, frivole et vaine, mais au moins elle se battait pour mener la vie qu'elle voulait. J'imagine qu'on t'a déjà parlé d'elle.

— Oui. Caleb m'a raconté qu'elle vous a confiés, toi et tes frères, à vos grands-parents.

— Elle voulait s'amuser, rien d'autre. Elle est morte avant mon premier anniversaire. Je la détestais tellement de nous avoir rejetés de la sorte, alors qu'en fait, je m'en rends compte maintenant, elle cherchait simplement un peu d'air.

— Et ton père ? Pourquoi n'es-tu pas allée vivre chez lui ?

— Même pas la peine d'y penser, fit-elle en secouant la tête. J'ignore son nom. Comme tout le monde dans la famille.

— Ah ! je vois..., s'excusa Jack avec une mine triste. Je ne la juge pas, cependant elle aurait pu souffler sans vous délaisser.

— Peut-être, lui accorda Maddie. Pour l'heure, je profite des avantages d'un égoïsme extrême. Elle ne pataugeait pas dans un bourbier de culpabilité et de responsabilités, contrairement à moi. Et d'après ce qu'on m'a raconté, elle a pris du bon temps.

— Il doit bien exister un équilibre entre suivre ses principes et conserver des limites. Peut-être y parviendras-tu.

— Jack Daly, coach de vie ! s'esclaffa-t-elle.

— Les aléas de l'existence, répondit-il avec nonchalance. Mieux vaut en tirer parti.

— Quelle sagesse ! Bien, serais-tu partant pour un peu plus de mise en scène ?

— Dis-moi tout.

— En gros, je me remaquille puis nous tournons une vidéo. Une sorte de montage romantique devant la maison, où nous explorons notre futur lieu de vacances. Nous pourrions descendre jusqu'à la plage privée, nous filmer en train de rigoler dans les vagues. Je te sauterais sur le dos, par exemple. Nous nous éloignerions de l'objectif, main dans la main. Je vais les gaver de hashtags : #iladenmandé, #elleaditoui, #fiancés, #plagederêve, #cordeaucou, #mariagesurprise… Faisons ronronner cette machine à scandales.

— D'accord. Fais-moi prendre la pose où tu voudras.

Maddie l'imagina étendu sur le lit, comme la veille, mais entièrement nu. Elle lui tourna le dos en sentant le sang lui monter aux joues.

— C'est gentil, dit-elle. Bien, mettons-nous au travail.

Ils déambulèrent sur le terrain pour se prendre en photo, se filmer ensemble ou séparément. Des baisers à la caméra, des éclats de rire sous les pétunias, des cœurs dessinés avec les mains. Assis tous les deux sur la balançoire lancée bien haut afin de révéler l'hallucinante vue sur l'océan.

Le temps passa en un claquement de doigts jusqu'à ce que Maddie se rende compte que deux heures et demie s'étaient écoulées.

— Il faudrait éviter de conduire de nuit, affirma-t-elle. Finissons-en. Un baiser romantique, un plan sur la plage en contrebas, et c'est réglé.

Même si Jack ne sourcilla pas, elle sentit une chaleur soudaine dans l'air. De la tension.

— Sur une échelle de crédibilité de 1 à 10, où doit se situer cette étreinte ?

— S'agirait-il d'une question piège ? demanda-t-elle, perplexe.

— Non, c'est tout l'inverse. Je ne veux pas franchir la limite.

— Disons 10. Il faut que ce soit convaincant. Si tu penses arriver à tenir le téléphone et à m'embrasser en même temps.

— Je sais marcher et mâcher un chewing-gum en même temps, Maddie, ironisa-t-il.

— Ah oui ? fit-elle, ironique, en lui tendant son portable. Prouve-le.

— Prête ? demanda-t-il en acceptant l'appareil.

— Plus que jamais.

Jack tapota l'écran avec délicatesse puis se pencha. Leurs lèvres se trouvèrent pour un baiser léger, hésitant. Il s'approfondit ensuite, les emmena de plus belle vers des horizons plus vastes, et ils recommencèrent. Ils se fondirent l'un à l'autre, comme toujours.

Quand Jack recula enfin, le silence devint maître. Ils retombèrent dans la sobriété. Le téléphone gisait dans l'herbe, oublié, en train de filmer le ciel clair.

— Mince ! s'excusa Jack en le ramassant. Raté. Tu veux réessayer ? Je vais le poser sur la rambarde du porche.

— Non, non, nous avons déjà de quoi faire. Allons-y.

Ils reprirent la route. Maddie se plongea dans un mutisme embarrassé, Jack se concentrait sur toutes leurs vidéos.

— Il y a des images de qualité. Je suis plutôt doué pour le montage, tu sais, Maddie. Voudrais-tu que je m'en occupe ?

— Oui, merci. Génial.

Du nerf, Moss.

Elle devait prendre du recul. Elle ne s'en sortirait pas sinon. La balançoire, les mains en forme de cœur, le baiser.

Elle souhaitait que tout cela devienne réalité.

- 7 -

Rester actif, c'était ça la voie du salut.

Jack avait appris cette technique de survie bien avant BioSpark, à la mort de son père, quand on l'avait envoyé en foyer. S'il se concentrait sur un objectif, il parvenait à avancer d'une manière ou d'une autre ; c'était comme le vélo. Cela restait une de ses raisons premières de s'être tant plongé dans les livres, à l'école. Cette assiduité frénétique lui avait servi de refuge.

Ce fut donc à cet effet qu'il chercha son ordinateur dans le coffre lorsqu'ils s'arrêtèrent grignoter un morceau.

Jack y téléchargea leurs vidéos après avoir passé commande, puis se mit à l'œuvre avec l'énergie d'un homme déterminé à refouler ses pulsions. Il produisit ainsi trois petits films, assez rapidement. Maddie le regardait travailler, fascinée, tandis qu'elle buvait son thé glacé à la paille.

— Tu connais bien ce programme, visiblement, le complimenta-t-elle. Où as-tu appris à t'en servir ?

Jack ne s'arrêta même pas pour lui répondre.

— En sortant de prison. Je n'avais plus un sou. Mes avocats m'avaient tout pris. Quelques amis croyaient encore en moi, mais je ne voulais pas me reposer sur eux. Je n'ai pas trouvé de travail dans ma branche pendant des années. J'ai donc accepté ce qui s'offrait à moi. J'ai passé plusieurs mois sur un bateau de pêche en Alaska.

J'ai senti le poisson plusieurs semaines encore après ça. J'ai enchaîné avec des postes dans le bâtiment, dans des bars, dans une compagnie de relations publiques où je créais du contenu pour les réseaux sociaux. C'est là que je me suis fait la main sur ce genre de logiciels.

— Et parmi tous ces emplois, y en a-t-il eu un seul que tu appréciais plus que BioSpark ?

Il lui adressa un regard neutre.

— Non.

— Désolée, s'excusa-t-elle en grimaçant. Je n'aurais pas dû te poser la question.

— Pas de souci. D'ailleurs, si tu veux donner un peu de vie aux films, il faudrait de la musique. Du blues, du rock, des guitares électriques.

— Oh oui ! je connais la chanson parfaite !

Elle chercha sur son téléphone avant de tendre ses écouteurs à Jack. Il les mit et se laissa entraîner par les premières notes.

— Attends, c'est la chanson de la première danse du mariage de Trix et Terrence ?

— Exactement, répondit-elle. Moon Cat and the Kinky Ladies. Ma nièce ne jure que par ça. C'est leur dernier tube. Écoute les paroles. Un couplet devrait faire la bonne longueur, et comme il y en a trois, ça suffira pour nos vidéos.

Jack augmenta le volume afin de mieux entendre la voix vaporeuse et enchanteresse de la chanteuse.

Ma jupe est trop courte pour toi,

Mes lèvres sont un feu de joie,

Là, t'essayes de faire ta loi,

Mais tes chaînes dorées

Je les supporterai pas.

— Parfait ! s'exclama Jack.

Il colla aussitôt les trois parties de la chanson sur les images puis tourna l'ordinateur afin de montrer le résultat à Maddie.

— Elles sont géniales, le félicita-t-elle après avoir tout vu deux fois de suite. On croirait une de ces publicités pour des produits de luxe. Celles où on ne sait pas trop ce qu'on vend, mais où on veut quand même l'acheter.

— C'est ce que je cherchais, admit-il.

— Puis-je les poster, dans ce cas ?

— Oui, je t'en prie. Je te les envoie.

En quelques instants, Maddie téléchargea les vidéos et eut le pouce sur le bouton PUBLIER.

— Voilà. Adapté au désaccord parental ! lança-t-elle.

— Je me réjouis que tu aies une famille à décevoir, toi.

— Oh ! pardon, je…, murmura-t-elle, son sourire tout à coup éteint.

— Non, non. Je ne voulais pas te faire culpabiliser. Je disais ça sincèrement. J'ai perdu mon père à l'âge de quatorze ans, mais il t'aurait adorée. Il aurait aimé qu'on vive une histoire réelle.

Tout comme moi.

Il rejeta cette idée au plus profond de son esprit. L'heure n'était pas à cela.

Maddie referma son ordinateur en envoyant les vidéos.

— Désolé, pour ton père.

— Merci. Cependant c'était ça de moins à gérer quand tout a sombré dans le chaos, expliqua Jack. Au moins, mon père ne m'a pas vu les menottes aux poignets, dans un uniforme de détenu.

— Je suis vraiment navrée, insista-t-elle.

— Voilà une des raisons pour lesquelles je cherche à prouver mon innocence. Pour lui, même s'il n'est plus là.

Quand Jack vit la joie de Maddie s'envoler, il se tut. Elle ne le croyait pas ; après cette journée de rires et de jeux, cela lui fit l'effet d'un coup de poing en plein visage. Peut-être ne le croirait-elle jamais. Il devrait simplement avaler la pilule, agir avec galanterie, comme à son habitude. Son père en aurait fait de même.

Il n'existe aucune excuse pour ne pas se montrer digne en toutes circonstances, fiston. Absolument aucune.

Le téléphone de Maddie se mit à sonner alors que Jack payait l'addition. Elle baissa les yeux sur l'écran avant de les relever sur lui, guillerette.

— Notre œuvre se propage et reçoit ses premières critiques, lui apprit-elle en lui montrant qu'Elaine l'appelait.

— Comptes-tu lui répondre ? demanda-t-il tandis que le téléphone vibrait encore.

— Laissons-la mariner, d'abord.

Elle refusa l'appel, mais rédigea un SMS qu'elle lui montra.

Tout va bien. Ne t'inquiète pas. J'essaye de faire mon devoir pour la famille et MossTech. Je t'écrirai quand je reviendrai en ville.

— Tant pis si c'est trop sec, assura-t-elle d'un air à la fois satisfait et amer en tapotant l'écran. Voilà, envoyé ! Je coupe mon téléphone et je me déconnecte officiellement.

— Tu ne supporteras vraiment pas ces chaînes dorées.

— Tu as deviné.

Une fois hors du restaurant, Maddie désigna la rue commerçante.

— J'ai vu un magasin de fournitures de bureau un peu plus loin. Je devrais y trouver des tableaux et des feutres.

— Je ne te demande pas non plus de t'y mettre tout de suite.

— Tu m'aides, c'est donc normal. Nous avons déjà frappé un grand coup. Je me sens mieux à l'idée de rester proactive plutôt que de tâtonner à la recherche d'un bon parti. J'en avais assez de ce stress, ça me désespérait. Ça ne me ressemble pas, tu sais. Je préfère redevenir la Maddie farfelue.

— C'est un plaisir d'aider la Maddie farfelue. Et je me réjouis que ma mauvaise réputation serve à quelque chose, pour une fois.

Après un détour par la papeterie, Jack prit le volant, et ils se remirent en route.

L'après-midi dans les hauteurs, les vidéos et ce repas avaient détendu l'atmosphère. Il leur fallait encore éviter le triangle des Bermudes, cependant ils s'habituaient à la navigation en eaux troubles, et il leur restait d'autres sujets à aborder. De façon bien subtile, il l'amena à parler de sa carrière, de la manière dont elle avait découvert les joies du contrôle de la comptabilité des entreprises par accident, à l'époque de son master en gestion. Elle avait obtenu un stage dans une compagnie de fonds spéculatifs, à New York, et l'un des associés détournait de l'argent.

— Et tu préfères ça au poste de directrice financière chez MossTech ?

— Oui, acquiesça-t-elle. Je ne suis pas du genre à canaliser des équipes. Caleb s'en sort bien mieux. Moi, j'aime m'occuper des mauvaises herbes jusqu'à la racine.

— Tu rends la comptabilité très intéressante, lui assura-t-il. J'ai du mal à croire que tu ne ferais pas une bonne directrice financière.

Cette remarque lui arracha un rire, une victoire en soi. Jack adorait la ligne de ses lèvres pulpeuses, l'éclat de sa peau mate. Ses pommettes saillantes, élégantes, ses traits frappants. Princiers, même. De temps en temps, elle lui rappelait légèrement Caleb. Elle devait ressembler plutôt à son père.

— Qu'y a-t-il ? lui demanda-t-elle. Regarde la route.

— Tu ne ressembles pas beaucoup à tes frères. J'ai vu des photos de ta mère. Caleb tient d'elle, mais pas toi. Est-ce que tu as des photos de ton père ?

— Non, je n'ai rien. Pas même un nom ni une nationalité. Ma mère, Susannah, n'a jamais abordé le sujet avec personne. Nous avons fait des tests génétiques il y a quelques années, par curiosité. Les Moss viennent d'Angleterre et d'Irlande. Caleb possède des racines espagnoles et portugaises, Marcus des origines japonaises et coréennes, et moi éthiopiennes, égyptiennes et africaines de façon générale. Une soupe mondiale. Ma mère avait des goûts très éclectiques.

— Pour un résultat optimal. Vous êtes tous d'une beauté hallucinante.

— Merci. D'après la femme de ménage, mon père serait un musicien de passage, mais elle n'en savait pas plus. Ma mère n'a jamais porté de chaînes dorées. Elle me confiait à la bonne pour aller s'éclater comme une dingue. Jusqu'au bout.

— Navré pour l'accident, mais je suis content que tu n'aies pas été à bord de ce bateau.

— Moi aussi. Je ne remercierai jamais assez mes grands-parents et mes frères, même si je râle beaucoup. Je ne renie pas ma chance. J'essaye de ne pas me plaindre, d'habitude, mais dernièrement c'est devenu plus fort que moi.

— Tes sentiments me semblent justifiés, la rassura-t-il.

Il faut s'exprimer. On respire mieux quand on assume ses imperfections.

Le silence s'installa quelques secondes, puis ils éclatèrent tous les deux d'un rire à la fois étouffé et surpris.

— Je te promets de ne pas trop assumer, non plus, s'amusa-t-elle. Je savais pour ton père, mais qu'est-il arrivé à ta mère ?

— Un cancer. J'avais six ans quand elle est morte.

— Pardon d'avoir demandé, Jack, dit-elle en grimaçant.

— Ne t'inquiète pas, c'était il y a longtemps. Mais c'était atroce. Je me souviens un peu d'elle, c'est tout. Une sorte de lueur chaleureuse entre des voiles. J'aimerais me remémorer son visage plus en détail, cependant mon père est mort, et personne ne peut plus me parler d'elle. Le temps réduit les souvenirs en poudre.

— Tu as quand même de la chance. Je ne me rappelle même pas ma mère. Pas même par bribes.

La route défila. La discussion partit dans de longues errances. Ils parlèrent de tout et de rien. Au crépuscule, ils approchaient de Cleland, la ville voisine de sa location.

— Je te propose de passer à la chambre d'hôtes avant d'aller manger dans une taverne pas trop loin. Je te ferai visiter, et nous installerons ton matériel dans une chambre libre. Ensuite, je te laisserai te reposer.

— Parfait. C'est tellement beau, par ici.

— Oui, je séjourne toujours dans le coin depuis que j'ai découvert Cleland. Les arbres me détendent. Je t'emmènerai explorer les environs, si tu veux. J'adore les vastes forêts mystérieuses. Ça me permet de prendre du recul.

— Volontiers. J'aime beaucoup la randonnée. Et les bois. Moi aussi, je dois prendre du recul. Je suis sûre que c'est très efficace.

Jack se gara devant une impressionnante maison

victorienne aux couleurs vives. La propriétaire, Delilah, sortit les accueillir, un trousseau de clés à la main. Un nuage de boucles argentées lui entourait le visage, et elle portait un T-shirt teint par nœuds.

— Jackie ! Ravie de te revoir, mon grand. Tout est prêt. Je t'ai même acheté de ces petits pains à la cannelle dont tu raffoles tant. Ils sont dans la cuisine.

— Merci, Delilah. Auriez-vous une chambre disponible pour mon amie ?

— Oh ! mon chéri ! s'exclama-t-elle, visiblement gênée. Désolée, mais un couple a organisé son cinquantième anniversaire de mariage en ville, et une bonne partie des invités logent chez moi. Nous sommes complets. Deux jours plus tôt, je te donnais n'importe quelle chambre, mais là…

— Flûte ! répondit-il en lançant un regard inquiet à Maddie. Comme on est lundi, j'avais cru que…

— C'est vrai la plupart du temps, mais pas aujourd'hui, expliqua Delilah. Je te conseillerais bien le Nid d'Aigle, mais Kris accueille deux mariages. Le plus sûr reste encore le Marriott, à Beckinsdale.

— C'est à une demi-heure de route.

— Je sais. Toutes mes excuses. Dans le pire des cas, il y a des draps propres dans les autres chambres de la maison. Je viens de faire le lit dans la plus grande.

— D'accord, merci, dit Jack avant de se tourner vers Maddie. Désolé.

— Aucun problème, le rassura-t-elle. Le chemin vers Beckinsdale n'est pas compliqué. Je crois avoir aperçu le Marriott, pas loin de l'autoroute.

— Oui, tout à fait, répondit Delilah, ses yeux bleus inquisiteurs passant sans cesse de Maddie à Jack. Voulez-vous que je les appelle pour vous ?

— Non, je m'en occupe, merci, répondit Maddie avec un sourire.

Jack attendit à l'extérieur tandis que Maddie contactait l'hôtel. Quand elle raccrocha, ils prirent la route vers la taverne, et elle passa ses SMS en revue.

— Grand-mère m'a écrit huit fois. Caleb, quatre. Tilda et Marcus, trois. Même Annika a appelé. Ils doivent péter un câble.

— Comptes-tu leur répondre ?

— Plus tard, peut-être. Pour le moment, je me la joue Susannah Moss et ne pense qu'à moi-même. Voyons ce que le monde dit de notre mise en scène.

Quand elle alla naviguer sur les réseaux sociaux, elle s'enflamma immédiatement.

— Neuf cents vues pour l'instant. C'est énorme.

— Des regrets ? s'inquiéta Jack.

— Oh que non ! s'exclama-t-elle, les yeux soudain plus brillants face à cette question aux allures de défi.

— Ah ! ça, c'est ma fiancée ! ironisa-t-il alors en lui ouvrant la porte de la taverne.

- 8 -

Maddie avala une bouchée de flétan mariné grillé et sortit son carnet de notes. Des plats délicieux, une ambiance détendue, et même des musiciens pas trop mauvais dans le fond de la salle. Elle s'amusait bien trop. Elle mit ses grosses lunettes à monture noire.

— Très bien, Jack. Admire ma tenue de travail. C'est parti.

— J'adore. Très sexy, la petite touche intello. Tu peux les garder.

— Tant mieux, alors. Bien, j'aimerais que tu me donnes une vision d'ensemble de tout ce que je devrai analyser. Dis-moi également qui tu as engagé avant moi et pourquoi leurs recherches sont tombées à l'eau, selon toi. De plus, si tu as gardé leurs commentaires ou autres, ça serait super.

— J'ai tout sur mon ordinateur. Je te montrerai, au Marriott. La journée a été longue, ne préfères-tu pas t'y mettre demain ?

— Selon grand-mère, il ne faut jamais rien remettre au lendemain. Explique-moi tout.

— Je comprends mieux le succès phénoménal des Moss.

— Oui, c'est notre plus grand défaut. Alors, que peux-tu m'apprendre ?

Jack adopta une moue désormais familière. Comme s'il se préparait au combat.

— Te rappelles-tu ce que nous développions, chez BioSpark ?

— Dans les grandes lignes, mais ça commence à dater. D'ailleurs, j'étais à la fac, à l'époque, et Caleb n'en parlait pas beaucoup. Rafraîchis-moi la mémoire.

— Nous préparions une gamme zéro carbone. Un mélange de bactéries et de champignons capable de générer de super enzymes qui digèrent le plastique. Nous avions déjà toute une batterie de produits destinés aux déchets terrestres et marins. Des capsules à libération prolongée pour les mers, les lacs et rivières.

— Tout ça, je m'en souviens. Vous étiez de vraies rock stars. Je me rappelle les couvertures de magazine, les interviews, les filles en délire. Caleb a vite perdu la tête. Il se prenait pour un prophète, malgré son histoire avec Tilda. Et toi, sortais-tu avec quelqu'un ?

Maddie connaissait très bien la réponse pour avoir lu le moindre article dédié à Jack. Toutefois, inutile de le lui révéler.

— Avec Gabriella Adriani. La responsable marketing.

— Ah oui ! Je me souviens d'elle. Une blonde platine extra-mince aux sourcils très noirs.

— Voilà ! Caleb et moi n'avions pas un seul regard à accorder aux filles en délire.

— D'accord. Donc, BioSpark a mis au point cette gamme zéro carbone, et le monde se l'arrachait. Qui en a eu l'idée ? Caleb ne m'a jamais rien dit.

— J'imagine que c'était moi, au départ. Quand j'étudiais à Stanford, je travaillais dans une décharge et un centre de recyclage, l'été. Je passais des journées entières dans la chaleur, sur un tas d'ordures pestilentielles. Un vrai régal. Toujours est-il que j'ai remarqué que, par endroits, le plastique se dégradait plus vite. J'ai donc prélevé des échantillons. Mes collègues de l'époque me prenaient pour un déficient mental, à fouiller les déchets comme ça. Ils m'appelaient « le clochard ».

— Original…

— Peu importe, Caleb et moi avons gardé les microbiomes les plus gourmands dans le but d'isoler les super enzymes. Ensuite, nous avons modifié leurs gènes pour améliorer encore le processus. Il nous a fallu des années pour trouver le bon équilibre et obtenir une dégradation du plastique viable d'un point de vue économique.

— D'où l'importance des tests.

— Exactement. Ça, c'était la première version. Nous avons ensuite dû recruter toute une équipe triée sur le volet. Nous avons affiné le produit pour le rendre opérationnel. Et par là, j'entends : « infaillible ». Nous allions révéler le fruit de nos travaux, mais c'est à ce moment-là que tout s'est effondré quand…

Jack se détourna, apparemment ému. Maddie l'aida donc à finir sa phrase.

— Energen Corp a sorti un produit similaire.

— Alors, tu t'en souviens, en fait.

— Oui, plus ou moins. On en parlait partout aux infos. Caleb était… Non, laisse tomber.

— Je sais ce qu'il a ressenti, expliqua Jack d'une voix morne. Quelqu'un m'a piégé.

Et elle se retrouva de nouveau en plein cœur du dilemme. Comment l'aider alors qu'elle ne le croyait pas ? Maddie tapa la pointe de son stylo sur le bord du carnet.

— Bon, dis-moi, Jack. Qu'attends-tu de moi, au juste ?

— Quiconque a manigancé ça s'y est pris longtemps à l'avance. Energen n'aurait pas pu créer une enzyme similaire à la nôtre comme ça. Il nous a fallu des années. Nous nous tuions à la tâche, nous ne dormions plus… De vrais dingues. Et les employés d'Energen ? Joel LeBlanc, à la tête de leurs chercheurs ? Il n'avait rien d'un poids lourd, et je pèse mes mots. Un biochimiste médiocre, inconnu de tous. Un peu comme le reste de son équipe. Malgré tout, en un rien de temps, et avec du personnel et des ressources limitées, ils sortent de leur chapeau le même produit que nous. Tada ! Le Vortex Energen voyait le jour.

— Et Caleb savait tout ça ?

— À ce stade, Caleb ne m'écoutait plus. Quelqu'un avait déjà falsifié des preuves. Il n'arrivait pas à passer outre, mais je ne lui en veux pas. C'était vraiment troublant.

— Rappelle-moi ces preuves, s'il te plaît.

Il lâcha un long soupir.

— Quelques jours avant l'annonce d'Energen, un courtier a reçu un ordre d'achat pour sept cent mille dollars d'actions Energen. Ce courtier a très vite expliqué que la demande provenait de mon adresse IP, de mon ordinateur fixe, chez moi. Comme si j'étais assez stupide pour ça !

— Quelqu'un aurait-il pu vous pirater ?

— Pas avec le système de sécurité que nous avions mis en place. Nous seuls avions accès à ces données. On a envoyé le message au courtier un peu après 2 heures. Les autorités ont retrouvé des comptes que j'aurais ouverts au Panama, ainsi qu'un billet d'avion vers Rio, que j'aurais acheté. On a tout mis en scène de façon très méticuleuse.

— Te trouvais-tu seul chez toi, ce soir-là ?

— Je dormais, répondit-il calmement. J'avais bu un verre de vin avec Gabriella et j'avais sombré.

— Combien valaient « tes » actions d'Energen, après l'annonce publique ?

— Environ quarante-six millions de dollars. Tout a été confisqué, bien sûr. Non pas que je les aurais gardés.

Maddie fut soulagée que leurs versions des faits concordent… Pour l'instant.

— C'est une jolie somme, murmura-t-elle, pensive. Mais à peine de l'argent de poche pour Energen, surtout de nos jours. Leur Vortex doit valoir des milliards.

— Effectivement, confirma Jack, amer. Mais leur produit reste moins efficace que le nôtre. Il s'agit d'une vulgaire contrefaçon. Ils ont volé une invention parfaitement fonctionnelle puis ont couvert leurs traces en la sabotant.

Maddie étudia son visage. Il paraissait si sincère. Cela dit, Caleb aussi s'était fait avoir, et il n'avait rien d'un benêt.

— Explique-moi quelque chose, Jack.

— Quoi donc ?

— Si tu es convaincu que c'est Energen qui s'est emparé de vos recherches, pourquoi ne pas porter plainte pour les mettre dos au mur ?

— Je ne suis pas censé savoir tout ça…, avoua-t-il.

— Et ? As-tu ces informations, oui ou non ?

— Pas tout à fait. Une amie m'a donné des informations confidentielles. Elle travaille encore là-bas, mais si on apprenait qu'elle m'en a parlé, ce serait la fin de sa carrière, si elle n'atterrit pas tout simplement en prison. De toute manière, je n'ai rien de concret.

— Donc, tout ça ne sert à rien, fit remarquer Maddie sèchement. Pourquoi devrais-je te croire, dans ce cas ? Et pas que moi… D'ailleurs quel est l'intérêt si tu ne peux pas blanchir ton nom ?

— Je veux simplement prouver à mon meilleur ami que je ne l'ai pas trahi, répondit Jack, à grand-peine visiblement. J'ai insisté auprès de ma source dans l'espoir de trouver au moins l'identité de ceux qui ont causé ma perte et de les réduire en charpie… Au sens figuré.

Maddie agita son stylo de plus belle sur son carnet en songeant à cela.

— Qui est ta source ? demanda-t-elle, alors. Peux-tu me le dire ?

— Si tu jures de ne rien révéler.

— Tu m'en demandes beaucoup, déclara-t-elle, les paupières plissées.

— Je t'en prie, Maddie. Il me faut ta parole. Je ne veux pas lui faire de mal.

Elle hésita quelques secondes.

— Très bien. Promis. Mais je ne vois pas l'intérêt si ces données restent inutiles. Tu ne récupéreras pas ton argent, de toute façon.

— L'argent ne m'a jamais motivé. Il s'agissait uniquement d'un des fruits de notre travail. C'est pratique pour aller de l'avant, mais ça n'a jamais été le principal à mon sens.

— OK, je comprends, acquiesça-t-elle. Raconte-moi tout.

— Elle s'appelle Amelia Howard et occupe un poste d'administratrice au service Recherche et Développement, chez Energen.

— Tu me montreras ce qu'elle t'a révélé ?

— Oui. C'est Gabriella qui nous a présentés. Amelia louait un appartement au-dessus du nôtre. J'en avais un à San Francisco, mais à force de venir à Seattle si souvent, j'ai préféré en prendre un ici également. Elle et moi sommes devenus amis. Elle est adorable, mais elle sortait avec un vrai salaud, alors j'essayais de lui remonter le moral. Et c'est là que tout s'est effondré. Nous étions tous les deux au fond du trou.

— Je dois parler à cette Amelia, décréta Maddie. Je ne dirai rien à son sujet, mais il faut que je la regarde droit dans les yeux pour lui poser quelques questions.

Jack appela immédiatement Amelia pour lui demander

si elle accepterait de s'entretenir avec Maddie. Au bout de quelques minutes, elle céda. Ils convinrent d'un rendez-vous le lendemain du mariage d'Ava, et il raccrocha.

— Génial. J'ai hâte de lui parler. Autre chose, sinon ?

— C'était le principal. Ensuite, on m'a arrêté puis incarcéré pour fraude, malversation et délit d'initié.

— Tu es sorti six mois plus tard, pourtant. Comment as-tu fait ?

— Un coup de chance, répondit-il tristement. Les enquêteurs ont commis des erreurs, aussi certaines preuves clés se sont révélées inexploitables. En résumé, ça a suffi à convaincre tout le monde de ma culpabilité, mais ça ne tenait plus devant un tribunal. Aujourd'hui, je cherche seulement à montrer à Caleb que je n'ai rien fait.

Jack semblait si sincère. Maddie faillit presque envisager l'éventualité qu'il pût être innocent. Néanmoins, cela pourrait s'avérer dangereux ; elle aimait cette version des faits. Elle l'appréciait bien trop.

— Je devrais te ramener et rentrer me reposer, Jack.

— Ça m'ennuie que tu reprennes la route jusqu'à Beckinsdale.

— Ah ! ne t'en fais pas ! Je te dépose et repars dans la foulée. J'aimerais commencer tôt, demain matin.

Ce chemin serpentant dans les bois devenait tout à coup effrayant à la lumière des phares de la voiture. Mais même de nuit la maison la laissa sous le charme quand ils arrivèrent. Sa conception moderne audacieuse alliait des cubes de verre et de métal prompts à inviter le soleil à entrer et les couleurs de la forêt. Elle se perchait non loin d'un canyon, juste au-dessus de rapides et d'une cascade.

L'intérieur de la maison restait humble, accueillant. Des canapés confortables aux tons chauds encerclaient la cheminée. Une grande cuisine permettait de préparer des plats pour autant d'invités que la large table pour douze personnes pouvait recevoir.

— Maddie, commença Jack. J'ai réfléchi. Passe donc la nuit ici, et c'est moi qui irai à Beckinsdale. Le lit est fait, la salle de bains est prête. Pose tes affaires et détends-toi.

— Tu sais quoi ? le coupa-t-elle, prise d'une impulsion soudaine. Oublions Beckinsdale. Je dors ici. C'est décidé. C'est bête de gaspiller de l'essence et du temps, alors qu'il reste de la place. Sauf si tu n'es pas à l'aise.

— Non, bien sûr que non, répondit-il, l'air ravi. J'adorerais. Je cours te chercher des draps et préparer le lit.

— Installons déjà mes tableaux pour que je puisse m'y atteler à la première heure.

— D'accord ! cria Jack depuis une chambre.

En allumant son téléphone pour annuler sa réservation, Maddie vit une armée de messages accompagnés d'appels manqués de ses proches et amis. Le portable se mit à vibrer. Caleb.

Pas ce soir, frérot. Oublie.

Elle l'ignora avant d'ouvrir la conversation familiale.

Pour l'amour du ciel, calmez-vous, tout va bien. Je vous écrirai quand j'en aurai envie. Embrassez Annika. À plus.

Prends ça, grand-mère. Ça t'apprendra.

- 9 -

Jack sortit d'un sommeil agité, réveillé par l'odeur du café et du pain grillé. Le jour se levait à peine. Il ouvrit les yeux, désorienté, puis les événements récents lui revinrent à l'esprit, le renvoyant d'un coup contre le matelas. Sidéré de bon matin.

Il fixa le plafond, incrédule. Maddie Moss, dans toute son irrésistible splendeur, étudiait le cas BioSpark dans la pièce d'à côté. Les miracles arrivaient bel et bien, parfois.

Bien entendu, elle ne pourrait demeurer objective dans cette affaire. Cependant elle avait accepté, ce qui constituait déjà un pas de géant. Il devait garder la tête froide. Ne pas la déranger. Ne pas la reluquer… Si possible.

Il descendit se servir un café sans manquer de remarquer des miettes sur un couteau à beurre dans l'évier.

Il s'invita dans la chambre préparée à la va-vite, la veille. Maddie lui tournait le dos, concentrée sur un de ses tableaux, un feutre noir dans une main, un toast dans l'autre. Son ordinateur portable était posé sur la table derrière elle, à côté de marqueurs, de post-it et de carnets.

— Bonjour.

— Salut, répondit-elle d'une voix lointaine. J'arrive. Juste un instant.

— Oui, oui, je t'en prie.

Quelques minutes plus tard, elle le rejoignait dans la cuisine où elle se resservit un café. Elle portait le même pull ample que sur la plage, mais avait préféré un legging à rayures fines à son short en jean. Quel mystère c'était que ces vêtements de sport la rendent si séduisante ! Un foulard lui maintenait les cheveux en une explosion de bouclettes sur le sommet du crâne. Elle ne s'était pas maquillée. Ses lèvres affichaient un rose sombre naturel. Sa peau semblait si exquisément douce, si parfaite. Il avait retenu chaque détail de leur dernier baiser. Ses doigts le picotèrent d'envie, tout à coup.

— Désolée, si je t'ai paru désagréable, mais une idée me hantait, déclara-t-elle. Tu sais, Jack, j'ai analysé certains documents, et là, on sort de mon domaine d'expertise. Je suis spécialiste des chiffres purs. Cette enquête consiste à comparer directement les recherches de deux compagnies, ce qui est tout à fait différent.

— Alors, tu veux arrêter ? s'étonna-t-il, anéanti.

— Je n'ai pas dit ça. En toute franchise, je suis accro. Je tiens vraiment à en savoir plus. Simplement, je ne serai pas sûre à 100 % de mes conclusions.

— Aucun problème, répondit-il, soudain plus détendu. Tant que quelqu'un d'intelligent apporte un regard neuf à ce bourbier, moi, ça me va. C'est tout ce dont j'ai besoin, au-delà de garanties ou de certitudes. Je sais déjà que rien n'est assuré.

— Cependant, ça va prendre du temps, l'avertit-elle. J'aime tout étaler sous mes yeux avant d'organiser les choses encore et encore. Vois ça comme faire du pop-corn. C'est au moment où tu te demandes si les grains n'ont pas tous brûlé que la magie arrive tout à coup.

— Veux-tu que je me tienne à l'écart ?

— La plupart du temps, oui. J'ai tendance à devenir acariâtre quand je me concentre. Par contre, j'aimerais que tu restes à portée de main, dans le cas où je ne comprendrais pas un procédé chimique.

— Entendu. Je vais faire quelques courses. Puis-je prendre ta voiture ?

— Oui, les clés sont dans mon sac, répondit-elle en tapotant son stylo sur le carnet, déjà perdue dans ses pensées.

Il s'efforça de s'arracher à la vision enchanteresse du dos de Maddie Moss, qu'il aurait pu aduler à tout jamais. Si sexy devant ses tableaux, sur la pointe des pieds, le bras levé au-dessus de la tête, son pull soulevé qui dévoilait ses fesses, la plante rose de ses pieds étroits bien arqués.

Jack se rendit au marché fermier, au supermarché puis à la boulangerie. Lorsqu'il revint, chargé de paquets, Maddie était passé à un autre tableau.

S'il reconnut certaines informations écrites çà et là, il ne comprit pas pourquoi elle les agençait de la sorte. On aurait pu la croire brouillonne quand, en réalité, elle était concentrée à l'extrême, d'après les lasers de ses yeux ou même sa façon de l'ignorer purement et simplement. S'il n'avait pas tant attendu de son travail, il s'en serait offusqué. Mais là, non.

Vas-y, ma jolie. Laisse agir la magie. Ne t'arrête pas.

Il revint la voir quelques heures plus tard et la trouva concentrée devant son ordinateur. Un troisième tableau croulait désormais sous les notes. Jack l'étudia, fasciné.

— Peux-tu me dire ce que tu fais ?

— Non, dit-elle sans le regarder.

— Ah ! d'accord. Je vais préparer de quoi manger. Il faut bien alimenter le chaudron magique.

— Hum ? fit-elle du même air concentré.

Il la laissa avec un petit rire puis alla allumer le gril.

Lorsque le poisson, les légumes rôtis et le riz pilaf furent prêts, il alla la chercher.

— Maddie, viens déjeuner. Je t'attends sur la terrasse.

Elle se tourna, le regard vide. Il entendait presque les rouages grincer fortement tandis qu'il la ramenait dans un plan où la nourriture demeurait une nécessité.

— Euh… oui, j'arrive, répondit-elle, distraitement. Merci.

— On mange dehors. Prends ton temps.

Elle baissa les yeux sur ses doigts noirs d'encre.

— Je vais me laver les mains.

Elle resta silencieuse pendant tout le repas. Jack ne le prit pas personnellement pour autant. Il se rappelait cet état, réminiscence de ses études ou encore de son travail pour BioSpark. Elle avait oublié comment parler ; il lui faudrait un peu de temps pour s'en souvenir. Plus on s'enfonçait, plus il devenait difficile de revenir à la surface.

— Au fait, j'ai vu une bijouterie, en ville. Nous pourrions y tourner une vidéo.

— Ah ! oui ! Heureusement que tu me le rappelles. J'avais déjà oublié. Il faut nourrir le troll.

— As-tu donné des nouvelles à tes proches ?

— Tu me demandes si j'ai lu leurs messages hystériques ? Non, pas depuis hier soir. Voyons sur quels sentiers de folie ils se trouvent.

Maddie sortit son téléphone. Il vibra immédiatement quand elle l'alluma.

— C'est Tilda, lui apprit-elle en regardant l'écran. Je l'aime comme une sœur, mais pas aujourd'hui. Leur instinct m'impressionne. Dès que j'allume mon portable, il sonne dans la seconde. Je n'ai pas la force pour ça.

Elle fit défiler ses messages puis s'arrêta d'un coup.

— Oh ! j'y crois pas !

— Qu'y a-t-il ? Tout le monde va bien ?

Maddie se frotta les yeux.

— Caleb et Tilda écourtent leur séjour en Espagne. Ils rentrent de Barcelone aujourd'hui. Pour s'occuper de mon cas, comme le dit mon frère.

— Au moins, Elaine n'a rien. Tu m'as fait peur.

— Pensais-tu qu'elle avait fait une attaque à cause de moi ? Impossible. C'est une vieille chouette coriace.

Jack haussa les épaules en se tournant. Maddie lui caressa le bras par-dessus la table.

— Hé ! que se passe-t-il ? M'en voudrais-tu pour quelque chose ?

— Je préférerais simplement faire tourner en bourrique des gens détestables. Bruce Traynor, par exemple, ce serait génial. Ça ne m'amuse pas quand il s'agit de personnes pour qui j'ai du respect et de l'affection.

— Bon sang ! Jack, arrête ! pesta Maddie, le nez sur son assiette. Tu vas me faire culpabiliser, et je ne peux pas du tout me le permettre, en ce moment.

— Pardon, s'excusa-t-il, penaud. Je me tais et t'apporte le dessert.

— Super ! Ensuite, nous irons acheter une bague pour jeter ma cruauté au visage de ma famille. En bonne sorcière sans foi ni loi que je suis.

Jack lui coupa une part de tarte aux mûres à la pâte sablée, accompagnée d'une boule de glace à la vanille.

— Vos désirs sont des ordres, Votre Ignominie. Votre noirceur ne connaît aucune limite.

— À mon avis, c'est ce que Caleb dit de moi à Tilda, en ce moment même, plaisanta Maddie en avalant une bouchée avant de soupirer de bonheur. Oh ! Jack. C'est divin !

L'après-midi, ils se rendirent dans la fameuse bijouterie.

La petite ville était une destination touristique pour les habitants de Seattle aisés, aussi la boutique proposait tout un assortiment de belles pièces uniques. Jack observa Maddie de près et vit ses yeux s'illuminer face à une bague en particulier. Un saphir carré flanqué de cabochons en rubis incrustés dans une large bande d'or blanc. À la fois moderne et classique.

— Joli, soupira Maddie en l'essayant. Je me sens l'âme d'une reine sumérienne.

Un regard sur le prix suffit à impressionner Jack.

— La garde-t-on pour les photos ?

La boutique était déserte, et la vendeuse très arrangeante, aussi purent-ils prendre quelques clichés et faire une vidéo. Il aurait souhaité la lui acheter sur-le-champ, tant elle lui allait à merveille.

— Nous reviendrons, assura Maddie à la vendeuse.

Une fois de retour à la maison, elle se remit au travail, et Jack s'occupa des images, heureux de pouvoir se changer les idées. Il tua le temps en relisant des documents indispensables à ses réunions de la semaine suivante, puis l'heure du dîner sonna. Le crépuscule tombait déjà quand Maddie quitta sa grotte, attirée par l'odeur de la nourriture.

Il lui montra le montage à la fin du repas.

— J'ai choisi la chanson, cette fois, mais on peut la modifier, si tu préfères. Il s'agit de « Bring the Bling » du groupe Jackhammer.

La vidéo commençait sur un plan des longues mains mates de Maddie, encore tachées d'encre, et cette belle bague rutilante. Elle tenait Jack par le cou, l'anneau bien en évidence. Elle s'accrochait à lui avidement, les doigts bien agrippés sa nuque, au son d'une guitare électrique et de la voix cassée de baryton du chanteur.

Naturel, sexy. Quiconque les verrait les envierait. Mince, Jack lui-même aurait voulu de cette réalité. Quelle ironie !

— C'est parfait ! s'extasia Maddie. Génial ! Je vais la poster partout, d'accord ?

— Aucun souci.

— Tu as raté ta vocation, le complimenta-t-elle, joyeuse.

— Non, répondit-il platement. J'ai trouvé ma voie. Et quelqu'un m'a poussé hors du chemin.

Cette remarque suffit à faire disparaître son sourire, à son plus grand dam.

Pas très classe, Daly.

— Pardon, fit-elle.

— Non, c'est moi. Je me suis juré de ne pas t'accabler avec mes bêtises, mais parfois c'est plus fort que moi.

— Très bien, dit Maddie avec une moue indéchiffrable en se levant. Je vais me coucher tôt pour commencer tôt, demain. J'ai encore du pain sur la planche. Je me suis régalée, tu es un vrai chef. Je m'occupe de la vaisselle.

— Non, laisse-la. Je préfère te savoir devant tes tableaux à lancer tes sortilèges, ou bien au chaud dans ton lit. Bonne nuit.

Il rangea alors la cuisine avant d'aller se détendre sous la douche. Seulement, se retrouver nu, trempé, en la sachant de l'autre côté du mur n'arrangea en rien la situation.

Il revoyait sans cesse cette longue main hâlée barbouillée d'encre, avec à son doigt la bague, véritable clair de lune sur sa peau dorée. Il en eut le souffle court.

Ce soulèvement d'émotions devenait peu à peu sa routine. Il commençait à trop prendre goût à leurs mises en scène et risquait désormais de tomber de haut, car rien de tout cela n'était réel. Et rien ne le serait jamais.

Il lui fallait apprendre à refréner ses trop tendres sentiments.

- 10 -

Maddie passa les deux jours suivants à étudier les archives de BioSpark, à en extraire le plus d'informations possible pour les soumettre à sa matrice mentale.

Et ce fut au bout du troisième jour que le charme opéra. Son esprit se mit à bouillonner de données inédites, en réalité plus proches d'une version revisitée des anciennes.

C'était ça le plus amusant. Les illuminations soudaines, les *eurêka* ! Seul problème : elle n'avait jusqu'alors jamais dû lutter contre ses irrépressibles désirs charnels afin d'atteindre la vérité.

Elle avançait en funambule, elle qui souhaitait vraiment plus que tout que Jack Daly soit innocent. Non pas à cause de son béguin, mais parce qu'elle l'appréciait, rien de plus. Avec ce corps si sexy qui tenait de l'outrage. Ça n'aurait pas dû être permis.

Maddie avait l'intuition que Jack n'aurait pas pu saper sa propre création ni ruiner sa carrière pour de l'argent tout en trahissant son meilleur ami. Bien sûr, ses parts d'Energen avaient atteint des millions. Toutefois cela ne valait rien comparé aux milliards qu'aurait engendrés BioSpark.

Cette histoire ne tenait pas la route face à celle des deux jeunes acharnés prêts à mettre tout leur cœur, toute leur âme, dans un produit qui aurait dépollué les océans. De quoi inspirer des films, contrairement à la version où un traître haï de tous s'enfuyait seul à Rio avec son argent sale.

Pourquoi s'abaisser à cela ? Un homme de son talent.

Plus elle apprenait à connaître Jack, plus Maddie réalisait qu'il fallait aborder la question sous un autre angle, car il n'avait tout simplement rien fait. Il s'agissait là de l'œuvre d'une personne plus insignifiante, plus maligne, plus égoïste.

Mais, par tous les saints, elle ne pouvait pas non plus exiger que la réalité s'aligne toujours avec ses espérances. Cette attitude puérile pourrait s'avérer trop dangereuse. Elle craignait de se fier à son instinct, cette fois.

— Salut, l'interrompit Jack en s'invitant dans sa chambre. Le dîner est servi. Tu as faim ?

— Oui. J'ai assez travaillé aujourd'hui.

Il approcha, concentré sur les tableaux truffés de notes, la masse virevoltante de post-it colorés.

— As-tu déniché quelque chose ? Fais-moi rêver, Maddie.

— Eh bien…, hésita-t-elle. Si Amelia dit vrai…

— C'est le cas, lui assura Jack.

— Si je peux me fier à ses informations, alors il va de soi qu'Energen a volé l'invention de BioSpark. Je me suis renseignée au sujet des employés assignés au projet Vortex, et je comprends mieux ce que tu disais à propos de leurs capacités limitées. Ces gens-là ne pouvaient pas aboutir à de tels résultats en si peu de temps. Jamais de la vie. Par ailleurs, un an et demi avant l'annonce d'Energen, les grandes avancées des deux compagnies suivaient la même courbe, avec cependant un décalage constant. Comme si Energen recevait un flot continu d'informations puis s'échinait à les appliquer.

— Oui, affirma Jack. C'est exactement ce que je pensais.

— Donc, de là, j'ai tenté de déterminer si c'était toi la source des fuites.

— Je vois, soupira Jack, l'air chagriné. Qu'as-tu conclu ?

— C'est un terrain miné, reconnut-elle. En vérité, je ne me fie plus trop à mon instinct en ta présence. Mais sincèrement, Jack, je ne t'imagine pas du tout gâcher ce que tu construisais chez BioSpark pour de l'argent.

Elle agita les mains en direction du tableau avant de reprendre :

— Même si tu t'en étais tiré avec tes millions, ce n'était rien par rapport à ce que tu aurais gagné avec BioSpark. Vous seriez devenus multimilliardaires. Célèbres. Adulés. Les sauveurs de l'océan. On aurait baptisé des écoles et des bibliothèques en votre honneur. Tu n'aurais pas vendu une vie à aider l'humanité pour une éternité à siroter des cocktails sur la plage. Tu serais mort d'ennui en un rien de temps.

— Il n'y a pas que ça, ajouta Jack d'une voix éraillée. Je considérais Caleb comme mon frère. Elaine, et vous tous aussi… je vous aimais sincèrement. Sans compter les équipes de BioSpark. Vous étiez ma seule famille. Je n'aurais échangé ça contre rien au monde. Pas contre quarante-six millions, pas contre quarante-six milliards. J'espère que tu me crois.

Maddie se plongea au plus profond de son regard pour lui répondre.

— Oui, je te crois. J'ai encore du mal à l'admettre, mais je te crois.

Jack ferma les paupières un instant et se retourna.

— Merci, dit-il d'une voix chevrotante. Tu n'imagines pas ce que ça représente à mes yeux.

Le monde de Maddie se recalibrait à cette nouvelle réalité, celle où Jack était innocent. Deux univers s'affrontaient encore dans sa tête : celui avec un Jack menteur et manipulateur, et celui avec un Jack… avec Jack, tout simplement.

Le vrai Jack. La vérité éclatait en éclairs fous dans ses pupilles tandis qu'il essuyait ses larmes en lui faisant de nouveau face, trop gêné. Elle-même s'était mise à pleurer et à renifler sans retenue.

— Je t'interdis de te moquer de moi, Daly, le menaça-t-elle. Ou je te réduis en charpie.

— J'ai toujours été honnête avec toi, je le jure devant Dieu.

— Mon seul doute vient de mon désir d'accepter cette réalité, admit-elle malgré tout. J'ai peur que ça obscurcisse mon jugement.

— Non, l'arrêta-t-il en s'avançant. Tu ne te trompes pas.

— Je suis pieds et poings liés, à moins de prouver ton innocence, car ce que j'ai trouvé reste subjectif. Nous n'avons rien d'irréfutable. Il nous faut mieux que ça.

Il lui caressa la joue du bout des doigts avant de lui prendre la main pour y déposer un baiser.

Ses lèvres lui brûlèrent la peau. Elle sentit son corps entier s'enflammer. Son cœur s'emballa, ses cuisses se raidirent sous l'effet d'un désir puissant. Même lui le ressentit.

— Oups ! il vaudrait mieux se calmer ! s'exclama-t-il.

— Bonne chance ! s'esclaffa-t-elle. As-tu une rivière glacée à disposition ?

— Alors, figure-toi que oui. Il fait encore assez jour pour aller voir la cascade la plus proche.

Maddie retourna aussitôt dans sa chambre, un sourire béat sur le visage. Elle enfila un pull et ses baskets, et jeta son portable sur le lit. Elle n'en aurait pas besoin. Elle laissait tout de côté. Le monde attendrait.

Elle suivit Jack dehors puis dans les bois. Elle sentit ses sens s'éveiller à mesure qu'elle s'engouffrait avec lui dans une cathédrale d'arbres vertigineux, recouverts de mousse et de lichen. Les feuilles délicates les plus basses semblaient flotter dans l'air. Les lieux s'animaient, sifflaient et bruissaient, parfumés et emplis de sérénité. La forêt vibrait de vie.

Maddie aussi, plus que jamais. Tout ce qu'elle voyait, sentait ou entendait devenait éclatant. Chaque feuille douce, le moindre gazouillis cristallin d'oiseau. C'était incroyable. La forêt avait toujours arboré cette magie, cette majesté… Et Maddie n'avait rien vu. Elle ne les avait pas ressenties. Jack venait de lui ouvrir les yeux sur un nouvel univers ; elle regardait désormais le monde comme si elle avait été aveugle jusque-là. C'était éblouissant.

Jack était si beau. À l'intérieur, à l'extérieur. Elle l'avait toujours su, dès le premier jour, mais avait gardé les paupières closes, ne s'était pas autorisée à découvrir son véritable visage en raison de ses doutes. Sur lui et sur elle.

Désormais, tout cela s'effondrait en même temps que ses peurs. Elle se sentit légère comme une plume. Elle flottait, hébétée, sans voix, dans le souffle de cette forêt primaire.

Il la conduisit à un précipice rocheux. De l'eau cristalline jaillissait d'une chute étincelante, le long d'une paroi de granite polie par les éléments pour aller s'écraser sur une pente rocailleuse et y rebondir en d'autres cataractes éthérées, telle une jupe soulevée au vent.

— Ah ! par tous les saints ! s'exclama-t-elle. Tout ce temps, je me suis gavée de café, j'ai analysé des chiffres à m'en rendre aveugle, alors qu'un véritable pays des merveilles se trouvait là.

— Tu aimes ? demanda-t-il, apparemment ravi. C'est l'un de mes endroits préférés au monde.

— Je n'ai jamais rien vu d'aussi beau.

— Moi, non plus, dit-il doucement. Puis je t'ai rencontrée.

Leurs mains se frôlèrent, son auriculaire toucha le sien, provoquant en elle un tendre frisson. Leurs doigts se nouèrent tout à coup. Elle sentit le sang lui monter aux joues, elle devait ressembler à une cerise. Son cœur battait la chamade.

— Pareil pour moi, murmura-t-elle.

Jack lui fit face pour prendre son autre main.

— Ces rôles que nous jouons pour Elaine. J'aimerais sincèrement que ce soit la réalité.

— Moi aussi, soupira-t-elle, plongée dans son regard.

Ils se rapprochèrent puis s'embrassèrent. Un baiser empreint de désespoir, comme si on allait les séparer d'un instant à l'autre. Comme si on allait les priver d'air.

Elle aurait pu déchirer ses vêtements et coucher avec lui ici et maintenant. Sur la pierre humide, penchée par-dessus une souche mousseuse, plaquée contre un arbre, sa peau nue aspergée par les éclaboussures de la cascade glaciale. Elle sentait la fièvre monter en se frottant à cette bosse dure contre son ventre. Elle fondait d'impatience.

— On rentre ? demanda Jack en interrompant leur étreinte.

Elle hocha la tête, puis ils se tinrent par la main sur le chemin du retour. Même si le sentier étroit accueillait déjà difficilement une personne, ils ne parvenaient pas à se lâcher. Ils étaient faits l'un pour l'autre, Maddie mourait d'envie de sentir Jack près d'elle, depuis ce premier baiser, quand le voile s'était levé sur cet appétit.

Quel bonheur d'y céder enfin ! Cela lui paraissait tout naturel.

La nuit allait s'installer, mais dans la pénombre nouvelle Jack savait où il allait, la menant au-dessus des racines tortueuses des arbres géants. La maison réapparut bientôt ; ses fenêtres brillaient au milieu de la végétation, pareilles à du cristal noir.

Elle le suivit à l'intérieur. Ils restèrent alors face à face dans l'obscurité, silencieux, impatients, conscient de la suite des événements.

Elle distingua son air sombre même dans la pénombre.

— Maddie, j'en ai envie comme jamais. Mais si nous ne nous arrêtons pas là, nous ne pourrons plus faire machine arrière. Moi pas, en tout cas.

— Pourquoi le voudrions-nous ? Je préfère avancer. Avec toi.

— C'est juste que…, commença-t-il avant de se taire quelques secondes. Peut-être devrais-tu y réfléchir. Une dernière fois.

— Je ne réfléchis plus, là, lui assura-t-elle en secouant la tête. Et ça ne me manque pas. Je me fie à mes sentiments, ce que je ne m'autorise jamais. Quand tu es là, c'est plus fort que moi. Et j'adore ça, Jack. C'est… C'est incroyable.

— Oui. Et c'était déjà assez compliqué quand nous faisions semblant. Toutefois, je sais ce que c'est de se faire rejeter par des êtres chers. C'était horrible lorsque tous ceux que j'aimais se sont retournés contre moi pour rien, Maddie. Se retrouver en exil crée un immense vide. On ne s'en débarrasse jamais. Peu importe qui on rencontre ou ce qu'on fait, ce trou dans le cœur perdure.

Elle se mordit la lèvre pour l'empêcher de frémir.

— Je peux très bien prendre cette décision moi-même.

— C'est vrai, mais tu la prends à l'aveuglette. Tu ne comprendras que trop tard ce qu'elle implique. Moi, je le sais déjà. Je préfère te prévenir.

La douleur sur son visage faillit arracher des larmes à Maddie. Elle fit un pas en avant pour poser la paume sur son torse.

— Tu es vraiment un homme bon, Jack, murmura-t-elle.

— Tu es bien la seule à le croire. On a détruit ma vie. Je ne veux pas gâcher la tienne. Même si tu n'en as pas le sentiment ces derniers temps, tu as besoin de ta famille.

Elle approcha encore un peu, les deux mains sur ses pectoraux désormais, en quête de sa chaleur, de son électricité.

— Jack, répondit-elle simplement. C'est de toi que j'ai besoin.

— Je partage ce sentiment. Mais tant que mon honneur ne sera pas lavé, tes proches n'accepteront jamais notre relation. Tu le sais pertinemment.

— S'ils m'aiment, ils feront un effort. Ils tâcheront de comprendre. Ils n'auront pas le choix.

Elle l'attrapa par le T-shirt afin de le tirer contre elle.

— Hé là ! fit-il, amusé, en lui prenant les poignets. J'essaye d'agir comme il faut.

— J'apprécie ta galanterie, mais c'est toi qui m'as amenée ici, dans ce nid d'amour magique au milieu de la forêt enchantée, pour venir parader devant moi comme un merveilleux prince sexy. Puis, quand je cède à la tentation, tu changes d'avis ? Allumeuse…

— Non, rien à voir. Je veux simplement te rappeler que…

— Non, le coupa-t-elle en se mettant sur la pointe des pieds pour se pendre à son cou. Tais-toi donc et embrasse-moi.

Jack lâcha un gémissement grave, rauque, en prenant Maddie par la taille avant de laisser les doigts se perdre dans ses boucles.

Elle fondit. Ses yeux, sa gorge, son cœur, son entrejambe. Elle brûla, devint coton, se liquéfia, s'abandonna complètement. Tous ses doutes et toutes ses craintes furent entièrement balayés par ce désir désespéré de se rapprocher encore de lui.

Elle mourait d'envie d'explorer le moindre centimètre de son corps, de sentir le goût ardent de sa bouche sur le sien, le grattement de sa barbe sur sa joue. De jouer avec les cheveux courts, presque rasés, sur sa nuque. De s'imprégner de son odeur épicée, salée, complexe. Avant même de s'en rendre compte, elle était en train de déboutonner sa chemise. Il l'aida aussitôt.

Elle gloussa en découvrant son torse nu, puis y passa avec satisfaction un doigt tout du long, jusqu'à son ventre, dans un petit ronronnement.

— Quoi ? s'inquiéta-t-il. Je te fais rire ?

— Je repensais à Gabe, à la plage. Il courait dans tous les sens, la chemise ouverte pour montrer ses abdominaux à tout le monde. Il ne t'arrive pas à la cheville.

— Je n'aurais jamais cru me retrouver en compétition avec Gabe Morehead, s'amusa-t-il.

— En tout cas, lui ne pourrait pas se mesurer à toi.

Elle cajola la toison soyeuse lancée en flèche vers son bas-ventre, saisit sa boucle de ceinture et tira dessus.

— Retire ça.

— Attends un peu, protesta-t-il. Tu as de l'avance, toi.

Il lui ôta son pull pour le jeter dans un coin. Il poussa un soupir de satisfaction quand elle détacha sa brassière par l'avant puis s'en débarrassa d'un coup d'épaule.

— Oh ! Maddie, s'extasia-t-il tout bas. Tu es belle. J'en ai même du mal à respirer.

— J'en suis vraiment ravie. Mais tu devrais reprendre ton souffle…

Et à ces mots, elle ouvrit son jean.

— Tu en auras bien besoin pour ce que j'ai en tête.

Elle retira son pantalon en se tortillant pour ôter également son string.

— Allez, à ton tour.

Il se retrouva très vite nu. Tout son corps était aussi incroyablement magnifique que son torse puissant. Elle aimait ses cuisses musclées, son fessier rebondi. Dans l'air frais, ses tétons se raidissaient sur ses pectoraux. Il paraissait si solide, si chaud et si dur à son contact.

Et son sexe érigé… Oh ! là là ! Un champion toutes catégories. Long, épais, turgescent, visiblement en forme. Brûlant, bouillant, ses veines en train de palpiter tandis qu'elle le flattait, l'amadouait.

De nouveau, elle se sentit s'illuminer de l'intérieur dans cette confusion haletante de mains serrées, de jambes emmêlées. De caresses, d'étreintes, de baisers endiablés. Il n'avait pas les cheveux assez longs pour qu'elle s'y accroche, mais cela ne l'empêcha pas d'y passer les doigts sans cesse. Il en faisait de même, ses lèvres erraient sur ses courbes, il murmurait des paroles incohérentes et désespérées entre deux coups de langue, sa bouche vagabondant de son cou à ses épaules en passant par ses seins.

Quel délice ! Il léchait, suçotait, caressait, lui arrachait un plaisir et une extase purs, propres à lui donner l'impression d'avoir un soleil à la place de la poitrine. Son cœur s'emballa au moment où le premier orgasme l'emporta. Elle rejeta la tête en arrière, agrippée à son dos comme si sa vie en dépendait.

Elle sentit le gémissement de satisfaction de Jack vibrer contre elle et crut atteindre de nouveaux firmaments. L'espace infini. La félicité éternelle.

Jack la serra fort jusqu'à ce que la gravité fasse de

nouveau effet. Et quand elle rouvrit les yeux, il se mit à genoux, bien accroché à ses hanches pour lui embrasser le ventre. Il jouait avec les petits poils sur son mont de Vénus.

— Laisse-moi te goûter, l'implora-t-il en la regardant.

Impossible de parler… Elle lui donna son accord en silence, le souffle saccadé entre ses lèvres frémissantes. Elle ignorait si elle pourrait survivre à une telle tension.

Il enfouit le visage contre sa chair la plus intime pour l'embrasser, l'ouvrir. Sa langue tourbillonnait, passait sur son point sensible. Elle lui tint la tête afin de se coller avidement à ses audaces expertes. C'était la perfection même dans chaque coup sec, chaque assaut plus tendre, dans le moindre suçotement. Doucement… Doucement… Encore et encore… Jusqu'au moment où cette vaste volupté virulente lui ébranla le corps une fois de plus pour la jeter dans la douceur de l'oubli.

Cette fois, elle revint à elle entre ses bras ; il la portait dans le couloir. Il poussa du pied la porte de sa chambre puis la déposa sur le lit. Il vint la surplomber, la protégeant du froid. Les draps frais marquèrent un contraste sensuel avec la chaleur intense de Jack.

Elle s'efforça de l'attirer contre elle. Tout son être luttait pour se rapprocher toujours plus.

Jack tâtonna dans le tiroir de la table de chevet pour en sortir des préservatifs. Il en enfila un avant de se placer entre les jambes de Maddie et de lui attraper la main pour la poser sur son sexe.

— Fais-moi entrer à ton rythme. Je ne bougerai pas avant que tu me le dises.

Elle voulut répondre, mais en fut bien incapable. Elle tremblait bien trop, secouée par un désir brut, implacable. Elle se tortilla pour se coller à lui, pour se frotter à son imposante vigueur. Elle se cambra, s'agita, puis l'amena là où elle voulait tant le sentir. En elle. Elle enfonça les ongles dans ses fesses puis appuya.

— Maintenant ! le supplia-t-elle. Viens !

Il entra lentement, profondément en elle, et ils étouffèrent tous les deux un cri face à tant d'intensité.

Elle ne se serait jamais crue capable d'une telle sauvagerie. Ses barrières reculaient toujours plus, ses horizons changeaient, elle pleura même, tant le désir s'avéra indomptable, encourageant Jack par ses halètements.

Ses puissants coups de boutoir comblaient ses désirs à la perfection. Elle l'encercla des jambes, se cambra dans le but de recevoir encore plus cette douce pression. C'était si bon, si fluide, si délicieux. Une douceur de miel à chaque va-et-vient. Ils couraient vers l'impossible, et cette course les mena à l'orgasme.

Et elle sut. Elle perçut la vérité éclatante de Jack, comprit qu'il n'avait jamais menti. En conclusion, le monde devint bien différent de celui qu'elle avait connu.

Plus grand, plus riche, plus impétueux, plus magique. Infiniment plus dangereux.

Leur fausse passion avait pris une telle ampleur… au point de se perdre dans les étoiles.

- 11 -

Jack se réfugia dans les cheveux de Maddie tandis qu'il caressait la peau incroyablement lisse de son dos. Elle soupira en s'agitant pour se serrer contre lui. Elle lui donna un doux baiser sur l'épaule. Il se raidit… De nouveau dur comme la pierre contre sa cuisse.

Elle lâcha un rire, épuisée.

— Regarde-toi, l'infatigable.

— Tu peux parler, toi.

— Tu m'inspires, expliqua-t-elle. Je n'ai jamais connu ça.

— Connu quoi ?

— Tu sais bien…, dit-elle, apparemment amusée et gênée. Te sauter dessus, t'arracher tes vêtements, me transformer en furie en manque de sexe. Tu éveilles tout ça en moi.

Cela le combla. Et le stimula, à en juger son érection douloureuse. Maddie bougea dans un murmure pour le toucher doucement. Elle le serra.

— Du titane, murmura-t-elle. Partant pour la suite ?

— Je ne voudrais pas t'épuiser.

— Ne t'inquiète pas pour moi, merci, dit-elle dans un rire.

Elle se pencha par-dessus lui à la recherche d'un préservatif.

— Je vois que tu es toujours prêt, hein ?

— En fait, ce n'est pas moi qui ai rempli ce tiroir. C'est

une blague de Delilah. Selon elle, je devrais ramener des filles ici, et donc elle achète des préservatifs quand je viens. Elle aime beaucoup me taquiner.

— Oh ! c'est mignon. Un peu déplacé, mais mignon.

— Oui, c'est un sacré numéro. On rigole bien avec elle. Comme je lui loue la maison depuis des années, nous sommes devenus amis… Oh ! ouah !

Il se tut immédiatement quand Maddie lui déroula le préservatif sur le pénis avec un soin tout particulier et une lenteur savamment étudiée.

— Oh ! bon sang, Maddie !

— Quelque chose ne va pas ? demanda-t-elle avant de le caresser une troisième fois.

— Ralentis, ou je ne vais pas tenir, dit-il en s'étranglant à moitié.

— Ah non ! ce ne serait pas convenable. Tu dois d'abord satisfaire toutes mes envies les plus folles.

— Ça te dérange si on allume ? Tu es tellement belle. Je veux te voir.

Elle hésita une seconde à peine puis répondit par l'affirmative. Jack baigna alors la chambre d'une lumière tamisée, semblable à la lueur d'une bougie. Ils échangèrent un sourire.

— Content ?

— Aux anges, même. Viens, que je m'occupe de tes envies les plus folles.

— J'en connais un autre qui a des envies, s'esclaffa-t-elle en plaçant sa cuisse galbée sur lui.

Elle se déhanchait contre lui en flattant son sexe tendu, mais ne tarda pas à le chevaucher pour l'inviter à entrer en elle lentement.

Il ouvrit grand la bouche quand elle redescendit pour

l'accueillir tout en elle. Brûlante, étroite, douce, contractée. Elle lui prit la main pour la poser sur son mont de Vénus.

— Touche-moi comme le premier soir, lui ordonna-t-elle, à bout de souffle. J'ai adoré.

Caresser le noyau dur et sensible entre sa chair tendre tandis qu'elle le dominait, son corps s'agitant de bas en haut, tout comme sa poitrine… Voilà sa vision du paradis sur Terre.

De la sueur perlait sur ses joues rouges. Ses pupilles se dilataient. Elle était si belle. Son premier orgasme la secoua très vite. Jack se réjouit d'avoir allumé. Il aimait la voir haleter, la tête en arrière. Et ses gémissements si excitants…

Il ne s'arrêta pas pour autant, trop heureux de la faire jouir encore… et encore. Ensuite, elle se pencha sur lui pour lui demander par de simples gestes de lui donner les commandes. Jusqu'au tremblement final.

Oh oui ! Il la tenait, s'enfonçait en elle sans cesse. Leur rythme intense, incontrôlable, accéléra, et ils se laissèrent submerger par un déluge des sens avant de s'échouer sur quelque rivage lointain, à bout de forces, dans un état second.

Bien plus tard, elle se redressa légèrement.

— Je n'arrive plus à bouger le moindre muscle. Mais tu devrais peut-être te débarrasser de ce préservatif.

Il alla donc le jeter dans la salle de bains. Il se passa de l'eau sur le visage, pris par la peur irrationnelle de ne plus retrouver Maddie s'il la quittait des yeux. Un tel bonheur ne pouvait illuminer son existence disloquée, recollée à la va-vite. Et connaissant la haine des Moss à son égard, il éprouvait le sentiment de les voler vraiment. De les priver de quelque chose de bien plus précieux que l'argent ou la renommée.

En revenant dans la chambre, il resta planté là, charmé par le sourire de Maddie. Par son regard d'or si vif, si radieux. Puis un éclair le transperça : il venait de se rappeler ses devoirs d'hôte.

— Au fait, tu sais quoi ? lui demanda-t-il. J'ai préparé le dîner, mais je l'ai complètement oublié.

— Oh non ! j'espère que ça n'a pas brûlé, fit-elle, les yeux écarquillés.

— Non, j'ai tout laissé sur la table. Allons manger.

— Maintenant ? Aussi tard ?

Il se tourna vers le réveil.

— Un festin de minuit. C'est parfait, non ?

— Je passe vite dans la salle de bains et j'arrive. Tu viens de me donner faim. Enfin, je parle de nourriture, là. Mes autres appétits bouillonnaient depuis... Bref, oublions.

— Depuis quand ?

— Honnêtement ? demanda-t-elle avec un petit rire. Te rappelles-tu la journée au lac quand tu es venu avec Caleb, l'été de sa première année de fac ?

— Tu te moques de moi ? s'écria-t-il, la mâchoire pendante. Tu n'étais qu'une gamine.

— Plus vraiment. J'avais presque quatorze ans. J'étais bien assez grande pour remarquer un garçon musclé et trempé. J'étais bien assez mature pour le désirer.

— Ah ! fit-il, incrédule. Je n'avais pas fait gaffe.

Un silence gêné s'installa, mais Maddie le balaya d'un geste nonchalant.

— Désolée, je ne voulais pas te faire culpabiliser ni te mettre mal à l'aise à cause de la petite voyeuse que j'étais.

— Non, non, je n'en reviens simplement pas de n'avoir jamais rien remarqué.

— Encore heureux ! J'aurais été morte de honte.

— Pourtant, tu sembles plutôt à l'aise, là.

Elle lui répondit de ce regard passionné. Le corps de Jack réagit aussitôt. Maddie éclata de rire, mais elle attrapa son caleçon pour le lui jeter.

— Allons manger avant que tu remontes le chapiteau, l'artiste.

— Oui, tu as raison. Je t'attends en bas.

Elle alla dans la salle de bains sans manquer de le gratifier d'un sourire séducteur tandis que lui, ébahi et troublé, regagnait tant bien que mal la cuisine et essayait de se ressaisir.

L'enchaînement de séquences nécessaires suivait cet ordre précis : envelopper les côtelettes cuites dans de l'aluminium ; les réchauffer au four ; passer les pommes de terre, les poivrons et l'oignon rouge à la poêle ; saupoudrer du Monterey Jack pimenté par-dessus et le laisser fondre ; assaisonner la salade ; décapsuler deux bières.

— Tu cuisines torse nu ? le taquina Maddie en arrivant dans son dos. Tu aimes le danger. Tu devrais porter un tablier. Je parie que ça éveillerait en moi un nouveau fantasme coquin, avec tous tes muscles tendus.

— Je ne fais pas frire du lard, ironisa-t-il. Et puis, tu m'as donné chaud de façon irrémédiable. Je n'ai pas froid du tout.

— Moi non plus.

Elle se faufila dans la pièce, vêtue d'un des T-shirts de Jack. Il révélait une épaule nue. Il en oublia jusqu'à son nom face à cette vision. Il lutta pour revenir sur Terre.

— Euh… il y a de la bière, si tu veux, lui indiqua-t-il en lui tendant une bouteille. Elle vient d'une brasserie locale. Sinon, il y a du vin rouge ou du blanc. À toi de voir.

— Une bière, ça ira.

Il avait mis la table quelques heures plus tôt, aussi ne

restait-il plus qu'à servir. Il posa la poêlée de légumes sur un dessous-de-plat, près du saladier, puis ouvrit les bières.

— À nous !

Ils trinquèrent puis commencèrent à manger.

— Oh ! c'est un régal ! s'exclama-t-elle. J'adore, ça sent tellement bon. Je ne me débrouille pas trop mal en cuisine, mais bon sang que j'aime quand on me dorlote !

— Tout le plaisir est pour moi, lui assura-t-il.

Ils se jetèrent sur leurs assiettes. Jack ne se rappelait plus avoir eu autant d'appétit depuis l'adolescence. Lorsqu'ils se calmèrent, ils échangèrent un regard à moitié coupable.

— Je ne crois pas m'être déjà goinfrée de la sorte, commenta Maddie.

— Le sport, ça creuse.

— Je n'en reviens pas de m'amuser autant. J'étais tendue depuis si longtemps, et voilà que tu débarques et m'aides à me lâcher.

— Tu me fais le même effet, avoua-t-il. Je respire pour la première fois depuis des lustres. C'est la meilleure chose qui me soit arrivée.

— Pareil ! s'exclama Maddie en levant sa bière. À la vérité.

— À la vérité.

Une idée saugrenue lui traversa l'esprit alors qu'il buvait.

— C'est également la première fois que je trouve un sens à mes malheurs. Tu sais, un dessein plus large.

— Quelle sorte de dessein ?

Jack dut chercher ses mots quelques instants avant de répondre.

— Si rien de tout ça n'était arrivé, il y a neuf ans, les choses se seraient passées de façon bien différente. Je serais devenu un magnat de la technologie. J'aurais sans doute épousé Gabriella. Je lui avais fait ma demande, tu sais.

— Et t'a-t-elle rendu la bague quand elle t'a quitté ?

— Absolument pas, maugréa Jack, les lèvres frémissantes. Pas elle, jamais de la vie.

— Quel rapace ! Heureusement que toutes les femmes ne sont pas pareilles.

— Toujours est-il que j'aurais été marié depuis sept ou huit ans, que nous aurions probablement eu des enfants. Ma vie aurait suivi cette voie, je me trouverais aux antipodes de ma situation actuelle. Je n'aurais pas connu cette cuisine, je n'aurais pas partagé un festin de minuit avec Maddie Moss vêtue de mon T-shirt.

— Et de rien d'autre, précisa-t-elle.

L'entrejambe de Jack se contracta.

— Vraiment ?

— Absolument, lui assura-t-elle en soulevant d'un doigt aguicheur le tissu pour lui donner un aperçu de la merveille au-dessous. Mais, je t'en prie, continue de développer ton raisonnement. Nous y reviendrons plus tard.

— Ah oui ! Voilà. Je me disais simplement que si tous ces problèmes constituaient le seul chemin possible vers ce moment précis, alors je ne regrettais rien. Rien que ça, là, en ta compagnie. Ce que tu éveilles en moi. Pour moi, ça en vaut la peine. C'est plus précieux que tout.

— Jack, c'est trop gentil, mais je n'aurais jamais exigé que tu passes par tant d'épreuves.

— Peu importe, répondit-il pour relativiser. On ne choisit pas toujours.

Maddie le dévisagea en se mordillant la lèvre, rembrunie.

— Je ne suis pas d'accord. On fait des choix en permanence. Ouvrir une porte plutôt qu'une autre. Chaque décision offre son lot de récompenses et de peines. Si tu avais fondé une famille avec Gabriella, et même si ça n'avait pas fonctionné entre vous pour quelque obscure raison, tu aurais aimé vos enfants du fond de ton cœur et de ton âme. Tu n'imaginerais pas vivre sans eux. Rien que pour ça, ça aurait valu le coup, et tu le saurais. Toutes tes éventuelles épreuves auraient paru bien insignifiantes comparées à tout ce que tes enfants t'auraient donné en retour.

— Peut-être bien, acquiesça-t-il. Mais dans notre réalité ? Je me réjouis tellement de ne pas avoir épousé Gabriella.

Les longs cils de Maddie lui voilèrent les yeux.

— Moi aussi.

— J'adore cette version où je chéris mes enfants plus que tout, continua Jack. Cependant, Gabriella n'est pas la femme avec qui je veux les élever.

— Jack, le coupa-t-elle d'un air dur. Nous nous égarons.

— Désolé. Je ne peux pas m'en empêcher avec toi.

Maddie balaya sa remarque d'un geste.

— Moi, je me demande souvent ce qui se serait passé si ma mère n'était pas montée à bord de ce yacht, ce jour-là. Ma vie aurait-elle suivi un autre cours, en fin de compte ? Elle m'aurait tout de même confiée à grand-mère quand elle en aurait eu assez de traîner un bébé. J'aurais tout juste écopé d'un assortiment de complexes différents, nés d'une vie à chercher l'attention d'une femme obnubilée par elle et elle seule. Au lieu de quoi, j'ai eu grand-mère, qui, elle, s'intéresse trop à mon potentiel. Dans tous les cas, il y a de quoi perdre la boule.

— Ne crois-tu pas à des faits inévitables dans le destin de chacun ? Les enfants, les gens qu'on aime, l'heure de la mort ? Ces grandes choses…

— Non. Il s'agit du hasard, d'un choix. Un mélange imprévisible des deux.

En songeant à tout cela, il ne put s'empêcher d'imaginer

leurs enfants à Maddie et lui. À quoi ils ressembleraient, ce qu'ils aimeraient.

Respire, fiston. Tu es encore loin de la ligne d'arrivée.

Maddie se leva pour faire lentement le tour de la table.

— Jack ?

— Oui ?

— J'ai un implant contraceptif. Et la dernière fois que j'ai vérifié, je n'avais aucune maladie. Et toi ?

Son cœur cahota de surprise face à ce qu'elle sous-entendait.

— Rien du tout, non plus. Mais je n'en reviens pas que tu me fasses autant confiance.

— Eh bien, tu peux le croire, affirma-t-elle en lui souriant à pleines dents. Tu m'as convaincue.

— Je... Je ne sais pas quoi dire.

Elle lui prit la main, la glissa sous son T-shirt. Une peau de rêve. Un pétale de fleur.

— Alors, tais-toi, lui susurra-t-elle. Et touche-moi.

Il aventura la main sous le T-shirt pour l'effleurer avec une habileté implacable, la titiller au point de la rendre folle. Ils ne mirent pas longtemps à retourner dans la chambre en se cognant partout tandis qu'ils s'embrassaient férocement.

Il la lâcha à peine le temps qu'ils se déshabillent et tomba sur le lit avec elle. Tous deux se languissaient de cet instant, de cette fusion ensorcelée. Il y était accro. À ce nouveau départ, à ces perspectives infinies.

Ils s'enroulèrent l'un à l'autre à un rythme de plus en plus intense. Ils ne firent plus qu'un dans un élan de passion issu du plus profond de leur être, prompt à annihiler toute pensée. Les mots ne comptaient plus, le temps n'existait plus. C'était la perfection.

Lorsqu'il revint sur Terre, il avait envie de pleurer. Il

sentait déjà la cruelle réalité corrompre ce miracle, les menacer de toute part.

Maddie remua et leva la tête, l'air intriguée.

— Jack ? Ça va ? Pourquoi cette mine triste ?

Il ne répondit rien dans l'espoir de ne pas invoquer ces dangers en les nommant ; cependant Maddie lui toucha le torse en douceur.

— Dis-moi.

— Il y a de fortes chances qu'on ne trouve jamais de preuves assez solides aux yeux de tes proches, soupira-t-il.

— Chaque chose en son temps.

— Non, en fait, tu devrais y réfléchir dès maintenant.

— Reste positif. Nous trouverons une solution. Ensemble.

— Ce n'est pas évident. Quand on a perdu quelque chose, on ne revient pas en arrière. Un parent, des grands-parents, une entreprise, une femme, sa réputation, sa carrière, n'importe quoi, ça peut s'envoler. On fait son deuil, on apprend à vivre sans, même si l'existence s'amenuise. Il y a toujours des conséquences. Tu ne les vois pas encore. Elaine vieillit. Tu ne devrais pas l'exclure de ta vie.

— Grand-mère n'est pas mourante, non plus, rétorqua sèchement Maddie. Elle ferait un effort si elle oubliait un peu son orgueil. Ce n'est pas une victime sans défense. Elle sait prendre ses décisions en connaissance de cause.

Maddie se redressa sur un coude pour le fusiller du regard.

— D'ailleurs, je ne vois pas en quoi rester avec toi me gâcherait l'existence. Qu'essayes-tu donc de me dire ? Que nous avons commis une erreur, que tu as changé d'avis ? Que tu regrettes ?

— Alors là, non ! Quand je te disais que ça valait

tout l'or du monde, je le pensais. Je ne veux simplement pas que toi, tu payes à ma place. Je préfère t'éviter ça.

— Très aimable. Mais je prends mes responsabilités. Nous arrangerons tout ça, Jack. Je modifierai le scénario.

— C'est facile à dire pour toi, lâcha-t-il avec un rire étouffé. Tu es une Moss. Tu as l'habitude de régner en maîtresse sur tout ce que tu entreprends. Caleb était pareil.

— Tu crois ? Être la fille de Susannah Moss n'a rien d'une sinécure. Je ne connais même pas le nom de mon père. Te souviens-tu de la façon dont Bruce me l'a jeté au visage ? Mes « antécédents familiaux » qu'il était prêt à oublier… Quelle grandeur d'âme !

— Quel pauvre type ! pesta Jack.

— Carrément, mais le fait est qu'on m'a toujours poussée à exceller, coûte que coûte, ce qui laisse des marques. Grand-mère culpabilise de nous avoir mis la pression, de nous avoir forcés à préférer nos carrières à notre vie privée, d'où ses âneries de mariage obligatoire pour compenser. Elle a été sur mon dos pendant toute ma jeunesse. Je l'aime, mais bon sang ! elle nous a tous rendus dingues, chacun à notre manière.

— Tu m'as l'air parfaite, pourtant. Bénie par le sort. Tu es belle, intelligente, adorable. Tu possèdes un charisme à toute épreuve, du courage, de la compassion, un côté glamour, de la chance.

— C'est très gentil. Mais toi aussi.

— Peut-être pas pour la chance, ironisa-t-il.

— Ah non ? s'exclama Maddie en lui montant dessus une fois de plus. Vraiment, Jack ?

Elle caressa son sexe tendu d'un geste de la main maîtrisé, ferme.

— Regarde-moi dans les yeux et ose me dire que tu ne te sens pas en veine, là.

Il faillit répondre, mais Maddie se baissa pour le prendre dans la chaleur de sa bouche… Et Jack en perdit tous ses mots.

- 12 -

Maddie sentit la faible lueur du matin se poser sur ses paupières. Elle flottait au cœur d'un nuage. Doux, agréable. Léger. Quand elle ouvrit les yeux, Jack était là, à côté d'elle. Elle n'avait donc pas rêvé.

— Est-ce la réalité ? demanda-t-il d'une voix rauque, ensommeillée, en se réveillant. Ou suis-je encore en train de dormir ?

— Tu vas voir si je ne suis qu'une illusion quand je me serai occupée de toi. Cependant, je ne suis pas parfaite. J'ai mes défauts. Laisse-moi quelques jours, tu déchanteras vite.

— Prends tout ton temps. L'éternité, même.

Elle sourcilla puis parut sous le choc.

— Oh ! mince ! J'en fais de nouveau trop.

— Un peu. Mais ça va, tu réagis seulement… très intensément.

— Je sais, approuva-t-il, un sourire aux lèvres. J'ai vraiment du mal à rester raisonnable avec toi. Et après la nuit dernière, ça ne va pas s'arranger.

— Je sais, acquiesça-t-elle en se penchant pour regarder l'heure. Flâner au lit est désormais mon activité préférée, mais le mariage d'Ava a lieu aujourd'hui à 17 heures, aux Trois Cascades. J'ai déjà réservé une chambre, toutefois il va falloir se dépêcher pour arriver à temps et se pomponner.

— Entendu. Va te laver, je vais préparer du café. Un petit déjeuner ?

— On s'arrêtera en chemin.

Moins d'une heure plus tard, ils s'étaient habillés et ils prirent la route. Cependant, Jack sombra dans le mutisme.

Il existait divers silences entre eux. Celui-là ne ressemblait en rien à celui de la veille, quand ils s'étaient promenés dans les bois en parfaite communion. Celui-là s'imposait comme un mur infranchissable. Elle tenta de lancer la conversation à plusieurs reprises, en vain. Au bout d'un moment, elle prit son courage à deux mains.

— Jack, tu me fais quoi, là ?

— Quoi ? s'écria-t-il en se tournant vers elle, troublé.

— Pourquoi ce silence de mort ? T'aurais-je énervé ?

— Non ! répondit-il, visiblement horrifié. J'ai passé la meilleure nuit de ma vie. Tu es incroyable.

— Alors, quel est le problème ?

On aurait dit un animal traqué.

— Justement, le voilà le problème : c'est trop parfait.

— Tu m'as perdue, fit-elle, renfrognée. Guide-moi dans ce labyrinthe qu'est ta cervelle.

— Que veux-tu que je te dise ? s'exclama-t-il en secouant la tête. Ces jours passés avec toi… C'est une bulle magique qui va éclater. Nous regagnons la réalité, aujourd'hui, ce qui me met sur la défensive. Voilà tout. Ne le prends pas pour toi.

Maddie lui toucha le genou.

— Cette bulle n'a pas éclaté pour moi. Je crois en toi, Jack.

— Merci, dit-il en posant les doigts sur les siens. C'est tout de même bizarre, parce que je ne sais plus quel rôle jouer, dorénavant. Le sale type sans scrupule qui abuse de tes sentiments pour pousser ta famille à bout ou…

— Ou quoi ?

— Ou l'homme qui perd réellement la tête pour toi, soupira-t-il. Ton vrai fiancé. Qui te fait l'amour toute la nuit, tous les soirs, pour le restant de nos jours. Comment faire la part des choses ? C'est en train de me détruire.

Maddie fixa son profil rude un instant. Elle enfonçait les ongles dans sa cuisse, assez fort pour y laisser une trace, mais il ne semblait pas le remarquer.

Jack marquait un point. Un choix décisif les attendait. Sa passion l'entraînait telle une harde de chevaux sauvages, tout droit vers ce qui devait ressembler, d'un point de vue extérieur, à un précipice. La mort, bien en évidence. Un sentiment très difficile à expliquer. L'autre chemin consistait à fermer son cœur. À se détourner de Jack. À rester dans cette zone grise asphyxiante pleine de frustration, d'ennui fatal.

— En fin de compte, ça ne dépend que de nous, reprit-il alors. Dans les deux cas, notre attitude ne change pas. Cependant, après la nuit dernière, je ne peux plus faire semblant d'éprouver quelque chose qui est si incroyablement tangible à mes yeux. Je veux vivre cette histoire. Sans aucune retenue, honnêtement, comme un être humain normal doté de sentiments. Comprends-tu mon dilemme ?

— Oui, lui assura-t-elle en prenant sa décision dans la seconde. Je crois qu'on doit tenter le coup. Explorer notre passion et agir en conséquence. La transparence a toujours du bon.

Sans un mot, Jack emprunta la première sortie. Ils quittèrent l'autoroute pour se retrouver sur un chemin au milieu de champs de luzerne, bordés par une petite crique marécageuse. Il se gara. D'épaisses touffes d'herbe verte frottaient le bas de la voiture.

— Viens.

— Que fait-on là ?

— Nous cherchons la transparence, répondit-il avec un grand sourire aveuglant.

Une fois hors de la voiture, il la prit par la main pour l'emmener dans le champ, près d'une mare à l'ombre d'un saule pleureur. Le sol spongieux regorgeait d'herbes et de massettes à larges feuilles. Des vaches les observaient derrière une barrière.

— Jack, mais que fais-tu ? s'écria-t-elle, abasourdie.

— Je cherchais le décor adéquat pour cette déclaration, affirma-t-il en désignant l'arbre. En un laps de temps si court, je n'ai rien trouvé de mieux. Mais ce n'est pas le genre de discours qu'un homme peut tenir en plein milieu de la route.

— Oh ! Je ne m'y attendais pas.

Cela ne suffit pas à arrêter Jack.

— Maddie Moss, je sais que ma situation ne fait pas rêver, cependant mon cœur t'appartient. Je te vois pour ce que tu es, et j'aime cette personne.

Il posa un genou à terre.

— J'aurais souhaité avoir une alliance, mais prends ceci comme une déclaration officielle. Laisse-moi te chérir pour le restant de nos jours. Je t'en prie, épouse-moi.

Maddie sentit ses yeux s'embuer. Elle se cacha la bouche. Son cœur battit la chamade.

— Je croyais que… euh… les couples suivaient certaines étapes.

— Oui, dans le monde normal, mais nous ne ressemblons pas aux autres. Et parfois, il faut tenter sa chance. Il ne faut surtout pas la laisser s'échapper.

Elle baissa les yeux sur sa grande main chaleureuse autour de la sienne, sur son regard magnifique posé sur elle. Plein d'attente, d'espoir. C'était comme fixer le soleil.

— Jack, tu es un sacré numéro !

— Tu sors du lot, toi aussi. Et tu sais quoi ? Sans même parler de feux d'artifice ou de sexe fou, nous formons une très bonne équipe.

Elle ouvrit la bouche, mais les mots refusaient de venir. C'est alors que Jack lui adressa un sourire si doux qu'elle en perdit le souffle.

— Je comprends, ajouta-t-il tout bas. Tu n'as pas à répondre tout de suite. Je te mets trop de pression. C'est seulement que tu es si merveilleuse que je m'emballe. Tout ça peut attendre. Mes sentiments ne s'évaporeront pas.

Il lui embrassa les mains, se releva, essuya la boue sur son genou.

— Nous devrions repartir ; si le mariage commence à...

— Oui, lança-t-elle tout à coup.

— Oui, « reprenons la route » ? demanda Jack, incertain.

— Non, je veux dire : oui aux feux d'artifice, au sexe excessivement fou et à notre bonne équipe. Oui, pour saisir cette chance. Oui à tout. Oui, oui, oui !

Jack irradia de bonheur, et ils se jetèrent l'un sur l'autre pour s'embrasser comme si l'avenir du monde en dépendait. Les longues branches du saule balayées par le vent formaient un petit cocon magique...

Tut ! Tut !

Ils sursautèrent au son inattendu d'un klaxon. Un vieux pick-up Ford vert arrivait doucement sur l'asphalte défoncé. Le vieux couple à l'intérieur klaxonna furieusement une dernière fois puis s'éloigna lentement en les regardant de travers.

— Nous devons être sur leur propriété, commenta Jack. Ne traînons pas. Nous reprendrons à l'hôtel, si tu veux.

— J'y compte bien.

Ils pataugèrent dans la boue et l'herbe spongieuse, main

dans la main, incapables de ne pas se sourire. Dans la voiture, il se tourna vers elle.

— Je suis aux anges, déclara-t-il. J'ai l'impression de planer.

— Ça n'a pas l'air très sûr. Veux-tu que je prenne le volant ?

— Non, s'esclaffa-t-il en démarrant. Tout ira bien, mais je n'ai rien ressenti de tel depuis si longtemps, tu sais. Bon sang ! je crois même n'avoir jamais ressenti ça, ce bonheur à fendre le ciel en deux, à marcher tout auréolé de gloire.

— Je partage ce sentiment.

Quand ils rejoignirent l'autoroute, Maddie chercha une station de radio. Elle s'arrêta en entendant les premières notes d'une chanson du groupe Jackhammer.

— Sinon, dit Jack, nous allons au mariage d'Ava Maddox officiellement fiancés, mais sans alliance.

— Il fallait encore l'ajuster, répondit Maddie en haussant les épaules.

— Un de tes hashtags n'était-il pas #elle me va ?

— Tant pis. Nous ne jouons plus la comédie. Nous deux, c'est vrai. Que les autres pensent ce qu'ils veulent.

— Dieu sait qu'ils ne s'en priveront pas.

Les paroles de la chanson résonnèrent alors plus fort quand ils se turent. La voix rauque de baryton du chanteur martelait les rimes sur le rythme lourd.

Peu importe les rageux,

Je fais ce que je veux.

Qu'on me frappe, me plante, m'abatte,

Le bling-bling, c'est ma patte,

Ouais, le bling-bling, c'est ma patte.

Elle saisit le changement d'humeur de Jack, comme si un nuage passait devant le soleil. Il lui lâcha les doigts pour mettre son clignotant le temps de doubler un camion, mais garda ensuite la main sur le volant.

Elle se sentit seule, se languissant de son affection.

Ils se jetaient à pieds joints dans la mélasse, dans le monde réel, au milieu de gens qu'ils connaissaient tous les deux, avec leurs préjugés et leurs certitudes inébranlables. La médisance suivrait son cours, mais eux devraient avancer à leur façon, coûte que coûte.

Seulement, Jack redoutait cela, et Maddie ne pouvait lui en vouloir.

- 13 -

— Magnifique ! lâcha Jack, allongé sur le lit, nu, détendu.

Maddie se retourna lentement vers son reflet dans le miroir sur pied, lui dévoilant chaque détail de sa tenue tandis qu'elle s'observait d'un œil critique.

Ils étaient montés dans la chambre sans croiser de visages connus. Heureusement. Jack devrait les affronter tôt ou tard, cependant il ne voulait pas encore abandonner cette euphorie.

C'était si agréable, et pourtant il pourrait tout gâcher d'un seul mot, d'un rire mal placé. Et il se retrouverait de nouveau à expier honteusement les crimes d'un autre.

Arrête !

Ce mélange de colère et de regrets ne devait pas saper cette relation. Elle méritait mieux. Elle, son miracle.

— Tu devrais te préparer, lui conseilla-t-elle. Le temps presse.

— Je suis encore tout engourdi, gémit-il. Tu m'as vidé de toutes mes forces. Je suis épuisé. Et puis, tu es si belle quand tu t'habilles. Comment détourner le regard ?

— Oh ! c'est mignon.

C'était une vraie déesse. Sa longue jupe finement plissée soulignait ses courbes parfaites, un corsage à croisillons soutenait sa délicieuse poitrine. Pour couvrir son dos nu, Maddie se munit d'une étole.

— Si tu n'es pas prêt dans cinq minutes, j'y vais sans toi, le menaça-t-elle.

À contrecœur, il se faufila hors du lit, content de la voir lorgner son corps.

— Je me dépêche.

— Jack, l'arrêta-t-elle. Tu n'es pas obligé de m'accompagner, si tu ne veux pas. Compris ?

— Je t'ai fait une promesse. Nous avons un accord.

— Nous *avions* un accord, avant, quand nous jouions la comédie pour agacer ma grand-mère. Plus maintenant. Si tu souhaites ne pas affronter tout ce monde aujourd'hui, reste là. Je te rejoindrai plus tard.

Il faillit accepter mais déclara finalement :

— Je ne peux pas me planquer dans une chambre d'hôtel dès le premier jour de notre vie de couple.

Il reçut pour récompense un sourire solaire.

— Alors, dépêche-toi un peu.

Il se doucha, se rasa, enfila sa tenue, qu'il avait fait nettoyer à Cleland, mit ses chaussures, le tout en un temps record, et la rejoignit, heureux, pour lui tendre le bras. Une boule lui nouait le ventre, mais il n'allait pas gâcher la bonne humeur de Maddie. Il serra les dents et agit comme le bougre incroyablement chanceux qui allait épouser cette femme brillante et séduisante. Cela annihila toute pensée négative.

Au rez-de-chaussée du manoir datant de la fin du XIXe siècle, un couloir fleuri menait à cérémonie. Ils s'installèrent dans le fond de la salle par souci de discrétion. Il caressait encore l'espoir de ne pas se faire remarquer. Peut-être les choses ne tourneraient-elles pas au fiasco.

La grande salle lambrissée brillait sous la lumière de hautes fenêtres en arc et accueillait petit à petit les convives, tous sur leur trente et un. Il se souvenait du futur marié, Zack Austin, pour l'avoir croisé lors de soirées, quelques années auparavant. Il attendait devant la tonnelle fleurie en compagnie de deux autres connaissances : Drew Maddox, l'aîné d'Ava, et Vann Acosta. Tous deux travaillaient pour Maddox Hill, un cabinet d'architectes fondé par Malcolm Maddox, l'oncle de Drew. C'était Ava qui les avait présentés, à l'époque où elle travaillait pour BioSpark.

Un quintette à cordes commença à jouer la marche nuptiale ; tous se tournèrent pour voir entrer un Malcolm Maddox grisonnant et ému, appuyé sur sa canne, au bras d'Ava. Il fronçait les sourcils pour cacher son émoi et se mouchait régulièrement.

Ava resplendissait toujours autant. Elle irradiait de bonheur, sa chevelure se perdait en boucles couleur miel détachées. Sa longue robe blanche tendait vers la simplicité et la sagesse sans manquer de dévoiler son corps divin. La future mariée lâchait quelques larmes, derrière son grand bouquet de tournesols.

Deux femmes d'une beauté époustouflante la suivaient. Jack se souvenait vaguement de la rousse mignonne aux cheveux frisés, enceinte de toute évidence. Jenna, la meilleure amie d'Ava. Une ingénieure. L'épouse de Drew. Il ne connaissait pas la deuxième, une jolie brune élancée. Ainsi, Drew allait devenir père. Jack ne put refréner une vision fugace de Maddie entourée de leurs enfants et fut submergé par un sentiment si puissant qu'il eut du mal à se contenir.

Il ne pouvait pas se permettre de se montrer vulnérable, à nu. Il lui fallait rester dans sa carapace.

Soudain, Drew repéra Jack. Son sourire s'envola. Il donna un coup de coude discret à l'homme à côté de lui. Vann suivit le regard de son ami puis croisa celui de Jack.

Ce dernier réalisa qu'un seul geste suffirait à gâcher les noces. Il n'avait pensé qu'à lui. Ava comptait parmi les femmes les plus douces du monde. Elle ne méritait pas de se faire voler la vedette par des âneries de ce genre.

C'est alors que Malcolm Maddox le vit à son tour. Malgré la haine palpable du vieil homme, le mariage suivit son cours pour les deux tourtereaux complètement aveuglés par leur bonheur solaire. On les déclara mari et femme, et ils échangèrent un baiser fougueux sous des tonnerres d'applaudissements.

Ava et son mari semblaient si heureux ensemble, ils avaient de toute évidence oublié la présence des gens en train de siffler et de lancer des vivats. Maddie éveillait justement ce même sentiment en Jack. Ava et ce Zack… ils ignoraient leur chance. Le monde entier approuvait leur union. Le monde entier s'en réjouissait.

Cesse de t'apitoyer sur ton sort, fiston. Tu as bien plus de chance que la plupart, même dans leurs rêves les plus fous.

La voix bourrue de son père savait toujours le remettre sur les rails. Il se retrancha derrière les barricades érigées des années auparavant dans les foyers où on l'avait placé à la mort de son père. Il les avait consolidées pendant son procès puis lors de sa plongée dans l'enfer carcéral.

Le dos bien droit, la tête haute, les épaules en arrière. Il était fiancé à Maddie Moss. Il n'avait aucune honte à éprouver. Champ de forces à pleine puissance. Cependant, il n'avait pas à gérer la haine de tous les invités. Maddie pouvait en tenir la majeure partie à distance.

Il sonna la retraite dans une bibliothèque au fond du couloir, afin de mieux se préparer au combat. Les fenêtres offraient une vue fantastique. Le soleil se couchait sur le mont Rainier, recouvert d'or sous le ciel de plus en plus sombre. De grands arbres noirs se dressaient sur ses versants raides ombragés. Il observa la scène, ce qui l'apaisa.

— Jack, que fais-tu, là ? demanda Maddie.

— Je recharge mes batteries. Tout ça me demande énormément d'énergie.

— J'ai vu que Malcolm, Vann et Drew t'ont repéré. Jack, encore une fois, ne te sens pas obligé de…

— Maddie ? Tu es là ?

Ils se retournèrent à l'arrivée d'une grande rousse en robe fourreau vert foncé.

— Ronnie ? s'étonna Maddie.

— Étais-tu réellement assise avec…

La voix de Veronica Moss mourut lorsque ses yeux s'ajustèrent à la lumière et qu'elle reconnut Jack.

— Ah ! c'était donc vrai.

— Tu connais ma cousine, Veronica, n'est-ce pas, Jack ?

Elle s'efforçait de rester enjouée, comme si Ronnie ne transpirait pas la confusion et la peur.

— Oui, un peu. Vous animez cette émission, *La Vie secrète des cellules*. Une très belle idée.

— Merci, répondit Ronnie froidement, les bras croisés, renfrognée. Pourriez-vous m'accorder quelques minutes seule à seule avec Maddie ?

— Bien sûr.

— Non, l'arrêta Maddie en l'attrapant par le poignet. Si tu as quelque chose à dire, Ronnie, tu le feras en présence de mon fiancé.

— Oh ! mon Dieu ! Alors, tu ne plaisantais pas. Grand-mère devait assister à ce mariage, au cas où tu ne le saurais pas. Mais le stress l'épuise. Et mon père n'arrête pas de la narguer, cet imbécile.

— Elle ne serait pas venue de toute manière, se défendit

Maddie. Tant pis si sa conscience la travaille tant. Je me contente de vivre ma vie, Ron'.

— Nous comprenons, mais la plaisanterie a assez duré, rétorqua Ronnie d'un ton grave empli de ferveur. Tu blesses sincèrement grand-mère et Caleb, et ça ne te ressemble pas. Je sais que tu cherches à la secouer. Mais lâcher cette calamité sur tes proches ?

— Une calamité ? fit remarquer Jack. C'est un peu fort.

— Je vous ai demandé de nous laisser, vous avez refusé. Et je ne vous parle pas, alors silence.

— Il ne s'agit pas d'un jeu, Ron', lui expliqua Maddie.

Ronnie écarquilla les yeux, la mâchoire pendante.

— Comment ? Mais dans ce cas… de quoi s'agit-il, nom d'une pipe ? Qu'est-ce que tu fabriques, enfin ?

— C'est pourtant clair. Jack et moi sortons ensemble. Nous sommes même fiancés. Il est innocent, Ronnie. Il n'a pas commis les fautes dont on l'accuse, et je vais le prouver.

Ronnie se plaqua les mains sur la bouche.

— Oh non ! Ne le laisse pas t'embobiner. Il te manipule.

— Je n'ai embobiné personne, la coupa Jack sans aucun espoir de la convaincre.

— Ne parle pas de lui comme ça ! s'insurgea Maddie. Je vais l'épouser, et je ne laisserai personne le calomnier.

— C'est bien pire que ce que nous pensions. Tu ne cherches pas seulement à punir grand-mère. Tu es amoureuse de ce monstre de Jack Daly. Bon sang, Mads !

— Ronnie, tu me connais, dit Maddie pour l'amadouer. Fais-moi confiance. Je ne suis ni une imbécile ni une bonne poire. J'ai analysé les chiffres. Tu aurais tiré les mêmes conclusions, à ma place. Je t'en prie, accorde-nous le bénéfice du doute jusqu'à ce que je trouve des preuves solides. Je te le jure, l'affaire BioSpark ne s'est pas déroulée comme on le dit. Laisse-moi t'expliquer les…

— Non, l'arrêta Ronnie. Ne m'entraîne pas dans ton délire surréaliste.

— Mais ce n'est pas ça ! s'écria Maddie. Rien de tout ce dont on accuse Jack n'est vrai ! C'était un coup monté !

— Je n'y crois pas, désolée, déclara Ronnie en sortant.

Maddie se raidit quand la porte claqua. Jack tenta de la réconforter d'une caresse, mais elle se dégagea. Il ôta la main de son épaule brûlante.

— Ça suffit, non ? Veux-tu qu'on monte se reposer ? lui demanda-t-il doucement.

Elle accepta sans un mot. Jack la prit par la taille puis la mena dans le couloir, en train de chercher le chemin le plus sûr pour ne croiser personne.

Manque de chance, à quelques pas de l'escalier, Drew et Vann surgirent de la salle de réception, l'air résolus. Ils leur bloquèrent le passage. Maddie s'agrippa à Jack qui se répéta son mantra.

Les épaules relevées, la tête haute. Aucune honte.

— J'ignore à quoi vous jouez, tous les deux, maugréa à voix basse Drew, furieux. Cependant, ne vous servez pas du mariage de ma petite sœur pour vos manigances.

— Drew, Jack est mon fiancé, et j'avais le droit d'amener quelqu'un…

— Quant à toi ! continua alors Drew en se tournant vers Maddie. Je te prenais pour notre amie, à Ava et moi.

— Mais c'est le cas.

— Vraiment ? Et pour le prouver, tu débarques avec tes histoires de famille ? C'est égoïste, Maddie. Et très bas.

Elle recula, troublée.

— Drew, je ne voulais pas…

— Encore heureux ! La belle affaire ! Je t'accorderai

le bénéfice du doute s'il part sur-le-champ, avant qu'Ava vous remarque. Elle ne devrait pas avoir à se soucier des relations malsaines des Moss, aujourd'hui. Compris ?

— Oui, répondit Jack calmement. Laisse-moi passer, et je m'en vais.

Drew lui adressa un bref signe de tête en s'écartant. Jack prit Maddie par le bras. Elle suivit le mouvement, comme perdue.

Fort heureusement, la cage d'escalier se trouvait tout près. Il résista à l'envie de serrer Maddie contre lui. Il leur fallait l'intimité d'une chambre close.

Ils atteignirent leurs quartiers, au deuxième étage. Là, il la fit asseoir sur le lit et s'installa à côté d'elle, leurs doigts entremêlés. Ils restèrent ainsi quelque temps.

Un frisson intense l'anima. Puis, elle prit la parole.

— Bon sang, Jack ! C'était horrible.

— Bienvenue dans mon monde.

Elle se tourna vers lui, les yeux embués de larmes, et sortit un mouchoir de son sac, étalant son mascara dans tous les sens.

— Vraiment ? murmura-t-elle. C'est donc ça ?

— Oui, dès que je croise quelqu'un de cette époque-là… Autant dire souvent. Caleb et moi étions assez célèbres.

— Oui, je me souviens des couvertures de magazines. *GQ*, *Wired*, *Rolling Stone*. Grand-mère les avait même encadrées, jusqu'à l'affaire. Elle ne voulait plus les voir, après ça.

— Ça n'a rien d'étonnant.

— Pardon de t'avoir entraîné là-dedans. Je n'imaginais pas que ça dégénérerait à ce point. Je ne pensais qu'à moi. Pas à ce qu'il t'en coûterait.

— Tu comprends peut-être mieux ce que j'essayais de t'expliquer, dit-il calmement. L'addition est salée.

— Je ne l'accepterai pas ! s'insurgea-t-elle.

— La réalité se moque bien de ton avis, soupira-t-il.

— Nous rétablirons la vérité. Tout le monde saura.

— Et si nous n'y arrivons pas ? demanda-t-il en replaçant une mèche égarée de la chevelure de Maddie. Ou si nous le prouvons, mais que personne ne nous croit ? Je pourrais bien traîner ça toute ma vie. Admets qu'il s'agit d'un problème des plus épineux. C'est tout ce que je te demande.

— Oui, c'est réel tout ça, mais j'ai foi en toi, lui assura-t-elle en lui prenant la main. Moi, je te demande de croire que nous trouverons un moyen d'être heureux. Même s'il nous faut partir. En Europe, en Asie, en Australie.

— Et ta grand-mère ? Elle vieillit, Maddie.

— Je t'en prie. Chaque chose en son temps. Promets-moi déjà de te battre comme un diable.

Il réfléchit un instant, perdu dans ses iris d'ambre étincelant d'un feu intense. Maddie était une personne bénie, comme Caleb, capable de faire plier le monde sous sa volonté. Elle pensait donc en faire de même pour lui, user de ses pouvoirs pour tout arranger.

Qui sait ? Peut-être y parviendrait-elle vraiment. Cependant, cela n'arriverait pas s'il ne se donnait pas à fond.

— Très bien. Je m'acharnerai comme un fou. Pour toi.

— Pour nous, le corrigea-t-elle.

Il lui sourit puis porta sa main contre ses lèvres.

— Pour nous.

- 14 -

Maddie téléphona à la réception pour rendre leur chambre. Ils se changèrent et quittèrent les lieux sans croiser personne. Ils ne se sentaient plus très sociables après ces dernières disputes.

Ils se turent également pendant que la voiture serpentait vers le bas de la montagne.

— Au fait, fit Jack au bout d'un long moment. Merci d'avoir pris ma défense face à Ronnie.

— Ils se sentiront bêtes comme tout quand ils apprendront la vérité, le rassura-t-elle en lui caressant le genou. Et moi, je rirai bien ce jour-là.

— Joli petit fantasme, ironisa-t-il, caustique. Mais j'ai arrêté de rêver il y a des années.

— Réessaye. Tout va changer.

— Ça a déjà commencé. Rien que t'avoir de mon côté, c'est un grand progrès.

Ils passèrent un panneau indiquant une sortie.

— Je t'emmène chez toi ? Il faudra que tu me montres le chemin.

— Non, surtout pas. Marcus et grand-mère viendraient à coup sûr, et je n'en ai pas la force. Je dois voir Amelia, demain. Et toi, que vas-tu faire ?

— Il me reste des préparatifs pour les réunions de demain. Nous pourrions aller à l'hôtel.

— Alors, ce sera le Crown Royale. Je connais le

directeur. MossTech y loue une suite, nous y séjournons en permanence.

— Tu n'envisages pas de prendre cette suite, j'espère ? s'inquiéta Jack.

— Mais non ! Nous en demanderons une autre. Pas de panique. On ne peut rien me refuser.

Le temps qu'elle réserve la chambre par téléphone, ils arrivaient déjà, et Jack réprimait un rire en secouant la tête. Ils confièrent leur véhicule au voiturier et leurs bagages au groom avant de récupérer les clés à l'accueil.

Il fixa intensément Maddie dans l'ascenseur. Une fois dans le couloir, elle déverrouilla la chambre puis, dès que la porte se referma derrière eux, lui demanda :

— Quel est donc ce regard ? Qu'ai-je fait, encore ?

— Tu m'impressionnes, rien de plus. Le coup de fil magique capable de changer l'équilibre de l'univers, de tordre le temps et l'espace. Un mot de Maddie Moss, et le soleil se lèverait à l'ouest si tel était son bon désir. C'est ton super pouvoir secret.

— Un super pouvoir… Je te l'ai dit : je viens souvent, on me connaît bien ici. Je sortais avec le directeur.

— Vraiment ? s'étonna Jack en plissant les paupières. Que s'est-il passé ?

— Ça n'a pas fonctionné.

— Pourquoi ?

— Tu sais que ça ne te regarde pas ? se rembrunit-elle.

— Oui, concéda-t-il. Mais ça m'intrigue.

— Je n'aime pas en parler parce que ça peut paraître méchant, répondit-elle en levant les yeux au ciel. Je m'ennuyais. Il n'y avait aucune flamme. Nous étions amis, c'est tout. Et c'est toujours le cas.

— Ah ! souffla-t-il, perplexe. Alors, moi, je ne t'ennuie pas ?

Elle fit non de la tête avec une lenteur appuyée.

— Assurément pas, Jack Daly, lui susurra-t-elle.

Cela lui valut un sourire dévastateur. Cette fameuse et délicieuse étincelle crépita entre eux.

Maddie regardait Jack parcourir l'immense suite luxueuse. Il se tourna vers les gratte-ciel au loin par-delà la terrasse, regarda la bouteille de Veuve Clicquot dans le seau à glace, le vase d'orchidées. Il en effleura un pétale.

— Joli ! Ce qu'il y a de mieux pour les Moss.

— J'espère que tu n'éprouves aucune jalousie, dit-elle hésitante, décontenancée par sa remarque.

— Pas le moins du monde, lui assura-t-il. Peut-être que ça me travaillait au lycée. Caleb et vous meniez des vies de princes.

— Caleb est persuadé que tu l'as trahi par jalousie.

— Oh non ! fit-il, sous le choc. C'était mon meilleur ami, ta famille m'a toujours bien accueilli. Tout ce luxe m'épatait, mais je n'ai jamais été jaloux. Encore moins aujourd'hui.

— Encore moins ? demanda-t-elle, intriguée. Pourquoi donc ?

Jack fixa intensément les fleurs.

— Nous menions la belle vie, à l'époque. Quand BioSpark a commencé à prendre de l'ampleur, nous avions beaucoup d'argent, et ce n'était rien à côté de ce qui nous attendait. De grosses voitures, des vêtements de luxe, des petites amies à tomber. Des logements dans plusieurs villes. J'avais mon appartement-terrasse à San Francisco, et Gabriella m'en avait trouvé un autre à Seattle. Ton frère et moi voulions nous acheter un immeuble avec vue sur la baie, et même un jet privé. Puis, du jour au lendemain, boum ! Envolé ! Je repartais de zéro. De plus bas, même. La prison mène vraiment un homme au trente-sixième dessous.

Maddie vint lui caresser le bras.

— Je suis désolée, Jack.

— Ne le sois pas. Je ne cherchais pas ta pitié. C'était il y a longtemps, je vais mieux, maintenant. Même financièrement. Ça a pris du temps, et je ne rivalise pas avec vous, mais je m'en sors bien.

— Je ne voulais pas ouvrir la boîte de Pandore.

— Ne t'inquiète pas, j'essaye seulement de t'expliquer, la rassura-t-il. Quand on est passé par autant d'épreuves, au fond de soi on comprend que tout cet argent n'est qu'une farce. Une grande illusion. Des chiffres sur un compte. C'est jouer à qui a la plus grosse. Maintenant que j'ai connu la vraie vie, je ne prendrai plus tout ça au sérieux. Plus jamais. Ça n'influencera plus ma vie.

Maddie réfléchit un instant le temps d'intégrer ses paroles.

— Pour moi, le voilà ton super pouvoir, Jack. Ou l'un d'eux, en tout cas.

— Ah oui ? Comment le sais-tu ?

— Tu ne le vois peut-être plus de cet œil, mais la plupart des gens se battent à mort, dans ce jeu idiot. Pas toi. Tu es libre. Tu n'as pas dû attendre ton troisième divorce ni une maladie grave pour t'en rendre compte, rongé par le regret. Tu le sais déjà. Quel veinard !

— Je n'avais jamais considéré la chose sous cet angle, mais c'est toujours ça de gagné, j'imagine. Sur ce…

Il désigna le champagne dans la glace.

— … voudrais-tu un verre ?

— Volontiers. Ça nous fera du bien. Je vais me changer, je reviens.

Dans la chambre, Maddie farfouilla dans sa valise.

Elle arrivait à court de vêtements propres, mais il lui restait sa nuisette de soie. Elle l'enfila, laissa le tissu rose champagne épouser ses formes, doux comme un murmure. Il virevoltait à hauteur de ses chevilles. Elle remit de l'ordre à ses cheveux, se brossa les dents, et se mit du brillant à lèvres.

Quand elle rejoignit Jack, il regardait par la fenêtre. Il se retourna, et ses yeux s'embrasèrent.

— Oh ! dis donc, Maddie !

Elle eut beau rougir intensément, elle ne se laissa pas désarmer. Elle lui sourit, et tournoya avec grâce.

— Tu aimes mes jolis petits déshabillés ?

— Je…, répondit-il en secouant la tête. Mon Dieu ! Je perds tous mes moyens dès que je te regarde.

— De ce que j'ai vu, c'est temporaire. Tu te remets vite et pour des heures et des heures durant.

— C'est vrai, fit-il en se tournant vers le seau. Alors, champagne ?

— Je t'en prie. Quelle journée, bon sang !

Jack fit sauter le bouchon pour remplir deux flûtes.

— À nos égarements temporaires.

— À nos super pouvoirs, plaisanta-t-elle en levant son verre.

Ils trinquèrent, le sourire aux lèvres. Les bulles dorées la frappèrent comme une explosion sensuelle. Leur picotement sur la langue, leur goût frais. Ils savourèrent en silence, puis Maddie s'approcha de Jack pour le prendre par le bras et lever son verre encore une fois.

— À la confiance !

Son expression l'émut au plus haut point. Ils flottaient tous les deux dans un étrange mutisme intemporel. Jack laissa échapper un long soupir avant de trinquer avec elle.

— À la confiance ! dit-il d'une voix mal assurée. Merci.

Ils burent, l'un contre l'autre. On aurait dit une vraie cérémonie. Il la prit ensuite par la taille.

— Ça me touche que tu aies foi en moi, ajouta-t-il d'un air plus grave, presque inquisiteur. Je n'y crois toujours pas.

Maddie posa sa flûte puis celle de Jack sur la table.

— Je comprends, Jack, lui assura-t-elle en plaçant les doigts sur son cœur. Je le sens au plus profond de toi. Cette part de moi que je n'ai jamais connue ni ressentie sait que tu ne mens pas. Ce serait impossible de faire semblant à ce point. Soit c'est là, soit ça ne l'est pas.

— Je le sens aussi. Et j'en ai une peur bleue.

— Pourquoi ? Tu es en sécurité avec moi. Si nous croyons l'un en l'autre, tout ira bien.

— Tu n'en sais rien, affirma-t-il avec un regard dur.

— Ah bon ? demanda-t-elle en lui effleurant la joue. Vraiment ?

— J'ai appris à me détacher de beaucoup de choses. Mais avec toi, je n'y arrive pas.

— Alors, n'essaye pas. Serre-moi fort. Ne me lâche jamais.

— Promis, murmura-t-il quand leurs lèvres s'épousèrent.

- 15 -

Du calme. Ralentis. Respire, Daly.

Il vacillait au bord du gouffre de la folie, et cette nuisette si sexy suffit à le faire basculer dans le vide. Il ne pouvait s'empêcher de caresser Maddie. Impossible de ne plus l'embrasser avec ardeur. Le contact de ses pointes dures contre son torse, ses mains égarées sur les courbes enflammées de ses hanches, tout ça le rendait fou. Il se trouvait à un battement de cils de tout gâcher. De perdre le contrôle, à cause de trop d'émotions. Il l'attrapa par la taille pour la coller à son érection vigoureuse.

Maddie se pressa plus près encore, gémissant d'envie. Jack replia les pans de sa nuisette pour remonter avec révérence sur la soie de ses cuisses enflammées. Si douces. Tout en haut jusque sur son…

Oh oui !

Elle n'avait pas de culotte. Pas d'entraves. Rien que sa nudité, une toison de velours et son intimité brûlante, humide, prête à s'abandonner à ses doigts audacieux.

— Maddie, murmura-t-il. Tu es… parfaite. Si irrésistible.

— Touche-moi et embrasse-moi, lui intima-t-elle.

Il ne parvint même pas à répondre, trop transcendé par ses ordres. Il tomba dans un état second, soufflé par sa bouche pulpeuse, par les déhanchements de son corps souple, vibrant, sur sa main. Sa langue captura la sienne, toujours plus avide de son goût si délicat, tandis qu'il titillait ce point tendu entre ses jambes, la guidant là où elle voulait en fonction de ses tremblements, de ses gémissements étouffés.

Elle se cambra, se raidit au moment où l'orgasme la saisit. Lorsqu'elle rouvrit les yeux, ils échangèrent un regard. Il était temps.

S'ensuivit un bref chaos de couvertures soulevées, de chaussures, de ceinture, de boutons et de chaussettes. Ils œuvrèrent de concert pour tout enlever comme si le sort de l'univers en dépendait. Enfin, il se retrouva nu, et Maddie s'étendit sur les draps froissés, les bras tendus vers lui. La soie de sa nuisette remontait sur son ventre en dévoilant tout ; les fines bretelles étaient tombées, aussi ses seins dépassaient-ils du corsage.

Il n'y pouvait rien. Il donnerait tout pour la combler. Il avait décidé, dans le dernier recoin conscient de son esprit, de prendre son temps, de la faire jouir encore. Cependant, il se trouvait bien incapable de se contrôler, pas quand elle l'attirait sur lui, les jambes fermement serrées autour de lui, les ongles plantés dans sa chair. Elle l'encourageait à s'abandonner.

Il s'enfonça dans sa moiteur. Elle se contracta autour de lui. Mais quel délice ! Son corps parfait se collait au sien, le caressait à chaque assaut.

Ils firent beaucoup de bruit, tous les deux. L'énorme lit frottait le sol à mesure que la volupté grandissait, encore et encore, au point de tout envelopper, et un puissant orgasme les emporta.

Ils restèrent blottis l'un sur l'autre pendant une douce éternité. Haletant, trempés de sueur, tout d'abord. Puis dans un cocon onirique. Enfin, Maddie s'étira et bâilla.

— Ah ! fantastique ! murmura-t-elle. Comme toujours.

— Oui, coassa Jack avant de s'éclaircir la voix, encore

enroué d'avoir tant crié. C'est toujours plus intense. Je ne comprends pas. Je ne vois pas comment c'est possible. Je veux dire : qu'est-ce que ça donnera si ça continue ?

Elle s'appuya sur un coude pour lui adresser un regard franc.

— Ça te rendra ta vie. Tes amis, ton travail, ta vraie place en ce monde.

— Ce n'est pas à toi de tout réparer, déclara-t-il en jouant avec ses boucles. Même si je t'aime pour vouloir t'en occuper. C'est à chacun de mettre de l'ordre dans son existence.

— Je sais, mais j'aimerais quand même t'aider.

— Tu accomplis déjà des miracles. Ta confiance, ta compassion. Toi. J'ai énormément de chance. Même si je n'avais rien de plus, j'aurais de la chance.

— Eh bien, ce n'est pas terminé, alors ne dis pas ça.

— J'essaye de te montrer ma gratitude, lui assura-t-il en la serrant plus fort. De profiter du moment.

— C'est un moment magique, affirma-t-elle, catégorique. Et demain le sera aussi.

— Je ne crois pas aux lendemains. Mais je crois en toi.

— Oh ! arrête donc ! maugréa Maddie en lui frappant l'épaule. Tu te la joues mec zen. Reste avec moi, redescends sur Terre.

— Ah ! ça, je suis avec toi…

Il lui prit la main, la guida sur la chaleur de son érection, droite et insistante contre son ventre.

— … mais je ne redescends pas.

Son ventre gargouilla au même moment, et les belles lèvres de Maddie s'arquèrent en un sourire amusé.

— En parlant de désirs terrestres, mangeons un peu avant de recommencer. Le chef est un vrai génie ; et le menu de l'hôtel, légendaire.

— Parfait.

Elle se leva pour décrocher le téléphone de service puis passa commande.

— C'est un plat-surprise, mais je te garantis que tu vas aimer la sélection de Gianfranco.

— La sélection de Gianfranco ? Oh oh ! Attention, Maddie, tu abuses de nouveau de tes pouvoirs.

— Non, tu confonds avec ma carte de crédit.

Cela les conduisit à une fausse bagarre où Maddie finit par le chevaucher d'une façon qui le rendit fou. Elle le regardait avec ses yeux mi-clos, torrides et sensuels, propres à faire bouillonner son sang. Toutefois, elle refusa ses désirs silencieux.

— Le dîner arrive bientôt. Nous reprendrons plus tard. Promis. Je te ressers du champagne et je vais vite sous la douche.

Jack se couvrit avec le peignoir en éponge de l'hôtel. Un sentiment d'euphorie l'habitait. Il n'avait jamais plané aussi haut. Enivré par l'alcool, par Maddie.

On frappa à la porte. Jack fit entrer le serveur qui poussa son chariot de plats puis repartit, un grand sourire aux lèvres. L'amour véritable combiné à des ébats fougueux avait rendu Jack généreux en matière de pourboire.

Le repas s'avéra bel et bien exquis. Il s'agissait d'un assortiment de canapés. Chaque bouchée les menait au paradis, mais rien n'égalait les baisers de Maddie. Ils festoyèrent en riant, en papotant. Puis, d'un seul coup, tous les mots devinrent superflus, remplacés par cette chaleur palpable dont Jack se languissait de plus en plus.

Maddie se leva, lui prit la main et l'invita à la suivre. Il se laissa conduire vers la chambre, où il la poussa en douceur sur le lit pour l'y asseoir et s'agenouilla devant elle. Il ouvrit son peignoir en tirant lentement sur sa ceinture et lui cajola les mollets dans une supplique muette, jusqu'à ce qu'elle écarte les jambes. Il se pencha alors en avant, enfoui au creux de sa tendre intimité. Il prenait son temps. Il la flattait de sa langue, de ses lèvres. Il buvait son être.

Elle se raidit, le souffle court, se collant elle-même au visage de Jack sous les vagues du plaisir.

Après les douces secousses de l'extase, elle se retourna et se mit sur les genoux. Elle écarta les cuisses, offerte à lui, à quatre pattes. Elle arqua le dos.

— Comme ça, l'invita-t-elle d'une voix cassée. Viens derrière moi.

Une fois de plus, il ne parvint pas à se maîtriser. Pas quand elle s'offrait à lui dans cette position, accrochée aux oreillers. Il lui prit les hanches, chaque nouvel assaut puissant lui arrachant un gémissement guttural. Il vit leur reflet dans la vitre. Maddie fermait les yeux, entrouvrait ses lèvres brillantes, sa poitrine s'agitait. Elle criait d'un plaisir incontrôlable tandis qu'ils fonçaient vers l'extase. Il se laissa aller, se perdit en elle.

Quel endroit parfait pour s'égarer ! Il ne voulait plus retrouver son chemin.

- 16 -

Maddie fit un détour et passa devant les somptueux locaux d'Energen pour rejoindre Amelia.

L'entreprise avait confié l'édification de cette impressionnante structure à un cabinet d'architectes new-yorkais. Maddie ne put s'empêcher de penser que c'était l'argent volé à Caleb et Jack qui avait servi à payer la facture.

Mais il ne s'agissait que d'argent, c'était du passé. Son frère et Jack se montraient assez malins et résilients, ils ne se laisseraient pas abattre. En matière d'innovation et d'idées, eux n'auraient jamais à voler quiconque. Si seulement elle pouvait le prouver pour Jack !

Elle gara sa voiture dans un parking souterrain non loin du restaurant où elle avait rendez-vous avec Amelia. L'établissement débordait de monde. Sans doute des amoureux du brunch dominical.

Amelia l'attendait et se leva pour lui serrer la main. Elle évoquait un roseau. Cette grande et jolie fille aux cheveux noirs, aux beaux yeux rêveurs, semblait nerveuse.

Elles commandèrent une salade César chacune, puis Maddie n'y alla pas par quatre chemins. Elle interrogea Amelia de façon méthodique, mais prudente, à l'affût d'éventuelles contradictions. Elle se concentra tout particulièrement sur les recherches ainsi que l'agenda de développement du projet Vortex.

Malgré sa voix discrète et chevrotante, Amelia répondait

sans hésitation, toujours cohérente avec les informations de Jack. Une heure plus tard, Maddie comprit qu'Amelia savait de quoi elle parlait, qu'elle ne mentait pas. Elle sentit également sa tristesse, sa culpabilité et le conflit intérieur derrière cette vérité. Quand elle arriva à court de questions, Maddie hésita quelque peu.

— Amelia, puis-je aborder un sujet personnel ?

— Hum ! d'accord, acquiesça-t-elle, battant des cils rapidement.

— Toute cette histoire semble vous avoir rendue extrêmement malheureuse.

— Ah ! si vous saviez ! Jack ne méritait rien de tout ça. Je ne connais personne de plus doux. Un véritable ami. Il n'a jamais rien fait. Il est innocent.

— Et pourtant, vous n'avez rien révélé, à l'époque.

— Non, murmura-t-elle, le regard fuyant. Je l'admets.

— Dans l'hypothèse où vous l'auriez aidé, vous auriez payé le prix fort. Mais, pardonnez-moi, vous semblez en subir de lourdes conséquences tout de même, aujourd'hui.

— En vérité, lorsque le scandale a éclaté, on venait de m'interner dans une clinique privée, expliqua-t-elle. J'ai fait une crise de nerfs, voyez-vous. Quand je suis sortie, Jack croupissait déjà en prison depuis un moment. Je voulais intervenir, mais il m'en a empêchée quand je lui ai rendu visite. Il avait peur que je fasse une rechute. Il cherchait à me protéger. Voilà… Voilà qui il est.

— Sortiez-vous ensemble ? s'inquiéta Maddie.

— Oh non ! répondit Amelia très rapidement. J'aurais adoré pourtant. Mais il avait déjà demandé sa main à Gabriella. Personne n'oserait s'attaquer au petit ami de cette femme. Elle est du genre à détruire quelqu'un par pur plaisir. De toute manière, je n'étais pas célibataire, une des causes de ma dépression.

Curieuse remarque, mais Amelia s'essuya la bouche, l'air soudain paniquée tandis qu'elle portait le regard derrière Maddie.

— Bonjour, Amelia, la salua une femme d'un ton accusateur.

Amelia semblait prise au piège. Maddie se retourna. Un homme et une femme se tenaient là. Lui, une vraie masse, les fixait de ses yeux froids. On aurait cru qu'on avait fait entrer son corps à coups de marteau dans son costume. Elle, une blonde élancée à la mâchoire prononcée, portait une robe rouge très courte et des talons hauts assortis. Des lèvres écarlates, des sourcils très foncés, des mèches claires qui de toute évidence avaient bénéficié d'un peu d'aide chimique.

— Bonjour, Gabriella, fit Amelia d'une voix soumise. Que faites-vous, là, tous les deux ?

— Bill et moi t'avons aperçue par hasard, répondit Gabriella d'un ton grinçant. Nous voulions donc te saluer. Qui est ton amie ?

— Voici… euh… Maddie Moss, annonça Amelia, visiblement à contrecœur.

— Ah ! tiens, tiens ! s'étonna Gabriella, les lèvres prises d'un tremblement. Qu'est-ce qui vous amène, Maddie ?

— Je passais dans le quartier, j'en ai profité pour déjeuner avec Amelia, affirma-t-elle froidement.

— Vraiment ? Je ne savais pas que vous vous connaissiez.

— Je ne vois pas comment vous auriez pu. Nous ne nous sommes jamais rencontrées. Vous êtes…

Amelia se ressaisit, manifestement au prix d'un effort considérable.

— Maddie, voici Gabriella, notre nouvelle directrice du marketing depuis mercredi, expliqua-t-elle avant de désigner le gorille à côté d'elle. Et Bill, le chef de la sécurité chez Energen.

— Enchantée, comment allez-vous ? leur demanda Maddie en leur tendant la main.

L'énorme paluche moite et chaude de Bill se referma sur la main Maddie avec une poigne écrasante, presque douloureuse. Celle de Gabriella lui évoqua des cordes de piano dans un gant humide. Ils la foudroyèrent ensuite du regard, comme s'ils exigeaient des explications. Explications qu'ils pensaient légitimes.

Puisque Maddie n'en fournit aucune, les paupières de Gabriella se réduisirent à deux meurtrières.

— Hum ! souffla-t-elle. Bon, amusez-vous bien. Amelia, viens dans mon bureau demain. J'aurai deux mots à te dire.

Gabriella les salua d'un geste imperceptible des doigts puis s'en alla, ses talons claquant par terre. Bill lui emboîta le pas sans se priver de leur adresser un regard en coin glacial, suspicieux.

— Eh bien ! siffla Maddie lorsqu'ils furent assez loin. C'était bizarre.

— Oui, gémit Amelia. Je suis dans le pétrin. Je me demande s'ils me suivaient. S'ils me surveillent.

— Bon sang ! s'exclama Maddie, horrifiée. Pensez-vous qu'ils oseraient ?

— Gabriella vient d'obtenir le poste, alors ça ne m'étonnerait pas, répondit-elle avec un haussement d'épaules. Elle se montre très froide avec moi. Mes jours chez Energen semblent comptés.

— Pardon de vous avoir causé des ennuis. Nous aurions dû rester plus discrètes.

— Non, ça va. Peut-être est-il temps pour moi de serrer les dents et de faire face, peu importe les conséquences.

— Parlez-moi de ces deux-là.

— C'est un duo infernal. En une semaine à peine, Gabriella est devenue la chouchoute du directeur de la compagnie. Je n'en reviens pas qu'elle ait accepté un poste chez Energen après les déboires de Jack.

— Oh ! mon Dieu ! s'exclama Maddie en comprenant. C'est LA Gabriella ? L'ex de Jack ? Voilà qui est bien étrange.

— Exactement, fit Amelia, plus grave. Quant à Bill Greer, c'est le type avec qui je sortais à l'époque. Je le hais de toute mon âme. Ce sale serpent. Il a une pierre à la place du cœur.

— Comment l'avez-vous connu ? demanda Maddie.

— Il gérait la sécurité de mon immeuble. C'est également là que j'ai rencontré Gabriella. Elle avait réussi à obtenir de façon très louche un appartement à Jack, pile au-dessous du mien. Je résidais au 518, lui au 416. Ils sortaient ensemble, alors. Ils étaient fiancés, même.

— Et vous étiez avec Greer.

— Oui, lui et moi n'arrêtions pas de nous séparer. Parfois, il se montrait adorable, puis du jour au lendemain il devenait froid et affirmait que je l'ennuyais. Je ne savais jamais dans quel état il arriverait. Il me rendait folle. Je pensais qu'il le devait à son passé dans les forces spéciales. Tous ces combats, ça peut changer quelqu'un. Enfin, voilà ce que je me disais.

— Mais alors, que s'est-il passé, si vous me permettez ? demanda Maddie prudemment.

Amelia semblait si fébrile. Elle pourrait se briser en mille morceaux au moindre courant d'air.

— Une soirée affreuse, chez moi. Bill agissait de façon suspecte. Il a apporté du vin et était de nouveau adorable pendant le dîner, puis je me suis sentie mal. J'ai dû m'évanouir, car je me suis réveillée le lendemain avec une horrible migraine, et Bill était parti. J'ai simplement pris un cachet avant d'aller travailler. Il est alors venu me voir au bureau. Il a déclaré haut et fort qu'il me quittait parce que je n'étais qu'une alcoolique irrécupérable, que ça le dégoûtait. J'ai eu beau essayer de lui expliquer que j'étais malade, pas soûle, il n'a rien écouté. Il est parti. Et je… Je me suis effondrée. C'est Jack qui m'a aidée. Le lendemain, on m'emmenait à la clinique.

Maddie serra la main d'Amelia. Sa paume était moite, gelée.

— Vous ne méritez pas une telle cruauté, maugréa-t-elle. Et sur votre lieu de travail, de surcroît. Devez-vous vraiment croiser cette ordure tous les jours ?

— Je l'évite au maximum. Cependant, on dirait que ces deux-là sortent ensemble, désormais. Ils se sont bien trouvés.

De toute évidence, évoquer ses déboires amoureux devant une inconnue chagrinait Amelia, aussi Maddie préféra couper court à la discussion, en espérant ne pas l'avoir trop mise en porte-à-faux avec ses employeurs. Quand elles se dirent au revoir, Amelia s'en alla en toute hâte, heureuse d'en avoir terminé.

Maddie avait de quoi penser en regagnant sa voiture. Alors qu'elle entrait dans le parking souterrain, elle songeait à appeler Jack pour tout lui raconter.

Elle sursauta tout à coup en criant.

Gabriella Adriani et Bill Greer l'attendaient. Ils la fixaient tels des vampires affamés.

— Sérieusement ! s'exclama-t-elle, le souffle coupé. Vous m'avez fait peur !

— Désolée, s'excusa Gabriella sans avoir l'air de le penser.

Maddie pensa qu'ils la laisseraient passer, mais ils restèrent plantés là, à l'observer comme une bactérie dans une boîte de Petri.

— Selon la rumeur, vous seriez fiancée à Jack Daly, dit Gabriella.

— Et alors ? Ça ne vous regarde pas.

— Vous allez vite changer d'avis, affirma alors Greer de sa voix étrangement haute et nasillarde pour une telle armoire à glace, comme si on lui pinçait le nez.

— Je ne vous ai rien demandé.

— Nous ne sommes pas vos ennemis, mademoiselle Moss, lui assura Gabriella d'un ton doucereux paré de condescendance. Je comprends mieux que quiconque dans quel piège vous êtes tombée. Moi, j'y ai échappé juste à temps. Ne l'épousez pas. Derrière ses airs honnêtes, ce n'est qu'un prédateur sans pitié.

Maddie étreignit son sac à main, prise de l'envie soudaine de s'en aller. Non, il lui fallait tenir bon. Et puis, c'était tout de même sa voiture, là, à quelques pas.

— Vous êtes trop aimable ! dit-elle. Ôtez-vous de mon chemin.

— Que vous a-t-il raconté ? demanda Greer en s'approchant.

— Rien qui vous regarde, répondit-elle en reculant. Poussez-vous, je vous prie.

— Allons boire un verre, lui proposa Gabriella, toujours sur le même ton hypocrite. Nous voulons simplement vous parler.

— Pas moi.

— Nous disposons d'informations utiles, insista la fausse blonde. Vous ne regretterez pas de nous avoir écoutés.

Mon œil, oui !

— Poussez-vous, leur ordonna-t-elle, glaciale.

— Acceptez au moins ceci, fit Greer en lui tendant un petit objet.

Une clé USB... Maddie souhaita s'en éloigner le plus possible.

— Que voulez-vous que je fasse de ce truc ?

— C'est la vérité sur Jack Daly. Je gérais la sécurité dans son immeuble. Vous y trouverez une vidéo du soir où il a investi dans des actions Energen. On y voit des images de sa porte, du hall du bâtiment et de l'extérieur. Les deux seules personnes à entrer sont Gabriella et lui, et elle est partie une heure et demie avant l'envoi du mail. Mais si vous ne me croyez pas, regardez la vidéo. Elle parle d'elle-même. Personne d'autre que Daly n'aurait pu acheter ces actions.

Gabriella poussa un long soupir de martyre.

— Quelle idiote, j'ai été, à l'époque !

— Vous étiez chez lui, ce soir-là ? s'étonna Maddie.

— Je suis la dernière à avoir quitté son appartement. Il était soûl. Je suis donc partie à 0 h 22. Vous en aurez la preuve si vous avez le cran d'ouvrir ce dossier. Il avait perdu foi en son produit. Il pensait en tirer un maximum avant que tout le monde apprenne la vérité. La gamme d'Energen offrait une meilleure qualité, il le savait. Et quand la rumeur a circulé, BioSpark a coulé. Or, le message provenait de l'adresse IP de Jack, de son ordinateur fixe, chez lui. Il a manqué de prudence parce qu'il avait trop bu. Il n'avait pas les idées claires, je m'en souviens très bien. Il m'a tellement agacée, ce soir-là, que j'ai préféré retrouver des amies dans un club.

— N'importe quoi ! s'écria Maddie.

— Chérie, affrontez la réalité en face, continua Gabriella en feignant l'empathie. Daly est coupable. S'il affirme le contraire, c'est qu'il ment.

— Laissez-moi tranquille ou j'appelle la police.

Gabriella et Greer échangèrent un regard. Puis, il se pencha pour lâcher la clé USB dans la poche avant du sac de Maddie.

— Consultez ce fichier, c'est tout.

— Tout le monde vous dit si intelligente, ajouta Gabriella. Prouvez-le donc.

Maddie se fraya un passage entre eux pour rejoindre sa voiture. Ils s'écartèrent quand elle fit rugir le moteur, mais elle les vit encore dans le rétroviseur en s'éloignant. Son portable sonna. Elle tremblait trop pour répondre. Elle tâtonna dans son sac, attrapa son téléphone… Jack.

Par pitié, pas maintenant !

Cet échange l'avait trop chamboulée. Son sac gisait, ouvert, sur le siège passager, et la clé USB en était tombée. Ce vulgaire rectangle de plastique semblait si maléfique. Presque radioactif.

Maddie erra sans but dans l'espoir de remettre de l'ordre dans ses idées. Elle s'était attaquée à Energen en quête d'informations et avait fini par essuyer une puissance de feu imposante. Jack la rappela. Deux fois. Elle ne répondit pas.

Elle finit par arriver près de chez elle. Elle se gara dans une allée, pas encore prête à se tenir sur ses jambes flageolantes. Elle prit son ordinateur portable, hésitant à peine une seconde à y brancher la clé USB

Après tout, Gabriella et Greer travaillaient pour Energen. Elle s'était attiré les faveurs de la direction. Elle et Greer couchaient ensemble. Ils avaient tous vécu au même endroit à l'époque du scandale. Cette histoire ne sentait pas bon. Peu importe les images qu'elle trouverait sur cette clé USB, il lui faudrait les prendre avec des pincettes, voire plus encore.

Elle lança la vidéo, les quatre plans tous sur l'écran ; deux à l'intérieur, deux à l'extérieur. Le bâtiment 6 de la résidence de luxe Sylvan. Elle couvrait une période de huit heures, à partir de 20 heures.

Maddie n'avait jamais rien visionné d'aussi ennuyeux – même en vitesse rapide – avec une telle intensité. Elle resta là une éternité tandis que les minutes défilaient sans qu'il se passe quelque chose. Elle ralentissait au moindre mouvement.

À 21 heures sur l'écran, elle vit Jack entrer dans l'immeuble puis se diriger vers l'ascenseur. Il rentrait chez lui.

À 21 h 23, Gabriella arriva. Suivit une autre éternité de rien. Gabriella ressortit de l'appartement à 0 h 22, l'air agitée. Elle claqua la porte et s'en alla d'un pas lourd, furieuse. Un quart d'heure plus tard, elle arrivait dans le hall puis quittait les lieux.

De nouveau plus rien. Maddie repassa la lecture en temps réel, concentrée sur la période clé entre 1 h 30 et 2 h 30, heure du mail fatidique. Seul Jack se trouvait dans son appartement. Lui seul avait pu donner l'ordre d'achat. Caleb et lui s'étaient bien assurés de se protéger de toute tentative de piratage. Il l'avait affirmé.

Maddie ne vit rien à l'extérieur. L'appartement de Jack disposait de deux balcons, un donnant sur le salon et un sur la chambre. Malgré la lumière, on ne remarquait aucun mouvement près des baies vitrées fermées. Seules les feuilles s'agitèrent dans le grand arbre devant chez Jack. Les branches remuaient.

Elle visionna les images encore et encore, sous le choc. Personne n'était entré. Personne n'était sorti. On le voyait sous tous les angles.

Regarde la vérité en face.

Caleb aussi avait dû endurer cette torture. Il n'avait

pas voulu croire la culpabilité de son ami, cependant les preuves s'avéraient accablantes. La sécurité de l'ordinateur. L'ordre d'achat. L'adresse IP. Le billet d'avion. Le compte à l'étranger. Le virement.

Quand bien même, Jack n'avait aucun mobile. Sauf si, bien entendu, elle l'avait mal jugé. Elle n'aurait pas été la première à se méprendre par amour. Elle ne pouvait pas se fier à son raisonnement. Si tout cela était vrai, alors Jack présentait un vice profond. Ce menteur l'avait prise dans ses filets, l'avait manipulée pour blesser Caleb. Pour se moquer d'elle.

Non. Impossible. Elle refusait d'y croire… Cependant comment ne pas voir ces preuves irréfutables ? Elle se sentait prise dans un étau. Elle avait du mal à respirer.

Elle referma l'écran d'un coup sec et rentra chez elle. Une fois arrivée, elle prit sa valise avec la ferme intention de reprendre du linge propre.

Les lieux lui parurent étrangement différents quand elle entra. La Maddie Moss qui résidait ici encore une semaine auparavant avait disparu, évanouie dans un autre monde.

Elle avait pris pour habitude, en tant que scientifique et qu'être humain, de suivre la vérité tels les marins suivent l'étoile Polaire. Et jamais la vérité ne l'avait laissée pour compte.

Elle attrapa des tenues au hasard. De quoi travailler, de quoi paresser. Elle se montrait pourtant méticuleuse dans ses choix d'habitude, avant un voyage. Tout devait servir un but double, voire triple. Mais impossible de se concentrer, ce soir-là.

Elle se changea, opta pour un jean léger déchiré et un long pull de soie bleu à mailles relâchées. Elle se lava le visage et essuya ses yeux de pandas ; le mascara ne faisait pas bon ménage avec le tourment.

Elle scruta les lieux, certaine d'oublier quelque chose. Tant pis… Elle repasserait plus tard, au pire des cas. Elle enfila une veste de cuir et ressortit.

Toute sa famille était alignée sur la pelouse de devant.

Oh ! misère ! Caleb semblait avoir reçu un poignard en plein cœur. Tilda, la belle blonde, se tenait à côté de lui. Les deux tourtereaux ne cachaient jamais leur amour et avaient l'habitude de rire ensemble ou de se murmurer des mots doux à l'oreille, mais ils ne riaient pas du tout, ce soir-là.

Marcus revenait d'un de ses nombreux voyages en Asie. Sa grand-mère s'était postée au milieu, droite comme un piquet, élégante comme toujours, sa chevelure blanche coupée à la garçonne ne présentant pas le moindre défaut. Elle paraissait tout de même troublée. Apeurée.

La voir dans cet état ébranla Maddie. Plus que de raison, même… Elle en lâcha sa valise qui tomba sous le porche dans un bruit sourd.

— Salut, fit-elle. Que se passe-t-il ? Vous m'espionnez, maintenant ?

Personne ne répondit jusqu'à ce que sa grand-mère se décide enfin.

— Pas vraiment, ma grande. Pouvons-nous entrer ? Je préfère éviter que les voisins nous entendent.

— Dites-moi, avez-vous attendu que je rentre ? Si c'est le cas, alors vous dépassez les bornes. C'est malsain et mesquin, je ne le tolérerai pas.

— Nous en parlerons à l'intérieur.

L'autorité impériale de sa grand-mère ne faillit pas, une fois de plus ; Maddie s'écarta pour les laisser entrer un à un. Elle espérait elle aussi avoir un tel pouvoir quand elle aurait quatre-vingts ans. Cela ne coûtait rien d'espérer…

— Offre-nous un café, ma chérie, ordonna sa grand-mère. Aurais-tu oublié tes bonnes manières ?

— Dit celle qui espionne sa petite-fille et s'impose chez elle. Aucun d'entre vous n'a le droit de me faire la morale.

— Peu importe. Un café, je te prie.

Oh ! et puis mince ! Maddie alla allumer la cafetière et préparer le nécessaire. Tilda la rejoignit pour poser des tasses sur la table. Elle se pencha près d'elle et lui fit une bise.

— Ne t'énerve pas, murmura-t-elle. Nous t'aimons tous. Tu le sais. Personne ne va t'agresser.

— Toi, peut-être pas, merci, répondit Maddie avec un regard en coin. Mais ne t'avance pas trop concernant les autres.

Lorsque la cafetière eut fini de siffler et de gargouiller, Maddie déposa le tout sur la table puis se frotta les mains brusquement.

— Voilà, mon devoir sacré d'hôtesse est réglé ! Servez-vous. Bien, dites-moi, que me vaut l'honneur ?

— Ne joue pas les idiotes, ronchonna Caleb en échangeant un regard équivoque avec Marcus.

— Nous étions hors de nous, au départ, intervint Elaine en remplissant les tasses. Puis, Ronnie nous a raconté votre dispute lors du mariage d'Ava. Nous avons donc compris que le problème dépassait nos inquiétudes.

— Épargne-moi les mélodrames, marmonna Maddie.

— Sois franche, ma grande, continua sa grand-mère en lui prenant la main. Es-tu amoureuse de lui ? Ronnie en avait l'air convaincue. J'espère qu'elle se trompe.

Maddie voulut répondre, mais se ravisa. Elle vibrait d'émotions à la fois trop fortes et trop douces pour les dévoiler devant eux, pas quand ils semblaient déjà si perturbés… Ni même quand ils allaient bien, d'ailleurs.

— Le plus simple reste de vous dire que j'ai de bonnes raisons de croire que Jack est innocent.

Marcus reposa son café d'un geste si vif qu'il en renversa.

— Ça suffit ! Reprends un peu pied dans la réalité, Mads !

— Marcus, ne commence pas, le prévint-elle.

— Il le faudra bien, rétorqua Caleb à sa place d'un ton sévère. Parce que nous t'aimons.

— J'ai des preuves troublantes, leur assura Maddie. Tout ce que je vous demande, c'est de prendre du recul, une dernière fois. Gardez l'esprit ouvert.

— Je ne ferai aucun effort pour cette enflure. Il m'a tiré dans le dos. Il a attendu le moment le plus opportun pour causer le plus de dégâts à BioSpark, et à moi. Et là, des années plus tard, il te croise puis voit une nouvelle occasion de m'atteindre en te blessant. Je ne le laisserai pas faire.

— Mais tu te trompes, Caleb. C'était un coup monté.

— C'est faux ! rétorqua-t-il en posant violemment un gros classeur sur la table. Je ne suis pas censé avoir ça en ma possession, et l'inspecteur Stedman verrait rouge s'il l'apprenait, mais j'ai graissé quelques pattes pour obtenir une copie du dossier de Jack. J'y ai laissé des notes pour toi. Tu y trouveras des choses impossibles à falsifier.

— Il n'y avait aucune trace d'effraction chez lui, Mads, reprit Marcus. Aucune empreinte hormis les siennes, celles de Gabriella et du service d'entretien. Elles étaient partout sur le billet d'avion. Et ce mail…

— Soit il a vendu nos résultats à Energen, soit il a décidé que leur produit vaudrait mieux que le nôtre et nous a jetés sous un train, affirma Caleb. J'ignore ce qui est le pire. Quoi qu'il en soit, la police dispose de nombreuses vidéos où on le voit se rendre mystérieusement chez Energen, quelques mois avant l'affaire.

— Il connaissait très bien une de leurs employées, expliqua Maddie. Amelia Howard. Il allait la voir, elle. En parlant d'Energen, ne trouvez-vous pas bizarre que Gabriella travaille là-bas, après toute cette histoire ?

— Je ne l'ai jamais aimée, déclara Caleb avec nonchalance. Mais elle n'était pas chez Jack au moment de l'ordre d'achat. Ce n'était pas elle. Peut-être qu'elle ne trouve pas d'autre employeur, dorénavant. La pauvre.

— Tu n'as pas le cran d'accorder l'ombre d'une chance à Jack. Tu n'envisages même pas la possibilité d'un piège. C'est injuste.

— Exactement. À mon avis, c'était ça le problème depuis le départ, dès le lycée et la fac. Je pouvais me payer mes études, j'obtenais des stages ou des appartements corrects très facilement. Je suis sûr qu'il trouvait tout ça injuste.

— Il n'est pas comme ça ! Lâche-lui la grappe, deux secondes !

— Ma chérie, c'est impossible, intervint sa grand-mère doucement. C'est trop tard. Nous n'y pouvons rien.

— Je suis désolé si tu es tombée amoureuse, reprit Caleb. Mais réfléchis et grandis un peu, pour l'amour du ciel !

— Ma pauvre petite, la plaignit Elaine en serrant les doigts de Maddie. Je ne supporte pas que cette sale histoire t'ait atteinte. Je suis navrée.

— Moi aussi, fit Tilda en lui caressant l'épaule, ses grands yeux verts embués de larmes. Annika nous attend chez grand-mère, mais elle voulait te voir. Rentreras-tu avec nous ? Nous serons tous ensemble.

— Non, répondit Maddie, à moitié étranglée. S'il vous

plaît, allez-vous-en. Je sais que vous pensez bien faire, mais je préfère rester seule.

Sa grand-mère se leva, dressée de toute sa hauteur ; Maddie se prépara au choc, ne connaissant que trop bien cette attitude.

— Qu'importe ce que tu crois accomplir avec cette farce, l'accord tient malgré tout, déclara-t-elle. N'oublie pas que je t'aimerai toujours, et de tout mon cœur, souviens-t'en. Cependant, si tu choisis cet homme, ne te présente plus à ma porte. Ne m'appelle plus. Ne m'écris plus. Pars avec lui, et je coupe les ponts. Ça me tuera, mais tu devras assumer tes actes.

Maddie ravala le nœud dans sa gorge. Elle observa ses frères.

— Et vous, les garçons ? Me reniez-vous également ?

— Je refuse que ce type s'approche de ma femme et de ma fille, et encore moins de ma sœur, affirma Caleb, dévasté.

— Je t'en supplie, Mads, ne nous fais pas ça, dit Marcus.

— Maddie..., l'implora Tilda en lui prenant la main.

— D'accord, lança-t-elle en vacillant. Je comprends. Je suis donc seule. À tout jamais. Laissez-moi. Que je puisse me faire à cette idée dans le calme.

Ils n'insistèrent pas et sortirent ; elle referma derrière eux. Elle les observa à travers les volets tandis qu'ils s'en allaient. Tilda avec Caleb, Elaine avec Marcus.

Partis. Tous. Sans doute pour de bon. À cause de Jack.

Oh ! misère !

Elle retourna, lasse, dans la cuisine où elle s'affala sur une chaise, le regard perdu sur les tasses, les taches de café, le sucre renversé.

Et cet épais classeur menaçant… Venu défier sa foi de tout son poids, de toute son énormité.

Elle tendit la main avec réticence pour le tirer devant elle. Elle découvrit une masse de feuilles et se mit à tout lire.

- 17 -

Après avoir garé sa berline de location dans le parking du Crown Royale, Jack prit son téléphone. Encore. Il se rappela de bien respirer.

Après son rendez-vous avec Amelia, Maddie n'avait soudain plus donné de nouvelles. Aucun mot, aucun message, rien. Cela ne lui ressemblait pas. Néanmoins, il s'agissait après tout de leur première journée sans être collés l'un à l'autre depuis la soirée sur la plage. Peut-être aimait-elle la solitude et détestait-elle se faire harceler. Une concentration trop intense rendait parfois les gens ainsi. Bon sang ! lui-même avait adopté cette attitude dans sa jeunesse quand on lui offrait un projet passionnant : il en oubliait le reste du monde. Il devenait peut-être trop collant.

C'est ça. La belle excuse, Daly.

Une femme amoureuse n'agissait pas de la sorte.

Il l'appela une nouvelle fois, tomba immédiatement sur son répondeur. Il raccrocha aussitôt. Il lui avait déjà laissé trop de messages.

Mince !

Il ne pouvait même pas contacter ses proches pour s'assurer qu'elle allait bien.

Il avait passé une excellente journée jusqu'à ce que Maddie coupe son téléphone. Il avait loué une voiture et tout mis en place pour ses rendez-vous du lendemain.

Apparemment, ses efforts pour reconstruire sa vie et récupérer sa carrière de rêve commençaient à porter leurs fruits.

Cela appelait une autre bouteille de champagne ainsi qu'un nouveau repas gastronomique en compagnie de Maddie. Et pourquoi pas un passage dans le jacuzzi sous un ciel scintillant ? Nu dans un bain bouillonnant à côté de la plus belle femme du monde.

Celle qui ne répondait pas au téléphone.

Lorsqu'il entra dans la suite déserte, la pénombre régnait. Il ne s'était pas attendu à la voir, pourtant son cœur s'enfonça tout de même dans sa poitrine.

Il regarda en direction de la ligne d'horizon dessinée par les gratte-ciel. Il se rappelait la façon dont il percevait les lumières des grandes villes dans sa jeunesse, quand il brillait par son ignorance et son innocence. Ces lumières symbolisaient tous les possibles, tous les mystères à résoudre. Le monde attendait qu'il le conquît. Puis tout était parti à vau-l'eau. Alors, les espoirs s'étaient transformés en millions d'yeux trop prompts à le juger.

La prison avait marqué l'étape suivante de sa vie. Aucune lumière vive, là-bas. L'obscurité, et rien d'autre.

La valise de Maddie n'était plus là. Pas la moindre trace d'elle. La nuit précédente s'était résumée à tant de promesses. Là, dans le silence, seul un ignoble sentiment de terreur l'habitait.

Jack changea son costume et sa cravate pour un jean et un pull avant de descendre au bar, son téléphone bien en main, au cas où elle l'appellerait. Il rôda tout de même dans le hall immense, les salles de conférences, le café – les deux cafés – et le restaurant pour la retrouver. Il passa même à la salle de sport et au spa puis revint au bar.

Elle était là. Elle avait dû arriver quand il avait inspecté le reste de l'établissement. Elle était assise au bout du comptoir, son visage reflété par la glace, entre les bouteilles. Elle aussi avait opté pour une tenue décontractée, ses cheveux relâchés dans un nuage d'anglaises indomptables.

Elle baissait les yeux. Un verre trônait devant elle. Un whisky. Quand il avança, elle l'aperçut et leva son verre, le visage grave.

— Salut.

Jack s'arrêta à quelques pas d'elle, refroidi.

— Tu as coupé ton téléphone.

— Je dois énormément me concentrer aujourd'hui.

Cette remarque provoqua en lui une rage irrationnelle.

— Vraiment ? Neuf heures d'affilée ?

— Oui, répondit-elle sans ambages.

— Et qu'est-ce que tu bois, là ? demanda-t-il en désignant son verre. Je ne savais pas que tu aimais le whisky. Je croyais que tu préférais les mojitos, les cosmopolitans, les Moscow mules, les margaritas.

— Trop légers pour l'occasion, déclara-t-elle, distante. Je ne suis pas d'humeur. Il me fallait quelque chose de fort. C'est ce que grand-mère boit quand elle nous en veut. Un bon scotch Oban single malt, quatorze ans d'âge. Une boisson de grands.

Ah ! La soirée resterait donc exempte de toute réjouissance. Jack fit signe à la barmaid et désigna le verre de Maddie.

— La même chose.

La femme le regarda droit dans les yeux en lui versant une dose généreuse de liquide ambré. Elle le prenait en pitié. Jack voyait bien son propre reflet dans la glace, il connaissait cette expression. Il se préparait au désespoir.

Il s'installa à côté de Maddie et avala une gorgée de whisky qui lui brûla les entrailles. Un goût de feu, de fumée.

Bien, autant en finir…

— Raconte-moi ta journée, Maddie.

Elle se frotta les yeux. Elle ne s'était pas maquillée, elle paraissait si douce, si vulnérable.

— Alors, j'ai eu une conversation intéressante avec Amelia. On dirait une fille assez triste et fragile qui aurait bien besoin d'un nouvel emploi. Son travail lui ronge la santé. Cependant, elle a confirmé tout ce que tu m'as raconté, et de façon catégorique. Tant mieux pour toi, seulement elle devrait peut-être trouver le cran de te soutenir plus ouvertement.

— Elle avait déjà intégré la clinique quand le couperet est tombé. Elle était malade. Et lorsqu'elle a enfin pu reprendre le cours de sa vie, moi je croupissais en prison. Ensuite, quand on m'a libéré, je me suis demandé à quoi bon gâcher son existence, à elle aussi. On aurait pu lui faire énormément de mal.

Maddie étouffa un juron proche du grognement.

— Vers la fin du repas, Gabriella Adriani et Bill Greer nous ont repérées. Comme par hasard. Et figure-toi que ton ex occupe un poste haut placé chez Energen. Depuis peu.

— Gabriella travaille chez eux ? s'étonna Jack, complètement sidéré par la nouvelle.

— Oui, et Bill Greer aussi, en tant que responsable de la sécurité. D'après Amelia, ils couchent ensemble.

— Amelia doit avoir du mal à encaisser le coup, nota-t-il en grimaçant. Tu es bien sûre qu'on parle de la même femme ?

— Oui, oui, aucun doute possible.

— Et donc ? insista Jack. Que s'est-il passé ?

— Pas grand-chose, au départ. Ils lui ont fait leur petit numéro d'intimidation et ont essayé de l'humilier, mais j'ai l'impression que c'est la routine. Puis Gabriella et Greer m'ont coincée dans le parking.

Jack sentit une pointe glacée lui courir le long du dos. Il reposa son verre.

— Ils t'ont quoi ?

— Tu m'as parfaitement entendue. Greer m'a donné une clé USB contenant la vidéo de sécurité de la résidence Sylvan, datant de la nuit où le courtier a reçu ce fameux message.

— D'accord… Et as-tu regardé ces images ?

— Oui, avoua-t-elle.

— Cette vidéo me dépasse, admit un Jack morose, le nez baissé sur son verre. Je ne comprends simplement pas ce qui s'est passé.

— Je sais, souffla Maddie. Je sais.

Ils restèrent les yeux dans le vague de longues minutes, à siroter leur whisky.

— C'est pour ça que tu as éteint ton téléphone ? demanda Jack pour enfin rompre le silence.

— En partie. Je suis passée chez moi récupérer des vêtements propres, seulement grand-mère, Caleb, Marcus et Tilda me sont eux aussi tombés dessus. Ils m'attendaient, c'est clair. Tu parles d'une journée de rêve…

D'un geste, Jack demanda à la barmaid de les resservir.

— Comment ça ? T'ont-ils convaincue ?

— Pas exactement. Caleb m'a donné un double du dossier de l'inspecteur Stedman.

— Je vois, murmura Jack doucement.

— Ils ne sont pas entrés dans ma tête, lui expliqua Maddie. Mais, il y a tellement d'informations à prendre en compte. Ce dossier est énorme, et loin d'être à ton avantage.

Assurément. Jack lui-même n'en était pas revenu en

découvrant les preuves accumulées contre lui. Tout avait été fabriqué de toutes pièces sans présenter aucune faille pour autant. On l'aurait cru victime d'une malédiction. Cette satanée adresse IP l'avait jeté aux enfers !

— Tu as raison sur ce point, concéda-t-il. Je sais très bien que rien ne joue en ma faveur.

— C'est complètement dingue. Le mail, les images de la vidéo de sécurité où personne n'entre chez toi après le départ de Gabriella, tes empreintes sur le billet d'avion, les faux papiers, les investissements au Panama…

— Maddie, la coupa-t-il, sans doute en vain. Je t'ai parlé de tout ça. Je t'ai dit que je n'ai rien fait, malgré les apparences.

Elle posa alors ses magnifiques yeux d'or si intenses sur lui, comme si elle cherchait à percer son âme.

— Jack, je…, fit-elle en agitant les mains. Ce n'est pas que je ne te crois pas. Et ne t'imagine pas que je ne t'aime pas. Néanmoins… Je suis perdue. Cette histoire me tiraille. Tu veux que je garde foi en toi, envers et contre tout, mais ces preuves sont accablantes. Ma famille me fait la guerre. Je ne peux m'accrocher à rien de concret. Tout ce qui me reste, c'est ce conte de fées que je me suis inventé à ton sujet. Et j'aimerais tellement que ce soit la vérité, j'ai même peur de croire en moi. Je ne sais pas vers quoi me tourner. J'ignore où regarder.

— J'ai toujours eu foi en toi, répondit-il.

— Ne me torture pas, c'est injuste ! s'exclama-t-elle sèchement. Je souhaite plus que tout sauter dans ce gouffre pour toi, avec toi, croire que nous trouverons un moyen de ne pas nous écraser. Seulement, je n'arrive pas à prendre mon élan. Je… Je n'y arrive pas.

Jack vida alors son verre et laissa quelques billets sur le comptoir.

— Je comprends, fit-il d'une voix faussement maîtrisée. Je n'aurais jamais dû te placer dans une situation si inconfortable.

— Ce n'est pas ça, insista-t-elle. Je sens bien que tu es sincère, mais je nage dans une fosse de goudron.

— Je connais trop bien ce sentiment, dit-il en se levant. Ce sont les mensonges qui t'entraînent par le fond. Attention à ne pas te noyer.

— Jack, je t'en prie…

— Je vais récupérer mes affaires et payer la note de l'hôtel.

— Pardonne-moi.

La peine dans son regard ne fit qu'aggraver la situation. Il recula.

— Porte-toi bien, Maddie. Adieu.

Il se dirigea vers les ascenseurs, s'efforçant de ne pas courir à travers le hall. S'il avait cru souffrir, neuf ans plus tôt, quand sa vie s'était effondrée, s'il avait pensé avoir affronté le pire, il s'était trompé. Son châtiment n'avait pas cessé.

Et on lui avait réservé le meilleur pour la fin.

- 18 -

Dix jours plus tard

Maddie courait au rythme du dernier morceau des Moon Cat and the Kinky Ladies. Un coup d'œil à son podomètre : dix kilomètres… Elle était sortie se défouler tous les jours depuis cette soirée, au bar. Elle fuyait sa détresse qui, elle, la poursuivait sans relâche.

Elle se cachait des autres Moss. Si ses frères avaient bien cherché à la consoler, plus ils s'efforçaient de lui rendre le sourire, plus elle s'enfonçait dans le désespoir. Tilda, Ronnie, Marcus, Caleb, ses amis, tous avaient essayé. Même la petite Annika lui avait apporté des cupcakes.

Ce geste si adorable lui avait brisé le cœur. Bien entendu, elle ne pouvait pas en vouloir à une si gentille petite fille. Maddie était devenue tante dès l'instant où Caleb avait appris qu'il était père, et ce lien tissé avec la petite avait éveillé des rêves de maternité en elle. Et, depuis peu, des espoirs de fonder une famille avec Jack. Elle pleurerait cette vie fantasmée pour l'éternité.

Une chose restait sûre. Elle n'épouserait personne d'autre avant son trentième anniversaire. Voire jusqu'à sa mort. Que les vautours s'arrachent MossTech, oncle Jerome le premier. Après tout, Caleb, Marcus et Tilda s'en remettraient. Leur talent et leur opiniâtreté les y aideraient. Ils trouveraient un autre poste, une autre entreprise.

Maddie avait écrit une lettre à chacun d'entre eux la semaine précédente. Elle leur avait annoncé sa décision de ne pas se plier aux exigences de mariage. Elle s'excusait du mieux possible de les entraîner avec elle dans sa chute, leur disait qu'elle les aimait, mais qu'il lui fallait du temps seule. Sans même leur laisser l'occasion de répondre, elle avait tout verrouillé chez elle pour aller s'installer chez une amie. Son téléphone resterait éteint. Elle ignorerait les réseaux sociaux.

Heureusement, personne ne lui avait jeté ses erreurs au nez avec des « Je t'avais prévenue ». Ses proches valaient mieux que cela. Mais elle n'en pouvait plus. Elle se sentait trop à vif. Si elle passait du temps avec eux, elle finirait par leur sauter à la gorge. Et par dire quelque chose d'impardonnable.

Heureusement, son amie Wende était partie six semaines à Londres en lui laissant les clés de son appartement. Le timing parfait. Pour après, Maddie prévoyait déjà de s'envoler pour Hawaï, chez Lorena, une camarade de fac. Celle-ci lui avait demandé de mener un audit dans sa société. Plus que deux jours avant le voyage ; Maddie ne tenait plus, trop impatiente, même si elle craignait de ne pas se défaire de ce vide abyssal par un simple séjour au soleil.

Elle arrivait au bout du parc et filait déjà dans la rue lorsqu'elle remarqua l'immeuble de six étages, dressé sur le côté, un logo bien en évidence sur la façade.

Ballard ChemZyne. Un fabricant de produits chimiques associé à MossTech depuis plusieurs années déjà. Maddie en avait même rencontré les patrons, un couple terre à terre, très amusant, des gens amoureux. Quels veinards de parvenir à allier vie personnelle et professionnelle !

Oups ! il ne fallait pas se perdre sur de tels sentiers. Elle accéléra quand le refrain lui résonna dans les oreilles.

Si l'ange distant ose chercher les amères vérités de l'amour,

Il apprendra qu'on ne les voit que de très haut,

Oh ! de si haut.

À cet instant, Maddie réalisa où elle venait d'arriver : la résidence de luxe Sylvan. Elle qui avait parcouru la ville en quête d'oubli avait foncé tout droit vers l'ancien appartement de Jack… Le sort se payait sa pomme, la prenait même pour une idiote pour l'attirer dans des pièges aussi sournois.

Elle tourna à l'angle de la rue, où elle dut s'arrêter d'un coup à cause d'un énorme échafaudage. On rénovait la façade. Impossible de continuer sans emprunter le trottoir d'en face. Le souffle court, elle resta là à observer deux ouvriers descendre un gros seau plein de gravats depuis le deuxième étage. Le refrain reprit aussitôt.

Il apprendra qu'on ne les voit que de très haut,

Oh ! de si haut.

Maddie se redressa et essuya la sueur à son front tandis qu'elle suivait le seau qui remontait. Elle fit demi-tour pour fixer l'immeuble de Ballard ChemZyne. Il dépassait de quatre étages tous les autres bâtiments du quartier.

Une voiture de sport noire attendait que le portail de la résidence Sylvan s'ouvre. Maddie se remit à courir pour se faufiler derrière elle.

Les écriteaux la conduisirent là où Jack, Amelia et Gabriella vivaient autrefois, puis elle fit le tour du bâtiment, l'inspectant sous tous les angles pendant qu'elle s'étirait les jambes et les fessiers. Elle resongea à Amelia ; cette dernière avait habité juste au-dessus de chez Jack.

Une des branches d'un arbre massif caressait la façade de l'appartement de Jack. Maddie se rappela le tressaillement du feuillage, à cause de la brise.

Bien sûr, l'arbre avait poussé en neuf ans. Elle se demanda si le vent avait aussi agité les autres. Elle n'avait pas pensé à regarder. Le balcon avait accaparé toute son attention. Elle l'avait fixé sans relâche, à l'affût d'un intrus.

Les caméras extérieures surveillaient tout l'immeuble, cependant cet arbre offrait un angle mort sur l'appartement 416, pile devant une petite fenêtre. Sans doute la salle de bains, à en croire la disposition des autres.

Maddie observa de nouveau les locaux de Ballard ChemZyne pour estimer les angles de vue disponibles depuis là-bas. Peut-être que des caméras dévoilaient ce qui se passait derrière cet angle mort.

Flûte !

Elle commençait à attirer l'attention. Une femme la dévisageait depuis l'entrée de la cour. L'heure arrivait de repartir à petites foulées avant qu'on l'accuse de rôder ou, pis encore, qu'on appelle la police. Elle grimaça en imaginant la tête de sa grand-mère ou de Caleb au moment de payer sa caution. Si l'un d'entre eux venait la libérer…

Une fois hors de l'enceinte, elle prit son téléphone dans le bandeau à son bras pour appeler Jodi Ballard.

— Bonjour, bureau de Jodi Ballard, j'écoute, la salua une jeune femme guillerette. Samantha à l'appareil.

— Bonjour. J'aimerais parler à Jodi, je vous prie.

— Puis-je vous demander votre nom ?

— Bien sûr. Maddie Moss, de MossTech.

— Ah ! Très bien. Un instant, s'il vous plaît.

Maddie entendait déjà Jack se moquer d'elle et de sa

capacité à ouvrir toutes les portes sans souci grâce à la formule magique : MossTech.

— Bonjour, Maddie, fit Jodi de sa voix chaleureuse. Quel plaisir !

Elles échangèrent quelques plaisanteries et politesses, puis Maddie entra dans le vif du sujet.

— Au risque de vous surprendre, Jodi, j'ai un service un peu particulier à vous demander. Pourriez-vous me dire si les caméras de surveillance de l'immeuble ChemZyne, dans Blake Street, donnent sur le bâtiment de l'autre côté de la rue, vers l'est ? La résidence Sylvan.

— Il me semble. Nous disposons d'une vue extérieure depuis chaque façade. Pourquoi cette question ?

— Auriez-vous gardé les archives d'il y a neuf ans ?

— Seigneur ! je l'ignore. Pourquoi donc ?

— Un coup de poker, expliqua Maddie. Vous souvenez-vous du scandale BioSpark ?

— Oh que oui ! Une terrible affaire. J'ai été navrée d'apprendre ce qui s'était passé.

— Jack Daly habitait dans la résidence Sylvan, à l'époque, précisa Maddie. Selon lui, on l'aurait piégé. Cependant on n'a trouvé aucune trace d'intrusion chez lui. Du moins, rien sur les vidéos de surveillance n'en indique une. Le fameux message est parti à 2 h 10. Il y a un angle mort sur les images, mais depuis l'immeuble ChemZyne on verrait tout. Je me demandais donc s'il n'y avait pas une caméra tournée vers l'ancien balcon de Jack Daly.

Jodi se tut un moment.

— Quelle étrange question, après neuf ans…

— Je sais, je sais, s'excusa Maddie. C'est même carrément bizarre. Si c'est impossible, je comprendrai.

— Ah ! ce n'est pas ce que j'ai dit. Mais… euh…

Quelles que soient vos raisons de chercher à prouver l'innocence de Jack Daly… N'espérez pas trop, voilà tout.

— Oh ! ne vous inquiétez pas, intervint rapidement Maddie. Je n'espère rien. J'essaye simplement de me montrer consciencieuse. Il s'agit de prudence. Et de justice. Je ne vois aucune raison pour ne pas vérifier.

— Oui, tout à fait. Je vais demander à la sécurité.

— Je donnerai mon mail à Samantha. Merci pour votre gentillesse, Jodi.

— Je vous recontacte très vite. Laissez-moi simplement le temps de passer quelques appels.

Maddie se sentit pousser des ailes sur le chemin du retour. Chez elle, elle monta l'escalier quatre à quatre pour s'asseoir devant son ordinateur portable sans même prendre une douche.

Toute une page de messages non lus l'attendait. De sa famille, pour la plupart, hormis deux nouveaux, tout en haut de la liste. Elle ouvrit celui de Jodi Ballard.

Bonjour, Maddie. La sécurité a conservé les vidéos. J'espère que vous trouverez ce que vous cherchez. Tenez-moi au courant, et bonne chance !

Elle avait reçu un autre message dudit service de sécurité.

Chère mademoiselle Moss,

Comme vous l'avez demandé, vous trouverez ci-joint la vidéo couvrant la période entre 18 heures et 6 heures, à la date souhaitée.

Elle lança immédiatement la lecture, à partir de minuit, avant le départ de Gabriella.

Premier détail : le vent ne soufflait pas. Les arbres

demeuraient absolument immobiles tandis que les secondes défilaient. L'appartement de Jack restait flou, mais assez visible. La caméra surplombait le balcon.

C'est alors qu'elle la vit ! Une ombre furtive, dans les branchages. Mais plus haut. À l'étage du dessus. Chez Amelia.

Elle regarda une seconde fois, à vitesse réduite. Une personne descendait le long d'une corde par-dessus la rambarde du balcon d'Amelia pour disparaître dans l'arbre. C'est là que le feuillage bougeait, sans doute à cause de l'intrus. Il s'invitait en toute discrétion par la fenêtre de la salle de bains. Et c'était certainement Gabriella qui l'avait ouverte, cette traîtresse !

Maddie se rendit alors compte qu'elle s'était plaqué les mains sur la bouche et s'était mise à se balancer d'avant en arrière, les yeux embués de larmes.

Pauvre Jack ! On l'avait exilé de son univers. On l'avait jeté en prison. Même Maddie l'avait laissé seul. Et lui n'avait rien mérité de tout cela. Absolument rien.

Si la honte l'accabla, elle continua de regarder la vidéo, fascinée malgré elle. Seize minutes plus tard, la branche s'agita de plus belle. L'ombre remonta chez Amelia, enroula la corde puis rentra. Tout cela sans que personne ne voie rien d'en bas.

Ils avaient piégé Jack. Une machination menée de main de maître. Qui oserait infliger un tel sort à un honnête homme ? Qu'est-ce qui pouvait bien leur passer par la tête, bon sang ? Maddie ne comprendrait jamais.

Son téléphone vibra. Jodi Ballard.

— Oui, Jodi.

— Avez-vous vu ce que je viens de voir ? demanda-t-elle, visiblement sous le choc.

— L'avez-vous regardée, vous aussi ?

— Oui, avec Steve dès que nous sommes rentrés. Incroyable, Maddie ! Ça change tout, n'est-ce pas ?

— Oui, répondit-elle d'une voix blanche. Ça change absolument tout.

— Ma petite… Voulez-vous un peu de compagnie pour encaisser le coup ? Ça ne me dérangerait pas de passer.

— Non, tout va bien. Merci beaucoup.

— Comptez-vous avertir la police ou devons-nous nous en occuper ?

— Je vais bien m'assurer d'envoyer cette vidéo à l'inspecteur chargé de l'affaire, déclara-t-elle. Je le contacte immédiatement. Je vous tiens au courant.

— Super ! Mais n'hésitez pas à dire à la police de nous appeler directement. Ah ! Maddie, c'est incroyable ! Je dois en parler à tout le monde. Attendez… En a-t-on seulement le droit ?

— Pourquoi pas ? C'est vous qui avez filmé la scène. Ces images vous appartiennent. Partagez la nouvelle avec qui vous voudrez. Avec la Terre entière s'il le faut. Plus de gens sauront, plus cela aidera Jack.

— J'aime ce que j'entends là ! s'exclama Jodi. C'est le potin le plus juteux de toute ma vie, et comme il s'agit d'une bonne nouvelle, je n'aurai même pas mauvaise conscience. Je n'ai jamais cru à ces accusations contre Jack Daly, vous savez. Cela ne me paraissait pas logique. Quelque chose clochait.

— Fantastique, Jodi ! Passez le mot à tous vos contacts.

— Merci d'avoir porté cette affaire à notre attention. Une grande injustice a été commise, il est plus que temps de la réparer. Vous me voyez ravie d'y prendre part.

— Je suis on ne peut plus d'accord.

Maddie raccrocha, encore abasourdie. La réhabilitation de Jack Daly venait de commencer. Jodi connaissait tout le gratin de l'industrie, et elle adorait papoter. On n'aurait pu rêver mieux.

Maddie resta longtemps là, sur sa chaise, le regard dans le vague, avant d'enfin se secouer les puces et d'envoyer la vidéo à son frère.

> Caleb, tu t'es trompé au sujet de Jack. Tu trouveras ci-joint des images datant de la nuit où l'achat des parts d'Energen a eu lieu, prises depuis l'immeuble ChemZyne. Regarde à 2 h 5. Ensuite, fais passer la nouvelle à l'inspecteur Stedman.

Elle appuya sur ENVOYER, tremblante d'émotion. Vingt minutes plus tard, son frère la rappelait.

— As-tu regardé la vidéo ? lui demanda-t-elle aussitôt.

— Maddie… je ne sais pas quoi dire…, déclara Caleb, manifestement aussi ébranlé qu'elle.

— J'ai deux ou trois suggestions. En tout cas de ce que tu devrais dire à Jack. Grand-mère est-elle au courant ?

— Oui, et elle n'en revient pas…

— Montre-lui la vidéo. Elle sera bien forcée d'y croire.

— Maddie, ça ne résout pas forcément tous nos problèmes…

— Ça en résout bien assez. Amelia vivait dans cet appartement. Greer couchait avec elle afin d'accéder aux affaires de Jack. Il l'a droguée, cette nuit-là ; elle a perdu connaissance à cause du vin qu'il a apporté. Gabriella a dû en faire de même avec Jack. Elle aura allumé son ordinateur et ouvert la fenêtre. Ensuite, elle est partie au club se forger un alibi en laissant Greer se salir les mains. Jack leur a servi de bouc émissaire. Et tout le monde n'y a vu que du feu. Même son meilleur ami…

Elle déglutit péniblement.

— … Même moi, murmura-t-elle.

— Garde tes sermons. Je suis tout aussi stupéfait que toi.

— Oui, c'est vrai. As-tu contacté Stedman ?

— Évidemment. Je lui ai envoyé la vidéo. Il est en train de l'étudier.

— Appelle Jack, lui ordonna-t-elle.

— Maddie, je…

— Appelle-le. Tout de suite. Je vais te donner son numéro. Tu lui dois bien ça, Caleb. Explique-lui que tu connais la vérité. Il sera aux anges.

— Pourquoi ne pas le lui dire toi-même ? Il préférerait sûrement l'entendre de ta bouche.

— Non, pas du tout, répondit-elle d'une voix chevrotante. Il ne voudra pas me parler. Je m'en suis prise à lui après que vous m'avez fait votre petit numéro. J'ai agi en lâche de la pire espèce. Il refusera de me voir, mais je ne lui en tiens pas rigueur. Pas le moins du monde.

— Maddie, c'est ridicule ! Dis-nous au moins où tu te caches, qu'on en discute entre adultes.

— Je ne me sens pas forcément adulte, ces derniers temps.

Elle raccrocha et chercha le numéro d'une compagnie de taxis pour aller à l'aéroport. Elle n'attendrait pas deux jours de plus pour se rendre à Hawaï. Sa mission accomplie, elle préférait disparaître dans la minute. Elle devait passer à la prochaine étape de sa vie, même si celle-ci s'avérait fade. Elle avait tourné le dos au paradis sur Terre… par pure lâcheté. Elle avait brûlé tous les ponts. Ceux vers le seul endroit où elle désirait être.

Dans les bras de Jack Daly.

- 19 -

Le café était glacial.

Cela arrivait bien trop souvent. Il se servait une tasse, regardait la pluie s'abattre sur la forêt de Cleland, ou sur les fougères dehors. Au bout d'une heure ou deux, il se rappelait le mug. Froid, toujours.

Il avait laissé son portable en mode silencieux depuis longtemps. Il ne le supportait plus. Trop de bruit, trop de fureur, de gens tous en train de parler en même temps. Tous ceux qu'il avait pu croiser dans sa vie, tous le traquaient afin de bien lui assurer qu'ils l'avaient soutenu dès le départ.

Tiens donc… Il aurait aimé y croire. Il le souhaiterait bien plus qu'il n'appréciait les révélations récentes. Tout ce dont il avait toujours rêvé devenait enfin réalité. Or, il n'en tirait aucun plaisir. Car l'unique appel ou message dont il se languissait n'arrivait pas, et il ne pouvait pas s'empêcher de l'attendre. D'espérer.

Maddie avait blanchi son nom, rétabli sa réputation d'un seul coup de son génie habituel, avait dévoilé la vérité au monde entier, puis elle avait disparu.

Jack vida son café dans l'évier, envisagea de se resservir, mais à quoi bon ? Parfois, il fallait s'avouer vaincu.

Il alluma son ordinateur pour faire défiler des pages et des pages de messages non lus. Certains de l'inspecteur Stedman. La plupart d'anciens associés qui l'avaient oublié après le scandale BioSpark, tous plus heureux les uns que les autres de redevenir ses amis. Très touchant... Utile, surtout. Cela l'aiderait à rebâtir sa carrière. Peut-être. Il ne se sentait pas encore prêt à jouer les gentils, malgré tout.

Elaine Moss lui avait envoyé une lettre manuscrite froide, mais sincère, afin de s'excuser. Ce courrier avec l'en-tête de Mosstech, Jack l'avait bien plus apprécié que tous les « J'ai toujours cru en vous » auxquels il avait eu droit. Elaine n'aimait pas les simagrées. Elle avait assez de cran pour admettre ses erreurs, aussi voulait-elle faire amende honorable. Il la respectait pour cela.

Jack sentit son cœur s'emballer quand un bruit de moteur se fit entendre dehors ; il se précipita à la fenêtre. Ce n'était pas la Mini de Maddie, mais une Porsche noire qu'il ne connaissait pas. La portière s'ouvrit. Caleb Moss.

Jack le fixa, cloué au sol, tandis qu'un mélange complexe d'émotions bouillonnait en lui. Déception. Colère. Peine. Doute.

Espoir.

Caleb resta un instant près de sa voiture, loin de la maison. Il avait repéré Jack. Celui-ci prit une longue inspiration avant d'aller lui ouvrir. Ils s'observèrent. La pluie tombait dru, alourdissait l'air, soulevait des odeurs de terre humide. Caleb n'essayait même pas de se protéger de l'eau. Il se tenait là sans un mot, dans l'attente d'une invitation.

Ah ! et puis flûte !

— Entre ! lui cria Jack. Tu vas attraper la mort.

Caleb s'exécuta.

— C'est sympa chez toi. Surtout le canyon et la crique.

— C'est une petite location pour les vacances, mais j'adore, moi aussi. Je viens toujours ici. Ça vaut bien un peu de route.

— Oui.

Ils restèrent face à face un moment. Jack s'efforça de briser la glace, invitant son hôte à prendre place.

— Assieds-toi. Je vais faire du café.

Caleb s'installa à table. Cette fois-ci, Jack ne risquait pas de rêvasser en remplissant le filtre. L'air vibrait d'une tension palpable.

— Tu ne répondais pas à mes appels, dit Caleb. Ni à mes mails.

Jack laissa la cafetière faire son œuvre et le rejoignit à table.

— Ça fait beaucoup d'informations d'un coup. J'ai passé une semaine étrange.

— J'imagine… Mais bon, tout s'est vite ébruité, d'autant plus que Gabriella et Greer ont avoué. Les journaux ne parlent que de ça, tu sais. Les as-tu lus ?

— Non.

— Ils disent que LeBlanc a admis nous avoir volés. Tout le milieu bouillonne de rage. Un vrai cauchemar juridique.

— Tout finira par se tasser, je n'en doute pas.

— Je n'en reviens pas de ce plan si bien établi. Et Greer ? Quel enfoiré ! Draguer cette femme simplement pour la droguer et se servir de son appartement. Gabriella aussi…

— Et tout ce temps, elle dormait dans mon lit, ajouta Jack d'une voix monocorde. Je lui offrais ma vie tandis qu'elle prévoyait déjà ma perte. Tu parles d'une perspicacité ! Je deviens aveugle quand les femmes entrent en jeu.

— Ça, je ne sais pas trop, précisa Caleb en s'efforçant visiblement de rester neutre. Maddie est une perle rare.

— Oui, eh bien, elle n'est plus là, répondit Jack avec un haussement d'épaules.

— C'est compliqué, et je n'ai rien arrangé.

— Assurément pas… Mais je ne t'en veux pas. En

tout cas, pas pour ça. J'aurais agi de la même façon sur ce point.

— C'est gentil. Est-ce que tu l'as rappelée ?

Jack marqua un temps d'arrêt.

— Pour quoi faire ? Elle m'a laissé. Elle ne m'a pas écrit. Que voudrais-tu que je lui dise ?

— Euh… « Merci », peut-être ! s'exclama Caleb. De ne pas avoir abandonné. D'avoir fouiné jusqu'à révéler la vérité au grand jour. Elle en a fait bien plus que quiconque. Même toi, tu ne t'es pas donné autant de peine.

Jack eut l'impression de ne plus pouvoir s'arrêter de secouer la tête.

— Bien sûr que j'aimerais la retrouver. Seulement, je ne peux pas m'imposer. Je refuse de devenir cet ex pathétique qui s'accroche à elle comme une tique.

— Ce n'est pas le cas, Jack. Maddie croit que c'est toi qui ne veux pas d'elle.

— Quoi ? s'écria-t-il en se redressant. Vraiment ?

— Elle nous a écrit : « Je m'en suis prise à lui après que vous m'avez fait votre petit numéro. Il refusera de me voir. » Ne la laisse pas partir, simplement parce que tu as les chocottes.

La cafetière se mit à frémir. Jack se trouva trop pantois pour s'offusquer de la remarque de Caleb. Il se leva pour leur servir deux tasses.

— Attends, tu es bien sûr de ce que tu me racontes ? Tu ne te moques pas de moi, elle a vraiment écrit ça ?

— C'est sûr et certain, affirma Caleb. Tu as reçu la lettre de grand-mère, j'imagine.

— Oui, et j'apprécie son geste. Je lui répondrai dès que je sortirai de mon ermitage.

— Mieux vaut lui parler de vive voix. Viens dîner avec nous. Nous voulons tous te voir.

— Tous ? s'étonna Jack en relevant les yeux pour croiser le regard de Caleb.

— Oui, mais je ne sais pas pour Maddie. Elle s'est évanouie dans la nature. Nous ignorons où elle se trouve.

— Elle a disparu ? s'exclama Jack, comme frappé en plein cœur. Comment ça ?

— Ne t'inquiète pas. Elle nous évite, rien de plus. Ça lui arrive parfois, quand elle en a assez de nous. Elle s'en va puis nous envoie de petits messages narquois pour nous expliquer que tout va bien, que nous devrions lui ficher la paix. Comme la semaine où vous étiez ensemble.

— Alors, tu ne sais pas du tout où elle est allée…

— En fait, j'espérais qu'elle t'ait parlé avant de partir, avoua Caleb, l'air désemparé.

Jack reposa son café.

— Non, je n'ai aucune nouvelle.

Le téléphone de Caleb sonna.

— C'est Veronica, fit-il en acceptant l'appel. Un instant. Salut, Ronnie ! Comment va ?

— Super ! tu as décroché, répondit-elle, toute excitée. J'ai du nouveau !

— Génial ! Je suis à Cleland, avec Jack.

— Ah oui ? Passe-lui le bonjour. Non, attends, passe-le-moi que je puisse le voir.

Caleb tendit son portable à Jack sans lui laisser la moindre chance de s'esquiver. Il se retrouva alors à saluer de la main Veronica Moss qui se trouvait quelque part en extérieur, ses longs cheveux roux relâchés au vent.

— Bonjour, Ronnie.

— Jack, je suis vraiment contente que tout se soit arrangé.

— Merci.

— Et excuse-moi pour ce que j'ai dit, au mariage d'Ava.

— Aucun problème. En vérité, dans toute cette agitation, je n'y ai pas vraiment prêté attention.

— D'accord. C'est sincère, tu sais. Repasse-moi Caleb, j'ai une bonne nouvelle.

Il s'exécuta, et Caleb reprit la conversation :

— Je t'écoute, j'ai mis le haut-parleur pour Jack.

— Maddie m'a appelée.

Jack crut sentir ses oreilles chauffer.

— T'a-t-elle dit où elle se trouvait ? demanda Caleb.

— Non, mais j'ai reconnu l'endroit ! s'exclama Ronnie, toujours aussi agitée. Elle était à la plage, mais elle s'est tournée à un moment, et j'ai reconnu l'hôtel dans le fond. C'est le Royal Embassy, à Honolulu. Jareth et moi y avons passé quelques jours, l'hiver dernier.

— Oui, ça se tient, dit Caleb. Apparemment, son amie Lorena lui avait proposé un contrat, à Hawaï. Beau travail de détective, Ron'.

— C'est le talent, ça ! Tu veux qu'on aille la chercher ensemble, Marcus, toi et moi ?

— Non, intervint Jack. Je m'en occupe. Mêlez-vous de vos affaires, pour une fois. Vous me devez bien ça.

Veronica et Caleb restèrent cois. Le temps sembla s'arrêter.

— Euh… d'accord, reprit enfin Caleb. Ron', je te rappelle.

— Tu as intérêt, oui, répondit-elle.

Il raccrocha et rangea son téléphone dans sa poche.

— Et alors ? demanda Jack. Je ne veux pas vous avoir dans les pattes.

— Quand est-ce que tu décolles ?

— Dès que tu seras parti.

Caleb éclata de rire.

— Autant me jeter dehors par la peau du cou.

— Ces dernières années ont quelque peu terni mon savoir-vivre, ajouta Jack.

— Ça va, ça va. Pars donc pour Hawaï. Je te souhaite bonne chance. Promets-moi simplement de me prévenir quand tu l'auras trouvée. Ça nous soulagerait, surtout grand-mère.

— Aucun problème, lui jura-t-il. Je te raccompagne.

Caleb lui adressa un regard pensif tandis qu'il regagnait sa voiture.

— Que comptes-tu faire maintenant, Jack ?

— Tout dépend de Maddie.

— Professionnellement, j'entends.

— Là aussi, tout dépend d'elle. Si elle ne veut plus de moi, je quitte le pays. J'irai dans l'Himalaya. Je me nourrirai de graines et me laisserai pousser la barbe jusqu'au genou. Ou je rejoindrai la Légion étrangère. Peu importe.

— Je vois bien que tu t'inquiètes, mais je préfère te le dire, j'ai eu vent de ton projet de super enzyme. La rumeur s'est vite répandue. MossTech serait intéressée.

— Tu m'étonnes ! ironisa Jack pour tenter de cacher sa surprise.

— T'associer à MossTech n'est peut-être pas très sage, étant donné que la compagnie se trouve en phase de transition. D'ailleurs, comme Maddie a envoyé paître grand-mère, je vais moi aussi me retrouver au chômage. Jerome ne nous gardera pas. Mais sache que j'aimerais de nouveau travailler avec toi.

Jack s'arrêta en plein milieu de l'allée pavée.

— Vraiment ? Après tout ce qui s'est passé entre nous, tu voudrais relancer BioSpark ?

Caleb se tourna vers lui et acquiesça.

— Je n'ai jamais rencontré d'esprit plus brillant que le tien. Hormis Tilda. Elle te ressemble. Grâce à vous deux, la conquête du monde ne prendra pas longtemps. Et puis, mon meilleur ami me manque.

Il serrait les dents, une petite veine battait à son front.

— Je comprends que tu nous détestes, Jack, continua-t-il d'une voix hésitante. Nos actes entraînent des conséquences, je le sais. Si tu veux que je te laisse tranquille, je n'insisterai pas. Dans un monde parfait, nous n'aurions pas eu tous ces problèmes, et j'aimerais reprendre là où nous en étions. Penses-y.

Jack se rendait à peine compte de la pluie en train de lui plaquer les cheveux sur le visage.

— Oui, je vous en veux encore énormément, reconnut-il. Mais vous me manquez. Notre travail me manque.

— À moi aussi.

— Cependant, si Maddie me rejette, ne comptez pas sur moi. J'irai le plus loin possible sans un seul regard en arrière.

— Entendu, fit Caleb en s'installant dans sa voiture. Mais au moins, tu partirais en ayant retrouvé un ami qui s'excuse platement. Bonne chance !

— Merci.

Caleb remonta sa vitre puis démarra. Jack retourna à l'intérieur, toujours hébété, pour réserver un vol en direction de Honolulu. Un avion décollait quatre heures plus tard ; jouable avec un peu de veine et sans embouteillages.

Il remplit une valise en vitesse, chercha son passeport et sortit de chez lui. Il n'avait pas une minute à perdre. Cependant, sur la route il freina d'un coup si sec devant la bijouterie que la voiture faillit glisser sur l'asphalte trempé. Il entra en trombe dans la boutique.

— Bonjour, il y a deux semaines, nous sommes venus voir des bagues de fiançailles, avec ma petite amie, dit-il à la vendeuse en cherchant sa carte de crédit. Il y en avait une en or blanc incrustée de rubis et avec un saphir. Est-elle toujours disponible ?

— Oui, je crois bien ! répondit la vendeuse avec un grand sourire. Un instant, je vous prie.

Jack compta les secondes, nerveux, en l'attendant. Il devait absolument prendre cet avion mais, par tous les saints, il devait coûte que coûte arriver bien équipé.

Comme un homme fou amoureux pouvait l'être.

- 20 -

Maddie marchait dans l'écume, apaisée par le ressac des vagues. Rien d'autre ne la soulageait. Partout ailleurs, elle avait l'impression de suffoquer, de sentir l'air lui brûler et lui écraser les poumons.

Elle s'était attelée sans relâche à la mission confiée par Lorena, afin de ne plus penser, de ne plus rien ressentir. Mais ce jour-là, elle avait terminé et présenté ses résultats à son amie, aussi le début de la soirée se perdit dans un vide infini. À l'image de sa vie entière.

Elle avait suivi l'histoire dans les journaux. Le plan sordide de Gabriella, Greer et LeBlanc avait été révélée par petits bouts. Certains articles avaient affiché des photos de Jack, mais toutes dataient encore de l'époque de l'affaire. Partout, on lisait que Jack Daly n'avait pas voulu s'exprimer. Il ne semblait pas d'humeur à satisfaire la curiosité du public. Elle le comprenait.

Maintenant que son travail pour Lorena était accompli, elle devait penser à l'avenir. On lui avait proposé de nombreuses offres. Peut-être allait-elle continuer à sauter de mission en mission pour toujours. Cela ou autre chose… Tout se valait. Et au moins, cela lui permettrait de rester le plus loin possible de ses proches trop envahissants.

Cependant, travailler ne lui suffisait plus. Cela ne l'amusait plus.

Peut-être qu'exiger plaisir et frissons de sa vie

professionnelle ne correspondait pas au quotidien d'une adulte responsable. Peut-être Maddie s'était-elle montrée immature et trop rêveuse. L'heure d'affronter la réalité sonnait. Cette satanée réalité. Elle la supportait de moins en moins jour après jour. Elle était plate… Ennuyeuse…

— Maddie.

La voix de Jack la paralysa. Son cœur s'emballa. Elle ne se retourna pas immédiatement. C'était sans doute une hallucination.

Elle pivota lentement, et alors ce fut comme une bouffée d'air frais prompte à lui donner le tournis. Jack se tenait bel et bien là, pieds nus dans l'eau, l'âme dans les pupilles.

— Jack ? Que viens-tu faire ici ? Comment m'as-tu retrouvée ?

— Ronnie a reconnu l'hôtel quand tu l'as appelée.

— Ah ! Alors, tu es de mèche avec ma famille. Bizarre…

— Non, je me sers de tous les moyens à ma disposition, voilà tout. Je devais te voir.

— Pour ?

— Pour te remercier d'avoir blanchi mon nom.

Maddie se mordit la lèvre. Elle ne savait plus trop quoi penser face à lui. Il semblait… Non. Elle n'avait plus besoin d'espoir. Elle ne se remettrait pas d'une nouvelle déception.

— De rien, dit-elle sèchement. C'était la moindre des choses.

— C'est plus que ce que n'importe qui d'autre a fait, lui assura-t-il en approchant, le regard chargé d'émotion. Je t'en prie, Maddie.

— Que veux-tu ? demanda-t-elle tandis qu'une vague lui éclaboussa les genoux. J'ai rempli ma part du marché. J'ai prouvé ton innocence, tes ennemis ont perdu, tes amis sont revenus, ta carrière t'attend. De quoi pourrais-tu manquer ?

— Tu n'es pas là, lui expliqua-t-il. Sans toi, tout ça ne compte pas.

Elle sentit les larmes poindre, à son grand désarroi.

— Je pensais que tu ne voulais pas de moi, répondit-elle d'une voix chevrotante. Pas après la dernière fois. Gabriella, Greer et les autres ont réussi à me faire douter de toi. Je savais que tu te sentais trahi. Et je le regrette tellement, mais je ne peux pas revenir en arrière.

— Ne t'excuse pas. Ils m'ont tendu un piège diabolique. Ils ont berné les enquêteurs. Comment aurais-tu pu continuer à croire en moi ? Tu as l'habitude d'analyser les faits, pas de te jeter dans le vide dans l'espoir que tout ira bien. Je ne t'en veux pas. Surtout pas après que tu m'as sauvé la mise.

Elle n'arrivait toujours pas à bouger. Elle tremblait. Elle allait pleurer, ne trouvait pas les mots. Jack lui prit alors la main.

— Ma chérie, la marée monte, fit-il doucement. Tu vas finir trempée ou te faire renverser par une vague.

— Tu ne m'en veux pas ?

— Tu te moques de moi ? demanda-t-il en lui prenant la main. C'est moi qui devrais avoir honte, Maddie. Pendant que je boudais, toi, tu as fait mettre ces ordures derrière les barreaux, et toute seule. Pourquoi t'être donné tant de peine, au vu de mon attitude ?

Elle fixa ses doigts noués aux siens.

— C'était juste. Tu as dc grandes choses à accomplir. Le monde a besoin de toi. Je n'allais pas laisser une morveuse cupide comme Gabriella piétiner tout ça de ses talons aiguilles. Et encore moins ce gorille dégénéré qui se salit les mains à sa place. J'espère qu'ils apprécieront la prison.

— Moi aussi. Alors, tu m'as aidé par principe, rien de plus ?

— Non, répondit Maddie, incertaine. Je désirais te donner une chance de trouver le bonheur. Je pensais que si je pouvais t'accorder au moins ça, ça me consolerait.

— Pourquoi se contenter de si peu ? Et si nous visions plus gros ? Essayons d'obtenir ce que la vie a de mieux à offrir. Je veux tout ça, avec toi, Maddie. Rien qu'avec toi.

— Oh ! Jack !

Elle se sentait vaciller, elle n'allait plus pouvoir se maîtriser longtemps.

— Je t'aime, déclara Jack de façon un peu brusque. Tu es une femme hors norme. Fascinante, brillante, mystérieuse. Je souhaite te combler toute ma vie. Chaque jour. Chaque nuit.

Il farfouilla dans sa poche, en sortit un étui et l'ouvrit.

La petite boîte contenait la bague dont elle était tombée amoureuse, chez ce bijoutier de Cleland. Il s'était passé tant de choses depuis.

— Oh ! mon Dieu, Jack ! Tu l'as achetée !

Le visage de Jack s'illumina d'un coup.

— Oui, je n'ai pas résisté, et j'espère que tu la porteras. Maddie Moss, veux-tu m'épouser ? Me feras-tu l'honneur de me laisser t'aimer à tout jamais ?

Elle attrapa un mouchoir dans sa poche pour s'essuyer les yeux.

— Oui, répondit-elle tant bien que mal. Oui !

Jack devenait plus beau encore quand il souriait, quand ses petites pattes d'oie s'accentuaient. Il irradiait de bonheur en lui passant l'anneau au doigt. Il lui embrassa les phalanges, puis la prit dans ses bras. Ils restèrent ainsi un moment, puis il releva la tête.

— Mais il me semble que si nous nous marions rapidement, nous respecterons l'ultimatum de ta grand-mère. Tiens-tu vraiment à l'encourager ?

Maddie éclata d'un rire libérateur.

— Passons plutôt le bébé à Marcus et observons-le paniquer, répondit-elle, amusée. Je parie qu'il se croyait déjà libre, quitte à se retrouver au chômage.

— Moi, c'est avec toi que je me sens libre. Dans cette réalité, celle où nous réglons nos problèmes juste à temps pour nous ancrer l'un à l'autre pour toute l'éternité.

— Moi aussi, dit-elle en se blottissant contre lui. C'est drôle. Tout a commencé sur une plage, les pieds dans l'eau. Et nous voilà, aujourd'hui.

Les vagues indomptables allaient et venaient autour d'eux tandis qu'ils s'embrassaient. Cependant, ils restèrent debout tous les deux, plus solides qu'un roc.

Vous avez aimé *Une union de papier*
et *Attirée par un bad boy* ?
Retrouvez la suite et fin de la série
« Mariés par devoir »
dès le mois prochain dans votre collection Passions !

Retrouvez prochainement,
dans votre collection

PASSIONS

Juste une nuit d'amour, de Brenda Jackson - N°1061

Une seule nuit dans les bras de Maverick, son ami « avec bénéfices », et voilà Sapphire enceinte ! Tandis qu'elle s'interroge sur son avenir, elle subit l'atroce chantage de son père, qui exige qu'elle épouse l'homme qu'il a choisi pour elle, servant ainsi ses intérêts financiers ! Sapphire hésite : doit-elle se marier avec Maverick, comme il le lui a proposé pour le bien de leur enfant, alors qu'il n'a jamais été question d'amour entre eux ?

Une passion inattendue, de Kerri Carpenter

Depuis quelque temps, Riley ne voit plus Sawyer de la même manière... Son ami de toujours – qui n'est autre que son patron au journal *Bayside Bugle* – lui donne désormais des papillons dans le ventre ! Or Riley sait qu'elle ne doit surtout pas avouer ses sentiments à Sawyer car cela pourrait compromettre leur collaboration tout en brisant leur précieuse amitié...

Un séduisant architecte, de Cat Schield - N°1062

L'influenceuse new-yorkaise Teagan voudrait acheter une maison à Charleston, que Chase Love rénoverait. Seul problème : l'architecte refuse de travailler pour elle, sous prétexte qu'elle traîne une mauvaise réputation. Cet homme est si exaspérant ! Pourtant, des étincelles crépitent entre eux, et Teagan est résolue à convaincre Chase qu'elle n'est pas celle qu'il imagine...

Coup de foudre pour un rancher, de Brenda Harlen

Eva est une incorrigible romantique. Le jour où Luke Stockton entre dans sa pâtisserie, le temps suspend son cours tandis que leurs regards se croisent : c'est le coup de foudre ! Persuadée qu'ils sont destinés l'un à l'autre, Eva décide de lever tous les obstacles pour prouver au rancher solitaire qu'elle est la femme de sa vie...

La proposition d'un patron, de Shannon McKenna - N°1063

SÉRIE : MARIÉS PAR DEVOIR 3/4

Eve Seaton, une brillante scientifique, cherche des investisseurs pour financer sa start-up. La proposition de Marcus Moss, son patron, vient donc à point nommé : si elle l'épouse, il l'aidera à lancer son projet. Eve a toujours admiré Marcus pour son intelligence, mais le désir inouï qu'elle éprouve pour cet homme charismatique lui fait soudain redouter ce mariage de pure convenance…

Un mariage avant minuit, de Shannon McKenna

SÉRIE : MARIÉS PAR DEVOIR 4/4

Ronnie est dans tous ses états. Si elle n'est pas mariée avant minuit, elle sera déshéritée. Acculée, elle accepte de s'unir temporairement à Wes Brody, le séduisant inconnu qu'elle vient de rencontrer à Las Vegas. Une folie qui révèle bientôt de fâcheuses conséquences. Non seulement son mystérieux époux semble dissimuler un secret, mais il éveille en elle des sentiments interdits…

Une dernière chance, de Jules Bennett - N°1064

SÉRIE : IDYLLES À ANGEL'S SHARE 2/3

Delilah ne s'attendait pas à croiser Camden, son futur ex-mari, à un bal costumé... et encore moins à finir la nuit dans son lit ! Le désir étant toujours aussi brûlant entre eux, il la convainc de partir sur une île paradisiaque pour une dernière aventure avant de se séparer. Tandis que Camden fait tout pour la reconquérir, Delilah est tiraillée : alors que leur mariage a été un échec, peut-elle lui accorder une seconde chance ?

Irrésistible désir, de Karen Booth

Lorsque Heath Thurston débarque chez elle pour une étude de terrain, la géomètre Ruby sent son cœur s'emballer pour la première fois depuis des années. La situation s'aggrave encore quand une tempête de neige les bloque tous les deux dans sa maison. Isolés du reste du monde, ils se rapprochent dangereusement... au point de céder à leur irrésistible attirance ?

Notre secret..., de Maureen Child - N°1065

Rick est de retour... Lorsque la rumeur parvient jusqu'à elle, Sadie sent son cœur se serrer. Le moment qu'elle redoutait depuis trois ans est arrivé : elle va devoir affronter Rick, son amour de jeunesse. Car il ne fait aucun doute que dans une ville aussi petite que Royal ils seront bien obligés de se croiser. Comment, dans ces conditions, va-t-elle faire pour lui cacher son précieux secret ?

Le goût de ses lèvres, de Dani Wade

Comment son patron ose-t-il lui ravir un baiser ? Surprise par cet assaut inattendu, Jasmine sent une colère indicible s'emparer d'elle. Royce la pense-t-il à sa disposition, sous prétexte qu'elle travaille pour lui ? Si, jusque-là, elle a ignoré les regards appuyés de Royce et ses reproches injustifiés, désormais la coupe est pleine. Ce baiser – si fougueux et sensuel soit-il –, Jasmine entend bien le faire payer à Royce. Sur-le-champ.

Au nom de l'honneur, de Maisey Yates - N°1066

Hayley est dévastée : son père vient de la surprendre entre les bras de Jonathan Bear, son patron. Et, désormais, elle oscille entre gêne, peur et honte. Elle, la fille du pasteur de Copper Ridge, que l'on croit si sage et innocente, s'est pour une seule et unique fois laissé envahir par le désir. Pire, Jonathan – cet homme sexy et sulfureux – éveille en elle des sentiments inédits qu'elle ne peut se résoudre à ignorer...

Un père pour ses triplés, de Janice Maynard

Simone n'en revient pas. Si elle refuse de le laisser s'installer chez elle, le Dr Hutchinson menace de la retenir à l'hôpital jusqu'à la fin de sa grossesse. Porte-t-il un réel intérêt à sa santé, lui qui n'a pas hésité à l'abandonner cinq ans plus tôt pour une lointaine mission humanitaire ? Quoi qu'il en soit, Simone est prête à tout pour le bien de ses bébés, même à vivre, jour et nuit, aux côtés de l'homme qui lui a brisé le cœur...